Die Fengard Chroniken 1

Die Autorin

Von Sängerin über Lehrerin, Lektorin, Weinhändlerin und Predigerin – Janine Hofeditz hat schon so einiges in ihrem Leben ausprobiert. Sie studierte Theologie, Personalmanagement und noch so einiges anderes, verbrachte einige Zeit in den USA, in Irland und im Jemen und landete schließlich in Mainz, wo sie sich einmal mehr der Schreiberei widmete.

2016 veröffentlichte sie ihren ersten Roman, der auf Anhieb für den Kindle Storyteller Award 2016 nominiert wurde.

Wenn sie nicht gerade schreibt, steckt sie meistens mit der Nase in einem spannenden Buch oder ist auf der Suche nach der nächsten Herausforderung.

Mehr über die Autorin unter
www.janinehofeditz.de
oder auf Facebook: www.facebook.com/janinehofeditz

Hüter der Schatten

Die Fengard Chroniken 1

Janine Hofeditz

Impressum
1. Auflage, 2017

Canisiusstr. 58, 55122 Mainz
mail@janinehofeditz.de

Druck: epubli – ein Service der neopubli GmbH, Berlin
ISBN: 978-3-7450-6134-5
www.janinehofeditz.de

I

Wütend schlug Larkin die Tür hinter sich zu und ließ sich mit dem Rücken gegen das vernarbte Holz sinken.

Diese verfluchten Dörfler. Warum bekamen sie es nicht in ihre Dickschädel, dass Larkin ihnen nur helfen wollte?

Mit grimmiger Miene starrte er in die Dunkelheit, während er mühsam um Beherrschung rang, seine Magie ein wildes Tier in seinem Inneren, das nur darauf wartete freigelassen zu werden. Wenn sie nur wüssten, ha!

Der Kerzenleuchter auf dem Tisch entflammte mit einem Mal und tauchte die Stube in ein helles Licht, bevor die Flammen wieder in sich zusammenfielen und erloschen.

Larkin erstarrte.

Bei der Seele des Waldes, etwas Derartiges war schon seit Jahren nicht mehr vorgekommen, nicht seit Jerrick … Er schüttelte den Kopf, wie um die ungebetenen Gedanken zu verscheuchen. *Daran* wollte er beim besten Willen nicht denken.

Er nahm einen tiefen Atemzug, um seines Ärgers wieder Herr zu werden.

Seele des Waldes, aber er musste immerzu an die Räucherschale mit Beifuß in Tildas Heim denken. Die Schalen waren an und für sich ein alltäglicher Anblick in den Dörfern am Rande des Schattenwaldes – wenngleich ein leibhaftiger Schatten sich kaum von ein wenig Beifuß beeindrucken lassen würde –, aber Tilda hatte die Kräuter in der Schale erst entzündet, nachdem Larkin das Haus betreten hatte, und ihn während seines sehr kurzen Besuches die ganze Zeit argwöhnisch beäugt, als erwartete sie, dass er sich jeden Moment in einen leibhaftigen Schatten verwandeln würde.

Mit einem tiefen Seufzen stieß er sich von der Tür ab, entledigte sich des schweren Mantels und der Stiefel, bevor er den Leuchter erneut entzündete und in die Stube trat.

Fast wünschte er sich, Tildas Kräuter wären das Schlimmste gewesen, aber an den Argwohn der alten Vettel hatte er sich beinahe schon gewöhnt.

Nachdem er alle Besorgungen und Hausbesuche im Dorf hinter sich gebracht hatte, hatte er noch kurz nach dem alten Sven gesehen, der am Rande des Dorfes allein in seiner kleinen Hütte wohnte.

Neuer Ärger regte sich bei dem Gedanken und seine Hände ballten sich unwillkürlich zu Fäusten.

Einen Tag später – einen einzigen Tag! – und Larkin hätte nichts mehr für den Alten tun können. Und niemand hatte es für nötig gehalten, Larkin zu Hilfe zu rufen! Es war zum Aus-der-Haut-Fahren. Dabei war die Wunde an Svens Bein so unbedeutend gewesen, dass es gar nicht erst so weit hätte kommen müssen, wenn der alte Sven gleich zu Beginn zu Larkin gekommen wäre.

Larkin machte seinem Unmut mit einem Tritt gegen den Hocker Luft und fluchte im nächsten Moment, als er sich dabei den Zeh stieß.

Verfluchte Dickköpfe, allesamt! Dabei kannten sie ihn von Kindesbeinen an!

Er humpelte zu seinem Sessel, der vor dem Kamin stand, ließ sich mit einem Stöhnen hineinfallen und rieb sich den schmerzenden Zeh.

Fünf Jahre war es nun schon her, dass seine Mutter sich in den Tanz der Geister eingereiht hatte, und noch immer hatten diese Sturköpfe ihn nicht als den neuen Hexer akzeptiert. Ganz im Gegenteil, je mehr Zeit verstrich, desto argwöhnischer schienen sie zu werden, als erwarteten sie jeden Tag, dass er sich in einen Schatten verwandelte, nun da seine Mutter nicht mehr da war, um seine Magie zu leiten. Ha! Als wäre Magie ein Vorrecht der Frauen und ein Hexer eine Missgeburt, ein Kind der Schatten, das mit den Feen im Bunde war. Diese schattenverfluchten Narren!

Sämtliche Kerzen in der Hütte loderten urplötzlich auf, eine Stichflamme schoss im Kamin empor, die das übriggebliebene, halbverkohlte Holzscheit, das noch darin lag, in ein Häufchen Asche verwandelte, und draußen grollte ein einzelner Donnerschlag.

Larkin blinzelte gegen die plötzliche Helligkeit und atmete langsam aus.

Zweimal innerhalb von wenigen Minuten. Seine Mutter würde ihm das Fell über die Ohren ziehen, wenn sie noch am Leben wäre.

Mit einem Fingerschnippen löschte er alle Kerzen bis auf die, die auf dem Tisch standen, und ärgerte sich über seine mangelnde Beherrschung, den dreimal verfluchten Hocker, der ihm einen schmerzenden Zeh eingebracht hatte, und über die Dummheit der Menschen im Allgemeinen.

Müde schloss er die Augen und lehnte sich in den weichen Polstern zurück. Er hatte es so satt. Die ewigen argwöhnischen Blicke, die Beleidigungen, die die Kinder ihm hinterherriefen, weil sie es nicht besser wussten, die Beifuß-Büschel, die dieser Tage überall im Dorf herumhingen, und vor allem den Umstand, dass sie immer erst dann zu ihm kamen, wenn es schon fast zu spät war.

Vielleicht sollte er einfach dem Drängen der Müllersfrau nachgeben und ihre Tochter zur Frau nehmen, vielleicht würden sie dann endlich sehen, dass er genauso aus Fleisch und Blut war, wie sie auch, vielleicht wäre das genügend weiblicher Einfluss in seinem Leben, um sie zu besänftigen.

Vielleicht aber, dachte er bitter, würde sich auch gar nichts ändern und sie würden ihn noch immer meiden und dann wäre er mit einer Frau geschlagen, die einen Ochsen nicht von einem Esel unterscheiden konnte, sich aber über alles und jeden das Maul zerriss.

Wenn er nur daran dachte, bekam er schon eine Magenverstimmung.

Nein. Er würde einfach weitermachen wie bisher und hoffen, dass sie ihre Dummheit irgendwann einsahen und ihn akzeptierten und in der Zwischenzeit niemand zu Schaden kam.

Und bis dahin hatte es keinen Sinn, sich noch weiter den Kopf über die Dummheit der Menschen zu zerbrechen. Schließlich hatte er Besseres zu tun.

Wie seinen Vorrat an Fimbelwurzeln aufzufüllen.

Mit einem Stöhnen ließ er den Kopf in die Hände sinken. Ausgerechnet heute. Nachdem er Zauber um Zauber gewirkt hatte, um das Bein des Alten zu retten. Einen Augenblick erwog Larkin ernsthaft den Gedanken, noch einen Tag zu warten, um die Fimbeln zu ernten.

»Der Mond wartete nicht auf dich, du Narr«, ermahnte er sich leise.

Es musste in dieser Nacht sein. Der Mond war voll, die beste Zeit, um die knorrigen Wurzeln zu ernten, und eine weitere Nacht wie diese würde es vor dem Einsetzen der Winterstürme gewiss nicht mehr geben.

Mürrisch schälte er sich aus den gemütlichen Polstern und erhob sich. Besser, er machte sich gleich auf den Weg.

~*~

Larkin stöhnte, als er sich aus seiner gebückten Haltung aufrichtete, und rieb sich den schmerzenden Rücken. Stunden hatte er damit zugebracht die knorrigen Fimbelwurzeln im schwachen Licht des Mondes aus der Erde zu graben und war übersät mit tiefen Kratzern des dornigen Gestrüpps. Die Nachtfimbeln waren in dieser Nacht ganz besonders angriffslustig, als ahnten sie Larkins düstere Stimmung und wollten noch ihren Teil dazu beitragen. Ein besonders vorwitziges Exemplar hatte es sogar geschafft, seine Dornen über Larkins Wange zu ziehen, bevor er es hatte abschütteln können.

Verfluchte Biester.

Wenigstens hatte er im Gegenzug einen vollen Sack Wurzeln geerntet, die ihm bis weit in den Frühling hinein reichen würden, vielleicht sogar bis zum Sommer. Kaum zu glauben, bei dem Glück, das er den übrigen Tag gehabt hatte.

Er streckte dem kratzbürstigen Unkraut die Zunge heraus, als er endlich außer Reichweite der Dornen war, und trat erleichtert den Heimweg zu seiner kleinen Hütte an. Er konnte es kaum erwarten nach diesem Tag endlich in sein warmes Bett zu kriechen.

Ein seltsames Geräusch, das fast wie das Wiehern eines Pferdes klang, durchdrang die nächtliche Stille des Waldes und ließ Larkin abrupt innehalten. Instinktiv öffnete er seine Sinne und horchte auf das Summen der acht Bannkreise, die die Schatten seit Jahrhunderten im Wald gefangen hielten. Zwar waren die dunklen Wesen, soweit Larkin wusste, in all den Generationen, da die Hüter nun über ihr Gefängnis wachten, noch nicht ein einziges Mal entkommen, aber er wollte kein Risiko eingehen. Es war einer dieser Tage, an denen sich die ganze Welt gegen Larkin verschworen zu haben schien. Wäre es da nicht der Gipfel der Ironie, wenn ausgerechnet ihm, dem einzigen männlichen Hüter, den es je gegeben hatte, die Schatten entkommen würden?

Vielleicht sollte er noch einen weiteren Bannkreis hinzufügen, nur um sicher zu gehen. Schließlich hing das Schicksal des gesamten Königreiches, wahrscheinlich das der gesamten Welt davon ab, dass die Schatten sicher verwahrt blieben.

Das Wiehern erklang erneut und riss Larkin aus seinen düsteren Gedanken. Kein Schatten also, denn das Lied der Bannkreise war noch immer stark und ungebrochen. Rasch machte er sich auf die Suche nach dem Urheber des ungewöhnlichen Geräusches. Außer den Leuten aus den Dörfern in der Nähe des Schattenwaldes verirrte sich sonst niemals jemand in den Wald, glaubten sie doch alle, der Wald sei verflucht. Womit sie wahrscheinlich nicht ganz Unrecht hatten, bedachte man die Dunkelheit der Schatten, die über die Jahrhunderte hinweg den einstmals grünen Wald durchdrungen und verdorben hatte. Selbst Tiere gab es kaum noch und ganz sicher keine Pferde.

Dennoch war es genau das, was er versteckt hinter einer Buche und einem Winterbeerenstrauch vorfand.

Das Pferd war weitaus größer als die Ackergäule, die man vereinzelt auf den wohlhabenderen Höfen antraf – ein wahres Schlachtross, das allerdings selbst im schwachen Licht des Mondes einen geradezu jämmerlichen Anblick bot. Mit hängendem Kopf und bebenden Flanken stand das Tier im Schatten der Buche und drängte sich eng an den dornigen Winterbeerenstrauch. Larkin konnte im fahlen Mondlicht einen Sattel auf seinem Rücken ausmachen, der zugehörige Reiter jedoch war nirgends zu sehen.

Larkin beschlich ein ungutes Gefühl. Das Pferd hätte sich nie allein in den Wald gewagt, Tiere wussten es besser.

Mit einem Summen beschwor er eine kleine Flamme herauf, die ein paar Fingerbreit über seiner offenen Handfläche schwebte und mit ein wenig gutem Zureden groß genug wurde, dass sie den Waldboden beleuchtete.

Das Pferd scheute und gab ein schrilles Wiehern von sich, als das Feuer plötzlich aufflackerte, bewegte sich jedoch nicht von dem Winterbeerenstrauch weg. Es schnaubte und scharrte mit dem Huf, als wollte es Larkin herausfordern, und als er die Hand nach dem Tier ausstreckte, schnappte es nach ihm, sodass Larkin seine Hand nur mit knapper Not vor den kräftigen Kiefern retten konnte.

»Ruhig, ich will dir nur helfen«, murmelte er und begann eine leise Melodie zu summen, um das verängstigte Tier zu besänftigen.

Er rieb dem Pferd beruhigend über die Nase, als es ihm endlich erlaubte, es zu berühren, und schob es mit sanftem Druck von dem Strauch weg, vor dem es Wache gehalten hatte.

Larkin sog scharf die Luft ein bei dem Anblick, der sich ihm bot.

Der Reiter musste vom Rücken des Pferdes gerutscht sein und war direkt in dem Winterbeerenstrauch gelandet, der ihn vor Larkins Blicken verborgen hatte. Von der Kettenrüstung, die seinen Körper bedeckte, waren nur noch Fetzen übrig, den Wappenrock darüber hatte ein ähnliches Schicksal ereilt und dieser war noch dazu blutgetränkt, sodass das Wappen nicht mehr erkennbar war. Larkin fragte sich mit Schaudern, welches Ungeheuer in der Lage war, einen Kettenpanzer derart leicht zu durchtrennen. War er den Geschöpfen des Waldes zum Opfer gefallen?

Der Mann regte sich nicht, als Larkin neben ihm niederkniete. Der kupferne Geruch von Blut hing schwer in der Luft und ließ ihn das Schlimmste befürchten.

»Seele des Waldes, was ist dir nur widerfahren, mein Freund?«, flüsterte er, als er dem Mann behutsam die Hand auf die Stirn legte. Mit einem Summen rief er seine Magie und atmete erleichtert auf, als er mit seinem magischen Sinn ganz schwach das ersterbende Lebenslied des Mannes vernehmen konnte.

Es war noch nicht zu spät.

Ohne einen weiteren Augenblick zu verschwenden, begann Larkin zu singen und ließ seine Kraft in den sterbenden Mann fließen. Erst, als er sich sicher war, dass der Fremde den kurzen Weg bis zu Larkins Hütte überstehen würde, ließ er seine Magie verklingen.

Bei Licht betrachtet wirkten die Verletzungen noch besorgniserregender und Larkin beeilte sich, Tränke und Salben zu bereiten, bevor er sich wieder an der Seite des Fremden niederkniete und mit geübten Fingern dessen Wunden versorgte, während er erneut seine Zauber sang.

Der Mann hatte ausgesprochenes Glück gehabt, dass sein Pferd sich in den Schattenwald verirrt und dessen Magie ihn in die Nähe von Larkins Hütte geführt hatte. Wäre er in einem der Dörfer gelandet, hätte ihm niemand mehr helfen können.

Der Morgen graute bereits, als Larkin sich endlich steifbeinig von der Seite des Fremden erhob. Es würde eine ganze Weile dauern, bis sich der Mann erholen würde, aber Larkin war guter Dinge, dass bis auf ein paar Narben alles verheilen würde.

Er hoffte nur, dass der Fremde nichts dagegen hatte, seinen Winter in der Gesellschaft eines Hexers zu verbringen.

~*~

Das Erste, dessen Kian sich bewusst wurde, war die Stimme.

Es war dieselbe Stimme, die ihn bereits in seinen Träumen verfolgt hatte, warm und dunkel, wie eine laue Sommernacht. Die Stimme, die ihn daran gehindert hatte, den letzten Schritt über die Schwelle zu machen, um die Welt zwischen den Welten zu betreten.

Blinzelnd öffnete er die Augen und runzelte die Stirn, als er sich in einem fremden Bett wiederfand. Dicke Decken hüllten ihn ein, die an manchen Stellen etwas abgewetzt wirkten, jedoch ihren Zweck erfüllten und ihn warmhielten. Einen Moment lag er einfach nur da und beobachtete das Spiel der flackernden Schatten über ihm im Gebälk, während er versuchte, sich daran zu erinnern, was geschehen war.

Er erinnerte sich an die Schreckensschreie seiner Männer, das Kreischen der Greifen und die entsetzlichen Schmerzen, als die Krallen durch seinen Panzer fuhren, das Brechen von Knochen und über allem der kupferne Geruch von Blut.

Er hätte gar nicht mehr am Leben sein dürfen. Wie also war er in dieses Bett gekommen? Viel wichtiger jedoch – wieso war er noch am Leben?

Seine Glieder fühlten sich taub an, als gehörten sie gar nicht zu ihm, und er konnte kaum einen Finger rühren, geschweige denn den Kopf heben. Für einen Augenblick bekam er es mit der Angst zu tun. Was, wenn sein Zustand von Dauer war, wenn die

Heiler ihm nicht helfen konnten – sofern es überhaupt einen Heiler in der Nähe gab?

Er verdrängte die düsteren Gedanken rasch, bevor sie ihm den Mut rauben konnten, und ließ seinen Blick stattdessen umherschweifen, über endlose Regalreihen vollgestopft mit Töpfen, Tiegeln und Kräutern, bis er den anderen Mann bemerkte, der ihn schweigend betrachtete.

Der Fremde trug ein grobes Leinenhemd, wie es für das einfache Volk üblich war, und hatte kurzes, braunes Haar, das noch nie einen Kamm gesehen zu haben schien und mehr an ein Vogelnest erinnerte. Das ungewöhnlichste an ihm waren jedoch seine Augen.

Zuerst glaubte Kian, es wäre das flackernde Kerzenlicht, das seinen eigenen Augen einen Streich spielte, doch dann erkannte er, dass die Augen des Fremden in der Tat die Farbe von purem Gold hatten, in dem sich das Licht der Kerzen zu brechen schien.

Es war ein beinahe unheimlicher Anblick.

»Wer … seid Ihr?«, brachte Kian mühevoll hervor. Seine Kehle war wie ausgedörrt und jedes Wort schmerzte in seinem Hals.

Der Fremde blinzelte und wich Kians Blick aus.

Erst jetzt ging Kian auf, dass der Gesang verstummt war und er fragte sich, ob wohl der Fremde der Besitzer der dunklen Stimme war. Hatte Kian es ihm zu verdanken, dass er noch am Leben war?

»Mein Name ist Larkin«, murmelte der Fremde, ohne jedoch Kians Blick zu begegnen. »Ich fand Euch verletzt im Wald und brachte Euch hierher, um Eure Wunden zu versorgen. Dies ist mein Heim.« Ein Hauch von Röte kroch über seine Wangen und verlieh ihm ein geradezu jungenhaftes Aussehen. Er konnte kaum älter als Kian selbst sein, vielleicht sogar ein wenig jünger.

»Meine … Männer?«, stieß Kian mühsam hervor.

Larkin runzelte die Stirn und schüttelte den Kopf, die Augen sorgsam abgewandt, als schäme er sich für seine ungewöhnliche Augenfarbe. »Ihr wart allein, als ich Euch fand.«

Kian biss die Zähne zusammen. Also hatte es keiner von den anderen geschafft. Lias, Gerrit, Nevin … Schatten und Verdammnis, wie sollte er Nevins Mutter erklären, dass ihr Sohn nicht mehr nach Hause kommen würde?

Kian sah auf, als er hörte, wie sich der andere Mann näherte. Larkins Schritte stockten kurz, als er Kians Blick begegnete, und er sah rasch zur Seite, ehe er sich vor dem Bett auf die Knie sinken ließ.

Er schien ungewöhnlich scheu für jemanden, der ein wahrer Meisterheiler sein musste, wenn er Kians Leben hatte retten können.

»Hier«, sagte Larkin leise und schob Kian einen Arm unter die Schultern, bevor er ihm einen Becher an die Lippen setzte. »Dies wird Euch helfen, wieder zu Kräften zu kommen.«

Der Trank schmeckte unerwartet süß – ganz und gar nicht wie die grässlichen Tränke, die die Heiler bei Hofe für gewöhnlich brauten – und rann wie Balsam Kians trockene Kehle herab.

Kian biss die Zähne zusammen, als Larkin ihm langsam wieder in die Kissen half und die Bewegung ihn schmerzlich daran erinnerte, dass er nur knapp dem Tod entronnen war.

»Verzeiht mir«, murmelte Larkin und im nächsten Moment spürte Kian eine warme Hand auf seiner Stirn, während sich eine zweite auf seine Brust legte und der Mann eine leise Melodie summte.

Der Schmerz ließ beinahe augenblicklich nach und Kian blinzelte überrascht. Er hatte also Recht gehabt. Die Stimme gehörte Larkin. Und wie es schien, war Larkin sehr viel mehr als ein einfacher Heiler.

»Ihr habt mich gerettet«, sagte Kian leise.

Larkin warf ihm einen Blick aus dem Augenwinkel zu und nickte dann.

»Ich schulde Euch meinen Dank, Larkin.«

Larkin erstarrte, bevor er langsam den Kopf drehte, um Kian mit sichtlichem Erstaunen anzublicken. Es lag eine

Verletzlichkeit in seinen Augen, die Kian stutzen ließ. Es schien fast als … als wäre Larkin überrascht, dass sich jemand für seine Dienste bedankte. Aber wie konnte das sein?

»Ich weiß, dass die Wunden tödlich waren«, sagte er. »Ich hätte es niemals überlebt, wenn Ihr nicht gewesen wärt. Dafür danke ich Euch, Larkin. Ich stehe tief in Eurer Schuld.«

Larkin schüttelte den Kopf, doch seine Augen leuchteten und an seinen Mundwinkeln zupfte ein Lächeln. »Ihr schuldet mir nichts«, sagte er und seine Stimme klang ein wenig fester als zuvor. »Ich bin froh, dass ich Euch noch rechtzeitig fand.«

Kian erlaubte sich ein winziges Lächeln. »Das bin ich auch und mein Name ist Kian.«

Larkins ganzes Gesicht hellte sich mit einem Schlag auf und seine ganze Haltung entspannte sich sichtlich. »Kian«, wiederholte er und nickte kurz. »Ich fürchte, Kian, Ihr werdet den Winter mit meiner Gesellschaft vorliebnehmen müssen, bis es Euch besser geht.« Er erhob sich rasch und kam kurz darauf mit einer Schale in der Hand zurück.

»Es wäre gut, wenn wir etwas Nahrung in Euch bekämen, bevor Ihr wieder einschlaft«, erklärte Larkin und Kian lief bei dem würzigen Duft, der von der Schale zu ihm herüberwehte, das Wasser im Mund zusammen. »Fühlt Ihr Euch dazu in der Lage?«

Kian nickte rasch.

Er konnte regelrecht spüren, wie die kräftige Brühe seine Lebensgeister weckte und es ihm mit jedem Bissen ein wenig besser zu gehen schien.

»Sagt mir, Larkin«, begann Kian, nachdem Larkin die Schale weggeräumt hatte, »wie schlimm sind die Verletzungen wirklich?«

Larkin seufzte und Kians Mut sank, als Larkin erneut die Augen niederschlug. »Ich will es nicht beschönigen, ich habe selten so schreckliche Wunden gesehen«, sagte der Hexer und eine steile Falte erschien zwischen seinen Brauen. »Ich fürchte, ich werde es nicht verhindern können, dass einige Narben zurückbleiben. Es tut mir leid.«

»Narben?«, echote Kian, nicht sicher, ob er richtig verstanden hatte.

»Die Wunden sind sehr tief und ich fürchte meine Kräfte reichen nicht so weit, um –«

»Wollt Ihr damit sagen, dass bis auf ein paar Narben alles verheilen wird?«, unterbrach Kian ihn.

Larkin sah ihn verwirrt an. »Ja, aber –«

»Ich werde wieder laufen können?«

Larkin biss sich auf die Lippe, den Blick zur Seite gerichtet. »Es wird eine Weile dauern, aber –«

»Und …« Kian wagte es kaum zu fragen. Zu gut erinnerte er sich noch an das Gefühl von messerscharfen Krallen, die sich tief in sein Fleisch gruben und ihm den Schwertarm halb von der Schulter getrennt hatten. »… mein Arm?«, endete er mit einem heiseren Flüstern.

Larkins Blick wurde weich und er legte Kian zögerlich eine Hand auf den in dicke Verbände gehüllten Arm.

»Ihr werdet Geduld haben müssen, doch ich versichere Euch, dass bis auf ein paar Narben alles vollständig verheilen wird.«

Kian schloss die Augen, als die Erleichterung ihn schwindeln ließ. Er war froh gewesen, dass er mit dem Leben davongekommen war und nun erzählte ihm dieser Mann, dass nichts weiter als ein paar Narben zurückbleiben würden? Es war kaum zu glauben. Nicht einmal die Heiler des Königs hätten ein solches Wunder vollbringen können, dessen war sich Kian sicher.

»Wer –«, begann er und verstummte abrupt, als ihn die Erkenntnis wie ein Schlag traf. Larkin – der Name war ihm gleich so bekannt vorgekommen und Kian konnte sich nur einen Mann vorstellen, der genug Macht besaß, um tödliche Wunden zu heilen.

»Ihr seid der Hüter der Schatten«, entfuhr es ihm, ehe er die Worte zurückhalten konnte. Er hatte es für nicht mehr als eine

Legende gehalten und ein Teil von ihm glaubte noch immer nicht so recht daran.

Larkins Kopf fuhr mit einem Ruck in die Höhe und er sah Kian aus weit aufgerissenen Augen an, das Gesicht aschfahl. Seine Lippen bewegten sich einige Male, ohne jedoch einen Laut hervorzubringen, und es war ihm regelrecht anzusehen, wie er innerlich mit sich rang.

Schließlich senkte er den Blick in stummer Resignation.

»Ja«, sagte er tonlos, während sein Gesicht feuerrot anlief, »der bin ich.«

Er sank in sich zusammen, als hätte Kian gerade das Todesurteil über ihn gesprochen. Larkins Verhalten war ausgesprochen verwirrend und Kian konnte sich keinen Reim darauf machen. Aber er konnte es nicht ertragen, Larkin so niedergeschlagen zu sehen. »Ich war der festen Überzeugung, der Hüter wäre ein verhutzelter, alter Mann mit langem, weißen Bart, brennenden Augen und meckerndem Lachen«, sagte er.

Larkin sah überrascht auf und die Unsicherheit und Verwirrung, die sich auf seinem Gesicht abzeichneten, verschwanden schnell, als Kian ihn angrinste. Larkins Mundwinkel zuckten in der Andeutung eines Lächelns.

»Nun, die ... äh ... passenden Augen habe ich immerhin«, sagte er, während seine Augen hin und wieder zu Kian huschten.

Kians Grinsen wurde breiter. »Aber an dem Bart werdet Ihr wohl noch eine Weile arbeiten müssen.«

Larkin warf Kian einen Blick aus dem Augenwinkel zu. »Nun, da habt Ihr mir einiges voraus.«

Kian runzelte verwirrt die Stirn, bis ihm aufging, dass der Hexer einen Scherz gemacht hatte. Er gestattete sich ein Lachen und bereute es sofort, als heißer Schmerz durch seinen Leib schoss.

Augenblicklich war Larkins Hand zurück auf seiner Stirn und der Gesang hob von neuem an.

»Verzeiht«, sagte der Hexer schließlich mit einem verlegenen Lächeln. »Vielleicht warten wir mit den Scherzen, bis es Euch bessergeht.«

»Bedauerlich, aber vielleicht habt Ihr Recht«, erwiderte Kian. »Allerdings hätte ich nichts dagegen, mich wieder von meinem Bart zu trennen.« Nun, da Larkin ihn daran erinnert hatte, begannen die Stoppeln in seinem Gesicht fürchterlich zu jucken. Und er war nicht einmal in der Lage eine Hand zu heben, um sich zu kratzen.

Larkins Augen funkelten. »Ich finde, er steht Euch ausgezeichnet.«

Kian lächelte langsam. Sieh an, da steckte tatsächlich mehr hinter diesen goldenen Augen.

»Mag sein«, erwiderte Kian betont gleichgültig. »Jedoch wäre es bedauerlich, wenn mich das Jucken in den Wahnsinn triebe, nicht wahr?«

Larkin lachte nur.

2

»Ist dir bewusst, dass du jedes Mal anfängst zu summen, wenn du mich untersuchst?«

»Hm?« Larkin hörte Kian nur mit halbem Ohr zu, sorgsam darauf bedacht, seine Konzentration nicht zu verlieren, während seine Hände behutsam über die gebrochenen Knochen in Kians Bein wanderten. Es würde noch eine Weile dauern, bis der Krieger wieder ohne Schmerzen würde laufen können, doch Larkin war zuversichtlich, dass alles vollständig verheilen würde.

Die Wunden waren fürchterlich gewesen und es grenzte an ein Wunder, dass Kian den Ritt durch den Schattenwald überlebt hatte. Er musste einen ganzen Hofstaat an Schutzgeistern um sich geschart haben oder unwahrscheinlich viel Glück haben.

Vielleicht auch beides, bedachte man, dass er freiwillig mit nicht mehr als einem halben Dutzend Männern, von denen kein einziger über Magie verfügt hatte, gegen einen ausgewachsenen Greifen ins Feld gezogen war.

Larkins Lied fand ein jähes Ende, als Kians Lachen seine Konzentration brach.

»Was?«, fragte Larkin, ein wenig schärfer als gewöhnlich ob der plötzlichen Unterbrechung.

Kian lachte wieder. »An dir ist wahrhaftig ein Barde verloren gegangen. Singst du für all deine Patienten?«

Einen Moment lang konnte Larkin Kian nur wortlos anstarren, bevor die Worte ihren Weg in Larkins Verstand fanden.

Singen.

Mit einem Seufzen ließ er sich auf die Fersen sinken, den Blick starr auf die Laken gerichtet, auf denen Kian lag und die an manchen Stellen bereits ein wenig fadenscheinig wirkten. Er konnte die Hitze spüren, die ihm den Hals hinaufkroch und seine Wangen zum Glühen brachte.

»Es ist meine Magie«, sagte Larkin leise und mit hängendem Kopf, sich innerlich bereits gegen das Unausweichliche wappnend. Nicht genug, dass er ein Mann war, obwohl die Hüter seit jeher nur Frauen waren, nein, die Geister mussten ihn auch noch mit dieser seltsamen Magie schlagen, die sich so sehr von der Art und Weise unterschied, wie andere Hexen ihre Magie riefen.

Schattenzunge hatten ihn die anderen Kinder gerufen und manche von ihnen nannten ihn noch heute so hinter vorgehaltener Hand. Tilda allen voran.

»Deine ... Magie?«, erwiderte Kian und Larkin konnte das Stirnrunzeln in seiner Stimme hören. »Aber ich dachte, um Magie zu wirken, bräuchte man Sprüche und Formeln.«

Larkin starrte auf seine Hände. Natürlich war Kian als Krieger im Dienst des Königs bereits anderen Magiern begegnet und würde wissen, wie andersartig Larkin war.

Wechselbalg. Missgeburt. Schattenzunge, wisperte es durch seinen Geist.

Seine Hände ballten sich unwillkürlich zu Fäusten und er stand hastig auf, als er Ärger und Verzweiflung in sich aufsteigen spürte und seine Magie unter seiner Haut zu prickeln begann. Er würde vor Kian nicht die Beherrschung verlieren, bei der Seele des Waldes, er würde nicht die Kontrolle verlieren! Er klammerte sich an die Worte wie an einen rettenden Anker, bis der aufkeimende Sturm in seinem Inneren sich allmählich legte.

Als Kian jedoch einen unterdrückten Fluch von sich gab und Larkin zur selben Zeit den Misston in Kians Lied wahrnahm, erstarrte er und dachte voller Grauen daran, wozu seine Magie in der Lage war, wenn er die Beherrschung verlor.

Bitte lass nichts geschehen sein, flehte er inständig, bevor er sich langsam umdrehte.

Kian saß auf der Kante seines Bettes, das Gesicht weiß wie ein Laken, die Zähne zusammengebissen und die Hände so fest um die Bettkante geklammert, dass die Knöchel weiß hervortraten, das verletzte Bein ungelenk vor sich ausgestreckt.

»Hast du den Verstand verloren?«, entfuhr es Larkin und der Schrecken, den er noch einen Augenblick zuvor verspürt hatte, ließ seine Stimme schärfer klingen, als beabsichtig. »Ich habe dir doch gesagt, dass das Bein noch für eine Weile ruhen muss. Willst du, dass ich mit der ganzen Heilung von vorn anfangen muss?« Die plötzliche Erleichterung darüber, Kian nicht versehentlich mit seiner Magie verletzt zu haben, machte ihn für einen Moment schwindeln.

Kians Augenbrauen zogen sich zusammen, als er Larkin mit einem finsteren Blick bedachte. »Verzeih mir, dass ich mir Sorgen gemacht habe, als du plötzlich davonliefst und nichts mehr um dich herum wahrzunehmen schienst. Schatten und Verdammnis, Larkin, du bist noch immer bleich wie der Tod!«

Larkin rieb sich mit einer Hand über die Augen und atmete langsam aus. Stumm half er Kian zurück ins Bett, sich des durchdringenden Blickes des Mannes deutlich bewusst, und suchte fieberhaft nach den richtigen Worten, während er Kians Bein ein zweites Mal untersuchte.

»Ich bin … nicht gewöhnlich«, begann er schließlich stockend.

Kian stieß ein kurzes Lachen aus. »Nun, das ist mir bereits aufgefallen. Was hat das mit deiner Magie zu tun oder dem«, er machte eine vage Handbewegung in Richtung des Kamins, an den sich Larkin zuvor geflüchtet hatte, »was auch immer da gerade geschehen ist?«

Larkin ließ sich mit einem Seufzen zu Boden sinken, den Rücken gegen das Bett gelehnt, sodass er Kian nicht in die Augen sehen musste, die Arme auf den angezogenen Knien ruhend, während seine Finger an einem losen Faden in seinem linken Ärmel zupften.

»Ich brauche keine Sprüche, keine albernen Handbewegungen, um mir die Magie gefügig zu machen«, sagte er leise und starrte auf seine Hände. »Ich kann die Magie der Welt … hören. Es ist wie ein gewaltiger Teppich aus Klängen, Tönen und verschiedenen Melodien, in der jedes Ding, jedes Wesen seinen Platz hat und sich mit seinem eigenen Lied in den großen Tanz einreiht.« Er legte den Kopf schräg, als er auf die Magie, die ihn umgab, lauschte. »Zaubersprüche sind für mich nichts als leere Worte, wenn ich jedoch den richtigen Ton finde …« Er summte leise und wie aus dem Nichts erhob sich ein Spatz von seinen Händen, flatterte einige Male um Kians Kopf herum, bevor er auf einen Pfiff hin in einem Funkenregen verschwand.

Larkin schlug hastig die Augen nieder, als er Kians überraschtem Blick begegnete, und verfluchte sich im Stillen für das alberne Schauspiel.

Eine warme Hand legte sich auf seine Schulter und die ungewohnte Berührung ließ Larkin unwillkürlich zusammenzucken. Doch die Hand verschwand nicht, sondern blieb, wo sie war, ihr Gewicht seltsam beruhigend.

»Das ist … erstaunlich«, sagte Kian nach einer Weile. »Ist es, weil du der Hüter bist, dass du über diese Magie verfügst?«

Larkin sah überrascht auf, doch er fand keinen Spott in Kians Miene, wie er erwartet hatte, stattdessen blickte Kian ihn offen und mit ehrlichem Interesse in den dunklen Augen an.

Larkin seufzte. »Nein«, sagte er zögernd. »Nein, ich bin …« *Wider die Natur. Missgeburt. Schattenbrut.*

»Einzigartig?«, schlug Kian vor.

Larkin blinzelte, öffnete den Mund und schloss ihn wieder, als die Worte ausblieben.

Einzigartig.

Kian hatte ja keine Ahnung, wie einzigartig Larkin tatsächlich war.

Larkin zuckte die Achseln und starrte wieder seine Hände an. »Die meisten Leute würden weniger schmeichelhafte Ausdrücke verwenden«, sagte er und dachte an Tilda und ihre finsteren Blicke.

»Mir scheint, die meisten Leute sind ausgemachte Dummköpfe.«

Larkin musste gegen seinen Willen lachen und schüttelte den Kopf. »Wo bist du nur all die Jahre gewesen?«, murmelte er und erstarrte, als ihm aufging, dass er die Worte laut ausgesprochen hatte.

Das Lächeln auf Kians Gesicht verschwand augenblicklich und machte einer Härte Platz, die Larkin einen Schauer über den Rücken jagte und ihm ins Gedächtnis rief, dass er einem Krieger gegenübersaß, der sich nicht davor scheute, gegen einen Greifen ins Feld zu ziehen.

»Ist das der Grund, weshalb du allein lebst?« Selbst Kians Stimme klang schärfer. Der Griff um Larkins Schulter wurde beinahe schmerzhaft fest.

»Ich fürchte, ich verstehe nicht ...«

»Du bist mächtig genug, um mich zurückzuholen, als ich bereits auf der Schwelle des Todes stand, mächtig genug sogar, um dieses verfluchte Bein wieder vollständig zu heilen – und Larkin, ich habe es gesehen, habe gespürt, wie die Knochen brachen, selbst die Heiler des Königs hätten nichts mehr für mich tun können. Warum bei allen verfluchten Schatten fristest du hier mutterseelenallein und von allen verlassen dein Dasein? Noch dazu, wo Mittwinter vor der Tür steht. Niemand sollte zu Mittwinter allein sein, was tust du hier?«

Larkin blinzelte. Mittwinter? Er hatte völlig vergessen, dass Mittwinter war. Woher wusste Kian, dass Mittwinter war?

»Du bist hier«, sagte er und hoffte, dass die Erklärung Kian zufrieden stellen würde.

Kians Augen verengten sich und sein Blick wurde scharf. »Und was hättest du getan, wäre ich nicht hier? Wenn du mich nicht im Wald gefunden hättest?«

Larkins Finger kehrten zu dem losen Faden an seinem Ärmel zurück und zerrten so lange daran, bis er riss.

»Nichts«, sagte er schließlich. Wie jämmerlich er in Kians Augen erscheinen musste, dass er zu Mittwinter allein in seiner Hütte hockte, fernab von allen Festlichkeiten.

Kian seufzte. »Warum, Larkin?«

Larkin schlang die Arme um die Knie.

Es war nicht immer so gewesen. Als Kind hatte er mit seiner Mutter den Festlichkeiten im Dorf beigewohnt und dabei zugesehen, wie das ganze Dorf im flackernden Schein unzähliger Fackeln erstrahlte und die Tänze zu Ehren der Geister begannen.

Larkin war seit Jahren nicht mehr dort gewesen. Klara versuchte zwar, ihn jedes Jahr wieder dazu zu überreden, doch er konnte die misstrauischen Blicke nicht länger ertragen. Die meisten wollten ihn nicht dabeihaben und so blieb er fern.

»Ich …«

Er senkte den Kopf und fuhr sich mit den Händen durch sein ewig wildes Haar. Es wäre so leicht, sich Kian anzuvertrauen, all den Ärger und die Verzweiflung mit jemandem zu teilen. Doch eine leise Stimme erinnerte ihn daran, dass Kian ihn genau wie alle anderen ansehen würde, wenn er nur wüsste, wozu Larkin in der Lage war. Und es brachte ohnehin nichts, über Dinge zu reden, die sich niemals ändern würden.

»Es ist nichts«, sagte er schließlich und kämpfte sich auf die Beine, die bereits steif vom langen Sitzen auf den kalten Dielen geworden waren.

»Larkin!« Kians Finger streiften Larkins Ärmel, bevor Larkin sich außer Reichweite begeben konnte.

»Es ist nichts«, wiederholte er mit mehr Nachdruck und wusste nicht, wen er damit zu überzeugen versuchte. Er ging mit raschen Schritten zur Tür. Die Hütte wirkte mit einem Mal zu eng, zu stickig, wie ein Käfig, in dem er wie eine Maus gefangen war, und er musste hinaus, brauchte frische Luft.

»Ich schwöre dir, Larkin, wenn du jetzt davonläufst, werde ich dir folgen und ein paar gebrochene Knochen werden mich kaum aufhalten können.«

Larkin erstarrte, eine Hand bereits auf dem Türknauf. Er zweifelte nicht daran, dass Kian seine Drohung wahrmachen würde. Der Mann war bisweilen sturer als Larkins Esel.

Doch wenn Larkin blieb …

Er konnte die Magie bereits unter seiner Haut spüren, wie ein unangenehmes Jucken, und es war mehr als beunruhigend festzustellen, wie seine Kontrolle, die er sich über die Jahre mühsam erkämpft hatte, ihm so schnell entgleiten konnte. Er konnte nicht bleiben, nicht mit Kian in der Nähe, der niemals verstehen würde, der in Gefahr war …

»Larkin, beruhige dich.«

Larkin fuhr mit einem erstickten Schrei herum, als die vertraute Stimme mit einem Mal dicht hinter ihm erklang, und starrte mit weit aufgerissenen Augen zu Kian empor, der nicht einmal eine Armeslänge von Larkin entfernt stand.

»Was *tust* du?«, rief Larkin aus und wich zurück, bis er mit dem Rücken zur Tür stand. »Dein Bein …«

Kian musterte ihn aus schmalen Augen. »Was ist los mit dir, Larkin? Wovor läufst du davon?«

Larkin schloss die Augen vor Kians stechendem Blick und presste die zitternden Hände gegen das kühle Holz der Tür. »Nichts … ich …«

Er biss die Zähne zusammen, als er die Magie dicht unter seiner Haut spürte. Es fühlte sich an, wie damals, als er Jerrick beinahe mit einem Blitz getroffen hätte, als wäre seine Haut zu eng für seinen Leib.

»Nein«, flüsterte er und schüttelte stumm den Kopf, als ein gewaltiger Donnerschlag das Haus erbeben ließ. Erschrocken riss er die Augen auf und starrte zur Decke empor. Wind machte sich auf, rüttelte an den Fensterläden und heulte wie ein wildes Tier.

»Seele des Waldes, nein.« Er wollte nicht, dass Kian erfuhr, wozu er in der Lage war und die Furcht fachte seine Magie nur noch mehr an, brachte seine Beherrschung nur noch mehr ins Wanken.

»Sieh mich an, Larkin.« Eine Hand legte sich um sein Kinn und drehte seinen Kopf, bis er in dunkelblaue Augen blickte. »Beruhige dich, ich will dir nichts tun«, sagte Kian, sein Tonfall sanft.

»Du verstehst nicht …« Larkins Stimme zitterte. »Du weißt nicht, wozu ich in der Lage bin.«

Er zuckte zusammen, als ein weiterer Donnerschlag erklang und hasste sich dafür, dass er sich nicht besser unter Kontrolle hatte, dass er nicht stärker war, noch dazu vor Kian.

Die Kerzenflammen loderten hell auf und das Feuer brüllte im Kamin, obwohl nur noch ein Holzscheit darin lag. Gläser klirrten auf den Regalen, die Seiten des Zauberbuches, das Larkin auf dem Tisch hatte liegen lassen, raschelten wie von einer unsichtbaren Hand bewegt.

Larkin sank auf die Knie und presste die Stirn gegen den kalten Boden, die Arme noch immer um sich geschlungen, während er darum kämpfte, die Macht, die in ihm tobte, zurück in ihre Schranken zu weisen.

Nur am Rande nahm er die dunkle Stimme wahr, die sanft auf ihn einredete. Hände griffen nach ihm und er wimmerte leise, als sein Kopf angehoben wurde und er im nächsten Moment von Wärme und Kians vertrauter Melodie umgeben war.

»Ich kann es nicht beherrschen«, flüsterte er.

Eine warme Hand legte sich in seinen Nacken. »Doch das kannst du. Das hast du bereits. Beruhige dich, Larkin.«

Ein Schauder erfasste seinen Leib und es dauerte eine Weile, bis seine Glieder aufhörten zu zittern. Eine tiefe Müdigkeit erfasste ihn, wie jedes Mal wenn er einen ungeheuer mächtigen Zauber wirkte, und nach dem Sturm zu urteilen, der immer noch um die Hütte heulte, hatte sein Ausbruch sehr viel seiner Kraft in Anspruch genommen.

»Es ist nicht … natürlich«, murmelte er. »Niemand sollte über so viel Magie gebieten.«

Eine Hand strich ihm über das Haar, bevor eine dunkle Stimme über ihm ertönte. »Wenn es jemanden gibt, dem ich ohne weiteres so viel Macht anvertrauen würde, so bist du es.«

Er war sich vage des Umstandes bewusst, dass sein Kopf in Kians Schoß gebettet lag, doch er konnte nicht genügend Kraft aufbringen, sich darüber oder über die Hand in seinem Haar zu wundern. »Du kennst mich kaum.«

»Du teilst seit Wochen mit mir dein Heim. Ich glaube, ich habe genug gesehen, um mir ein Urteil darüber bilden zu können.«

»Die Leute im Dorf kennen mich seit Kindesbeinen an und glauben dennoch, ich wäre mit den Schatten im Bunde«, sagte Larkin und erschrak über die Bitterkeit, die aus seinen Worten sprach.

»Warum sollten sie so etwas glauben?«, fragte Kian.

Larkin stieß einen tiefen Seufzer aus. Er war so unendlich müde.

»Du hast gesehen, wozu ich in der Lage bin. Als ich ein kleiner Junge war ... es war schwer, mit so viel Macht umzugehen, besonders wenn starke Gefühle mit im Spiel waren. Dinge ... geschahen manchmal, ohne dass ich es wollte.« Er lachte verlegen. »Offenbar geschehen sie noch immer.«

Er nahm einen tiefen Atemzug, bevor er fortfuhr. »Als ich sieben war, hätte ich einen der Jungen beinahe mit einem Blitz getötet, weil ich mich so sehr über ihn geärgert habe. Danach ... nun, die Leute, die am Rande des Schattenwaldes wohnen, sind ein abergläubisches Volk. Die Mutter des Jungen hat mir bis heute nicht verziehen, obwohl ich danach schnell lernte, meine Kraft zu beherrschen. Aber sie wissen alle, was ich getan habe und es hilft nicht, dass ich diese seltsamen Augen habe, die niemanden vergessen lassen, was ich bin.«

Er schloss die Augen, als sie zu brennen anfingen und wollte sich in einem Mauseloch verkriechen, bis er die Welt um sich herum vergessen konnte.

»Ich mag deine Augen.«

Die Hand in Larkins Haar erstarrte und Larkin fragte sich verwundert, ob er sich wohl verhört hatte. Doch als er den Kopf wandte, starrte Kian ihn mit offenem Mund und geröteten Wangen an, als könnte er selbst nicht glauben, was er da so eben gesagt hatte.

Der Anblick war so unerwartet, dass Larkin sich ein Lächeln nicht verbeißen konnte. »Tust du das?«, fragte er und war überrascht über das Lachen, das ihm über die Lippen schlüpfte.

Es zuckte um Kians Mundwinkel und dann stimmte er in Larkins Lachen mit ein. »In der Tat, das tue ich.«

»Du bist ein seltsamer Mann, Kian.«

»Vielleicht bin ich das«, sagte Kian, den Blick in die Ferne gerichtet und Larkin wurde einmal mehr daran erinnert, wie wenig er doch über Kian wusste, wie wenig der Mann für gewöhnlich von sich preisgab.

»Warum tust du das?«, fragte Larkin unvermittelt. Er bedauerte den Verlust von Kians Hand in seinem Haar, als er sich aufsetzte, und schalt sich einen Narren dafür. »Warum …« *Warum bist du so freundlich zu mir*, dachte er, brachte die Worte jedoch nicht über die Lippen.

Kian seufzte und legte Larkin eine Hand auf die Schulter. »Das ist es, was Freunde für einander tun, Larkin.«

Larkin blinzelte. »Freunde?«, fragte er ungläubig.

Kian zuckte in einer beinahe verlegenen Geste mit den Achseln und senkte kurz den Blick, bevor er Larkin wieder in die Augen sah. »Wenn du mich haben willst?«

Larkin konnte sich keinen Grund denken, warum ein Ritter im Dienste des Königs einem verschrobenen Hexer, der in den Tiefen des Schattenwaldes hauste, seine Freundschaft anbieten würde.

Erst als Kian den Blick abwendete und Larkin die Anspannung in seinen Zügen bemerkte, ging ihm auf, dass Kian noch immer auf eine Antwort wartete.

»Es wäre mir eine Ehre«, sagte Larkin.

Kians Kopf fuhr in die Höhe und seine dunkelblauen Augen leuchteten, wie Larkins es taten, wenn er Magie wirkte. »Die Ehre ist ganz meinerseits.«

~*~

Dichter Nebel hing zwischen den Bäumen und hier und da lag noch ein wenig Schnee, als Kian sich so weit erholt hatte, dass er seinen Abschied nehmen konnte. Seine Stute war bereits gesattelt und Larkin hoffte, er hatte Kian genügend Proviant eingepackt.

»Ich danke dir, Larkin, für alles, was du für mich getan hast«, sprach Kian feierlich.

Larkin schlug verlegen die Augen nieder. »Es war mir eine Ehre, mein Freund«, erwiderte er leise, während ihm ein brennender Schmerz durchs Herz fuhr. Kian war ihm ein guter Freund in den vergangenen Wochen geworden und der Gedanke an die einsamen Tage, die ihm nun bevorstünden, füllte Larkin mit Grauen.

Er wollte Kian festhalten, ihn anflehen, noch ein paar Tage zu bleiben, doch er brachte kein Wort über die Lippen und konnte Kian nur stumm anstarren.

Kian musterte Larkin einen Moment lang mit undeutbarer Miene, bevor er einen Schritt auf Larkin zumachte und ihn unvermittelt in eine feste Umarmung zog.

Einen Augenblick lang war Larkin wie versteinert, bevor er fest die Arme um Kian schlang und sich wünschte, er müsse Kian nicht ziehen lassen.

»Wir werden uns wiedersehen, mein Freund, das verspreche ich dir«, erklärte Kian heiser, bevor er Larkin wieder freigab und sich auf sein Pferd schwang, das es kaum erwarten zu können schien, endlich fortzukommen.

Larkin fühlte sich wie ein Schatten seiner selbst, als hätte das Gift der Schatten, die im Wald gefangen waren, seinen Weg in seine Adern gefunden, als hätte Kian den letzten Rest Wärme mit sich genommen. Nicht einmal die einzelnen Sonnenstrahlen, die sich allmählich ihren Weg durch den Nebel bahnten, vermochten Larkin zu erreichen.

Geh nicht, wollte er sagen, *bleib bei mir.* Denn Kians Worten zum Trotz wussten sie beide, dass sie sich wohl niemals wiedersehen würden. Als Soldat im Dienst des Königs würde Kian kaum Zeit haben, den weiten Weg zum Schattenwald auf sich zu nehmen, während Larkins Platz hier bei den Schatten war.

Er vergrub die Hände tief in den Hosentaschen und zog die Schultern hoch, doch es half alles nichts gegen die Kälte in seinem Inneren. Er konnte nur stumm zusehen, wie sein Freund sich zur Abreise bereit machte.

Ein letztes Nicken, ehe sich die braune Stute in Bewegung setzte.

»Warte!«, platzte Larkin heraus, als seine Hand den Talisman in seiner Tasche streifte.

Kian drehte sich überrascht zu Larkin um, der ihm das Lederband mit dem münzgroßen, silbernen Anhänger entgegenhielt.

»Was ist das?« Kian griff erstaunt nach dem Amulett, das Larkin in den letzten Wochen heimlich für ihn angefertigt hatte.

»Es ist ein Schutzzauber«, erklärte Larkin, um einen leichten Tonfall bemüht. Er scheiterte kläglich. »Ich dachte, im Dienste des Königs könnte es dir sehr von Nutzen sein. Vor allem, wenn du dich das nächste Mal todesmutig einer Greifenmutter in den Weg stellst.« Larkin wich Kians suchendem Blick aus. Es war das mächtigste Amulett, das Larkin je gefertigt hatte, mächtig genug um sogar vor Drachenfeuer zu schützen, zumindest für eine kurze Zeit.

»Du hast es gemacht?«, fragte Kian.

Larkin nickte stumm.

Kian lachte leise, als er das Bild des Greifen erblickte, das Larkin in das Amulett graviert hatte.

»Larkin, es ist wunderschön. Ich wusste nicht, dass du solch feine Dinge anfertigen kannst.«

Die Hitze stieg Larkin bei dem unerwarteten Lob ins Gesicht, sodass er verlegen die Augen niederschlug. »Du kannst das Lederband jederzeit austauschen, ich hatte leider nichts Besseres zur Hand. Wichtig ist nur, dass du den Talisman dicht am Herzen trägst«, erklärte er rasch, während er sich mit dem Finger auf die Brust tippte.

Kian hing sich das Schmuckstück mit einem seltsamen Ausdruck in den dunklen Augen um den Hals. »Da sollte ich derjenige sein, der dich belohnt, weil du mir das Leben gerettet hast, mich den Winter über gesund gepflegt und mit mir Heim und Herd und sogar deine Freundschaft geteilt hast, und stattdessen erhalte ich ein weiteres Geschenk von dir. Larkin, du bist wahrlich ein außergewöhnlicher Mann. Die Leute sollten um deine Gunst buhlen, anstatt dich derart zu fürchten.«

Larkin zuckte nur mit den Achseln. »Die Leute fürchten, was sie nicht kennen.«

»Fürwahr das tun sie – zu ihrem eigenen Schaden. Gib auf dich Acht, Larkin.« Kian beugte sich herab und packte Larkins Schulter in einem festen Griff, bevor sich die Stute wieder in Bewegung setzte und Kian mit sich nahm.

3

Der Esel schnappte Larkin blitzschnell den kleinen Apfel aus der Hand und begann genüsslich zu kauen, während er den Hexer geradezu selbstzufrieden anblinzelte. Larkin klopfte ihm lachend den Hals.

»Wir haben es bald geschafft, alter Knabe. Noch ein letzter Besuch, dann können wir endlich heimkehren.«

Der Esel gab ein Schnauben von sich.

Larkin seufzte. Er hoffte, dass Tilda ihr Gift nicht noch weiterverbreitet hatte. Schlimm genug, dass die alte Vettel bereits das halbe Dorf gegen Larkin aufgebracht zu haben schien. Wenn Karl und Serin ihn auch noch abweisen würden, müsste er in den umliegenden Dörfern nach einem neuen Paar suchen, das ihm ein wenig von dem kostbaren Blut wahrer Liebe spenden würde, das dieser Tage so rar geworden war.

Er schüttelte ärgerlich den Kopf. Darüber würde er sich Gedanken machen, wenn es so weit war. Besser, er brachte den Besuch so schnell wie möglich hinter sich.

Der dumpfe Klang von Pferdehufen ließ Larkins Schritte stocken. Neugierig drehte er sich zu dem herannahenden Reiter um. Das Pferd war von edlem Geblüt und ein seltener Anblick in den Dörfern am Rande des Schattenwaldes. Es erinnerte Larkin an Kians Schlachtross und ließ ihn mit einem Hauch von Wehmut an den Winter zurückdenken, in dem Kian unter seinem Dach gelebt hatte. Er hatte kein Wort mehr von dem stillen Krieger gehört und hoffte inständig, dass ihn das Amulett schützen würde, das Larkin ihm mitgegeben hatte.

Larkin trat ein paar Schritte näher heran, als der Reiter sein Pferd in der Mitte des Dorfes zügelte und ein Pergament aus einer seiner Satteltaschen hervorholte. Das Wappen auf seiner Brust wies ihn als einen Diener des Königs aus.

Immer mehr Menschen kamen herbeigerannt, als sich die Nachricht wie ein Lauffeuer verbreitete, dass ein Herold des Königs sich im Dorf befand, und scharten sich leise flüsternd um den Rappen und seinen Reiter.

Als der Mann eine Hand hob, verstummte die Menge augenblicklich und alle Augen richteten sich auf das Pergament, das er in den Händen hielt.

»Seine Majestät, König Galvan der Vierte, ruft all seine Untertanen auf, nach einem Heilmittel für seine Tochter, ihre königliche Hoheit Prinzessin Luisien zu suchen. Derjenige, der es vermag, die Prinzessin von ihrem Leiden zu befreien, soll für seine Mühen reich entlohnt werden«, verkündete er mit lauter Stimme.

Die Menge teilte sich rasch, als der Herold von seinem Pferd sprang und mit weit ausgreifenden Schritten auf die Schenke zuging, wo er das Pergament mit wenigen Hammerschlägen an die Wand nagelte.

Wie ein Schwarm Krähen scharten sich die Leute augenblicklich um das Schriftstück ungeachtet der Tatsache, dass kaum einer von ihnen lesen konnte, was dort geschrieben stand. Ein Sturm von Fragen ging über dem nichts ahnenden Herold nieder, der sich nicht schnell genug vor der Meute in Sicherheit brachte.

»Was hat denn das kleine Mädchen?«

»Wie hoch ist die Belohnung?«

»Wird sie sterben?«

»Ist sie hübsch?«

»Hat der König keinen Heiler, der sich um seine eigene Tochter kümmern kann?«

Die letzte Frage war Larkin bereits mehrfach durch den Sinn gegangen, aber wenn der oberste Hofmagier nicht einmal in der Lage war, die Soldaten des Königs mit einfachen Schutzzaubern auszurüsten, so war es wohl kaum verwunderlich, wenn der oberste Heiler ebenso unfähig war. Auch wenn Larkin sich einfach nicht erklären konnte, warum ein König sich mit solchen Leuten abgab.

Aus dem Augenwinkel bemerkte er, wie die alte Tilda ihm einen argwöhnischen Blick zuwarf und sich im nächsten Moment zu zwei weiteren Frauen hinüberbeugte, um ihnen mit Sicherheit mitzuteilen, dass Larkin die Schuld an dem Leiden der Prinzessin trug. Glücklicherweise hatte der Herold es endlich geschafft, sich durch die Menge zu seinem Pferd durchzukämpfen, bevor die alte Vettel die Gelegenheit hatte, Larkin anzuschwärzen.

Das hätte ihm gerade noch gefehlt.

Er wartete geduldig, bis die Menge allmählich das Interesse an der Verlautbarung verloren und die Leute sich wieder ihrer Arbeit zugewandt hatten, ehe er selbst nähertrat, um das Schriftstück zu studieren. Viel mehr gab es nicht zu lernen als das, was der Herold bereits verkündet hatte.

»Du solltest dich schämen!«, zischte eine Stimme an seiner Seite und es kostete Larkins gesamte Selbstbeherrschung, nicht die Miene zu verziehen.

»Deine Mutter würde sich im Grab herumdrehen, wenn sie wüsste, was du hier treibst. Ein Kind von fünf Jahren! Sie hätten dich gleich nach der Geburt den Schatten überlassen sollen!«

Sich äußerlich zur Ruhe zwingend, die er nicht einmal annähernd spürte, drehte Larkin sich langsam zu der Alten um und verschränkte die Arme vor der Brust, um sie nicht sehen zu lassen, dass seine Hände zitterten.

»Was willst du damit sagen, Tilda?«

»Widernatürlich, das ist es, was du bist. Ein Mann sollte nicht über den Wald wachen, das ist Sache der Frauen. Wer weiß schon, was du allein in deiner Hütte alles zusammenbraust.«

Larkin nahm einen tiefen Atemzug, bevor er sprach. »Was habe ich dir getan, Tilda?« Er war stolz darauf, dass seine Stimme nur ein wenig zitterte. »Du kennst mich, seit ich ein kleiner Junge war. Was habe ich getan, dass du so etwas von mir denkst?«

»Nicht natürlich, sage ich!«, zeterte die Alte weiter und zeigte mit dem Finger auf Larkin. »Und was ist mit meinem Jerrick, auf den du Blitz und Donner herabgerufen hast? Was ist das anderes als Schattenmagie, he?«

»Das war ein Unfall!«, entgegnete Larkin aufgebracht.

»Unfall, ha! Schattenmagie, nichts weiter, sage ich.« Tilda machte einen Schritt auf Larkin zu, bis ihr dürrer Finger ihn in die Brust stach, und funkelte ihn böse an. »Nichts als Unglück und Verderben bringst du. Selbst deine eigene Mutter hast du ins Grab gebracht.«

Larkin schnappte erschrocken nach Luft, doch die Alte schien seine Reaktion gar nicht zu bemerken.

»Fortscheren solltest du dich. Wir brauchen dich hier nicht, Schattenbrut.«

Larkins Hände hatten sich unwillkürlich zu Fäusten geballt und er konnte das Summen der Magie in seinen Adern spüren. »Weißt du was?«, presste er durch zusammengebissene Zähne hervor und beugte sich zu ihr herab, bis er ihr direkt ins Gesicht sah. »Vielleicht werde ich das eines Tages tun. Vielleicht werde ich euch einfach verlassen. Und wer wird dir dann Tränke für deinen Mann bringen und sich um die Gicht in deinen Händen kümmern, hm? Wer wird sich dann um deine Töchter kümmern, wenn die Geburt schwierig wird und das Kind ein weiteres Mal mit den Füßen voran kommt?« Alle nahmen sie nur zu gern seine Heilkünste in Anspruch, wollten jedoch sonst nichts mit ihm zu tun haben. Larkin war es so leid.

»Die Schatten sollen dich holen«, zischte Tilda.

Larkin presste die Lippen fest aufeinander und wandte sich ab, ehe er etwas tun konnte, was er später bereuen würde. Hocherhobenen Hauptes ging er zurück zu seinem Esel und band ihn mit immer noch zitternden Händen los.

»Komm, mein Junge, wir sind hier nicht länger erwünscht.« Mehr, um sich selbst zu beruhigen, streichelte er dem Tier das struppige Fell. »Was hältst du von einem Ausflug zur königlichen Burg?«

~*~

Es war schwerer als gedacht, zum König vorgelassen zu werden. Die Wachen führten Larkin endlose Gänge entlang, steile Treppen hinab und als ihm endlich dämmerte, wo sie ihn hinbrachten, saß er bereits in einer finsteren Kerkerzelle, die Hände mit schweren Eisenketten an die Wand gefesselt.

Er war so überrascht, dass er nicht einmal daran dachte, seine Magie zu gebrauchen, bis es bereits zu spät war. Es hatte ganz den Anschein, als hätte Tilda es doch geschafft, das ein oder andere Wort mit dem Herold zu wechseln.

Larkin seufzte. Vielleicht war es auch schlicht und ergreifend seine eigene Schuld. Schließlich hatte er bei seinem letzten Besuch auf der Burg dafür gesorgt, dass es tagelang ununterbrochen regnete. Und hagelte. Wenn er sich recht erinnerte, war auch das ein oder andere Gewitter über Fengard niedergegangen. Gestürmt hatte es auch.

Er seufzte wieder. Allein der Gedanke daran trieb ihm noch immer die Hitze in die Wangen. Aber es war nur wenige Tage nach dem Tod seiner Mutter gewesen und seine Trauer hatte seine Magie ein klein wenig außer Kontrolle geraten lassen.

Immerhin hatte es nicht geschneit.

Es kostete ihn fast einen ganzen Tag, sich aus dem verhassten Eisen zu befreien und seine Anstrengungen ließen ihn erschöpft und hungrig zurück. Zu seinem Leidwesen erschien der Wächter just in dem Augenblick, als Larkin sich dem Schloss der Zellentür widmen wollte, was dazu führte, dass er sich mit einem Mal einem vollen Dutzend schwer bewaffneter Soldaten gegenübersah, die ihn allesamt aus finsteren Mienen anblickten.

In Anbetracht von so viel nacktem Stahl erschien es Larkin das Beste, den Rückzug anzutreten. In stummer Kapitulation hob er die Hände und wich einige Schritte in seine Zelle zurück.

Wenigstens machten die Soldaten keine Anstalten, Larkin erneut in Ketten zu legen. Seine Handgelenke waren bereits ganz wund. Er ließ sich in der hintersten Ecke auf dem schmutzigen

Stroh nieder, das den Boden seiner Zelle bedeckte, und zog die Beine an die Brust.

Niemals wieder, schwor er sich, würde er seinen geliebten Wald verlassen. Und da hatte er immer geglaubt, die Dörfler wären unfreundlich zu ihm gewesen.

Einen weiteren Tag brütete er dumpf vor sich hin und schmiedete Pläne, wie er sich der Wachen entledigen könnte, nur um sie allesamt wieder zu verwerfen. Ausgehungert und erschöpft wie er war nach zwei Tagen ohne Essen in der kalten Zelle, würde selbst das Schloss der Zellentür ein größeres Hindernis darstellen.

Am Morgen des dritten Tages – zumindest vermutete Larkin, dass es bereits der dritte Tag war – näherten sich eilige Schritte seinem Gefängnis. Die Soldaten vor Larkins Zelle nahmen eilig Haltung an, als ein Mann in den feinsten Kleidern, die Larkin je gesehen hatte, und mit einem unheilverkündenden Ausdruck auf den scharfen Zügen geradewegs auf Larkins Zelle zuhielt. Ihm folgte ein weiterer hochgewachsener Mann, den Larkin im flackernden Halbdunkel nicht gut erkennen konnte, der jedoch in ähnlich kostbare Gewänder gehüllt war.

Larkin erhob sich langsam von seinem stinkenden Strohlager und musste sich mit einem Arm an der Wand festhalten, weil seine Beine vor Hunger so schwach waren, dass sie sein Gewicht kaum zu tragen vermochten.

Während sich der Schlüssel kreischend im Schloss drehte, rief eine vertraute Stimme Larkins Namen.

»Kian?«, fragte Larkin verwundert und konnte nicht so recht glauben, dass es tatsächlich sein Freund sein sollte, der da auf der anderen Seite der Zellentür in feinstem Hofstaat ungeduldig darauf wartete, dass die Tür geöffnet wurde. Nein, sicherlich spielten ihm seine Sinne einen Streich oder vielleicht träumte er auch nur.

Im nächsten Moment wurde die Zellentür aufgerissen und Larkin fand sich in einer stürmischen Umarmung wieder, die ihn schwindelig machte.

»Oh Larkin, ich hatte keine Ahnung!«

»Kianéran, lass dem Mann Raum zum Atmen«, erklang eine scharfe Stimme, woraufhin der Mann von Larkin abließ. Larkin taumelte und wäre gestürzt, hätten seine beiden Besucher nicht beherzt zugegriffen, um ihn zu stützen.

»Meister Larkin, ich möchte Euch aufrichtig um Verzeihung bitten für die Art und Weise, wie meine Männer Euch behandelt haben«, begann der ältere der beiden Männer. »Meine Männer handelten ohne mein Wissen und ich erhielt erst vor Kurzem Nachricht von Eurer Lage. Mein Sohn wies mich darauf hin, dass Ihr derjenige wart, der ihm das Leben rettete. Ihr seid der Hüter, nicht wahr?«

Larkins Blick wanderte zwischen den beiden Männern, die ihn hielten, hin und her. Es war Kian, daran bestand kein Zweifel, das Gesicht, die Stimme. Doch Kianéran war der Name Seiner königlichen Hoheit, des Kronprinzen von Fengard, und der ältere Mann hatte von seinen Männern gesprochen und Kian seinen Sohn genannt, was wiederum nur bedeuten konnte …

Larkins Knie gaben unter ihm nach, als ihm dämmerte, wem er da gegenüberstand, doch die Griffe um seine Arme wurden fester und hinderten ihn daran, zu Boden zu sinken.

Wie hatte er nur so dumm sein können?

»M-Majestät«, flüsterte Larkin mit großen Augen.

Der König, denn es war niemand anderes, der sich in die Tiefen des Kerkers begeben hatte, um Larkin aufzusuchen, musterte Larkin mit aufrichtiger Sorge.

»Hat man Euch zu Essen gegeben, Meister Larkin? Wasser?«

Larkin brauchte einen Moment, um die Frage zu verstehen. »Wasser, ja«, flüsterte er benommen. »Essen hat man mir nicht gebracht, seit ich hier bin.«

Wahrscheinlich hatten die Wachen gehofft, sie könnten ihn aushungern. Nun, es war ihnen beinahe gelungen.

Larkin zuckte zusammen, als Kian – Seine königliche Hoheit Prinz Kianéran, ermahnte Larkin sich streng – neben ihm einen ungehobelten Fluch von sich gab, der so ganz und gar nicht königlich klang, und im nächsten Moment zu den wartenden Soldaten herumwirbelte, um eine Reihe von Befehlen zu brüllen.

»Euer Majestät«, begann Larkin zögerlich, »ich fürchte, ich verstehe nicht recht ...«

»Ihr wart derjenige, der meinem Sohn das Leben rettete, nicht wahr?«, fragte der König, während er Larkin half, sich auf dem kalten Boden niederzulassen.

Larkins Blick wanderte zu dem Prinzen und betrachtete den Mann, den er für seinen Freund gehalten hatte. »Wenn das Euer Sohn ist, dann ja, der bin ich.«

Kian wandte sich mit grimmiger Miene zu ihnen um, doch seine Züge glätteten sich, als sein Blick auf Larkin fiel.

»Warum bist du hier, Larkin?«, fragte der Prinz sanft.

Larkin blickte mit Verwunderung in das so vertraute Gesicht, das nun jedoch einem völlig Fremden zu gehören schien. Einem Fremden in feinsten Gewändern und mit einem König zum Vater.

»Ich hörte, dass die Prinzessin an einer seltsamen Krankheit leidet und wollte meine Hilfe anbieten«, erklärte er müde. Es fiel ihm zunehmend schwerer, die Augen offen zu halten und in seinem Kopf schien sich alles zu drehen.

Ein Prinz, der Thronerbe von Fengard.

Larkin konnte sich nicht ganz des Gefühls erwehren, verraten worden zu sein.

Wie hatte er nur so dumm sein können?

»Mir scheint, wir sollten zunächst dafür sorgen, dass Ihr aus dieser Zelle herauskommt, Meister Larkin«, sagte der König. »Alles andere kann warten.«

4

Nach einer Mütze voll Schlaf und einer ordentlichen Mahlzeit fühlte Larkin sich beinahe wieder wie ein Mensch. Er war noch immer misstrauisch den Wachen gegenüber, die ihn mit ähnlichem Misstrauen beäugten. Doch für den Moment schien er sicher vor ihrem Übereifer.

Ein Diener brachte Larkin zu den Gemächern der Prinzessin, wo der König und die Königin bereits auf ihn warteten. Von Kian war weit und breit nichts zu sehen und das war auch besser so, wenn es nach Larkin ging. Er hatte wenig Lust, dem Prinzen – Larkins Verstand wollte noch immer nicht so recht fassen, dass Kian und der Kronprinz ein und dieselbe Person waren – so bald wieder über den Weg zu laufen. Seele des Waldes, wie hatte er sich nur derart täuschen können? Natürlich hatte er gewusst, dass Kian etwas verbarg, aber er hatte gedacht … Ja, was eigentlich?

Larkin seufzte innerlich. Vielleicht war es seine eigene Schuld, weil er Kian nie auch nur eine einzige Frage zu seiner Herkunft gestellt hatte. Das hatte er nun davon, Lügen und Betrug. Wahrscheinlich war selbst die Verbundenheit, die er mit Kian gespürt hatte, lediglich seiner Einbildung entsprungen.

Mit einiger Anstrengung schob er jeden Gedanken an Kian – nein, den Prinzen – in den hintersten Winkel seines Geistes und richtete seine Aufmerksamkeit auf das Kind, das der eigentliche Grund für seine Anwesenheit war.

Das kleine Mädchen sah winzig klein in dem riesigen Bett aus, in dem es lag, und verschwand förmlich unter den Decken und Kissen. Sie war ein hübsches Kind, die honigblonden Locken wie eine Wolke auf dem Kissen ausgebreitet. Allerdings waren ihre Wangen unnatürlich blass und ließen sie viel jünger wirken als die fünf Sommer, die sie zählte, klein und zerbrechlich.

Die Königin, die mit bleichem Gesicht an der Seite des Mädchens wachte und seine Hand in ihrer hielt, sah kurz auf, als

Larkin das Schlafgemach betrat. Ihre Augen hatten dieselbe Farbe wie die des Prinzen und spiegelten den Schmerz wider, den das Schicksal ihrer Tochter ihr bereitete.

Dann erst bemerkte Larkin den in lange, dunkle Roben gehüllten Mann, der gerade dabei war, dem Mädchen eine Aderpresse anzulegen. Ärger regte sich in ihm wie ein wildes Tier, das aus seinem Schlaf geweckt worden war, und mit einigen raschen Schritten hatte Larkin den Raum durchmessen und den Arm des Fremden gepackt, um diesen von seinem blutigen Werk abzuhalten.

»Was tut ihr da?«, zischte Larkin ungehalten.

Der Mann, der fast einen Kopf kleiner war als Larkin, mit kahlrasiertem Schädel und einem ausgeprägten Doppelkinn, zog überrascht die Hände zurück, bevor er Larkin einer abschätzigen Musterung unterzog.

»Und wer seid Ihr, dass Ihr mir eine solche Frage stellt?«, fragte der Mann. Seine Stimme war weich und samtig und erinnerte Larkin an eine Katze.

»Barn, dies ist Hexenmeister Larkin«, sagte der König in gedämpftem Ton und bedachte den Mann mit einem strengen Blick. »Er hat sich bereiterklärt, einen Blick auf Luisien zu werfen. Meister Larkin, darf ich Euch unseren Heiler Barn vorstellen.«

Larkin nahm die unverhohlene Abscheu in den Augen des Heilers mit einem amüsierten Lächeln zur Kenntnis, das den Mann nur noch mehr zur Weißglut zu bringen schien.

Heiler, pah!, dachte Larkin und konnte nur den Kopf über so viel Arroganz schütteln. Der Mann war nicht mehr als ein Quacksalber und es wunderte Larkin, dass der König einen solchen Mann in der Nähe seiner Tochter duldete.

»Euer Majestät, haltet Ihr das wirklich für klug?«, fragte der Heiler mit einem weiteren abschätzigen Blick auf Larkin. »Ein Hexenmeister? Wer weiß, was er mit Eurer Tochter vorhat –«

»Genug, Barn«, sagte der König streng und schnitt dem Heiler damit das Wort ab. »Eure Einwände wurden zur Kenntnis genommen. Jedoch haben weder Eure Versuche noch die von Magier Hieron uns unsere Tochter bislang zurückgebracht.«

»Verzeiht, Euer Majestät.« Der Heiler neigte respektvoll das Haupt, doch Larkin entging nicht der berechnende Ausdruck, mit dem der Heiler ihn bedachte. Was für ein Narr. Als hegte Larkin den geringsten Wunsch, ihm seinen Posten streitig zu machen, ha!

Die Königin legte Larkin eine Hand auf den Arm und schenkte ihm ein mattes Lächeln. »Ich danke Euch für das Leben meines Sohnes«, sagte sie leise und schüttelte den Kopf, als Larkin Einwände erheben wollte. »Nein, er hat mir erzählt, was Ihr getan habt. Wir stehen tief in Eurer Schuld, mehr noch, wo Ihr den langen Weg auf Euch genommen habt, um unsere Tochter zu sehen.«

»Es ist mir eine Ehre, Euer Majestät«, erwiderte Larkin und neigte das Haupt. »Doch ich möchte Euch nicht zu große Hoffnungen machen. Wer weiß, ob ich überhaupt etwas tun kann.«

Barn gab ein abfälliges Schnauben von sich, das Larkin jedoch geflissentlich überhörte. Was für ein aufgeblasener Kerl.

Auf ein Nicken des Königs hin ließ Larkin sich an der Seite der kleinen Prinzessin nieder und versuchte, dem bohrenden Blick des Heilers nicht länger Beachtung zu schenken. Sollte er doch an seiner Eifersucht ersticken.

Luisiens Hand wirkte winzig klein in Larkins eigener und fühlte sich unnatürlich kühl an. Mit einem leisen Summen schloss er die Augen und strich dem Mädchen sanft über den Handrücken, nur um im nächsten Augenblick die Augen erschrocken wieder aufzureißen, als er die dunkle Melodie erkannte, die das Mädchen umgab.

»Was? Was ist geschehen?«, fragte die Königin beunruhigt und warf einen Blick über die Schulter zu ihrem Gemahl, der hinter sie getreten war, um ihr beruhigend die Hände auf die Schultern zu legen.

Larkin betrachtete das schlafende Kind. Feenmagie, das war es, was er gehört hatte. Kein Wunder, dass der Quacksalber mit seinen barbarischen Methoden nichts für das Kind hatte tun können. Wenn er die düstere Melodie richtig deutete, hielten die verfluchten Feen den Geist des Mädchens irgendwo in ihren eigenen Träumen gefangen.

»Verzeiht die Frage, Euer Majestät, doch habt Ihr oder jemand aus Eurer Familie in letzter Zeit irgendetwas getan, um das Feenvolk zu verärgern?«, fragte er vorsichtig.

Der König und die Königin tauschten einen verwirrten Blick, während der Heiler ein höhnisches Lachen ausstieß. »Das Feenvolk, gewiss.«

Mit einer Handbewegung brachte der König seinen Heiler zum Schweigen. Larkin wäre es lieber gewesen, er hätte den Mann gleich vor die Tür gesetzt. Der Kerl bereitete ihm Kopfschmerzen.

»Das Feenvolk?«, fragte der König mit undurchdringlicher Miene. »Wie kommt Ihr darauf?«

»Nun, wenn ich mich nicht irre«, erklärte Larkin, »so ist es Feenmagie, die die Prinzessin daran hindert aus ihrem Schlaf zu erwachen.«

Die Königin ergriff bei Larkins Worten die Hand ihres Gemahls, die immer noch auf ihrer Schulter ruhte, und schloss mit einem erstickten Laut die Augen.

Die Augen des Königs verengten sich und für einen Moment fühlte Larkin sich wie eine Maus unter dem Blick eines Habichts. »Seid Ihr sicher, Hexenmeister?«

Larkin zuckte die Achseln. »So sicher, wie ich nur sein kann.« Er hatte in seinem Leben nicht viel Kontakt mit dem Feenvolk gehabt, wofür er mehr als dankbar war. Die Feen waren ein launisches Volk, wunderschön von Gestalt, jedoch mit dunklen Herzen, die sich an Grausamkeiten ergötzten. Seit Jahrhunderten hatten sie sich ruhig verhalten, zumindest soweit Larkin wusste. Doch diese fremdartigen Melodien würde Larkin überall erkennen, dessen war er sich sicher.

»Könnt Ihr etwas tun?«, fragte die Königin mit brüchiger Stimme.

Larkin stieß einen Seufzer aus. Feenmagie war eine heikle Angelegenheit. Zu schnell konnte es geschehen, dass er selbst sich in ihren Netzen verstrickte. »Ich will es versuchen«, sagte er schließlich.

Barn schnaubte in seiner Ecke, hielt jedoch wohlweislich den Mund.

Nach einem weiteren langen Blick zwischen König und Königin nickte der König Larkin sein Einverständnis zu.

Larkin schloss abermals die Augen, begann leise zu summen und folgte den verschiedenen miteinander verwobenen Melodien, die das Mädchen umspielten. Es würde nicht reichen, den Zauber einfach nur zu brechen, erkannte er nach einer Weile. Die finstere Melodie hatte das Mädchen so tief verwirrt, dass es allein niemals wieder den Weg aus seinen Träumen finden würde. Larkin würde der Prinzessin folgen müssen, um sie in ihren Träumen zu suchen und sicher nach Hause zu geleiten, bevor er den Zauber brechen konnte. Er hoffte nur, dass er noch nicht zu spät war.

»Es wird eine Weile dauern«, erklärte er dem Königspaar.

Barns abfälliges Lachen ließ Larkin zusammenzucken. Den Heiler hatte er um ein Haar vergessen.

»Vielleicht schickt Ihr den Heiler fort, es ist nicht nötig, dass er sich die Beine in den Bauch steht«, schlug er in beiläufigem Tonfall vor und hoffte der König würde auf seinen Vorschlag eingehen. Er fühlte sich ganz und gar nicht wohl bei dem Gedanken, den Quacksalber so nah bei sich zu haben, während er in die Träume des Mädchens hinabstieg und sich so verletzlich machte. Die Geister allein wussten, auf welche Gedanken der Kerl kam, wenn Larkin sich stundenlang nicht regte.

»Aber Euer Majestät!«, rief der Heiler sogleich.

Der König bedachte Larkin mit einem langen Blick. »Wie lange wird es dauern?«

Larkin zuckte die Achseln. »Das kann ich nicht genau sagen. Ich werde der Prinzessin in ihre Träume folgen müssen, um sie dort zu suchen. Wer kann schon sagen, wie lange ich brauchen werde, um sie zu finden.«

Barn warf die Arme in die Luft. »Euer Majestät, das ist doch ausgemachter Schwachsinn, nichts weiter als Lügenmärchen. Er will dem Mädchen in seine Träume folgen? Ein Scharlatan ist er, nichts weiter.«

»Seht Euch vor, Meister Barn, wollt Ihr mich etwa einen Lügner nennen?«, sagte Kian, der plötzlich aus den Schatten hervortrat. Larkins Herz tat einen Sprung. Kian musste unbemerkt hereingekommen sein, als Larkin mit dem Zauber beschäftigt gewesen war.

Larkin nahm einen tiefen Atemzug und vermied es, in Kians Richtung zu blicken.

Barns Gesicht hatte sich bei den Worten des Prinzen puterrot gefärbt, doch er senkte respektvoll den Blick vor dem Prinzen. »Gewiss nicht, Eure Hoheit«, murmelte er ergeben.

Kian – Kianéran, erinnerte sich Larkin abermals mit einem bitteren Gefühl in der Magengegend – verschränkte mit einem wölfischen Grinsen die Arme vor der Brust. »Dann sind wir uns ja einig. Wenn Ihr dann so freundlich wäret, uns zu verlassen. Ich bin sicher, Ihr habt Wichtigeres zu tun, als einem schlafenden Mädchen die Hand zu halten, nicht wahr?«

»Kianéran«, sagte die Königin tadelnd mit einem Seitenblick auf die schlafende Prinzessin.

»Verzeih, Mutter«, erwiderte der Prinz und beugte sich vor, um ihr einen Kuss auf die Wange zu geben.

Barns Mundwinkel zuckten bereits in einem triumphierenden Grinsen, das jedoch rasch verblasste, als der König das Wort an ihn richtete.

»Mein Sohn hat Recht, ich will Euch nicht länger von Euren Pflichten abhalten, Meister Barn.«

Der Heiler schien zu wissen, dass er verloren hatte, denn anstatt noch weiter zu jammern, verbeugte der Mann sich steif, die Lippen zu einem blutleeren Strich zusammengepresst, bevor er nach einem letzten hasserfüllten Blick auf Larkin den Raum verließ.

Larkin sah ihm mit gemischten Gefühlen hinterher. Er hatte nicht vorgehabt, den Heiler solchermaßen gegen sich aufzubringen. Seufzend schüttelte er den Kopf. Es ließ sich nicht ändern. Außerdem, was kümmerte ihn schon, was die Diener des Königs von ihm hielten? Er würde bald wieder in seinen Wald zurückkehren, da konnte ihm ein dahergelaufener Quacksalber, der sich Heiler nannte, gestohlen bleiben.

»Könnt Ihr meiner Schwester helfen?« Der förmliche Tonfall des Prinzen versetzte Larkin einen unerwarteten Stich, sodass er den Prinzen einen Augenblick lang nur stumm anstarren konnte, bevor ihm die Hitze in die Wangen stieg und er beschämt die Augen niederschlug.

Lügen und Betrug, nichts weiter. Er würde darüber hinwegkommen.

»Ich will es versuchen«, murmelte er, während er die kleine Hand der Prinzessin betrachtete. »Wie ich bereits sagte, wird es vielleicht eine Weile dauern«, setzte er dann an das Königspaar gewandt hinzu, während er den Prinzen, der hinter ihm mit vor der Brust verschränkten Armen an der Wand lehnte, versuchte zu ignorieren.

Es war schier unmöglich.

»Die Magie des Feenvolks kann zuweilen tückisch sein«, erklärte Larkin weiter, um sich von Kians Gegenwart abzulenken. »Es wäre besser, Ihr würdet weder mich noch das Mädchen berühren, solange ich mit dem Zauber beschäftigt bin.«

Die Königin ließ rasch die andere Hand der Prinzessin los, die sie in ihrer gehalten hatte, und sah ihn aus ihren blauen Augen, die Kians so verflucht ähnlich waren, vertrauensvoll an.

Larkin schenkte ihr ein aufmunterndes Lächeln, ehe er einen tiefen Atemzug nahm, die Augen schloss und dem dunklen Lied des Feenzaubers folgte.

Als Larkin die Augen wieder öffnete, fand er sich unversehens in einem düsteren Wald wieder. Totes Laub raschelte unter seinen Füßen und kahle Äste reckten sich einem trostlosen Himmel entgegen. Ein zorniges Wispern wie von einem Schwarm Bienen ging bei Larkins Ankunft durch den Wald. Seine Gegenwart war also bemerkt worden. Nun gut, das würde ihn nicht aufhalten.

Ein eisiger Wind heulte durch die Kronen der Bäume und blies Larkin geradewegs ins Gesicht. Er wich den Ästen aus, die sich wie spindeldürre Finger zu ihm herabbeugten und ihn zu packen versuchten.

Vielleicht würde dies doch nicht ganz so einfach werden, wie er gehofft hatte. Über das Heulen des Windes und das Knarren der Äste hinweg fiel es Larkin schwer, sich genug zu konzentrieren, um das Lebenslied der Prinzessin auszumachen, die irgendwo in den Tiefen dieses Albtraumwaldes stecken musste.

»Luisien!«, rief er, die Hände an den Mund gelegt, doch der Wind riss seine Worte mit sich fort.

»So leicht werde ich nicht aufgeben!«, rief er, eine Faust trotzig in die Luft gereckt, und duckte sich eilig, als im nächsten Augenblick eine Ranke auf ihn zu schnellte und ihn nur um Haaresbreite verfehlte.

»Schatten und Verdammnis«, entfuhr es ihm, während um ihn herum der Wald zum Leben erwachte. Wurzeln hoben sich mit einem Ächzen aus dem harten Boden und schwarze Mäuler öffneten sich mit einem Stöhnen an mehr als einem der knorrigen Baumriesen.

Larkin begann zu laufen. Der Wald war seit jeher sein Zuhause gewesen, doch dieser Albtraumwald flößte selbst ihm ein wenig Angst ein. Wie mochte es da dem kleinen Mädchen gehen, das bereits seit so langer Zeit ganz allein hier herumirren musste?

Schon bald war er trotz seiner Bemühungen, den tückischen Ranken und Dornen auszuweichen, über und über mit blutigen Kratzern übersät, während das Wispern um ihn herum weiter anschwoll, an seinen Nerven zerrte und beinahe das ängstliche Lied der Prinzessin übertönte, dem Larkin zu folgen versuchte.

Ein seltsames Flimmern wie von großer Hitze erfasste den Wald von Zeit zu Zeit, auf das sich Larkin jedoch keinen Reim machen konnte. Mit gespannten Sinnen lief er weiter. Er mochte kein Krieger sein, jedoch würde er sich von ein bisschen Feenmagie gewiss nicht ins Bockshorn jagen lassen.

Er sprang gerade über eine dichte Dornenhecke, die aus dem Nichts vor ihm aufgetaucht war, als die Luft erneut zu flimmern begann. Die Welt selbst schien für einen Moment zu zerlaufen wie Tinte im Regen und als seine Füße den Boden berührten, hatte der feste Waldboden einer spiegelglatten Fläche Platz gemacht, auf der Larkins Sohlen keinen Halt mehr fanden, sodass er der Länge nach hinfiel. Eine eisige Sturmbö fegte über ihn hinweg, die ihm Eissplitter ins Gesicht trieb und in den zahllosen Kratzern, die ihn von Kopf bis Fuß bedeckten, fürchterlich brannte.

Als er den Blick hob, war der Wald verschwunden und um ihn herum breitete sich, so weit das Auge reichte, eine weiße Einöde aus Schnee und Eis aus. Larkin steckte die Hände unter die Achseln gegen den eisigen Wind, der wie ein lebendes Tier heulte, ihm die Tränen in die Augen trieb und an seinen zerrissenen Kleidern zog und zerrte.

»Verfluchte Feen«, murmelte er übellaunig, während er vorsichtig über die spiegelglatte Eisfläche schlitterte, auf der er gelandet war. Immer wieder musste er innehalten, um auf das Lied des Mädchens zu hören, das über den heulenden Wind kaum noch auszumachen war. Schritt für Schritt kämpfte er sich weiter, bis der Boden ohne Vorwarnung unter ihm nachgab und er sich einen Augenblick später bis zu den Knien in sumpfigem Morast wiederfand.

Die Eiswüste war verschwunden und an ihre Stelle war ein zwielichtiger Sumpf getreten, über dem dichter Nebel hing, der sämtliche Geräusche zu schlucken schien.

Larkin fluchte. Dies war fürwahr ein Albtraum und wenn er das Mädchen nicht bald fand, würde er unverrichteter Dinge wieder zurückkehren müssen, wollte er nicht riskieren für immer in dieser Welt gefangen zu sein.

Mit großer Anstrengung versuchte er, seine Beine aus dem weichen Sumpf zu ziehen, doch alles, was er damit erreichte, war, dass er noch tiefer in den Schlamm einsank. Ein Anflug von Panik machte sich breit, ehe er es verhindern konnte, und er suchte mit wachsender Verzweiflung nach einem Ausweg aus seiner misslichen Lage. Nicht weit entfernt erspähte er die hängenden Äste einer Trauerweide, die am Ufer des Sumpfes wuchs. Er wusste, es war gefährlich, in Träumen wie diesem Magie zu wirken, doch sah er keine andere Möglichkeit, wenn er sich nicht in naher Zukunft zu den Geistern gesellen wollte.

Darauf bedacht, so wenig Magie wie möglich zu gebrauchen, pfiff er leise. Einige Äste begannen sich zu regen, hoben sich zitternd aus dem Sumpf, um sich dann Larkin entgegenzustrecken. Der alte Baum selbst begann zu ächzen und sich zur Seite zu neigen, während sich die dürren Äste wie knochige Finger über den Sumpf reckten.

Die Äste waren bereits zum Greifen nah, als sie sich plötzlich in windende Schlangenleiber verwandelten, die zischend und mit aufgesperrten Mäulern auf Larkin zugeschossen kamen. Mit einem erschrockenen Aufschrei prallte er vor den Vipern zurück und ließ sich zur Seite fallen, ungeachtet dessen, dass er damit nur noch tiefer in die Fänge des tückischen Moores geraten würde.

Zu seiner grenzenlosen Erleichterung versank er jedoch wider Erwarten nicht bis zum Hals im Schlamm, sondern schlug mit der Schulter hart auf festem Boden auf, sodass ihm für einen Moment die Luft wegblieb. Schweißgebadet und zu Tode erschöpft fand er sich in dem Albtraumwald wieder, in dem seine Reise begonnen hatte. Nur der widerwärtige Schlamm, mit dem er bis zur Hüfte besudelt war, zeugte davon, dass er sich den Sumpf nicht nur eingebildet hatte.

Seele des Waldes, er musste schnellstens das Mädchen finden, bevor ihn die Kräfte vollends verließen.

Mit bleiernen Gliedern kämpfte er sich in die Höhe und setzte sich wieder in Bewegung. Unzählige Male rief er nach dem Mädchen, schrie ihren Namen wie eine Herausforderung in den Wind, bis er endlich ein leises Stimmchen hörte.

Zunächst glaubte er, seine Sinne würden ihm einen Streich spielen, solange hatte er nur mit seinem magischen Sinn auf das Lebenslied der Prinzessin gelauscht. Doch als er ein weiteres Mal nach ihr rief, hörte er es deutlicher, ein fernes Schluchzen, ein verzweifeltes »Papa!«, das ihm der Wind zutrug.

Larkin begann zu rennen. Er achtete nicht mehr auf die Dornen, die ihm die Haut aufrissen, sprang achtlos über die Wurzeln, die sich aus der Erde hoben, um ihn zu Fall zu bringen. Die Bäume schienen immer dichter zusammenzurücken, je weiter Larkin voranpreschte. Der Wind schwoll zu einem heftigen Sturmwind an, der ihm den Atem raubte und ihn kaum vom Fleck kommen ließ.

Mit grimmiger Entschlossenheit stemmte Larkin sich gegen den Wind und kämpfte sich durch die feindselige Albtraumlandschaft.

»Haltet aus, Prinzessin!«, rief er über das Wüten des Sturmes und hoffte, dass das Mädchen ihn hören konnte. »Ich bin gleich bei Euch!«

In der Ferne sah er etwas Helles aufblitzen, so ungewohnt in der grauen Düsternis, dass es wie ein Leuchtfeuer hervorstach. Er schlug die Äste beiseite, die ihn am Fortkommen hindern wollten, zwängte sich zwischen den Bäumen hindurch, die wie eine Mauer vor ihm zusammenrückten, und kämpfte sich mit letzter Kraft durch eine dichte Dornenhecke hindurch, bis er für seine Mühen endlich belohnt wurde und auf das völlig verängstigte Mädchen stieß.

Heißer Zorn brodelte in ihm auf, als er ihre Erscheinung in sich aufnahm. Schluchzend hockte sie auf dem Waldboden, die dünnen Arme um die angezogenen Knie geschlungen, das Gesicht dahinter verborgen. Sie trug nicht mehr als ein dünnes Nachthemd, dem es nicht besser ergangen war als Larkins Kleidern, ihr Haar war zerzaust und schmutzig, Knie und Hände abgeschürft.

Mit wenigen Schritten war er bei ihr und zog sie in seine Arme.

»Ist schon gut«, sagte er, während er ihr beruhigend übers Haar strich. »Ihr seid jetzt in Sicherheit. Ich bringe Euch wieder nach Hause.«

Die Prinzessin blickte ihn mit angstvoll geweiteten Augen an.

»Wer seid Ihr?«, flüsterte sie mit dünner Stimme.

»Mein Name ist Larkin und ich bin ein Freund Eures Bruders Kian. – Kianéran«, verbesserte er sich rasch.

Die blauen Augen füllten sich erneut mit Tränen. »Kian?«, hauchte sie und warf einen hastigen Blick über die Schulter. »Ist er hier?«

»Nein, aber er hat mich geschickt, damit ich Euch wieder zurückbringe«, erwiderte Larkin mit einem aufmunternden Lächeln. Es entsprach nicht ganz der Wahrheit, aber sicherlich würden die Geister ihm verzeihen, wenn es darum ging, einem kleinen Mädchen die Angst zu nehmen.

»Wirklich?« Sie biss sich auf die Lippen und musterte ihn mit unverhohlener Hoffnung. »Kennt Ihr den Weg zurück?«

Larkin nickte.

»Ich habe mich verirrt«, schluchzte sie, schlang die Arme endlich um seinen Hals und vergrub das tränennasse Gesicht in seiner Halsbeuge. »Ich will nach Hause«, weinte sie und klammerte sich verzweifelt an ihm fest. »Ich will nach Hause.«

Er wiegte sie im Arm, bis sie sich ein wenig beruhigt hatte, doch als er sich aufrichtete, war er auf einmal umringt von Feenkriegern, großgewachsenen, schlanken Gestalten mit silbernem Haar und spitzen Ohren, und Larkin sah mehr als einen Pfeil, der auf ihn gerichtet war.

Das Mädchen schrie erschrocken auf und begann in seinem Arm zu zittern.

»Schhh, ich passe auf Euch auf, habt keine Angst, Prinzessin«, flüsterte er ihr ins Ohr. »Sie werden Euch nichts tun.«

»Das Mädchen gehört uns«, ergriff einer der Krieger das Wort. Er hatte feingeschnittene Züge, doch seine Miene war ausdruckslos, seine Stimme kalt und bar jeglichen Gefühls und gegen seinen Willen breitete sich eine Gänsehaut auf Larkins Armen aus.

»Das glaube ich kaum«, erwiderte Larkin um einen kühlen Tonfall bemüht. »Ich werde das Mädchen wieder nach Hause bringen.«

Die Lippen des Feenkriegers verzogen sich zu einem grausamen Lächeln. »Willst du es wirklich riskieren, für immer in einem Albtraum gefangen zu sein? Für ein Menschenmädchen?«

Larkin verlagerte das Gewicht des Mädchens, sodass es auf seiner linken Hüfte ruhte. »Was hat Euch das Mädchen getan?«

Der Feenkrieger lächelte. Er schien der Anführer der Gruppe zu sein, so wie die anderen Feen sich um ihn herumgruppierten und ihm das Wort überließen. »Sie ist eine Diebin«, sagte er. »Einen solchen Frevel können wir nicht ungestraft lassen.«

»Eine Diebin«, wiederholte Larkin und konnte den Spott nicht gänzlich aus seiner Stimme verbergen. »Ihr behauptet, ein kleines Mädchen von gerade fünf Sommern habe den stolzen Feen etwas gestohlen?«

Die Krieger, die ihn umringten, wurden bei seiner Bemerkung unruhig, einige zischten böse. Das Mädchen drängte sich noch enger an Larkin.

»Sie hat genommen, was uns gehört. Dazu hatte sie kein Recht«, erklärte der Anführer der Feen hochmütig.

»Und was genau hat sie Euch genommen?«, fragte Larkin weiter, während er der Prinzessin beruhigend übers Haar strich.

»Das geht dich nichts an, Hexer«, zischte der Feenkrieger.

»Nun«, sagte Larkin leichthin, »dann kann es wohl auch nicht so bedeutsam gewesen sein. Wenn Ihr uns nun entschuldigen würdet.« Er machte einen Schritt nach vorn, doch sofort hoben die Krieger ihre Bögen an und der Anführer trat ihm in den Weg.

»Ihr werdet nirgendwohin gehen, Hexer.«

»Wollt Ihr mich aufhalten?« Larkin funkelte den Krieger zornig an.

Die ausdruckslose Miene des Mannes bröckelte, sodass Larkin ein kurzes Aufflackern seines Zornes erhaschte.

»Einen Reisestein«, sagte der Krieger, der zur Linken des Anführers stand. Er war für eine Fee recht klein geraten, was bedeutete, dass er Larkin immer noch um einen halben Kopf überragte. Der Anführer brachte den kleineren Feenmann mit einem wütenden Zischen zum Schweigen.

Larkins Augen weiteten sich ungläubig. »Einen Reisestein?« Dann konnte er das Lachen nicht länger zurückhalten. Feen hüteten ihre Reisesteine, mit denen sie in einem Wimpernschlag von einem Ort zum anderen reisen konnten, wie ihre Augäpfel. Es war völlig unmöglich, dass das kleine Mädchen einer Fee etwas so Kostbares gestohlen haben sollte.

»Ich wusste nicht, dass er den Feen gehörte«, flüsterte Luisien ihm ins Ohr. »Ich habe ihn gefunden.«

Larkin schob sie höher auf seinen Arm und strich ihr beruhigend über den Rücken. »Ich weiß, Prinzessin. Ihr habt nichts falsch gemacht.« An die Feen gewandt fuhr er fort: »Wenn Ihr dumm genug seid, einen Reisestein zu verlieren, dann müsst Ihr wohl selbst die Schuld dafür auf Euch nehmen. Als Entschädigung für das, was Ihr dem Kind angetan habt, wird sie den Stein behalten.«

»Wie kannst du es wagen«, zischte der Anführer, doch Larkin machte einen Schritt auf ihn zu und hob trotzig das Kinn.

»Ich kann und ich werde«, sagte er leise. »Ihr habt das Gesetz gebrochen, indem Ihr Euch grundlos an der Prinzessin vergriffen habt. Und jetzt lasst uns gehen, bevor Euer König davon erfährt.«

Der Feenkrieger prallte zurück und riss erschrocken die Augen auf. »Wer –«, begann er, ehe er sich fangen konnte und die gefühllose Maske zurück an ihren Platz fiel. Die hellen Augen verengten sich zu Schlitzen, als er Larkin mit neuem Interesse musterte.

»Ihr seid der Hüter der Schatten«, sagte er schließlich mit gefährlich leiser Stimme.

»Der bin ich«, erwiderte Larkin kühl.

Ein Raunen ging durch die Reihen der Feenkrieger, sodass Larkin sich fragte, welche Geschichten sie wohl über ihn gehört hatten. Nun, mit ein wenig Glück würde ihm sein Ruf vielleicht einen Weg hinaus eröffnen.

Der Anführer der Feen deutete eine Verbeugung an, doch das arglistige Funkeln in seinen Augen war alles andere als respektvoll und verhieß nichts Gutes.

»Ah, Hüter, wir hatten keine Ahnung«, sagte der Feenkrieger und breitete entschuldigend die Arme aus. »Ich muss um Verzeihung bitten. Natürlich steht es Euch frei, zu gehen.«

Er neigte abermals das Haupt und Larkin wollte bereits erleichtert aufatmen, als er das kalte Lächeln auf den Zügen des Kriegers bemerkte.

»Ich bin untröstlich, dass meine Männer und ich Euch nicht persönlich hinausgeleiten können. Aber was rede ich, als Hüter habt Ihr unsere Hilfe natürlich nicht nötig.«

Auf ein kaum wahrnehmbares Nicken hin löste sich der Kreis um Larkin herum auf.

»Ich wünsche Euch eine gute Heimreise, Hüter«, sagte der Feenkrieger mit einem boshaften Lachen, bevor er seinen

Männern folgte, die lautlos wie Rauch in den Schatten verschwunden waren.

Kaum dass Larkin mit der Prinzessin allein war, hob der eisige Wind von neuem an, noch stärker als zuvor. Das Mädchen stieß einen spitzen Schrei aus und umklammerte Larkins Hals so fest, dass ihm beinahe die Luft wegblieb.

Verfluchte Feen. Hatte er wirklich geglaubt, sie würden das Mädchen so einfach gehen lassen? Nun, aber sie würden ihr blaues Wunder erleben, wenn sie glaubten, Larkin wäre machtlos gegen ihre Zauber.

Eine besonders heftige Bö traf ihn hart im Rücken, sodass er ein paar Schritte nach vorn stolperte, ehe er das Gleichgewicht wiederfand. Er strich dem Mädchen, das vor Schreck wieder zu weinen begonnen hatte, beruhigend über das Haar, während er sich unbeholfen auf die Knie sinken ließ, um dem Sturm nicht noch mehr Angriffsfläche zu bieten.

»Was auch geschieht, haltet Euch gut an mir fest, Prinzessin. Könnt Ihr das tun?«, fragte er das verängstigte Mädchen.

Sie nickte gegen seinen Hals.

»Tapferes Mädchen«, sagte er anerkennend. »Macht die Augen fest zu und wenn Ihr sie das nächste Mal wieder aufmacht, seid Ihr wieder zu Hause, das verspreche ich Euch.« Larkin hoffte inständig, dass er das Versprechen würde einhalten können.

Obwohl er seine eigene Stimme kaum über das Heulen des Sturmes hören konnte, rief er seine Magie mit einem Summen. Eine wahre Kakophonie aus dunklen Tönen und fremd klingenden Lauten brach über ihn herein, sobald er seinen magischen Sinn öffnete, die ihn schier zu überwältigen drohte. Mit einem Stöhnen kippte er mit der Prinzessin auf dem Arm vornüber und konnte sich im letzten Moment mit einem Arm abstützen.

Die Schatten sollten das Feenvolk holen. Natürlich würden die boshaften Wesen es ihm unnötig schwer machen.

Das Mädchen rief angstvoll seinen Namen, als Larkin nach dem Ansturm auf seine empfindlichen Sinne einige Herzschläge lang nach Atem rang.

»Schon gut, Prinzessin«, versuchte er, sie wieder zu beruhigen. »Habt keine Angst.«

»Ich will nach Hause«, schluchzte sie.

Larkin strich ihr das Haar aus dem Gesicht und zwang sich zu einem müden Lächeln. »Gleich. Ihr müsst nicht mehr lange aushalten. Versprochen.«

Sie nickte trotz der Tränen, die ihr unaufhaltsam über die Wangen liefen.

»Euer Bruder wird stolz auf Euch sein, wenn er erfährt, wie tapfer Ihr gewesen seid, meint Ihr nicht auch?«, sagte Larkin.

Sie nickte wieder.

»Sehr gut. Schließt die Augen, tapferes Mädchen und ehe Ihr Euch verseht, werdet Ihr wieder bei Euren Eltern sein.«

Es war eine schier unmögliche Aufgabe aus dem Lärm um ihn herum die richtigen Melodien herauszufinden, die das Mädchen in dieser Welt gefangen hielten. Wieder und wieder jagte Larkin einem entfernten Laut nach, nur um festzustellen, dass er schon wieder zum Narren gehalten worden war. Es fühlte sich an, als wären Stunden verstrichen, bis er endlich den Zauber fand, der den Traum zusammenhielt. Nur noch am Rande nahm er das kleine Mädchen wahr, das er im Arm hielt, während er verbissen seine Zauber sang, die Stück für Stück die dunkle Feenmagie entwirrten und die Albtraumwelt auflösten.

»Du wirst ihn nicht anfassen!«

Larkin runzelte bei den seltsamen Worten die Stirn. Waren die Feen zurück? Er wagte es nicht, die Augen zu öffnen. Was, wenn der Zauber nicht gewirkt hatte? Seele des Waldes, er wollte gar nicht daran denken. Er hatte keine Kraft mehr für einen zweiten Versuch.

»Aber er hat sich seit Stunden nicht mehr bewegt! Was, wenn er …«

»Genug! Tu, was ich sage, Kianéran!«

Larkin öffnete blinzelnd die Augen und starrte direkt in das beunruhigte Gesicht des Prinzen, das nur wenige Handbreit von ihm entfernt war.

Der Prinz prallte mit einem überraschten Keuchen zurück, die Augen weit aufgerissen.

»Larkin?«, fragte er mit einem wachsamen Ausdruck in den Augen.

Larkin wischte sich mit einer Hand über das schweißnasse Gesicht. Wie es schien, hatte er den Weg zurück in die wirkliche Welt gefunden und wenn er seinen Sinnen trauen konnte, so war auch die Magie der Feen, die die Prinzessin zuvor umgeben hatte, verschwunden.

Er gestattete sich einen tiefen Atemzug, ehe er sich zu dem kleinen Mädchen vorbeugte, das immer noch reglos im Bett lag.

»Ihr könnt die Augen jetzt aufmachen, Prinzessin«, sagte er leise, die verstohlenen Blicke und gehobenen Augenbrauen, die die Mitglieder der königlichen Familie austauschten, geflissentlich ignorierend.

Die kleine Hand des Mädchens klammerte sich angstvoll an Larkins, als sie die Augen aufschlug.

»Larkin?«, flüsterte sie scheu, bevor sie ihren Vater und ihre Mutter bemerkte.

»Mama! Papa!« Mit einem Satz landete sie in den ausgestreckten Armen ihrer Mutter. Larkin erhob sich rasch, um der Familie Platz zu lassen, ihre Tochter wieder willkommen zu heißen.

Müde lehnte er sich gegen die Wand, während er die glückliche Familie beobachtete. Er konnte sich nicht daran erinnern, wann er seine Kräfte das letzte Mal in einem solchen Maße beansprucht hatte.

Verfluchte Feen.

Eine ganze Weile stand er einfach nur da und kämpfte gegen die Müdigkeit, das Plappern des Mädchens nicht mehr als ein fernes Rauschen in seinen Ohren. Nach einer Ewigkeit, wie es ihm schien, löste er sich widerstrebend von der Wand in seinem Rücken. Er fühlte sich wie ein alter Mann, als er mit gebeugten Schultern und bleischweren Beinen zur Tür schlurfte.

Niemand richtete das Wort an ihn oder würdigte ihn auch nur eines Blickes. Larkin zögerte einen Moment mit der Hand auf der Türklinke, doch die Familie war so mit sich selbst beschäftigt, dass sie Larkin völlig vergessen zu haben schienen. Nicht einmal Kian hatte einen Blick für ihn übrig.

Mit einem Anflug von Bitterkeit wandte Larkin sich schließlich ab.

Was hatte er auch anderes erwartet?

~*~

Ein Diener weckte Larkin am nächsten Morgen aus einem rastlosen Schlaf, um ihn vor den König zu führen. Die Nacht hatte wenig dazu beigetragen, seine Kräfte wiederherzustellen, und er fühlte sich noch immer schwach, die Welt um ihn herum seltsam gedämpft, als würde er alles nur durch einen Schleier wahrnehmen.

Keinen Tag länger würde er in dieser verfluchten Burg verbringen, schwor er sich im Stillen. Ganz gleich, wie erschöpft er war, er würde keinen Tag länger verweilen.

Der König und die Königin empfingen ihn im Thronsaal, in dem Larkins Schritte unheimlich von den Wänden hallten.

Der Kronprinz stand steif vor den Stufen, die zu dem Thron des Königs führten, die Arme hinter dem Rücken verschränkt, das Kinn erhoben und den Blick stur geradeaus gerichtet wie eine Statue, kalt und abweisend.

Neben ihm stand eine hübsche, junge Frau mit dunklem Haar, die verblüffende Ähnlichkeit mit der Königin aufwies und niemand anderes als ihre Tochter sein konnte. Sie warf Larkin einen scheuen Blick zu, als er den Thronsaal betrat, während ihr Bruder nicht den kleinsten Muskel regte.

Noch ehe Larkin Gelegenheit hatte, respektvoll vor dem König niederzuknien, kam ihm die Königin auf halbem Weg mit einem Lächeln entgegen, ergriff seine Hände und gab ihm einen Kuss auf die Wange.

Larkin erstarrte vor Schreck und konnte die zierliche Frau, die ihm kaum bis zum Kinn reichte, nur völlig entgeistert anstarren.

»Euer Majestät?«, brachte er schließlich hervor und versuchte sich erfolglos aus dem Griff der Königin zu winden.

»Wir können Euch gar nicht genug dafür danken, dass Ihr uns unsere Tochter wiedergegeben habt, Meister Larkin«, sagte sie. In ihren Augen schimmerten Tränen und Larkin wandte verlegen den Blick ab.

»Euer Majestät, es war mir eine Ehre«, begann er, doch die Königin brachte ihn mit einem Kopfschütteln zum Schweigen.

»Ihr habt getan, wozu niemand sonst imstande war. Wir sind Euch zu ewigem Dank verpflichtet«, sagte sie feierlich.

»Meine Gemahlin hat Recht«, ergriff der König das Wort. Die Königin nickte Larkin zu und gesellte sich wieder zu ihrem Gemahl, der sogleich ihre Hand ergriff.

»Eure Tat verdient einen angemessenen Lohn«, fuhr der König fort. »Nennt Euren Preis, Hexenmeister. Gold, Landbesitz, was wollt Ihr für Eure Mühen erhalten?«

Larkin trat überrascht einen Schritt zurück und schüttelte den Kopf. »Ihr ehrt mich, Euer Majestät, doch ich verlange nichts. Es ist mir Lohn genug, dass die Prinzessin wohlauf ist.«

Der König runzelte die Stirn. »Es muss doch etwas geben, was Ihr begehrt, Meister. Ich kann Euch eine Stellung bei Hofe anbieten, Eure Dienste wären von unschätzbarem Wert.«

Ehe er sich versah, war Larkin bereits einen weiteren Schritt zurückgewichen. Eine Stellung bei Hofe? Hatte der König vergessen, wer Larkin war? Er konnte den Wald unmöglich verlassen, *wollte* ihn nicht einmal verlassen. Nicht wenn die Alternative der königliche Hof war, wo er Kian – *dem Prinzen, Schatten und Verdammnis!* – jeden Tag über den Weg laufen würde.

»Mit Verlaub, Euer Majestät, ich weiß Euer Angebot zu schätzen, doch muss ich es leider ablehnen«, sagte Larkin schnell. »Ich habe alles, was ich zum Leben benötige.« Er neigte respektvoll das Haupt und hoffte inständig, dass der König ihn gehen lassen würde.

Auf einen Wink des Königs hin, schritt die junge Frau, die die ganze Zeit ruhig neben dem Prinzen gestanden hatte, mit gerafften Röcken die steinernen Stufen hinauf und legte ihre Hand mit einem Lächeln in die des Königs.

»Nun, Hexenmeister, die Hand meiner Tochter Kathris werdet Ihr gewiss nicht ablehnen können.« Die Frau machte bei den Worten einen Knicks und schenkte Larkin ein weiteres schüchternes Lächeln.

Es kostete Larkin seinen letzten Rest an Selbstbeherrschung, nicht noch weiter zurückzuweichen, und er betete zu den Geistern, dass man ihm seinen Schrecken nicht ansehen würde.

Der König wollte, dass Larkin seine Tochter heiratete?

Larkins Augen wanderten wie von selbst zu dem Prinzen, der den Blick nach wie vor starr geradeaus gerichtet hatte, die Zähne fest zusammengebissen. Ein Muskel zuckte in seinem Kiefer. Seine Augen begegneten für einen Wimpernschlag Larkins, bevor der Prinz wieder zur Salzsäule erstarrte.

Was bei den Verdammten hatte Larkin ihm getan, dass der Prinz ihn so mit Nichtachtung strafte?

»Euer Majestät«, begann Larkin stockend. »Ich … ich fühle mich geehrt. Doch ich kann … ich kann unmöglich …«

Larkin fühlte sich wie eine Maus, die der Katze in die Falle gegangen war, als der König ihn aus schmalen Augen musterte. Verflucht sollte er sein, dass er Larkin so in die Enge trieb.

Larkin nahm einen tiefen Atemzug, während seine verräterischen Augen ein weiteres Mal zu dem Prinzen wanderten. Verfluchter Kerl. Dies war alles seine Schuld.

»Ich bin nicht mehr als ein armer Hexer, Euer Majestät, der Eurer Tochter nichts zu bieten hat«, erklärte er schließlich mit einem gezwungenen Lächeln. »Ihr kennt meine Pflichten. Es wäre nicht Recht, die Prinzessin in ein solches Leben zu zwingen. Mit Verlaub, Euer Majestät, doch hat sie einen Mann verdient, der ihrer würdig ist.«

Das Lächeln war immer noch auf dem Gesicht der Prinzessin, doch in ihren Augen stand deutlich die Enttäuschung, die sie bei Larkins Zurückweisung empfinden musste.

Seele des Waldes, was erwarteten sie denn von ihm? Dass er eine unschuldige Frau, die in Pracht und Überfluss aufgewachsen war, mit in den Wald nahm? Noch dazu in den Schattenwald? Hatten sie denn alle den Verstand verloren?

Der König strich sich nachdenklich über das bärtige Kinn. »Wie Ihr wünscht, Hexenmeister«, sagte er nach einer Weile und Larkin war, als würde er dabei einen kurzen Blick auf seinen Sohn werfen, bevor er seine gesamte Aufmerksamkeit wieder auf Larkin richtete.

Dem Hexer wurde zunehmend unwohl in der Gegenwart des Königs. Vor allem, wenn der Mann ihn so eingehend musterte. Als wäre Larkin ein besonders außergewöhnlicher Käfer.

Der Gedanke ließ ihn frösteln.

Seele des Waldes, aber er würde erst wieder frei atmen können, wenn er Fengard weit hinter sich gelassen hatte.

So schnell würde er mit Sicherheit nicht zurückkehren.

5

Mittwinter stand bereits vor der Tür, als es eines Abends an Larkins Tür klopfte. Der Schnee war vor einigen Tagen in einen heftigen Regen übergegangen, der seitdem unablässig vom Himmel fiel und selbst Larkin davon abgehalten hatte, das Haus zu verlassen. Dass jemand sich in diesem Wetter an seine Tür verirrte, verhieß nichts Gutes.

»Es sei denn, es geht wieder um Martins Kuh«, grummelte Larkin vor sich hin, während er zur Tür ging. Es klopfte ein weiteres Mal ungeduldig, ehe er ungehalten die Tür aufriss.

»Ich bin ja –« Die Worte erstarben ihm auf den Lippen, als er sah, wer da vor seiner Tür stand. Einen Moment lang spielte er mit dem Gedanken, die Tür auf der Stelle wieder zuzuschlagen, und schalt sich einen Narren, dass er nicht daran gedacht hatte, einen Zauber zu wirken, der einem gewissen Prinzen den Zutritt zum Wald verwehrte. Nun, Larkin konnte ihn noch immer in eine hässliche Kröte verwandeln. Es juckte ihn bereits in den Fingern.

»Larkin –«

Larkin hob wütend einen Finger, um den Prinzen – denn es war niemand geringerer, der vor ihm stand – zum Schweigen zu bringen. »Ich will nichts hören.« Wie gern hätte er den Prinzen im Regen stehen lassen, jedoch wollte er nicht dafür verantwortlich sein, dass Kian am Fieber starb. Larkin wollte sich gar nicht erst ausmalen, wie die Leute sich das Maul über ihn zerreißen würden, wenn bekannt würde, dass er den Tod des Prinzen auf dem Gewissen hatte.

Sie starrten sich eine Weile schweigend an, bevor Larkin schließlich widerstrebend zur Seite trat, um den triefnassen Mann hereinzulassen.

Der Prinz war in einem wahrhaft jämmerlichen Zustand. Nass bis auf die Knochen und von oben bis unten mit Schlamm bespritzt, erinnerte er mehr an eine ertränkte Ratte als an einen Prinzen.

»Larkin –«, begann der Prinz ein weiteres Mal, doch Larkin unterbrach ihn erneut.

»Sieh zu, dass du den Dreck nicht im ganzen Haus verteilst. Und *Ihr* könnt diesmal auf dem Boden schlafen, *Eure königliche Hoheit*.«

Ehe der Prinz noch ein weiteres Wort verlieren konnte, warf Larkin sich einen Mantel über und verließ das Haus, um sich um das Pferd des Prinzen zu kümmern.

Es herrschte eine angespannte Stille in der kleinen Stube, als Larkin zurückkehrte und sich schweigend daranmachte, einen Trank für den Prinzen zu brauen, der ihn stärken und vor Fieber und Krankheit schützen würde. Es sollte Larkin niemand nachsagen können, dass er sich nicht um seine Gäste kümmerte.

Selbst wenn sie unwillkommen waren.

Der Prinz beäugte die dunkle Brühe argwöhnisch, die Larkin ihm mit einem scharfen »Trink!« reichte. Larkin konnte es ihm nicht einmal verdenken, das Gebräu sah wirklich abscheulich aus, roch noch schlimmer und enthielt unter Umständen die ein oder andere Zutat, die nicht im Rezept stand und vielleicht für die garstige Farbe und möglicherweise auch für einen etwas unangenehmen Geschmack verantwortlich waren. Aber jeder wusste schließlich, dass Medizin immer scheußlich schmecken musste, wenn sie denn helfen sollte.

Larkin war fast ein wenig enttäuscht, als der Prinz nach dem ersten Schluck nur leicht das Gesicht verzog. Dabei hatte er sich so viel Mühe gegeben. Nun ja, Prinzen lernten wahrscheinlich schon als Kind, auch die scheußlichsten Dinge zu kosten, ohne dabei eine Miene zu verziehen. Vielleicht sollte sich Larkin glücklich schätzen, dass er überhaupt eine Reaktion erhalten hatte.

Das Schweigen hing wie eine düstere Wolke zwischen ihnen. Der Prinz erweckte einige Male den Eindruck, als wollte er etwas sagen, doch Larkin warf ihm jedes Mal einen drohenden Blick zu. Er legte keinen Wert darauf, sich Kians – *Kianérans* – Ausflüchte anzuhören.

~*~

Der nächste Morgen fand Larkin in noch schlechterer Stimmung vor. Denn zu allem Überfluss war der Regen während der Nacht in Schnee übergegangen, der nun alles unter einer weißen Decke begrub. Wenn es so weiter schneite – und zu Larkins Ärger sah es ganz danach aus – würde sein ungebetener Gast so schnell nirgendwohin aufbrechen.

Mit einem letzten Blick auf den schlafenden Prinzen flüchtete Larkin aus der Hütte, die ihm mit einem Mal viel zu eng erschien, und hoffte darauf, dass die kalte Winterluft seinen Ärger ein wenig abkühlen würde.

Als der Hexer den Prinzen bei seiner Rückkehr immer noch schlafend vorfand, machte sich Sorge in ihm breit, die für einen Moment sogar seinen Ärger überwog. Vielleicht hatte Larkin es mit dem Trank doch ein wenig übertrieben? Doch die Stirn des Prinzen war kühl und sein Atem kam leicht und gleichmäßig. Larkin rief seine Magie, um den Prinzen zu untersuchen. Mit Erleichterung stellte der Hexer fest, dass es lediglich die Erschöpfung war, die den Königssohn so lange schlafen ließ.

Kein Wunder, wenn er bei diesem Wetter durch das halbe Königreich ritt. Nicht einmal Tildas Sohn wäre zu einer solchen Dummheit in der Lage gewesen und von dem hielt Larkin wahrhaftig nicht viel.

Ein warnendes Kribbeln in seinen Fingerspitzen erinnerte Larkin daran, dass sich Ärger und Magie nicht sonderlich gut vertrugen und so wandte er sich hastig ab und versuchte seine Gedanken auf etwas anderes zu richten, ehe noch ein Unglück geschah. Mit wilder Entschlossenheit widmete er sich seiner täglichen Arbeit, um seine Gefühle wieder zu beruhigen.

Was hatte der Prinz überhaupt hier zu suchen? Warum konnte er Larkin nicht einfach in Ruhe lassen? Schließlich hatte er mit seinem Verhalten bei Larkins Besuch in Fengard mehr als deutlich gemacht, wo Larkins Platz war.

Larkin nahm einige Vorratsgläser von den Regalen und stellte sie behutsam auf dem Tisch ab. Leise, um den Prinzen nicht zu wecken. Nicht, dass er es verdient hätte.

Mit zunehmender Ungeduld durchsuchte Larkin seine Regale nach dem Glas mit den Libellenflügeln, die aus einem unerfindlichen Grund nicht an ihrem Platz standen. Als er den Blick schließlich durch die Hütte schweifen ließ, musste er zu seinem Ärger feststellen, dass das Glas bereits auf dem Tisch stand.

Konzentrier dich, Larkin, ermahnte er sich im Stillen. Magie war eine heikle Angelegenheit und er konnte noch immer die Stimme seiner Mutter hören, die ihn darüber belehrte, was geschah, wenn er seine Gefühle nicht im Griff hatte.

Aber warum hatte Kian – *Kianéran, merk es dir endlich, du Dummkopf* – Larkin nicht gesagt, wer er wirklich war? Er hatte Larkin nicht einmal seinen richtigen Namen genannt! Dabei hatte Larkin gedacht, sie wären Freunde. *Narr,* dachte er bitter. Er hätte es besser wissen müssen. Aber schließlich hatte er nicht viel Erfahrung mit Freunden. Er hatte Klara, aber Klara war … Klara. Sie war schon immer da gewesen.

Wütend zerstampfte er die Zutaten im Mörser. Es würde dem Prinzen ganz recht geschehen, eine Weile als Kröte zu verbringen. Mit vielen hässlichen Warzen, schleimig und mit großen Glubschaugen. Larkin könnte ihn dann in ein Glas sperren und mit Fliegen füttern. Er lachte leise bei dem Gedanken.

Ein seltsames Geräusch, das fast wie das Quaken eines Frosches klang, ließ Larkin innehalten. Stille war alles, was ihm antwortete und er zuckte mit den Schultern. Eine blühende Phantasie, fürwahr – die er besser in andere Bahnen lenkte, bevor noch ein Unglück geschah.

Als das Quaken ein zweites Mal erklang, beschlich Larkin eine dunkle Vorahnung, die ihn langsam den Kopf heben ließ.

Die Decken, in denen der Prinz zuvor gelegen hatte, lagen verlassen vor dem Kamin, doch darauf hockte unübersehbar eine dicke, warzige Kröte, die Larkin vorwurfsvoll aus ihren riesigen Glubschaugen anglotzte.

Unbewusst ballte er die Hände zu Fäusten, während er versuchte seinen Ärger in den Griff zu bekommen. Fast meinte er, wieder die Stimme seiner Mutter zu hören, die ihn ermahnte, niemals die Beherrschung zu verlieren.

Sei ruhig und stets Herr deiner Sinne.

»Das hast du nun davon!«, brach es unvermittelt aus ihm hervor. »Hat dir deine Mutter nicht beigebracht, dass du niemals – *niemals* einen Hexer verärgern solltest?«

Im Nachhinein dachte Larkin sich, dass er vielleicht nicht mit dem Finger auf die verzauberte Kröte hätte zeigen sollen. Vielleicht waren seine Gefühle auch für den Bruchteil eines Augenblickes seiner Kontrolle entschlüpft.

Was auch immer der Grund gewesen sein mochte, dort, wo soeben noch die hässliche Kröte gehockt hatte, befand sich jetzt eine große, schleimige Schnecke mitsamt Schneckenhaus.

Mit einem zittrigen Atemzug ließ Larkin sich auf dem nächstbesten Stuhl nieder und vergrub das Gesicht in den Händen. »Bei der Seele des Waldes, dabei kenne ich nicht einmal einen Spruch, um jemanden in eine Schnecke zu verwandeln«, seufzte er elendig.

Du musst deine Gefühle zu jeder Zeit fest im Griff behalten, Larkin. Sonst macht deine Magie, was immer sie will.

Larkin zog den Kopf ein, als ihm die scharfen Worte seiner Mutter durch den Kopf gingen. Es war kaum ein Tag vergangen, da sie ihn nicht hatte ermahnen müssen, besonders, als er noch klein gewesen war.

»Du hast ja Recht, Mutter«, seufzte er, ehe er sich schwerfällig erhob, um nach einem Gegenzauber zu suchen.

Er brauchte ein wenig länger, als ihm lieb gewesen wäre, weil er keine Ahnung hatte, wie er den Prinzen überhaupt verwandelt hatte. In seinen Zauberbüchern fand er zwar einen Spruch, der einen Menschen in eine Kröte verwandelte, da er jedoch die Kunst der Zaubersprüche niemals gemeistert hatte, musste er sich wohl oder übel selbst etwas ausdenken.

Sein erster Versuch führte dazu, dass die Schnecke sich in ein seltsames Zwitterwesen aus Kröte und Schnecke verwandelte, das hässlichste, was Larkin je zu Gesicht bekommen hatte, bevor er nach zwei weiteren erfolglosen Versuchen endlich die richtige Melodie fand, die den Prinzen wieder zu einem Menschen machte.

Kian starrte Larkin mit weit aufgerissenen Augen an. Der Prinz schien ein wenig grünlich um die Nase und Larkin konnte es ihm nicht einmal verdenken. Es war, gelinde gesagt, ein wenig verstörend, sich plötzlich im Körper einer Kröte wiederzufinden. Er wollte gar nicht erst wissen, wie es sich anfühlte, eine *Schnecke* zu sein.

»Bitte verzeih«, murmelte Larkin beschämt. »Das war ein Versehen und ganz und gar unbeabsichtigt, das musst du mir glauben.«

»Versehen?«, wiederholte der Prinz mit einem Ächzen, bevor er aufsprang und mit einer Hand auf den Mund gepresst zur Tür herausstürzte.

~*~

Danach herrschte eine geradezu frostige Stimmung in der Hütte, die dem Wetter in nichts nachstand. Die Hütte wirkte mit einem Mal nur noch halb so groß und viel zu eng.

Larkin bemerkte immer wieder die wachsamen Blicke, die Kian ihm zuwarf, als wartete er nur darauf, dass sich Larkin in eine reißende Bestie verwandelte. Es schmerzte, besonders da Larkin niemand anderem als sich selbst die Schuld dafür geben konnte. Einige Male war er versucht, das Wort an den Prinzen zu richten, doch sein Mut ließ ihn jedes Mal im Stich, sodass er sich weiter hinter seiner Arbeit versteckte, Amulette herstellte und Tränke braute, die seine ganze Kraft forderten, bis er abends völlig erschöpft ins Bett fiel.

Mittwinter brachte heftige Schneestürme mit sich, die die kleine Hütte halb unter Schneewehen begruben und die beiden Männer zu weiteren endlosen Tagen unangenehmen Schweigens verdammten.

Eines Morgens wurde Larkin von einem eisigen Wind geweckt, der durch die Hütte fegte und weiße Flöckchen durch die Luft wirbelte. Im ersten Moment glaubte Larkin, dass seine Magie sich ein weiteres Mal ohne sein Wissen befreit haben musste, bis er bemerkte, dass die Tür sperrangelweit offenstand und so dem Wind ungehinderten Zutritt zu Larkins Heim gewährte.

»Kian!«, rief Larkin ärgerlich über das Heulen des Windes hinweg, doch der Prinz war nirgends zu sehen, der Strohsack, auf dem er die Nächte verbrachte, lag verlassen vor dem Kamin.

Eine düstere Vorahnung beschlich Larkin, als er mit schmalen Augen in das dichte Schneetreiben hinausblickte. Einen Moment später wurde der Verdacht zur schrecklichen Gewissheit, als der Wind sich für einen Augenblick legte und somit nicht länger das zarte Weinen übertönte, das aus den Tiefen des Waldes erklang und an das bitterliche Weinen eines verlorenen Kindes erinnerte.

Fluchend schlüpfte Larkin in Stiefel und Mantel, ehe er dem Prinzen nacheilte und zu allen Geistern des Waldes betete, dass er noch nicht zu spät war.

Jedes Kind wusste, dass man sich bei einem Schneesturm nicht aus dem Haus wagte und niemals dem Weinen eines Kindes, das im Sturm erklang, folgen durfte. Larkin hätte wissen müssen, dass der Prinz dumm genug war, um auf die Hinterlist eines Eisheulers hereinzufallen. Es waren garstige Wesen von der Größe eines Kindes und großen unschuldigen Augen, doch mit langen, giftigen Klauen und messerscharfen Zähnen bewehrt, die während der Winterstürme aus ihren Löchern gekrochen kamen, um ahnungslosen Wanderern aufzulauern und sie in Stücke zu reißen.

Der Wind zerrte an Larkins Mantel, biss ihm in die Wangen und trieb ihm den Schnee in die Augen, sodass er kaum sah, wo er hintrat. Zu seiner grenzenlosen Erleichterung fand er Kian unweit des Hauses noch in einem Stück, doch die Erleichterung schlug rasch in Entsetzen über, als er sah, dass eine der gefürchteten Bestien nur wenige Schritte vor dem Prinzen im Schnee hockte.

»Kian, nein!«, brüllte Larkin aus Leibeskräften, während er sich durch den hüfthohen Schnee kämpfte und hilflos mit ansah, wie das kleine Ungeheuer zum Angriff ansetzte. Es war die schiere Verzweiflung gepaart mit einer ordentlichen Portion Magie, mit der er Kian gerade rechtzeitig zur Seite stieß, um ihn vor den Krallen der Bestie zu bewahren, die dem Königssohn um ein Haar den Kopf von den Schultern gerissen hätte.

Sie stürzten in einem Knäuel aus Armen und Beinen durch die dichte Schneedecke. Larkin kam sofort wieder auf die Beine und riss Kian mit sich in die Höhe, die Hand in seinen Kragen gekrallt.

»Lauf zurück ins Haus«, befahl Larkin. »Verriegle die Tür hinter dir und komm nicht heraus, bis ich wieder zurück bin.«

Der Prinz blickte Larkin verwirrt an. »Aber –«

»Tu was ich sage!«, bellte Larkin über das Heulen des Windes und gab Kian einen Stoß vor die Brust, während er bereits nach dem Eisheuler Ausschau hielt. »Sofort!«, setzte er hinzu, als der Prinz sich noch immer nicht in Bewegung setzte.

Vielleicht war es etwas in seinem Blick, das den Prinzen den Ernst der Lage erkennen ließ, denn endlich nickte dieser, zog mit einem grimmigen Ausdruck in den dunkelblauen Augen ein Messer aus dem Gürtel hervor und verschwand in, wie Larkin hoffte, die Richtung, in der die Hütte lag.

Mit Kian endlich aus dem Weg setzte er der Kreatur nach und brachte sie zur Strecke, ehe sie noch einem weiteren unachtsamen Wanderer gefährlich werden konnte. Erst, als er sich auf dem Weg zurück befand und der Rausch der Jagd allmählich nachließ, bemerkte er die Wunden in seinem Arm.

6

Larkin stürzte Hals über Kopf durch die Tür seines Hauses, die mit einem lauten Krachen gegen die Wand prallte, und versuchte die Panik niederzuringen. Mit zitternden Händen riss er ein Buch nach dem anderen von den überquellenden Regalen, blätterte hastig die Seiten durch, um es dann achtlos beiseite zu werfen.

Es musste hier irgendwo sein, er wusste, er hatte es irgendwo gesehen. Bei der Seele des Waldes, er musste es finden!

»Larkin, was ist geschehen? Was tust du?«

Larkin wirbelte auf dem Absatz herum und wäre beinahe gefallen, hätte Kian nicht beherzt zugegriffen und ihn aufgefangen.

»Was geschehen ist?«, zischte Larkin. »Erklärt mir, Eure königliche Hoheit, wie Ihr so lange überleben konntet, wenn Ihr Euch von einem dreimal verfluchten Eisheuler in ein solches Wetter herauslocken lasst!« Der Hexer streckte den linken Arm in Richtung der Tür und zuckte im selben Moment mit einem Stöhnen zusammen. Verfluchtes Biest. Er musste das verdammte Buch finden.

»Larkin, du bist verletzt!«, rief der Prinz erschrocken aus, als er die langen, blutigen Wunden sah, die sich über Larkins linken Arm zogen.

»In der Tat«, presste Larkin durch zusammengebissene Zähne hervor. »Wie aufmerksam von Euch, mich darauf hinzuweisen.«

Mit zusammengekniffenen Augen studierte Larkin den Text in dem Buch, das er in der Hand hielt, und atmete erleichtert auf. Er hatte es gefunden. Rasch kramte er eine Schale aus Eichenholz hervor, ehe er die verschiedenen Zutaten sorgfältig abmaß und mit zusammengebissenen Zähnen alles zu einem zähflüssigen Brei verrührte.

»Was ist mit dir, Larkin? Was tust du da?« Kians Stimme klang rau vor Sorge.

Larkin hob nicht einmal den Blick, als er den getrockneten Blutampfer in den Brei einrührte.

»Was bringen sie euch in der Stadt eigentlich bei?«, zischte er ungehalten, die Augen fest auf seine Arbeit gerichtet. »Die Klauen eines Eisheulers bergen ein tödliches Gift, jedes Kind hier weiß das. Und da es zufälligerweise eben jene Kreatur war, die mir ihre Klauen in den Arm geschlagen hat, weil ich einem törichten Prinzen das Leben retten musste, versuche ich gerade, ein Gegengift zu mischen, bevor ich tot umfalle!«

Kians Gesicht hatte bei Larkins Worten zunehmend an Farbe verloren. »Du meinst, das Kind, das ich sah …«

Larkin konnte nur den Kopf schütteln über so viel Dummheit. »War kein Kind, sondern eine kleine hinterlistige Bestie, die dich liebend gern in Stücke gerissen hätte, um dich anschließend genüsslich zu verspeisen.«

Kian stützte sich mit beiden Händen schwerfällig auf dem Tisch ab und ließ den Kopf hängen. »Ich hatte keine Ahnung …«, begann er hilflos.

Larkin schnaubte. »Das habe ich mir gedacht.«

»Du hast mir das Leben gerettet.«

Ein bitteres Lachen entfuhr Larkin, während er mit einem Silberlöffel eine halbe Drehung mit dem Uhrzeigersinn vollführte. »Und sieh, was es mir gebracht hat.«

Der Prinz zuckte zusammen, als hätte Larkin ihn geschlagen. »Larkin …«, begann er elendig, bevor er den Kopf schüttelte und mit einem entschlossenen Ausdruck in den dunklen Augen den Kopf hob. »Wie kann ich dir helfen?«

Larkin war versucht, mit einer spitzen Bemerkung zu antworten, bis ihm aufging, dass nun wahrlich nicht der richtige Zeitpunkt für alberne Streitereien war. Nicht wenn sein Leben auf Messers Schneide stand. »Du kannst den Brei auf die Wunden auftragen und den Arm verbinden, wenn du weißt, wie das geht.«

Er war mehr als nur ein wenig überrascht, als Kian ohne ein weiteres Wort mit geschickten Bewegungen, die davon zeugten, dass er nicht zum ersten Mal eine Wunde versorgte, ans Werk ging.

Larkins Arm brannte wie Feuer und er biss die Zähne zusammen, um nicht laut aufzuschreien, während Kian mit sanften Bewegungen, die Wunden reinigte.

»Wo hast du das gelernt?«, fragte Larkin, um sich von dem Schmerz abzulenken.

Kian seufzte. »Ich bin Soldat, Larkin. Natürlich weiß ich, wie man eine Wunde versorgt. Und diese hier müssen genäht werden.«

Larkin riskierte einen Blick aus dem Augenwinkel. »Nicht jetzt, dafür haben wir keine Zeit.« Er zuckte zusammen, als Kian den Brei auftrug und der Schmerz ihm fast den Atem raubte. Verfluchter Eisheuler.

Törichter Prinz.

»Bei den Geistern, bitte verzeih mir, Larkin. Ich wollte nicht, dass so etwas geschieht. Aber ich dachte ...«

Larkin schüttelte resigniert den Kopf. »Die Bestien können sehr überzeugend sein, wenn man nicht weiß, womit man es zu tun hat. Das hätte ein wirklich böses Ende nehmen können.« Larkin wollte gar nicht daran denken, was geschehen wäre, wenn er nur einen Augenblick später aufgewacht wäre. Ein Schauer lief ihm über den Rücken.

Er machte sich sofort daran, die Feuerschale hervorzuholen und Gläser und Tiegel bereitzustellen, kaum dass der Prinz den Verband an seinem Arm festgeknotet hatte. Ein paar Mal musste er sich schwer atmend an der Tischkante festhalten, weil ihn der Schwindel übermannte. Er konnte förmlich spüren, wie ihm die Zeit wie Sand zwischen den Fingern verrann.

»Larkin.« Zwei warme Hände griffen ihn bei den Schultern und ließen ihn müde den Blick heben.

»Larkin, bitte. Lass mich dir helfen. Sag mir, was ich tun kann.«

Larkins Blick schweifte von Kians sorgenvollen Augen zu seinen eigenen zitternden Händen und dann über die auf dem

Tisch ausgebreiteten Tiegel und Bücher. Seit dem Tod seiner Mutter war er stets auf sich gestellt gewesen und es hatte ihm genügt. Er hatte niemals jemanden gebraucht.

Er hob den Blick und sah in Kians bleiche Miene.

Bis jetzt.

Mit einem tiefen Seufzen schloss er die Augen und spürte, wie sich der warme Griff auf seinen Schultern verstärkte. Seele des Waldes, er musste einen klaren Kopf bewahren. Wer konnte schon sagen, wie rasch das Gift seine Wirkung entfalten würde? Er brauchte Kian und erlaubte sich für einen Moment Kraft aus der warmen Berührung zu schöpfen.

»Setz dich, Larkin«, drang Kians Stimme sanft in seine Gedanken. Seine warme Hand verweilte in Larkins Nacken, nachdem er sich auf einem Schemel niedergelassen hatte, und Larkin konnte es nicht verhindern, dass er sich leicht in die Berührung lehnte.

»Wie weit bist du mit dem Trank? Was fehlt noch, Larkin?«

Larkin blinzelte einige Male und schüttelte den Kopf gegen den zähen Nebel, der sich in seinen Gedanken auszubreiten schien.

»Hasenbrot war die letzte Zutat, die ich benutzt habe. G-Glaube ich.« Larkin starrte auf seine Hände. Das Zittern wurde schlimmer.

Eine Decke wurde über seine Schultern gebreitet, bevor Kian sich ans Werk machte.

»Du musst so exakt wie möglich sein«, warnte Larkin mit klappernden Zähnen, als er sich an Kians miserable Kochkünste erinnerte.

Kian nickte knapp und widmete sich wieder dem Rezept.

Larkin bettete seinen Kopf auf dem gesunden Arm, den er auf den Tisch gelegt hatte, während er den Prinzen beobachtete und seiner Stimme lauschte, wenn er die nächste Zutat und die entsprechenden Anweisungen vorlas.

Ein gestrichener Silberlöffel gemahlene Drachenschuppen.

Drei Silberlöffel Wolfsdisteltinktur.

Schattenbann, Geisterkraut.

Larkin war froh, dass er seine Vorräte stets in tadellosem Zustand hielt und regelmäßig auffüllte. Vielleicht würde er doch noch glimpflich davonkommen. Er beobachtete den Prinzen, wie er alles mit einem konzentrierten Ausdruck auf dem Gesicht abmaß, bevor er es in die gemächlich vor sich hin köchelnde Flüssigkeit gab.

»Larkin?«

Der seltsame Tonfall in Kians Stimme verhieß nichts Gutes und ließ Larkin trotz seiner Müdigkeit abrupt den Kopf heben.

»Larkin, wo finde ich das Blut wahrer Liebe?«

Larkin runzelte verwirrt die Stirn. »Auf dem Regal, neben dem Schlangenblut, aber ich dachte …« Er hätte schwören können, dass er die Flasche bereits auf den Tisch gestellt hatte.

Kian hielt ihm ein leeres Fläschchen entgegen, dessen Etikett fein säuberlich von Larkins Mutter beschriftet worden war.

»Meinst du diese Flasche? Larkin, bitte sag mir, dass du noch eine andere hast«, knurrte Kian.

Larkin streckte eine zitternde Hand nach der Flasche aus und betrachtete wie betäubt das Etikett.

Das Blut wahrer Liebe.

Mit einem ohnmächtigen Gefühl erinnerte er sich daran, wie er den letzten Rest bereits vor Monaten für einen besonders schwierigen Trank gebraucht hatte, der für die schwangere Frau des Bäckers bestimmt gewesen war. Er konnte sich genau daran erinnern, dass er vorgehabt hatte, Karl und Serin aufzusuchen, doch über den königlichen Herold, die Krankheit der Prinzessin und seinen darauf folgenden Ärger auf den Prinzen hatte er sein Vorhaben vollkommen vergessen.

Ein taubes Gefühl breitete sich von seinen Fingerspitzen her in seinem ganzen Körper aus. Er bemerkte kaum, dass ihm die Flasche aus den Fingern glitt und nur ein beherzter Griff des

Prinzen sie davor bewahrte, auf dem Boden in tausend Scherben zu zerbrechen.

Es war aus. Aus und vorbei. Kian würde es niemals rechtzeitig ins Dorf und zurück schaffen. Nicht bei diesem Wetter. Wahrscheinlich nicht einmal, wenn das Wetter besser gewesen wäre.

»Verflucht, Larkin, was ist? Sag nicht, das war deine letzte Flasche!«

Larkin nickte stumm.

»Kannst du es nicht durch irgendetwas anderes ersetzen? Irgendein anderes Blut?«

Larkin ließ den Kopf zurück auf seinen Arm sinken, der wieder auf dem Tisch lag. Das Blut wahrer Liebe. Ausgerechnet.

»Nein«, flüsterte er niedergeschlagen. »Es kann nicht ersetzt werden. Es gibt nichts, was dem ähnlich ist.«

»Dann sag mir, wo ich es herbekomme! Es muss eine Möglichkeit geben, Larkin!« Aus Kians Worten sprach die pure Verzweiflung.

»Es tut mir leid, Kian. Es ist zu spät.«

Larkin konnte hören, wie Kian aufgeregt hin und her lief, wie ein wildes Tier im Käfig, bevor er sich neben Larkin auf einem Schemel niederließ und einen Arm um Larkins Schultern legte.

»Erklär es mir. Was hat es mit diesem Blut auf sich? Was ist es?«

»Kian …«, begann Larkin müde, doch er wurde sofort unwirsch von Kian unterbrochen.

»Nein, Larkin, ich werde nicht so schnell aufgeben. Erklär es mir. Woher bekommst du es normalerweise und was ist es?« Sein Tonfall war hart und unnachgiebig und duldete keinen Widerspruch.

Larkin seufzte. »Es ist genau das, was der Name verheißt – das Blut von zweien, die wahre Liebe füreinander empfinden. Es gibt ein Paar in einem der Dörfer, das ich darum bitten wollte, aber …« Larkin lachte bitter. »Ich habe es schlicht und einfach vergessen.«

Der Prinz wirkte mit einem Mal angespannt, doch Larkin war zu erschöpft, um den Kopf zu heben.

»Das Blut, wie gewinnst du es für gewöhnlich?«

Selbst Kians Tonfall war mit einem Mal seltsam und Larkin hätte zu gern gewusst, was dem Prinzen durch den Kopf ging.

»Nach alter Tradition schneiden sich die Liebenden mit einem Dolch in die Handfläche und legen die Hände aneinander, sodass sich das Blut vermischen kann. Allerdings halte ich die Methode für barbarisch und …« Das Brennen in seinem Arm wurde schlimmer, ein kaltes Brennen, das eisige Schauer durch Larkins Körper sandte.

»Larkin?«, fragte Kian besorgt und schüttelte Larkin leicht an der gesunden Schulter.

»Hm, ja … Nadelstich in die Fingerspitze reicht aus«, murmelte er schläfrig. »Solange sich das Blut der beiden vermischt, bevor man es auffängt. Aber ich verstehe nicht …«

Larkin öffnete blinzelnd ein Auge, als sich ein eiserner Griff um sein rechtes Handgelenk schloss und ihm gleich darauf der Arm unter dem Kopf weggezogen wurde.

»Kian, was –« Ein stechender Schmerz im Finger ließ ihn erschrocken nach Luft schnappen. Ungläubig beobachtete er, wie Kian Larkins Finger fest zwischen Daumen und Zeigefinger seiner eigenen Hand geklemmt über das Gefäß hielt und die Tropfen langsam herabfielen. Rote Schlieren bildeten sich in der Flüssigkeit, bis sie sich vollständig in ein helles Rot verfärbte. Eine steile Falte stand dem Prinzen auf der Stirn und er hatte die Kiefer so fest zusammengepresst, dass Larkin fast meinte, das Knirschen seiner Zähne hören zu können.

»Du kannst es nicht einfach ersetzen!«, rief Larkin erregt und versuchte, sich aus Kians Griff zu befreien. »Was glaubst du, was du da tust?«

Doch Kian ließ ihn nicht eher los, bis genügend Tropfen in die heiße Flüssigkeit gefallen waren. Schweigend band er einen

Stoffstreifen um die Wunde an Larkins Finger, bevor er sich über das Zauberbuch beugte.

»Ebereschenholz.« Die Stimme des Prinzen klang wie das Knurren eines Wolfes, als sich sein Blick auf Larkin richtete. »Wo finde ich das?«

Larkin starrte Kian fassungslos an, ehe er wortlos auf ein schmales Tongefäß zeigte, aus dem zahlreiche Holzstäbe ragten.

»Kian …«

Doch Kian tat so, als hätte er Larkin gar nicht gehört, und hielt ihm stattdessen nur einen Stab nach dem anderen hin, bis er endlich den richtigen gefunden hatte. Der Prinz presste Larkin den Stab in die zitternde Hand, bevor er die nächsten Anweisungen aus dem Buch vorlas. Er sah Larkin erwartungsvoll an.

»Kian …«, begann Larkin wieder, nur um sofort von Kian unterbrochen zu werden.

»Tu es einfach, Larkin.«

Larkin blickte mutlos auf den schlanken Holzstab in seiner Hand, der vom häufigen Gebrauch eine dunkle Färbung angenommen hatte. Es hatte keinen Sinn, das wusste er genau. Das Blut eines Hexers wog das Blut wahrer Liebe nicht im Mindesten auf.

Schweren Herzens streckte er die zitternde Hand aus, die kaum in der Lage war, den Stab zu halten, und hielt inne, bevor er das Gefäß mit einer unbedachten Bewegung von dem Dreifuß stieß, auf dem es ruhte.

Kians Hand schloss sich warm und fest um Larkins. »Wenn ich deine Hand führe, wird das den Zauber beeinträchtigen?«

Larkin hätte beinahe gelacht, wenn die Umstände nicht so schrecklich gewesen wären. Das einzige Ergebnis, das sie zu erwarten hatten, war Larkins unausweichlicher Tod. Doch er konnte die Worte nicht aussprechen und schüttelte nur stumm den Kopf.

Einen Moment später spürte er Kians Wärme an seinem Rücken. Er fühlte sich wie ein kleines Kind, dessen Mutter die

Hand bei schwierigeren Zaubern führen musste, als Kians Hand die seine hielt.

Es kostete Larkin drei Versuche, bis er endlich den richtigen Ton fand, der seine Magie rief. Einen Moment lang war er sogar versucht, sie gänzlich ruhen zu lassen. Schließlich fehlte die entscheidende Zutat und somit war der ganze Trank unbrauchbar. Aber aus irgendeinem Grunde brachte er es nicht übers Herz, weniger als sein Bestes zu geben, nicht mit Kian an seiner Seite, der ihm die Hand führte und sich an seine verzweifelte, sinnlose Hoffnung klammerte.

Dreimal mit dem Uhrzeigersinn rühren, eine halbe Umdrehung gegen den Uhrzeigersinn, dreimal das Glas zum Klingen bringen …

Die rostrote Flüssigkeit verfärbte sich bei dem dritten Schlag des Stabes gegen das Glasgefäß zu einem trüben Rosarot, das Larkin an den flammenden Himmel der Abenddämmerung erinnerte. Während er mit dem Stab die Flüssigkeit drei weitere Male gegen den Uhrzeigersinn rührte, verblasste das Rot zu einem milchigen Weiß, das wie Nebel im Glas umherwaberte. Trotz des Feuers, das immer noch in der Schale unter dem Dreifuß brannte, breiteten sich feine Eisblumen auf dem Gefäß aus.

»Larkin«, entfuhr es dem Prinzen und Larkin entging das leichte Zittern in Kians Stimme nicht.

Larkin ließ den Kopf gegen Kians Schulter sinken. Die Magie hatte ihn vollends erschöpft. Sein Arm brannte und nicht einmal Kians Körperwärme schien mehr gegen die Kälte in Larkins Innerem zu helfen, als würde er von innen heraus zu Eis erstarren.

»Larkin.« Die Stimme des Prinzen war sanft und ließ Larkin die Augen öffnen. Für einen Moment begegneten sich ihre Blicke, Kians Augen seltsam hell und so durchdringend, dass es Larkin für einen Moment die Kehle zuschnürte.

»Trink«, befahl Kian leise, bevor er Larkin das eisbedeckte Glas an die Lippen hielt.

Die Flüssigkeit schmeckte nach Nebel und Schnee und war weder heiß noch kalt, während sie Larkins Kehle hinabrann, obwohl sie sich ein wenig in seinem Magen zu erwärmen schien. Gedankenverloren fragte er sich, was der Zauber jetzt wohl bewirken würde, da die wichtigste Zutat fehlte. Vielleicht würde er sich selbst in Nebel verwandeln.

Was für eine seltsame Vorstellung.

»Larkin, kannst du sagen, ob der Trank wirkt?«, riss ihn die Stimme des Prinzen aus seinen Grübeleien. Nebel, das war es, was sich in seinem Kopf ausbreitete. Dicker, zäher Nebel, der eisige Kälte mit sich brachte.

Jemand rüttelte ihn an der Schulter. »Larkin!«

Müde hob er den Blick. »Hm?«

»Der Trank! Woher weiß ich, ob er wirkt?«

Dunkelblaue Augen. Sie sahen so erwartungsvoll aus.

Wie war noch gleich die Frage gewesen? Ah.

»Wenn ich in ein paar Stunden noch immer nicht zu Eis erstarrt bin, hast du Grund zur Hoffnung. Denke ich«, murmelte Larkin, während er fasziniert diese dunkelblauen Augen betrachtete, die von helleren Linien durchzogen waren und ihn ein wenig an Kristallformationen erinnerten.

Wieso nur war es so kalt?

»Hilf mir auf.« Seine Stimme klang seltsam in seinen Ohren. Wie aus weiter Ferne oder durch dichten Nebel hindurch.

»Was hast du vor?« Die Stimme des Prinzen klang genauso weit entfernt oder sogar noch weiter.

»Kalt.« Hatte er das Wort laut gesagt? Larkin konnte sich nicht mehr erinnern. Er krümmte sich unter einem glühenden Schmerz in seiner Mitte. Das kam davon, wenn man so mir nichts, dir nichts das Rezept für einen Zaubertrank abwandelte. Wahrscheinlich würde er eine Magenverstimmung bekommen.

Ha! Als würde ihn eine Magenverstimmung groß kümmern, wenn er tot war.

»Larkin!«

Nebel, wie kam der Nebel in seine Hütte? Hatte Kian schon wieder die Tür offengelassen? Larkin würde ein ernstes

Wörtchen mit ihm reden müssen. Vielleicht sollte er ihn auch einfach direkt vor die Tür setzen. Nein, nicht bei diesem Nebel. Er würde sich verirren. Wo war er überhaupt?

»Kian?«

Doch der Nebel schluckte seine Worte und ließ ihn in unheimlicher Stille zurück.

7

Die ewige Stille war kaum auszuhalten, die Kälte unerträglich.

Es war, als hätte der Nebel alles verschluckt, jedes Geräusch, jeden Geruch, selbst jedes Gefühl, sodass nichts weiter als eine leere, graue Welt zurückblieb.

Larkin hatte immer gedacht, dass die Welt zwischen den Welten erfüllt wäre mit dem Geschnatter der Geister, doch da war nichts, absolut nichts. Er war sich nicht einmal mehr sicher, ob er selbst noch existierte. Der Nebel machte ihn blind, sodass er nicht einmal die Hand vor Augen sehen konnte. Wenn er denn noch Hände besaß. Es war genauso gut möglich, dass er zu einem körperlosen Schatten geworden war, der auf ewig dazu verdammt war, durch den eisigen Nebel zu schweben.

In einem winzigen, abgeschiedenen Teil seiner Selbst, dem Teil, der sich noch nicht der betäubenden Kälte ergeben hatte, empfand er Bedauern darüber, dass Kians Versuch gescheitert war.

Kian.

Ein Funken Wärme erblühte in seinem Inneren und wurde genauso schnell wieder von der Kälte erstickt.

Er hatte versagt. Indem er das Leben des Prinzen gerettet hatte, hatte er sein eigenes Leben verwirkt und das Königreich den Schatten preisgegeben.

Doch noch bevor er Reue über sein Handeln empfinden konnte, hatte die Kälte bereits alles betäubt und alle Erinnerungen mit sich genommen, sodass er nicht mehr als eine leere Hülle war, ohne Anfang und Ziel, ein seelenloser Geist im ewigen Nebel.

»Hoch mit dir, Larkin. Bei den Seelen der Verdammten ich hätte nicht gedacht, dass mein Sohn ein solcher Faulpelz ist. Hoch, sagte ich!«

Er blinzelte. Er kannte die Stimme, aber wie kam sie hierher – wo auch immer *hier* war?

»Ich schwöre dir, Junge, wenn du deinen Hintern nicht augenblicklich in Bewegung setzt ...«

Der Nebel lichtete sich ein wenig und eine Erinnerung stieg in ihm auf.

»Mutter?«

Ein wütendes Schnauben erklang aus dem Nebel. »Wenigstens erkennst du deine eigene Mutter. Und jetzt beweg endlich deinen faulen Hintern oder muss ich dir Beine machen?«

Sein Körper reagierte auf den harschen Tonfall in der Stimme seiner Mutter und er stellte überrascht fest, dass er in der Tat mehr war als nur ein körperloser Geist. Ächzend streckte er die tauben Glieder. »Mutter, was tust du hier?«

»Das würde ich gerne von dir wissen. Habe ich dir denn gar nichts beigebracht, dass du wie ein betrunkener Kobold durch den Nebel torkelst?«

Larkin zog bei dem scharfen Tadel unwillkürlich den Kopf ein. »Ich –«

»Larkin, wie oft soll ich dir noch sagen, dass du auf dein Herz hören sollst? Kannst du ihn denn nicht hören? Der arme Junge ist schon ganz heiser.«

Verwirrt runzelte Larkin die Stirn. »Mutter, wovon redest du? Wen soll ich hören? Hier gibt es nichts!« Er breitete in einer hilflosen Geste die Arme aus. Nicht einmal seine Mutter konnte er in der trüben Brühe sehen, die ihn umgab. Aber vielleicht war sie auch unsichtbar, schließlich war sie nun schon eine Weile tot. Genauso wie er.

»Ich bin tot, nicht wahr?«, fragte er mit schwerem Herzen.

»Stell dich nicht dümmer, als du bist, Larkin!«, sagte seine Mutter mit scharfer Stimme. »Natürlich bist du nicht tot. Und wenn du endlich einmal deinen Kopf anstrengen würdest, statt wie ein trotziges Kleinkind herumzuheulen, wärst du schon längst wieder bei deinem hübschen, jungen Prinzen.«

Hübscher, junger Prinz? Larkin starrte angestrengt in den Nebel und versuchte zu verstehen, wovon seine Mutter sprach.

Seit einer Ewigkeit irrte er durch blendendes Weiß, ohne dass auch nur das kleinste Geräusch an seine Ohren gedrungen wäre. Wovon –

Larkin hielt den Atem an. Hatte da jemand seinen Namen gerufen? Der Nebel fühlte sich wie Watte in seinen Ohren an und betäubte seine Sinne. Ärgerlich wedelte er mit der Hand vor dem Gesicht und legte den Kopf zur Seite, um besser hören zu können, und versuchte sich zu erinnern. Wenn da nur nicht dieser verfluchte Nebel in seinem Kopf wäre.

Da war es wieder. Ganz schwach, jedoch unverkennbar sein Name.

»Jemand ruft meinen Namen!«, entfuhr es ihm.

»Natürlich, Larkin. Das tut er schon seit einer ganzen Weile. Zeit für dich, ihm endlich zu folgen.«

»Aber wer ist das?« Die Stimme rief ihn ein weiteres Mal.

»Musst du mich das wirklich fragen, Junge?«

Larkin konnte regelrecht hören, wie seine Mutter mit den Augen rollte.

»Ich –«

Die Erinnerungen brachen unversehens über ihn herein. Der Eisheuler, die Wunden an seinem Arm und –

»Kian!«

Abermals erklang die Stimme seines Freundes, dumpf und hohl durch den Nebel und es war unmöglich, die Richtung auszumachen, aus der die Stimme kam.

»Konzentrier dich, Junge«, mahnte die körperlose Stimme seine Mutter.

Larkin schloss die Augen und richtete all seine Sinne auf Kians Stimme, die dumpf durch den Nebel drang.

Wärme.

Larkin hob überrascht den Kopf. Die Stimme brachte Wärme mit sich. Es war nicht mehr als ein Hauch von Wärme, wie die federleichte Berührung einer Hand im Rücken, doch es reichte aus, um Larkin die Richtung zu weisen.

»Na, das wurde auch Zeit. Jetzt geh endlich, mein Sohn.«

»Aber was ist mit dir –« Larkin hätte es besser wissen sollen. Selbst wenn er sie nicht sehen konnte, so konnte er doch ihren missbilligenden Blick spüren.

»Du bist zu alt, als dass ich dir immer noch die Hand halten müsste, Junge. Schlimm genug, dass du den Weg nicht selbst gefunden hast. Lass dir das eine Lehre sein und jetzt fort mit dir!«

»Danke, Mutter.«

Seine Mutter schnalzte nur mit der Zunge. »Fort, sagte ich.«

Jetzt, da Larkin seinen Weg endlich gefunden hatte, schien selbst der Nebel von ihm abzurücken, während Kians Stimme immer deutlicher wurde. Und auch die Wärme nahm zu wie ein warmer Sonnenaufgang, der Larkins Schritte länger werden ließ. Ganz allmählich lichtete sich der Nebel, ein Gesicht tauchte auf, zunächst nur vage und verschwommen, doch die Umrisse wurden schärfer, je weiter Larkin darauf zukam, bis er endlich Kians blaue Augen ausmachen konnte.

Und dann war der Nebel gänzlich verschwunden.

Larkin fand sich in dicke Decken gehüllt auf dem Strohsack vor dem Kamin wieder, Kians warmer Leib dicht an seinen gedrängt, während sein Kopf auf Kians Schulter ruhte.

Ein wenig benommen hob er den Kopf und blickte direkt in Kians Augen, die ihn mit einer Mischung aus Hoffnung, Sorge und tiefer Erschöpfung ansahen.

»Kian?«, flüsterte er, die Stimme heiser und rau.

Ein verräterischer Glanz trat in Kians Augen, als er die Hände hob und sie an Larkins Wangen legte, so behutsam, als fürchte er, Larkin könne jeden Moment zerspringen.

»Larkin?« Kians Stimme klang fast ebenso heiser wie Larkins und er wirkte so benommen, wie Larkin sich fühlte, seine Augen ruhelos über Larkins Gesicht wandernd, während seine warmen Hände Larkins Gesicht zwischen sich hielten.

»Oh, Larkin«, seufzte Kian.

Dann lagen seine Lippen plötzlich auf Larkins.

Larkin war so überrascht, dass sein Verstand für einen Moment aussetzte und er zu keinem klaren Gedanken mehr fähig war. Niemand hatte ihn bisher geküsst. Nicht einmal Klara und das, obwohl Larkin seine Absichten ihr gegenüber mehr als deutlich gemacht hatte.

Eine leise Stimme in einem Winkel seines Verstandes erinnerte ihn daran, dass er vielleicht etwas anderes tun sollte, als nur dazusitzen und Kian mit offen Augen anzustarren, doch da war es bereits zu spät und Kian fuhr abrupt zurück, als hätte er sich verbrannt.

Wahrscheinlich war ihm sein Fehler bewusst geworden und er hatte sich daran erinnert, wen er da im Arm gehalten und … geküsst hatte. Natürlich, wie sollte es auch anders sein? Selbst Klara hatte Larkin zurückgewiesen, als er um ihre Hand angehalten hatte. Wer wusste schon, was Kian sich bei diesem seltsamen Kuss gedacht hatte? Vielleicht war es eine Sitte unter Kriegern, wenn man dem Tod ein Schnippchen geschlagen hatte. Was wusste Larkin schon von solchen Dingen?

Er zog sich die Decke bis zu den Ohren und rollte sich zusammen mit dem Rücken zu Kian und versuchte nicht daran zu denken, wie viel wärmer es mit Kian unter der Decke gewesen war.

~*~

Wie hatte er nur so unfassbar dumm sein können? Dabei hatte er sich geschworen, sich von Larkin fernzuhalten und sich mit Larkins Freundschaft zufriedenzugeben.

Kian vergrub das schamrote Gesicht tiefer in den Händen und unterdrückte ein Stöhnen. Er wagte es nicht, Larkin anzusehen nach dem, was er getan hatte.

Geister! Wahrscheinlich hatte er damit jegliche Hoffnung zerstört, Larkins Vertrauen wiederzugewinnen.

Aber nachdem er Larkins leblosen Leib stundenlang in den Armen gehalten und gehofft hatte, dass seine eigene Wärme genug war, um den Hexer vor dem Erfrieren zu bewahren, war Kians Selbstbeherrschung schlicht und ergreifend dahin gewesen. Als sich die goldenen Augen endlich geöffnet hatten und Larkin seinen Namen geflüstert hatte, war er so erleichtert gewesen …

Schatten und Verdammnis, er war ein solcher Narr. Aber wenn es um Larkin ging, schien sein Verstand regelmäßig auszusetzen. Wie sonst war es zu erklären, dass er den ganzen Weg in den Schattenwald auf sich genommen hatte mit den Winterstürmen vor der Tür? Noch dazu ohne eine Nachricht zu hinterlassen, wohin er unterwegs war.

Andererseits musste Larkin ähnliche Gefühle für Kian hegen. Schließlich war es ihrer beider Blut gewesen, das den Hexer gerettet hatte, das Blut wahrer Liebe. Es konnte kein Zufall sein, Larkin hatte gesagt, dass es durch nichts anderes ersetzt werden könne und ganz offensichtlich hatte es gewirkt.

Kian warf einen kurzen Blick in Larkins Richtung, als dieser keinen Laut von sich gab. Doch Larkin war bereits wieder unter den Decken verschwunden und regte sich zu Kians wachsender Beunruhigung nicht, sah man einmal von dem leichten Zittern ab.

»Larkin?« Kian hatte die Hand bereits nach dem ungebändigten Haarschopf ausgestreckt, der das Einzige war, das aus den Decken herauslugte, hielt jedoch mitten in der Bewegung inne, als Larkin mit einem Mal den Kopf hob und Kian aus seinen durchdringenden Augen anstarrte.

Der Hexer hatte den Mund geöffnet, als wollte er etwas sagen, doch dann fiel sein Blick auf Kians Hand, die zu Kians Verlegenheit immer noch ausgestreckt eine Handbreit von Larkin entfernt in der Luft hing. Bevor Kian jedoch Gelegenheit hatte, sie zurückzuziehen, legte sich Larkins eiskalte Hand um seine und zog, bis Kian beinahe das Gleichgewicht verlor.

»Larkin?«, fragte Kian ein wenig beunruhigt.

Mit einem nachdenklichen Ausdruck auf dem Gesicht und einer steilen Falte zwischen den Brauen betrachtete der Hexer die

Wunde an Kians Finger. Es war ein harmloser Schnitt und ein geringer Preis für Larkins Leben. Er hätte liebend gern sein eigenes Leben für Larkins gegeben und das nicht nur aus dem Grund, weil Larkin das Königreich vor den Schatten beschützte. Seit dem letzten Winter, den er hier in dieser Hütte verbracht hatte, bekam er Larkin einfach nicht mehr aus dem Kopf.

»Du hast unser beider Blut verwendet.« Larkins Stimme war unerwartet rau und heiser, die Worte mehr ein Krächzen, das in Kian das dringende Bedürfnis weckte, Larkin zurück in den Schutz seiner Arme zu ziehen.

»Ich …«, begann Kian, doch sein Kopf war plötzlich wie leergefegt und er konnte sich nicht mehr erinnern, was er überhaupt hatte sagen wollen.

»Warum?«

Kian blinzelte angesichts der seltsamen Frage. Sicherlich musste Larkin wissen, warum Kian es getan hatte. War es nicht offensichtlich, nachdem er Larkin geküsst hatte? Nachdem der Trank gewirkt hatte? Musste Kian es wirklich laut aussprechen?

Kian schluckte. »Larkin, ich konnte dich nicht verlieren.« Hitze stieg ihm in die Wangen und er schlug verlegen die Augen nieder, als er dem durchdringenden Blick aus Larkins Augen nicht länger standzuhalten vermochte. Schatten und Verdammnis, er war nicht mehr rot geworden, seit er ein kleiner Junge gewesen war.

Larkins Griff um Kians Hand verstärkte sich beinahe schmerzvoll, als der Hexer ein bitteres Lachen ausstieß, das Kian gegen seinen Willen aufblicken ließ.

»Nachdem du mich belogen hast, auf der Burg nicht mehr als ein paar kühle Worte für mich hattest und mich den Rest meiner Zeit dort nicht eines Blickes gewürdigt hast, besitzt du die Dreistigkeit hier aufzukreuzen und mir zu sagen, du könnest mich nicht verlieren?« Larkins Augen blitzten vor Zorn und Kian fuhr erschrocken zusammen, als das Feuer im Kamin mit einem lauten Fauchen hell auflonderte und ihn daran erinnerte, dass

Larkin ihn nicht ohne Grund gewarnt hatte, den Hexer nicht zu verärgern.

Der sonst so beherrschte Mann bot mit einem Mal einen wahrhaft furchterregenden Anblick mit seinem lodernden Blick, dem wilden Haar und jeder Instinkt in Kian drängte ihn dazu, die Flucht vor der wilden, ungezügelten Macht, die Larkin in diesem Moment umgab, zu ergreifen.

Stattdessen zwang er sich dazu, still zu verharren, und erwiderte mit einem betont gelassenen Ausdruck Larkins Blick, schließlich war es nicht das erste Mal, dass er Zeuge von Larkins Macht wurde.

Anscheinend gelang ihm der Ausdruck nicht ganz so gut, wie er gehofft hatte, denn der goldene Blick wurde für einen Moment noch schärfer, dann weiteten sich Larkins Augen und huschten zu dem brüllenden Feuer im Kamin, ehe das ohnehin schon bleiche Gesicht des Hexers noch mehr an Farbe verlor und Larkin mit einem erschrockenen Keuchen zurückfuhr, die Augen zusammengekniffen und die Lippen zu einem blutleeren Strich zusammengepresst.

Kian wagte es nicht, sich zu bewegen, und atmete erst auf, als das Feuer in sich zusammenfiel und das Prickeln auf seiner Haut verschwand.

Als hätte ihn der Ausbruch all seiner Kraft beraubt, sank Larkin in sich zusammen, die Augen noch immer fest zusammengekniffen, und vergrub sich erneut unter den Decken, bis nicht mehr als sein brauner Schopf zu sehen war.

Kian stieß ein Seufzen aus. Er konnte sich lebhaft vorstellen, was Larkin nach diesem Ausbruch durch den Kopf gehen musste, wusste Kian doch, wie sehr Larkin es hasste, anders zu sein.

»Larkin, es tut mir leid«, sagte Kian, wohl wissend, dass es allein seine Schuld war, dass Larkin die Beherrschung verloren hatte. »Ich wollte dich nicht verärgern. Bitte verzeih mir.«

Einen Moment lang glaubte Kian, Larkin würde ihn einfach ignorieren, doch dann hob der Hexer den Kopf und sah Kian aus weit aufgerissenen Augen an, in denen sich sein ganzer Schmerz widerspiegelte.

»Du hast allen Grund zornig zu sein«, setzte Kian rasch hinzu, allen Protesten zuvorkommend.

Larkins Brauen zogen sich verwirrt zusammen und sein Blick glitt abermals zum Kamin, in dem ein sanftes Feuer brannte. »Aber ich …«

»Larkin«, sagte Kian und sah Larkin fest in die Augen. »Ich weiß, wie groß deine Macht ist und sollte es deshalb besser wissen, als dich zu verärgern.« Er fuhr sich mit einer Hand durchs Haar. »Bei allen Geistern, nach allem, was ich getan habe, habe ich es wohl nicht besser verdient.«

Ehrliche Verwirrung stand auf Larkins Gesicht und Kian konnte es kaum ertragen, dass Larkin sich schuldig fühlte, nur weil er seinem Zorn freien Lauf gelassen hatte.

»Schatten und Verdammnis, Larkin, du hast jedes Recht, wütend auf mich zu sein. Ich wollte es dir sagen, das musst du mir glauben. Wieder und wieder habe ich mir geschworen, es dir zu sagen, aber ich konnte einfach nicht … ich …« Er brach hilflos ab und nahm einen tiefen Atemzug, um seine Gedanken zu ordnen. »Es tut mir leid, Larkin. Ich hätte es dir sagen sollen. Ich wollte nie, dass du auf diese Weise herausfindest, dass ich der Sohn des Königs bin …« Kian schloss beschämt die Augen, als er daran dachte, dass er kaum ein Wort mit Larkin gewechselt hatte, nachdem sie ihn aus dem Verlies geholt hatten. Er hatte fürwahr Schlimmeres verdient, als ein paar Augenblicke als Kröte zu verbringen. »Es tut mir so leid, Larkin«, sagte er wieder und konnte sich nicht dazu überwinden, Larkin in die Augen zu sehen. »Ich hätte mit dir reden sollen, ich weiß. Aber dann tauchtest du plötzlich in der Burg auf und mit einem Mal wusste ich nicht, was ich tun sollte. Du kennst meinen Vater nicht. Ich fürchtete, er könne Verdacht schöpfen und lag damit wohl nicht ganz falsch, bedenkt man, dass er mir damit gedroht hat, mich zu verheiraten. Aber ich wollte nicht … ich …« Widerstrebend hob er den Kopf und warf Larkin einen flehenden Blick zu. »Bitte verzeih mir.«

Larkin musterte ihn einen endlos langen Augenblick aus schmalen Augen. Dann runzelte er die Stirn. »Dein Vater hat gedroht, dich zu verheiraten?«

Kian hätte beinahe gelacht. Natürlich würde Larkin ausgerechnet diesen Teil hören.

Kian zuckte mit den Schultern. »Er sagte, dass es an der Zeit werde, einen Erben zu zeugen. Wenn ich bis zum Ende des Winters keine Braut gefunden habe, wird er mir eine auswählen.«

Larkin sah ihn ungläubig an. »Und da kommst du hierher? Was hast du dir dabei gedacht? Weiß dein Vater überhaupt, wo du dich herumtreibst?«

Kian wandte unbehaglich den Blick ab. Vielleicht war es eine übereilte Entscheidung gewesen, aber er bereute es dennoch nicht. Er hatte Larkin einfach sehen müssen nach dem Gespräch mit seinem Vater. Heiraten. Allein der Gedanke ließ ihn noch immer frösteln und erfüllte ihn mit Grauen. Vor allem nun, da er allem Anschein nach seine Liebe gefunden hatte. Ausgerechnet jetzt. Er konnte es noch immer nicht fassen.

»Larkin, ich musste dich sehen«, sagte er schließlich und zuckte innerlich zusammen, als er seinen eigenen jämmerlichen Tonfall hörte. War es das, was Liebe aus einem machte? Einen jämmerlichen Narren, der kein vernünftiges Wort mehr herausbrachte?

Larkin betrachte Kian eine Weile stumm, ehe er langsam den Kopf schüttelte.

»Du bist ein verdammter Narr, Kian«, sagte er schließlich, als hätte er Kians Gedanken erraten, und sein Mund verzog sich zu einem schiefen Lächeln.

Kian ließ langsam den Atem entweichen, den er unbewusst angehalten hatte, und spürte, wie ihm eine Last von den Schultern fiel. »Ich weiß«, erwiderte er und widerstand dem Drang, seine Gefühle hinter seiner üblichen ausdruckslosen Fassade zu verbergen.

Larkin hob überrascht die Brauen, als hätte er die Antwort nicht erwartet, und musterte Kian einen Moment lang scharf. Dann begann es um seine Mundwinkel zu zucken und Kian bemerkte ein schelmisches Funkeln in Larkins Augen.

»Nun denn, Eure Hoheit«, begann Larkin in einem Tonfall, der Kian allzu sehr an die niederen Adeligen bei Hofe erinnerte, die meinten, sie wären zu Höherem berufen, »lasst es Euch gesagt sein, dass Einsicht der erste Weg zur Besserung ist.«

Kian musste sich das Lachen verbeißen. »Ich gelobe Besserung, Hexenmeister.«

Larkins Augen wurden schmal. »Das solltest du besser, du Narr.« Dann wurde Larkin plötzlich still. »Das Blut wahrer Liebe?« Er wirkte für einen Moment wie vor den Kopf gestoßen, als ginge ihm erst jetzt auf, was seine Genesung bedeutete.

Kian nickte langsam und erwiderte Larkins erstaunten Blick. »So scheint es.«

Larkin biss sich auf die Lippe und schlug verlegen die Augen nieder. »Dabei weiß ich nicht einmal, wie ich dich nennen soll.«

Es war wie ein Schlag ins Gesicht und führte Kian nur noch mehr seine ganzen Verfehlungen vor Augen. Ohne lang darüber nachzudenken, ergriff er Larkins Hand, die immer noch erschreckend kalt war. »Ich habe nicht gelogen, als ich dir meinen Namen nannte«, sagte er, während er versuchte, ein wenig Wärme in Larkins Hand zu reiben. »Niemand außer meinen Eltern und den Höflingen nennt mich Kianéran.«

»*Prinz* Kianéran«, erwiderte Larkin mit Nachdruck, doch seine Augen funkelten.

»Wenn Euch das lieber ist, *Meister* Larkin«, gab Kian zurück und sah mit Genugtuung, wie Larkin sich bei der förmlichen Anrede schüttelte und eine Grimasse zog.

»Also gut. Kian.« Larkins Tonfall machte deutlich, dass er sich für den Moment geschlagen gab, die Sache für ihn jedoch noch längst nicht abgeschlossen war.

Kian konnte damit leben. Er hatte ohnehin nicht erwartet, dass Larkin ihm so einfach vergeben würde. Es war schon ein großer Erfolg, dass Larkin ihm nicht länger die kalte Schulter zeigte.

»Kian ...«, Larkins Finger schlossen sich fester um Kians und er sah Kian mit einer Mischung aus Hoffnung und Verlegenheit an. »Es ist ... kalt ... ohne dich.«

Kian musste sich anstrengen, um Larkins Worte überhaupt zu verstehen, so leise war dessen Stimme geworden. Dann blinzelte er überrascht und bemerkte zum ersten Mal den leicht bläulichen Unterton in Larkins Lippen.

Unvermittelt brachen all die Ängste, die er in den letzten Stunden ausgestanden hatte, über ihn herein und er spürte wie eine eisige Faust nach seinem Herzen griff. »Das heißt, es hat doch nicht gewirkt?« Die Worte kamen als heiseres Krächzen heraus und Kian schluckte gegen die Enge in seiner Kehle.

Larkins Augen weiteten sich. »Nein, das meinte ich nicht. Es ist nur ... kalt. Eine Nebenwirkung des Giftes, fürchte ich. Kein Grund zur Beunruhigung. Aber es ist ...« er zog eine Grimasse, als ein Schauer durch seinen Leib lief, »kalt.«

Kian fühlte sich mit einem Mal seltsam befangen. »Ich kann das Feuer schüren«, sagte er und kam sich dumm vor, sobald die Worte seinen Mund verlassen hatten.

Larkin schien denselben Gedanken zu haben, denn das belustigte Funkeln war wieder in seinen Augen und seine Mundwinkel zuckten, als müsse er sich das Lachen verbeißen.

Kian straffte die Schultern. Er hatte sich bereits genügend zum Narren gemacht und ein Feigling war er noch nie gewesen. Trotzdem konnte er nicht umhin, seine Zweifel ein letztes Mal zu äußern. »Bist du sicher, dass du mich in deiner Nähe haben willst?«

Larkins Wangen färbten sich rot, doch er verdrehte die Augen. »Kian, ich wäre um ein Haar gestorben, nachdem ich Tage darauf verschwendet habe, wütend auf dich zu sein. Im Lichte dessen erscheint es mir ein wenig lächerlich, noch länger an meinem Zorn festzuhalten. Meinst du nicht auch?« Er zog leicht an Kians Hand und Kian musste nicht erst den hoffnungsvollen Blick in Larkins Augen sehen, um seine Absichten zu deuten.

»Also gut«, gab Kian schließlich nach und wurde mit einem strahlenden Lächeln belohnt.

»Das wurde auch langsam Zeit«, brummte Larkin, als Kian zu ihm unter die Decken kroch und Larkin an sich zog.

Larkin hatte nicht übertrieben, er war immer noch eiskalt und Kian musste einen neuen Anflug von Furcht unterdrücken. »Du bist sicher, dass es nur eine Nebenwirkung ist? Du bist halb erfroren.«

»Ganz sicher«, murmelte Larkin und drängte sich noch dichter gegen Kian, als versuchte er, in Kian hineinzukriechen. Larkin zappelte eine Weile herum, offenbar auf der Suche nach der wärmsten Position, bis er endlich zur Ruhe kam.

»Es tut mir leid, dass ich dir nicht von Anfang an die Wahrheit gesagt habe, Larkin«, sagte Kian nach einer Weile.

»Hm, ich kann nicht sagen, dass ich nicht länger verärgert bin, aber in gewisser Weise kann ich es verstehen«, murmelte Larkin schlaftrunken, sein Atem warm gegen Kians Schulter.

»Tatsächlich?«

»Ja. Ich hatte selbst darüber nachgedacht zu leugnen, wer ich bin. Aber du schienst es ohnehin zu wissen, also hätte es nicht viel gebracht.« Larkin lachte leise. »Ich hätte wahrscheinlich selbst darauf kommen können, dass du mehr als nur ein einfacher Hauptmann bist, nachdem du wusstest, dass ich der Hüter bin. Wenn ich ehrlich bin, habe ich es wohl geahnt, wollte es jedoch nicht wahrhaben. Ein Prinz? In meinem Haus?« Er lachte wieder.

Kian lächelte und erlaubte es sich endlich, die Finger in Larkins dichtem Schopf zu vergraben – etwas, das er schon seit geraumer Zeit hatte tun wollen.

Das Blut wahrer Liebe …

Larkin gab ein zufriedenes Brummen von sich und schmiegte sich enger an Kian, bevor seine Atemzüge langsamer wurden und der Hexer in einen tiefen Schlaf glitt.

8

Larkin stieß ein unwilliges Grunzen aus. Es war mitten in der Nacht. Wer um alles in der Welt sollte um diese Zeit an seine Tür klopfen?

»Bleib liegen, Larkin. Ich sehe nach, wer an der Tür ist.« Den leisen Worten folgte ein sanfter Kuss, der Larkin einen Moment verwirrt darüber nachdenken ließ, in welchem Traum er nun wieder gelandet war.

Dann traf ihn ein kalter Lufthauch, der die letzten Schleier des Schlafes vertrieb und ihm schlagartig bewusst machte, dass der Kuss kein Traum gewesen war. Genauso wenig wie der Mann, der noch bis vor einem Moment neben ihm im Bett gelegen hatte.

Larkin blinzelte und wandte den Kopf, um sich davon zu überzeugen, dass es wirklich Kian war, der da im Halbdunkel stand und sich in aller Eile ein Hemd über den Kopf zog.

Der Anblick war seltsam vertraut, als gehörte Kian hierher, als gäbe es nicht etliche Gesetze, die sie allein für diesen Kuss verdammten. Larkin wusste, es konnte nicht von Dauer sein, Kian würde dereinst König sein und doch …

Und doch fühlte es sich richtig an.

Kian fühlte sich richtig an.

Als hätte der Prinz seine Gedanken gehört, begegnete er Larkins Blick und hob eine fragende Braue.

Larkin schüttelte den Kopf, um die albernen Gedanken zu vertreiben.

»Wenn es wieder Martin ist, schick ihn fort. Die dumme Kuh kann warten«, murmelte er mit vom Schlaf rauer Stimme, und versuchte sich nicht darüber zu ärgern, dass, wer auch immer an der Tür war, ihm Kian gestohlen hatte.

Er zog die Decken bis über den Kopf, als ein eisiger Wind durch die geöffnete Tür hereinfegte und ihn erschauern ließ. Seele des Waldes, wann war es so kalt geworden?

Die Schatten sollten ihn holen, wenn es wieder Martin wäre.

»L-Larkin –« Die Stimme brach abrupt ab und Larkin stöhnte. Natürlich. Martin. Wer sonst? »Wo ist der Hexer? Und wer seid Ihr?« Martins Stimme klang mit einem Mal scharf und unfreundlich. Larkin zog die Decken noch enger um sich.

»Schick ihn weg, Kian«, murmelte er.

»Meister Larkin ist verletzt. Kann ich Euch helfen?« Kians Tonfall war viel zu höflich. Martin war eine Plage. Der Kerl hatte Kians Freundlichkeit nicht verdient und das nicht zuletzt, weil er Larkin Klara ausgespannt hatte.

»Verletzt?!« Martins Stimme überschlug sich fast. »Nein, oh ihr Geister, nein. Dann ist alles verloren.«

Etwas in Martins Tonfall ließ Larkin aus dem Schutz seiner Decken hervorlugen. Der Mann klang ehrlich verzweifelt.

»Was ist geschehen, Martin?«, fragte Larkin schroff.

Die tiefliegenden Augen des stattlichen Mannes schossen zu dem Berg aus Decken, unter dem Larkin verborgen lag, und er machte einen Schritt nach vorne, doch Kian verstellte ihm den Weg.

»Larkin!«, rief Martin, während er nervös die Hände rang. Seine Augen zuckten von Kian zu Larkin und wieder zurück. »Bitte, du musst uns helfen. Es ist, es ist …« Martins Gesicht verlor alle Farbe. »Ein Drache!«, brach es schließlich aus ihm hervor und er sah Larkin aus weit aufgerissenen Augen an, als könne er selbst noch nicht so recht glauben, was er da eben gesagt hatte.

Larkin sah, wie Kian erstarrte und den Kopf wandte. Ihre Blicke trafen sich.

»Wo ist der Drache jetzt?«, fragte Kian und Larkin wusste, dass die Nacht für sie beide ein jähes Ende gefunden hatte.

»Er hat die Kuh gefressen. Klara ist mit den Kindern zu den Nachbarn, aber wer weiß, was das Biest als Nächstes tut!« Martins Miene spiegelte das blanke Entsetzen wider.

Die Kinder.

Larkin schälte sich mit Bedauern aus den warmen Decken und musste ein Zittern unterdrücken, als ihn die kalte Nachtluft traf.

Martin und Klara hatten mittlerweile fünf Kinder, das jüngste keine zwei Sommer alt, die bei den Nachbarn kaum in Sicherheit sein würden, wenn es sich wirklich um einen Drachen handelte. Ganz zu schweigen von dem Dorf, das unweit von Martins Hof lag.

»Larkin, was tust du da?«, zischte Kian aufgebracht, als Larkin nach seinen Hosen angelte.

»Mich anziehen oder erwartest du, dass ich nackt das Haus verlasse?«

Kians Augen verengten sich. »Du bist verletzt. Du solltest hierbleiben.«

»Und dich allein gegen einen Drachen ins Feld ziehen lassen? Es sind nur ein paar Kratzer.«

Zu spät dachte Larkin an Martin, der immer noch in der Tür stand und ihren Austausch mit weit aufgerissenen Augen verfolgte. Er hatte den Mann beinahe vergessen, dabei war dieser nach Tilda das größte Klatschmaul im Dorf. Wenn er zu den falschen oder vielleicht auch richtigen Schlüssen kam … Larkin wollte gar nicht daran denken.

Kian schien Larkins Unbehagen nicht zu bemerken, denn er bedachte Larkin lediglich mit einem finsteren Blick und machte sich seinerseits daran, sich in aller Eile anzukleiden.

Mit wachsendem Ärger bemerkte Larkin, dass Kian sich bereits das Schwert umschnallte, während er selbst immer noch mit seinen Hosen kämpfte. Es war zum Aus-der-Haut-Fahren. Wenn seine Finger nur nicht so zittern würden.

Kians Hand schloss sich warm um Larkins. »Zieh dein Hemd an, ich kümmere mich um den Rest.«

Larkin warf ihm einen düsteren Blick zu, der Kian lediglich zu amüsieren schien. Es war demütigend, nicht einmal in der Lage zu sein, sich die Hosen zuzuschnüren.

»Larkin«, sagte Kian leise, nachdem er Larkin eine Hand auf die Stirn gelegt hatte. »Lass mich allein gehen. Du hast Fieber.«

Larkin schnaubte. »Damit ich dich nachher wieder zusammenflicken kann? Sicher nicht. Ich komme mit dir.«

Kian funkelte ihn böse an. »Elender Sturkopf.«

»Bastard.«

»Störrischer Esel.«

»Bist du jetzt endlich fertig?«, fragte Larkin spitz.

Kian knirschte mit den Zähnen, sagte jedoch nichts mehr, bevor er Larkin widerstrebend in seinen Mantel half.

Larkin stöhnte innerlich, als er Martins neugierigen Blick bemerkte. Natürlich hatte der Mann alles mitbekommen. Törichter Prinz. Aber natürlich hatte der nichts zu befürchten, wenn die Leute sich über ihn das Maul zerrissen. Bei der Seele des Waldes, womit hatte er das nur verdient?

Die eisige Winterluft traf Larkin vollkommen unvorbereitet und ließ ihn erschrocken nach Luft schnappen. Schatten und Verdammnis, wann war es nur so kalt geworden? Er zog den Kopf ein und schlang den gesunden Arm um sich, während er darauf wartete, dass Kian das Pferd sattelte.

Martins Hof lag nicht weit von Larkins Hütte entfernt am Rande des Schattenwaldes. Es kam selten vor, dass sich ein Drache von den Drachenbergen herunterwagte, noch dazu so weit ins Landesinnere. Das Tier musste entweder ausgesprochen dumm oder ausgesprochen verzweifelt gewesen sein.

Kian hatte darauf bestanden, dass Larkin mit ihm gemeinsam auf seiner Stute ritt, der der tiefe Schnee nichts auszumachen schien. Im Gegenteil, das Tier schien regelrecht ausgelassen zu sein. Larkin konnte darüber nur den Kopf schütteln. Es kostete ihn seine gesamte Selbstbeherrschung, nicht laut mit den Zähnen zu klappern.

»Ruh dich aus«, murmelte Kian an seinem Ohr, als hätte er Larkins Gedanken gelesen, und zog ihn enger an sich. Larkin lehnte sich gegen Kians Schulter, dankbar für die Wärme in seinem Rücken. Das Gift hatte ihn stärker geschwächt, als er zuzugeben bereit gewesen wäre und er sehnte sich bereits nach seinem warmen Bett.

Ein markerschütterndes Brüllen schreckte Larkin wenig später aus einem unruhigen Halbschlaf und er spürte, wie sich der Griff von Kians Arm um seine Mitte verstärkte.

Sie waren noch immer von Bäumen umgeben, doch der Wald lichtete sich bereits und der Waldrand und somit auch Martins Hof konnten nicht mehr weit sein. Zu ihrer Rechten zweigte ein schmaler Pfad vom Weg ab, der nach Süden zur Hütte des Holzfällers führte, bei dem Klara und die Kinder mit Sicherheit Unterschlupf gefunden hatte.

Ein weiteres Brüllen erschütterte die nächtliche Stille und ließ Larkin zusammenzucken.

Larkins Esel, auf dem Martin ritt, blieb stocksteif und zitternd vor Angst hinter ihnen stehen und wollte sich nicht mehr vom Fleck rühren. Martin sah mit schreckensbleichem Gesicht zu ihnen empor.

»Bleibt hier, Herr Martin«, befahl Kian leise.

Martin starrte ihn mit großen Augen an, sein Blick wanderte zu Kians Schwert und er nickte eilig.

»Weiß das Dorf Bescheid?«, fragte Larkin und spähte in die Dunkelheit, ohne jedoch irgendetwas zu erkennen.

»Ich habe Anton geschickt«, erwiderte Martin mit zittriger Stimme.

Larkin nickte. Offenbar besaß der Mann doch genügend Verstand, wenn es nötig war. Martins ältester Sohn Anton würde wissen, was zu tun war. »Reite zu Klara und den Kindern. Wir werden uns um den Drachen kümmern.«

Martin nickte knapp, bevor er den schmalen Pfad nach Süden einschlug. Der Esel war nur allzu bereit, seinem Drängen Folge zu leisten, um von dem Untier, das in der Dunkelheit lauerte, so schnell wie möglich fortzukommen.

»Larkin –«, begann Kian, doch Larkin fiel ihm augenblicklich ins Wort.

»Nein. Ich mag nicht ganz auf der Höhe meiner Kräfte sein, aber deshalb werde ich nicht meine Leute im Stich lassen.«

Kian knurrte etwas, das verdächtig nach »Störrischer Esel« klang, doch Larkin entschloss sich, seine Bemerkung zu überhören. Sie hatten wahrhaftig Wichtigeres zu tun.

Die Stute wurde immer unruhiger, je mehr sich die Bäume um sie herum lichteten, ein sicheres Zeichen dafür, dass das Ungeheuer nicht mehr weit sein konnte.

Als sie den Waldrand erreicht hatten, saß Kian ohne ein weiteres Wort ab und hieß Larkin, es ihm gleichzutun. Schweigend band der Prinz das Tier an einen nahen Baum, bevor er Larkin einen finsteren Blick zuwarf.

»Ich nehme nicht an, ich kann dich zum Bleiben überreden?«

Larkin schnaubte. »Glaub mir, du willst dem Biest nicht allein gegenübertreten. Vielleicht wäre es besser, du bliebest zurück. Ich werde schon allein mit einem Drachen fertig.«

»So wie du auch mit dem Eisheuler fertig geworden bist?«

Larkin stach Kian den Finger in die Brust. »Mir wäre nichts geschehen, wenn ich dich nicht vor deiner eigenen Dummheit hätte bewahren müssen. Außerdem – wer von uns beiden hat sich von einem Greifen in Stücke reißen lassen, hm?«

Kian ergriff Larkins Finger, bevor dieser die Gelegenheit hatte, Kians breite Brust weiter zu malträtieren, und entließ geräuschvoll den Atem.

»Sei vorsichtig, Larkin. Ich –« Kian schüttelte den Kopf und überraschte Larkin mit einem flüchtigen Kuss. »Komm.«

Martins Hof bot ein Bild der Zerstörung. Der Schnee war aufgewühlt und zu großen Teilen geschmolzen. Von dem kleinen Kuhstall, den Martin im Sommer für seine lang ersehnte Kuh gebaut hatte, waren nur noch qualmende Trümmer übrig. Wie durch ein Wunder schien das kleine Bauernhaus der Familie dem Wüten des Untieres jedoch entkommen zu sein. Vielleicht hatte sich auch der Drache mit seinem Feueratem zurückgehalten, um seine Beute nicht zu rösten.

Das Biest selbst hatte sich besitzergreifend um den qualmenden Trümmerhaufen zusammengerollt und bot selbst in der nächtlichen Dunkelheit einen furchterregenden Anblick. Der gewaltige Leib war groß wie eine Scheune. Aufgerichtet, dessen war sich Larkin sicher, würde der Kopf des Drachen über die Wipfel der Bäume aufragen. Spitze Dornen ragten aus dem Rücken des Untieres bis hinab zur Schwanzspitze und sein Maul war groß genug, um sie beide mit einem Happs zu verschlingen.

Kians Schwert wirkte klein wie ein Zahnstocher gegen die riesige Bestie, der sie sich gegenübersahen. Larkin verließ beinahe der Mut, als er an den dicken Schuppenpanzer dachte, der den Drachen schützen würde. Wenn ihm nicht bald etwas einfiel, das ihnen einen Vorteil gegen das Ungeheuer verschaffen würde, wäre ihr nobles Vorhaben von vornherein zum Scheitern verurteilt.

Sie legten sich im Schutze einer niedrigen Hecke auf die Lauer, ihr Atem eine weiße Wolke, die hoffentlich nicht zu sehen sein würde.

Ein Gedanke zupfte am Rande von Larkins Bewusstsein, zum Greifen nah und doch außer Reichweite. Mit gerunzelter Stirn betrachtete er das Schwert des Prinzen.

»Was ist? Was starrst du so auf mein Schwert?«, flüsterte Kian.

»Du wirst damit nicht viel ausrichten können«, sagte Larkin, während er dem Gedanken nachjagte, der ihm immer wieder wie ein glitschiger Fisch durch die Finger schlüpfte.

»Es ist alles, was wir haben«, erwiderte der Prinz. »Es sei denn, du kannst mit deiner Magie ein wenig nachhelfen.«

»Hm, vielleicht …« Kian hielt ihm die Waffe entgegen, als Larkin die Hand danach ausstreckte und kaum hörbar einen Ton summte. Als hätte seine Magie nur darauf gewartet, loderte sie in seinem Inneren auf, sobald seine Finger das Heft berührten, und brandete durch sein Blut geradewegs in die Waffe hinein. Larkin schnappte erschrocken nach Luft angesichts der schieren Macht, die ihn beinahe zu überwältigen drohte. Die Klinge begann mit einem inneren Feuer zu leuchten, so hell, dass sie beide für einen Augenblick die Augen schließen mussten.

»Was hast du getan, Larkin?«, fragte Kian, nachdem der Lichtschein wieder schwächer geworden war. Kleine Flammen schienen inmitten des Stahls zu tanzen, als hätte Larkins Magie sie dorthin verbannt, und erhellten mit ihrem Licht die Nacht.

Larkin blinzelte, selbst ein wenig überrascht über den Zauber, den er unbeabsichtigt gewirkt hatte. »Ich … bin mir nicht sicher.«

»Was willst du damit sagen, du bist dir nicht sicher?« Kian hob ungläubig die Brauen, woraufhin Larkin nur verlegen die Achseln zucken konnte.

»Magie ist keine exakte Kunst«, erklärte er unbehaglich. Er sprach äußerst ungern über seine Magie, schließlich verstand er sie selbst nicht so recht. »Manche Dinge … geschehen einfach. Wenn ich mich nicht irre, so sollte der Panzer des Drachen nun kein Hindernis mehr für dich darstellen – hoffe ich zumindest«, fügte er leiser hinzu. Manchmal wünschte er wirklich, er wäre nicht mit dieser absonderlichen Magie geboren worden, die ihn nur noch mehr von allen anderen unterschied.

Kian starrte ihn stumm an. »Dinge geschehen einfach.« Er schüttelte den Kopf. »Ich erwarte eine Erklärung, wenn das hier –«

Ein dunkles Grollen über ihnen ließ den Prinzen jäh verstummen. Als sie den Blick hoben, begegneten sie direkt den glühenden Augen des Drachen, der seinen Kopf über die Hecke gestreckt hatte und sie ansah, als wären sie ein besonderer Leckerbissen.

Offenbar hatte der helle Schein des Schwertes den Drachen auf ihr Versteck aufmerksam gemacht.

Seele des Waldes, aus der Nähe betrachtet, wirkte das Biest unendlich viel größer.

Kian sprang mit einem Fluchen auf, das Schwert kampfbereit in der rechten Hand. Er wirkte lächerlich klein neben der gewaltigen Größe des Ungeheuers, selbst mit Magie würde seine Klinge nicht viel ausrichten können.

Ablenkung. Das war es, was sie brauchten.

Ohne noch einen weiteren Gedanken an die Folgen seines Handelns zu verschwenden, nahm Larkin die Beine in die Hand und rannte wild schreiend davon, in der Hoffnung, den Drachen auf sich aufmerksam machen zu können.

»Larkin!«, brüllte Kian ihm hinterher, doch Larkin ignorierte ihn, rannte weiter und wedelte dabei wie ein Wahnsinniger mit seinem guten Arm. Das Biest ließ sich allerdings nicht so leicht an der Nase herumführen, der mächtige Kopf schwankte nur träge zwischen Larkin und Kian hin und her, während das Tier witternd die Luft einsog.

Larkin blieb stehen, wo er war, rief seine Magie mit einem Pfiff und sang einen Zauber, der den Drachen in eine Maus verwandeln sollte. Er konnte spüren, wie die Magie ihm antwortete, Wärme floss ein weiteres Mal durch seine Glieder, längst nicht so wild und ungestüm wie zuvor, sondern ruhiger und von Larkins Willen beherrscht.

Der Drache stieß ein verärgertes Knurren aus, als der Zauber ihn traf, und riss den Kopf zu Larkin herum. Einen wertvollen Augenblick vergeudete der Hexer damit, das Untier einfach nur anzustarren, während er darauf wartete, dass der Zauber seine Wirkung entfaltete. Als er endlich erkannte, dass er mit seinem Spruch lediglich erreicht hatte, die volle Aufmerksamkeit der Bestie auf sich zu ziehen, war es bereits zu spät. Aus dem Augenwinkel sah Larkin noch, wie der lange Schwanz des Untieres peitschengleich herumschnellte, bevor er Larkin mit solcher Wucht traf, dass er hoch in die Luft geschleudert wurde und für einen Moment nicht mehr wusste, wo oben und unten war.

Mit einem Stöhnen kam Larkin wieder zu sich, Mund und Nase voller Schnee, doch abgesehen von einem dröhnenden

Schädel schien er noch glimpflich davongekommen zu sein. Er kämpfte sich gerade rechtzeitig auf die Knie, um zu sehen, wie die Bestie dem Prinzen, der in Todesverachtung auf den Drachen zu rannte, seinen feurigen Atem entgegenblies.

Larkin stockte das Herz in der Brust.

Hilflos musste er mit ansehen, wie die Flammen Kian einhüllten, gleißend hell und so unfassbar heiß, dass von ihm nicht mehr als ein Haufen Asche zurückbleiben würde.

Doch die grauenvollen Schmerzensschreie blieben aus und als die Flammen einen Augenblick später erstarben, stand Kian da, heil und unversehrt, das Schwert hoch erhoben, als wäre nichts geschehen.

Larkin entließ mit einem Keuchen den Atem und erinnerte sich mit Erleichterung an das Amulett, das er Kian im vorigen Winter geschenkt hatte und das mächtig genug war, um Drachenfeuer abzuwehren. Dank allen Geistern, dass der Mann es offenbar immer noch bei sich trug.

Doch er wusste, ihm blieb nicht viel Zeit.

Der Drache, ganz offensichtlich irritiert, dass sein Feuer keine Wirkung gezeigt hatte, setzte bereits ein weiteres Mal an, um das Menschlein, das sich wagte, ihm entgegenzustellen, endgültig zu Asche zu verbrennen. Larkin war sich sicher, dass Kians Amulett keinem weiteren Angriff standhalten würde.

Bei der Seele des Waldes, aber was konnte er tun? Seine Magie prallte wirkungslos vom Schuppenkleid des Ungeheuers ab und Larkin war noch dazu geschwächt.

Er brauchte Hilfe.

Mit zusammengebissenen Zähnen kam er wieder auf die Beine und rief den Wind mit einem Pfiff herbei. Es war ein großes Risiko, das wusste er. Der Wind war wankelmütig und schwer zu bändigen und tat selten das, worum man ihn bat, doch Larkin lief die Zeit davon.

Eine Böe fegte ihn beinahe von den Füßen und raubte ihm für einen Augenblick den Atem, bevor ein eisiger Nordwind ihm unter die Kleidung fuhr und ihn erzittern ließ. Larkin ließ seine gesamte Macht in seine Stimme fließen und sang einen einzelnen scharfen Ton.

Der Wind schrak vor ihm zurück, doch Larkin hielt ihn mit eisernem Willen gefangen und legte all seinen Ärger darüber, dass der Drache es wagte, Kian anzugreifen, in seinen Zauber. Der Nordwind wirbelte um ihn herum, hüllte ihn in feine Schneekristalle ein und dann war Larkin selbst der Wind.

Wie ein Pfeil schnellte er auf den Drachen zu und fegte mit der Gewalt eines Sturms über Kian hinweg, der einige Schritte nach vorn stolperte. Der Drache wich mit einem Schnauben zurück, als der Wind ihn traf und Larkin mit einer einzelnen Böe in das Maul des Biestes rauschte.

Das Untier bäumte sich auf, schüttelte sich und gab ein markerschütterndes Brüllen von sich. Larkin konnte spüren, wie die Magie des Drachen ihn als Eindringling entlarvte und beinahe wäre der Wind seinem Willen unter dem Ansturm der ungeheuerlichen Macht des Drachen entglitten, doch er hielt verbissen fest und drängte den Nordwind vorwärts, tiefer und immer tiefer in das Herz der Bestie zu dem Quell seines Feuers.

Das Bild von Kian in gleißendes Drachenfeuer gehüllt stand Larkin immer noch klar vor Augen, als er den Feuerquell mit den eisigen Klauen des Nordwindes packte und die Hitze mit der ewigen Kälte des Winters erstickte.

Als hätte der Wind nur auf diesen Moment gewartet, entriss er sich mit einem Brüllen Larkins Willen, der hilflos wie ein Blatt im Sturm davongerissen wurde und sich mit einem Keuchen in seinem eigenen Leib wiederfand. Zitternd und mit klappernden Zähnen lag er im Schnee und sah aus dem Augenwinkel, wie der Drache röchelnd auf der Seite lag, während seine Krallen tiefe Furchen in den Boden schlugen.

Er wusste nicht, wo Kian war, und wollte sich gerade aufrappeln, um nach ihm Ausschau zu halten, als der Nordwind mit einem Fauchen unvermittelt auf Larkin herabfiel.

»Bruder Wind«, schrie Larkin gegen das Heulen des Sturms, der um ihn herumwirbelte und ihn bald hierhin, bald dorthin warf, »ich will meine Schuld begleichen!«

Der beißende Wind trieb ihm die Tränen in die Augen, als die eisigen Finger sich ausstreckten, um ihren Lohn einzufordern, und Larkin hatte kaum noch Zeit einen Schutzzauber zu weben, bevor der Wind die letzte Wärme mit sich nahm.

~*~

»Larkin! Bei allen Geistern, Larkin! Wach endlich auf!«

Larkin rollte sich stöhnend auf die Seite. Jeder Muskel in seinem Leib schmerzte und er zitterte am ganzen Leib vor Kälte.

»Larkin? Larkin!«

»Ja doch. Ich b-bin … bin wach«, sagte er, die Worte ein einziges Durcheinander in seinem brummenden Schädel.

»Den Geistern sei Dank. Kannst du aufstehen?«

Konnte er? Larkin war sich nicht sicher, der Drache musste ihn doch schlimmer erwischt haben, als er gedacht hatte. Vielleicht war es auch dem verfluchten Nordwind geschuldet, dass er nicht aufhören konnte, mit den Zähnen zu klappern. Was hatte er sich nur dabei gedacht, den Wind um Hilfe zu bitten? Er konnte von Glück reden, dass er noch am Leben war.

Larkin stöhnte wieder.

In seinen Schläfen pochte es schmerzhaft, wie ein Hammer, der wieder und wieder auf einen Amboss schlug. Es war kaum auszuhalten.

»Komm, ich helfe dir.« Ein warmer Arm legte sich um seine Schultern und half ihm in eine sitzende Position. Er presste die Lippen zusammen gegen den plötzlichen Schwindel, der ihm schier den Magen umdrehte.

»Der Drache?«, fragte er, nachdem sich sein Magen wieder etwas beruhigt hatte.

»Ist nicht mehr«, sagte der Prinz.

Larkin öffnete blinzelnd die Augen und musterte Kian argwöhnisch. »Du hast ihn getötet?« Der Gedanke versetzte ihm einen unerwarteten Stich. Aber was hatte er erwartet? Dass er dem Drachen sein Feuer nahm und das Ungeheuer friedlich wieder abzog?

Kian nickte.

»Und hast nicht einmal einen Kratzer, wie es aussieht«, brummte Larkin missmutig und presste eine Hand gegen seinen Kopf.

Kian lächelte nur.

Larkin ließ stöhnend den Kopf in die Hände sinken und zuckte zusammen, als ein heißer Schmerz in seinem linken Arm ihn an die Wunden erinnerte, die ihm der Eisheuler beigebracht hatte.

»Ihr werdet noch mein Untergang sein, Eure Hoheit.«

Kian lachte. »Ich frage mich ja, wie du all die Jahre allein in deiner Hütte überlebt hast, wenn du Unfälle förmlich anziehst.«

Larkin blickte ihn ungläubig an. »Mein Leben war wunderbar angenehm, bevor du dich vor meiner Tür zum Sterben niedergelegt hast. Du bringst mir nichts als Unglück.«

Er hielt sich an Kian fest, als ihn erneut der Schwindel überfiel und ließ den Kopf dann schwer atmend gegen dessen Schulter sinken.

»Ich wüsste wirklich zu gern, wie du jedes Mal mit heiler Haut davonkommst, während ich den Prügelknaben spielen muss«, schimpfte Larkin und berührte mit den Fingerspitzen seine schmerzende Stirn. Es überraschte ihn kaum, als er Blut unter den Fingern spürte.

Kian gab ihm einen flüchtigen Kuss, bevor er in den Ausschnitt seines Hemdes griff und das Amulett hervorholte, das Larkin eigens für ihn angefertigt hatte. »Es könnte etwas damit zu tun haben.«

Larkin strich mit einem müden Lächeln über den eingravierten Greifen. »Ja, das hatte ich mir schon gedacht. Die Kette ist neu.«

Kian zuckte mit den Achseln. »Ich wollte sichergehen, dass ich dein Geschenk nicht verlieren würde. Du hast selbst gesagt, ich könne das Band austauschen.«

Larkin nickte langsam. »Ich werde den Zauber erneuern müssen, vor allem wenn ich an deine Neigung denke, dich ständig in Gefahr zu begeben.«

Kian strich Larkin mit einer Hand durchs Haar. »Nicht mehr in dieser Nacht. Wir sollten dich ins Haus schaffen, damit du dich ausruhen kannst und ich mich um deine Wunden kümmern kann. Kannst du laufen?«

Larkin gab ein abfälliges Grunzen von sich. »Ich habe einen Schlag auf den Kopf bekommen, mit meinen Beinen ist alles in bester Ordnung.«

Kian verdrehte die Augen, sagte jedoch nichts, sondern schlang sich Larkins gesunden Arm um die Schultern, um dem Hexer auf die Beine zu helfen.

Larkin bereute seine voreiligen Worte sofort, als der Schwindel ihn beinahe überwältigte und er nichts weiter tun konnte, als sich einige Herzschläge lang zitternd und keuchend an Kian zu klammern, der ihn mit eisernem Griff aufrecht hielt.

»Ich kann dich tragen«, sagte Kian, doch Larkin schüttelte nur den Kopf, was den Schwindel wieder auf ein Übelkeit erregendes Maß anschwellen ließ.

Kian seufzte. »Sturer Esel.«

»Ich glaube, das sagtest du bereits.«

Sie waren noch nicht weit gekommen, als ein flatterndes Geräusch die Stille durchdrang, auf das ein leiser, klagender Laut folgte.

Kians Schwert war sofort in seiner Hand, während sich die Finger der anderen Hand hart in Larkins Taille bohrten. Larkin bemerkte mit Erstaunen, dass die Flammen immer noch im Stahl gefangen waren und ein sanftes Leuchten von sich gaben. Offenbar war Larkins Zauber von der dauerhaften Art gewesen, ohne dass er es bemerkt oder beabsichtigt hatte.

Der klagende Laut erklang erneut und kam aus der Richtung des toten Drachen.

Larkin wechselte einen Blick mit Kian. »Ich dachte …?«

Kian starrte mit grimmiger Miene in die Dunkelheit. »Offenbar gibt es mehr als nur den einen.«

Ein Schauer lief Larkin über den Rücken. Ein weiterer Drache? Wie sollten sie mit noch einem dieser Biester fertig werden?

Ein Schatten regte sich am Kopf des Drachen und für einen schrecklichen Moment sah es so aus, als wäre das Biest doch nicht so tot, wie Kian behauptet hatte. Selbst Kian spannte sich neben Larkin an, als rechnete er mit einem Angriff.

Doch der Schatten stellte sich als kleines geflügeltes Wesen von der Größe einer Katze heraus, das neben dem gewaltigen Drachenkopf hockte und von Zeit zu Zeit ein Winseln von sich gab.

»Schatten und Verdammnis …«

»Ein Jungtier«, flüsterte Larkin erstaunt. Der Größe nach zu urteilen konnte das kleine Tier gerade erst geschlüpft sein.

»Ich habe noch nie davon gehört, dass ein Drache seinen Nachwuchs mit auf einen seiner Beutezüge genommen hätte. Noch dazu, wenn er so jung ist«, murmelte Kian und warf Larkin einen fragenden Blick zu.

»Ich kann dir nicht viel über Drachen sagen. Sie kommen nur selten hierher, der Wald hält sie für gewöhnlich fern. Ich frage mich …«

Von plötzlicher Neugier gepackt löste Larkin sich von Kian und näherte sich dem kleinen Wesen mit Bedacht.

»Larkin!«, zischte Kian hinter ihm und hielt ihn zurück. »Was hast du vor?«

Larkin befreite sich aus Kians Griff. »Es ist nur ein Jungtier, Kian, ein Schlüpfling. Vielleicht ist es zutraulich.«

Kians Augen drohten ihm beinahe aus den Höhlen zu treten, so weit hatte er sie aufgerissen. »Bist du des Wahnsinns, Larkin?« Seine Stimme war gefährlich leise. »Hat dir der Schlag auf den Kopf den Verstand geraubt? Wir reden hier von einem Drachen, wie klein er auch sein mag, er wird dich umbringen!«

»Mach dich nicht lächerlich. Das Tier ist nicht größer als eine Katze, wahrscheinlich kann es noch nicht einmal Feuer speien. Was kann es schon tun? Stell dir nur vor, wir könnten das Tier zähmen!«

Kians Augen verengten sich und er legte Larkin die Hand auf die Stirn.

»Du weißt nicht, was du redest, Larkin. Du hast Fieber. Ich werde mich um das Tier kümmern.«

Larkin schlug Kians Hand ärgerlich fort. »Gar nichts wirst du und ich bin sehr wohl Herr meiner Sinne. Lass es mich wenigstens versuchen. Wenn es wirklich böse sein sollte«, Larkin warf einen Blick auf das kleine flatterige Geschöpf und schluckte schwer, »kannst du es immer noch töten.«

»Warum, Larkin? Warum willst du dein Leben aufs Spiel setzen? Das ist es nicht wert!« Kians Augen hatten einen flehenden Ausdruck angenommen.

Larkin wollte schon den Kopf schütteln, als er sich daran erinnerte, dass sein Magen ihm das übel nehmen könnte. »Lass es mich wenigstens versuchen. Vielleicht sind sie nicht so böse, wie wir immer glauben. Sieh es dir doch an!«

Wie das Drachenjunge so neben dem riesigen Kopf des ausgewachsenen Drachen kauerte, wirkte es eher mitleiderregend als gefährlich.

»Ich muss verrückt sein, dass ich dich das tun lasse«, entgegnete Kian schließlich. »Völlig verrückt. Ich schwöre dir, wenn dir etwas geschieht, werde ich das Biest umbringen.« Kians Augen brannten.

Larkin wandte sich seufzend ab. »Tu mir einen Gefallen und verhalt dich ruhig. Ich will es nicht erschrecken.«

Kian gab einige derbe Flüche von sich, hielt Larkin jedoch nicht länger zurück.

Das Drachenjunge hatte sich neben dem Kopf des toten Drachen zusammengerollt und stieß das tote Tier von Zeit zu Zeit mit der langgezogenen Schnauze an, als wollte es ihn aufwecken. Selbst im Tod gab der gewaltige Leib des Drachen noch eine wohlige Wärme ab, die den Schnee in weitem Umkreis zum Schmelzen gebracht hatte. Larkin ging ein paar Schritte von dem kleinen Tier entfernt in die Hocke und begann, es leise zu rufen.

Bei dem ersten Geräusch zuckte das kleine Wesen erschreckt zusammen und wirbelte so schnell herum, dass es das Gleichgewicht verlor und umfiel. Es rappelte sich unbeholfen wieder auf und schüttelte sich, ehe seine silbrigen Augen Larkin fanden und das Tier ein leises Fauchen ausstieß.

Larkin konnte nur mit Mühe das Lachen zurückhalten und streckte die offene Hand nach dem Tier aus. Es war kaum zu glauben, dass das kleine Tierchen einmal zu einem gewaltigen Drachen heranwachsen sollte. Es wirkte so unbeholfen wie ein neugeborenes Fohlen trotz der Dornen, die aus seiner Schwanzspitze wuchsen und der spitzen Zähne in seinem Maul.

»Komm her, Kleiner, ich will dir nichts tun.«

Der Schlüpfling legte bei Larkins Worten den Kopf zur Seite und gab ein fragendes Winseln von sich.

Larkin lachte leise. »Komm schon her. Hab keine Angst.«

Das Tier schüttelte sich abermals, bevor es einen Blick zu dem toten Drachen warf, nur um gleich darauf wieder Larkin anzusehen, der es unbeirrt mit sanften Worten zu locken versuchte.

Endlich machte das Tier einen unbeholfenen Schritt auf Larkin zu.

»Ja, so ist gut, Kleiner, komm her zu mir.«

Zwei weitere tapsige Schritte folgten, bevor der Jungdrache an Larkins ausgestreckter Hand schnupperte und ihn fragend anblickte.

Larkin lachte wieder. »Wenn du brav bist, bekommst du das nächste Mal auch ein Stück Zucker, das verspreche ich dir.«

Zur Antwort stupste der Drache Larkins Hand an und sah ihn erwartungsvoll aus seinen geschlitzten Augen an.

Larkin strich dem kleinen Tier vorsichtig über den Kopf. Die Schuppen waren weich und glatt unter Larkins Fingern und würden dem Tier noch keinen Schutz gegen Schwerter bieten. Das kleine Wesen schmiegte sich in Larkins Berührung, die silbrigen Augen schlossen sich und es begann zufrieden zu brummen.

»So ist gut, Kleiner. Du bist gar nicht so wild, wie du aussiehst, hm?«

Er lachte, als der Drache Larkin den Kopf vor die Brust stieß und ihn beinahe umwarf.

»Sachte, sachte. Ich bin nicht ganz auf der Höhe.« Er schloss einen Moment die Augen gegen den aufwallenden Schwindel, einen Arm um den kleinen Körper geschlungen.

»Larkin!«

Bei Kians Stimme riss Larkin erschrocken die Augen wieder auf. Doch der Schaden war bereits angerichtet. Der kleine Körper in seinen Armen spannte sich an, bevor der Drache mit einem drohenden Knurren zu dem nahenden Prinzen herumwirbelte, die ledrigen Schwingen weit gespreizt, als wollte er Larkin verteidigen. Der lange, dornenbewehrte Schwanz peitschte dabei wie eine kopflose Schlange durch die Luft, geradewegs auf Larkins Gesicht zu, der mit einem erschrockenen Aufschrei den Arm hochriss und sich nach hinten fallen ließ.

Eine der Dornen bohrte sich einem glühenden Messer gleich in seinen Arm und die Welt begann um ihn zu schwanken. Er sah, wie Kian mit gezücktem Schwert und grimmiger Miene auf den Drachen zulief, der sich jedoch mit einem Satz hinter Larkin in Sicherheit brachte.

»Kian, nicht!«, zischte Larkin durch zusammengebissene Zähne, während er den verletzten Arm gegen die Brust presste. Wunderbar, jetzt konnte er beide Arme nicht mehr gebrauchen.

»Ich habe dich gewarnt, Larkin. Wenn das Biest dir etwas antut …« Kians Augen blitzten vor Zorn.

Larkin kämpfte sich wieder auf die Knie. »Du hast ihn erschreckt. Es war ein Versehen. Ich habe dir gesagt, du sollst dich still verhalten!«

Kian funkelte Larkin wütend an. »Oh nein, Larkin. Ich habe es gesehen. Das Biest hätte dir um ein Haar den Schädel eingeschlagen! Und versuch nicht, mir die Schuld dafür zu geben.«

Der kleine Drache presste sich zitternd gegen Larkins Rücken. Für ein so kleines Tier war er bereits erstaunlich stark, sodass Larkin Mühe hatte, nicht umzufallen.

»Er hat noch nicht genügend Kontrolle über seine Gliedmaßen. Er wollte mir nichts tun. Und nun nimm endlich das Schwert herunter.«

Kian ließ sich jedoch nicht so einfach überzeugen. Er schien regelrecht vor Zorn zu beben. »Er hätte dich töten können!«

Dann weiteten sich Kians Augen mit einem Mal und als Larkin seinem Blick folgte, sah er, dass der Drache seinen Kopf in Larkins Armbeuge geschoben hatte und dabei war, das Blut von seinem verletzten Unterarm zu lecken.

Mit einem wütenden Schrei packte Kian den Drachen am Genick, riss ihn Larkin aus dem Arm und holte mit dem Schwert aus.

»Kian, nicht!«, rief Larkin, bevor Kian seinen Schlag vollenden konnte.

Kian hielt die Augen fest auf das kleine, fauchende Bündel in seiner Hand gerichtete, als er mit vor Zorn bebender Stimme antwortete. »Er hat dein Blut getrunken, Larkin, und du erwartest von mir, dass ich ihn verschone?«

Doch Larkin hörte ihm gar nicht zu. Wie gebannt starrte er auf die lange Wunde in seinem Arm, die fast gänzlich aufgehört hatte zu bluten und bis auf zwei Fingerbreit nahe seines Handgelenks bereits mehrere Tage alt aussah.

»Kian, sieh nur, er hat versucht, mich zu heilen!«

»Was redest du da?« Kian hielt den Drachen mit ausgestrecktem Arm von sich, während er sich über Larkins Arm beugte und die Wunde inspizierte, ehe er dem Drachen einen misstrauischen Blick zuwarf.

»Siehst du nun ein, dass ich Recht habe? Vielleicht kann er auch den Rest heilen. Stell dir nur vor –« Er brach abrupt ab, als er den nur mühsam beherrschten Zorn in Kians Miene sah, und wich unwillkürlich vor dem Krieger zurück.

»Was ist nur in dich gefahren, Larkin?«, knurrte Kian und schüttelte den Drachen kurz, als dieser seinen Schwanz um Kians Handgelenk wickelte. »Hast du auch nur einen Gedanken daran verschwendet, dass es vielleicht Gift ist, was deine Wunde so plötzlich geheilt hat? Dass sich die Wunde nur geschlossen hat, damit das verdammte Gift nicht wieder herausfließt?« Kians Stimme war mit jedem Wort lauter geworden, bis er beinahe brüllte.

Larkin blinzelte und spürte, wie ihm das Blut aus dem Gesicht wich. Sein Blick wanderte zwischen seinem Arm und dem Drachen hin und her, bevor er Kian ansah.

»Nein, daran habe ich nicht gedacht«, flüsterte er kleinlaut. »Aber ich glaube nach wie vor, dass er uns nichts tun wird. Kian, bitte. Lass ihn los.«

Kian hielt Larkins Blick noch einen Moment stand, bevor er mit einem Seufzen den Kopf schüttelte. »Ich schwöre dir, Larkin, wenn dieses Biest –«

»Ich weiß, ich weiß«, fiel Larkin dem Prinzen ungeduldig ins Wort. »Du wirst ihn umbringen und nie wieder ein Wort mit mir reden, wenn mir etwas geschieht. Und jetzt hör endlich auf mit dem Gezeter, bevor mir noch der Schädel platzt oder ich hier draußen erfriere. Er wird mir nichts tun, Kian, ich verspreche es dir.«

Kian schnaubte nur und funkelte den Drachen böse an. »Wenn ich auch nur einen weiteren Kratzer an ihm finde, werde ich dir mit Vergnügen alle Glieder einzeln vom Leib reißen, du verfluchtes Biest.«

Der Drache stieß ein Winseln aus, als hätte er den Sinn von Kians Worten verstanden, und wehrte sich nicht länger gegen Kian, sondern hing schlaff und scheinbar unterwürfig von dessen Hand. Es kam jedoch rasch wieder Leben in das Tier, sobald Kian den Drachen auf dem Boden absetzte. Blitzschnell verschwand der Drache hinter Larkins Rücken und riskierte nicht mehr als einen kurzen Blick auf Kian, bevor er wieder den Kopf einzog.

Larkin lachte und streichelte den Drachen beruhigend. »Schon gut, Kleiner. Hab keine Angst. Er tut nur so.«

»Ich weiß gar nicht, warum ich mich mit dir abgebe«, knurrte Kian, während er Larkin auf die Beine half.

Der Drache presste sich mit einem Winseln gegen Larkins Beine und starrte aus seinen silbrigen Augen zu dem Prinzen empor.

»Sieh mich nicht so an, als wäre ich das Ungeheuer von uns beiden«, murmelte Kian verärgert. »Ich bin schließlich nicht derjenige, dessen Mutter ihm beinahe den Schädel eingeschlagen hat und der ihm den Arm aufgeschlitzt hat, nicht wahr?«

Der Drache blinzelte, nieste zwei Mal und starrte Kian wieder an.

Der Prinz knirschte mit den Zähnen. »Sag deinem neuen Schoßtier, es soll mich nicht so anstarren.«

»Du hast gedroht, ihn umzubringen.«

Kian gab ein Knurren von sich, das ebenso von einem Drachen hätte stammen können. »Du wirst mich noch in den Wahnsinn treiben, Larkin. Also gut, ich gebe dir mein Wort, dass ich ihm nicht bei der erstbesten Gelegenheit das Herz herausreißen werde.« Er warf dem Drachen einen vernichtenden Blick zu. »Aber lass dir das noch einmal gesagt sein, du kleines Biest. Das nächste Mal werde ich nicht so nachsichtig sein.«

9

Seit einer geraumen Weile schon saß das kleine Mädchen reglos im Schneidersitz auf dem Boden und betrachtete wie verzaubert den schlafenden Drachen.

Das Klappern der Tür hatte Larkin aus einem unruhigen Halbschlaf geweckt und nachdem er die letzten Schleier der Benommenheit abgeschüttelt hatte, hatte er Rhea neben seinem Bett sitzen sehen. Sie war sehr klein für ihre acht Sommer, mit dunklen Locken, die ihr Gesicht noch blasser erscheinen ließen und großen, dunklen Augen, denen für gewöhnlich nichts entging.

Nun jedoch schien der Drache ihre gesamte Aufmerksamkeit auf sich zu ziehen, denn wo Larkin sonst dem Ansturm ihrer Fragen kaum Einhalt gebieten konnte, hatte sie ihn bislang noch keines Blickes gewürdigt.

Larkin war nicht sonderlich unglücklich darüber, dröhnte sein Schädel doch immer noch fürchterlich und jede kleinste Bewegung erinnerte ihn unangenehm an die Wunden in seinen Armen.

Der Drache an seiner Seite begann sich allmählich zu regen. Die Schwanzspitze zuckte einmal kurz, bevor das Tier ein wenig den Kopf reckte und witternd die Luft einsog.

Rheas Augen begannen zu leuchten, als der Drache die silbernen Augen aufschlug, sich halb aufrichtete und das Mädchen mit zur Seite geneigtem Kopf neugierig betrachtete. Langsam hob Rhea die Hand und streckte sie dem Drachen hin, der sofort daran zu schnuppern begann.

»Ich bin Rhea«, flüsterte das Mädchen und kicherte leise, als der Drache in seinem Eifer, Rhea weiter zu beschnuppern, beinahe aus dem Bett fiel und nur Rheas flinke Hände ihn vor einem Fall bewahrten.

»Nicht so stürmisch, Rhis, du tust dir noch weh«, flüsterte sie und legte einen Arm um das kleine Tier.

»Woher weißt du, wie er heißt?«

Drache und Kind fuhren bei Larkins Frage gleichermaßen zusammen, um ihn dann aus ähnlich schuldbewussten Mienen anzustarren.

»Verzeih mir, Larkin, wir wollten dich nicht wecken«, sagte Rhea in ihrer leisen, unaufdringlichen Stimme, den Arm noch immer um den Drachen geschlungen, als wären die beiden bereits die dicksten Freunde.

»Keine Angst, Liebes, du hast mich nicht geweckt«, erklärte Larkin mit einem Augenzwinkern, für das er ein schüchternes Lächeln erntete.

Solchermaßen beruhigt wandte das Mädchen sich sofort wieder dem Drachen zu, streichelte ihn und kicherte leise, wann immer der Drache sie anstieß oder seinen Kopf an ihr rieb.

»Na, ihr zwei scheint euch ja wirklich gut zu verstehen«, bemerkte Larkin mit einem Lachen.

Der Drache gab ein leises Brummen von sich und stieß Larkin mit der Schnauze an.

»Rhis, nicht. Du siehst doch, dass Larkin verletzt ist. Du darfst ihm nicht wehtun«, ermahnte Rhea den Drachen streng und Larkin wunderte sich einmal mehr über die Selbstverständlichkeit, mit der das Mädchen den Namen verwendete.

»Rhea, wie bist du denn auf diesen Namen gekommen?«, fragte er beiläufig.

Rhea zog die Stirn kraus. »Na, er hat es mir gesagt. Aber Rhis ist nur ein Spitzname. Sein richtiger Name lautet San… Sen…« Sie sah den Drachen fragend an, ehe sie es noch einmal versuchte. »Saen-fy-rhis«, formten ihre Lippen langsam, während sie jede Silbe einzeln betonte.

Larkin runzelte die Stirn und ließ seinen Blick langsam zwischen Rhea und dem Drachen hin und her schweifen. Er wusste, dass das Mädchen mit Magie geboren worden war, auch wenn sie sie noch nicht zu gebrauchen wusste. Andererseits war sie auch ein Kind von acht Jahren mit einer blühenden Phantasie, da war es nicht weiter verwunderlich, wenn sie sich einen Namen für den Drachen ausdachte. Sie konnte den Namen überall aufgeschnappt haben, klein und zierlich wie sie war, fiel sie kaum jemandem auf, wenn sie sich still verhielt und in den Schatten herumstreunte.

Larkin konnte sich kaum vorstellen, dass der Drache tatsächlich mit dem Mädchen sprach.

Silberne Augen starrten Larkin mehrere Herzschläge lang an, ehe der Drache in ein herzhaftes Gähnen ausbrach, das lange Reihen von spitzen Zähnen zur Schau stellte, sich einmal um die eigene Achse drehte und dann mit einem geradezu ergebenen Ausdruck zu Rhea emporblickte.

Was wenn …

Larkin schüttelte den Kopf über den albernen Gedanken und kraulte dem Drachen den Nacken, der sofort zufrieden zu brummen begann. Rhis, dachte Larkin belustigt, der Name schien zu dem Drachen zu passen und fühlte sich auch für Larkin richtig an.

»Rhea! Ich habe dir doch gesagt, du sollst Larkin nicht wecken!«

Das Mädchen fuhr erschrocken zusammen und der Drache kauerte sich in ihrem Rücken zusammen, war jedoch neugierig genug, dass er einen Blick hinter Rheas Rücken hervor riskierte.

»Mama«, flüsterte die Kleine, den Blick auf den Boden gerichtet.

»Beruhige dich, Klara«, sagte Larkin rasch, »sie hat mich nicht geweckt.«

Rheas Mutter stemmte die Hände in die Hüften und sah Larkin mit erhobenen Brauen an, doch Larkin konnte sehen, dass sie das Lachen nur mit Mühe unterdrücken konnte.

»Wie dem auch sei, Rhea, es wird Zeit für dich ins Bett zu gehen.«

Rhea schlang die Arme um den Drachen und verbarg ihr Gesicht an seinem Hals. »Nur noch ein kleines bisschen?«, fragte sie hoffnungsvoll.

Klara warf ihrer Tochter einen strengen Blick zu. »Keine Widerrede, ab ins Bett mit dir.«

»Mama!«

»Geh nur, Prinzessin. Ich verspreche dir, wir werden morgen auch noch da sein«, versprach Larkin.

Rhea sah ihn aus großen Augen an. »Du übernachtest bei uns?«

Larkin lachte leise. Rhea folgte ihm stets wie ein Schatten, wann immer er zu Besuch kam. Er konnte dem Mädchen regelrecht ansehen, dass die Aussicht darauf, dass er diesmal länger blieb als gewöhnlich, sie geradezu in Verzückung versetzte. Vielleicht lag es aber auch mehr an dem Drachen, der von Rhea völlig eingenommen zu sein schien.

»Ja, ich übernachte hier. Und nun tu, was deine Mutter dir sagt.«

Das kleine Mädchen strahlte über das ganze Gesicht, beugte sich rasch vor und gab Larkin einen feuchten Kuss auf die Wange.

»Schöne Träume, Larkin«, flüsterte sie, drückte dem Drachen einen Kuss auf die Schnauze und hüpfte davon.

Klara sah ihrer Tochter kopfschüttelnd hinterher. »Wie kommt es, dass du der einzige Mensch bist, mit dem sie mehr als drei Worte wechselt?«

Larkin zuckte mit den Schultern und bereute die Bewegung sofort, als ein unangenehmes Ziehen ihn an die Wunden des Eisheulers erinnerte. Der Drache rollte sich an seiner Seite wieder zusammen und gab bald darauf ein leises Schnarchen von sich.

»Sie ist etwas Besonderes.« Er hatte es bereits während Klaras Schwangerschaft gespürt, dass das Kind Magie in sich trug, wie sehr Klara und besonders Martin es auch zu leugnen versuchten. Es war nur eine Frage der Zeit, bis Rhea selbst dahinterkam, dass sie über Zauberkräfte verfügte.

Klara hob abschätzig eine Braue. »Fängst du schon wieder damit an?«

Larkin verdrehte die Augen. »Du weißt, dass ich Recht habe.«

Klara seufzte. »Warum ausgerechnet meine Tochter?«

»Klara …«

Klara schüttelte den Kopf. »Ist schon gut, Larkin. Wir werden uns noch an den Gedanken gewöhnen.« Sie legte ihm sanft die Hand auf die Stirn. »Wie fühlst du dich?«

»Als wäre ich in einen Kampf mit einem Drachen geraten. Seltsam, nicht wahr?«

Klara musterte den Drachen mit einem nachdenklichen Ausdruck. »Bist du sicher, dass es eine gute Idee ist, das Tier am Leben zu lassen?«, begann sie, ohne auf seinen Scherz einzugehen. »Was, wenn er das Haus in Brand steckt oder eines der Kinder angreift?«

Larkin nahm einen tiefen Atemzug und sah Klara ernst an. »Ich verspreche dir, die Kinder sind sicher, genauso wie dein Heim. Er kann noch kein Feuer speien und das mit meinem Arm war ein Unfall. Aber wenn es dir lieber ist, breche ich sofort auf und nehme ihn mit.«

Eine steile Falte erschien auf Klaras Stirn, als sie abschätzig die Lippen schürzte. »Red' keinen Unsinn. Du wirst nirgendwo hingehen. Mir ist nur nicht wohl bei dem Gedanken, dass er – wenn auch unbeabsichtigt – eins meiner Kinder verletzen könnte.«

»Das würde ich nie zulassen, Klara, das weißt du«, versicherte Larkin.

»Warum beruhigt mich das nicht sonderlich?«, sagte Klara mit einem tiefen Seufzen, bevor sie sich zu einem Lächeln zwang. »Meinst du, du kannst etwas essen? Ich habe dir einen Eintopf gekocht, damit du wieder zu Kräften kommst.«

Sie griff nach einer dampfenden Schüssel, die Larkin zuvor gar nicht aufgefallen war. Der Drache musste ihn stärker erwischt haben, als er anfangs gedacht hatte, wenn ihm solche Dinge entgingen.

»Sei ehrlich, du hast ihn nicht allein für mich gekocht«, sagte er neckend.

Sie grinste fröhlich. »Vielleicht haben die anderen etwas abbekommen, aber gekocht habe ich ihn mit dir im Sinn.«

»Jetzt fühle ich mich geschmeichelt.«

Klaras Lächeln verblasste ein wenig, während sie scheinbar gedankenverloren in der Schüssel rührte.

»Dein Freund hat mir erzählt, was geschehen ist«, sagte sie nach einer Weile und hielt Larkin den Löffel an die Lippen.

Larkin hob lediglich eine Braue und sagte nichts.

Eine steile Falte erschien auf Klaras Stirn und in ihren Augen hielten sich Zorn und Besorgnis die Waage. »Du wirst es nie lernen, nicht wahr?«

Larkin runzelte verwirrt die Stirn. »Was lernen?«

Klaras Hand hielt die Schüssel so fest, dass ihre Knöchel weiß hervortraten. »Dass du dich nicht unnötig in Gefahr begeben sollst, du Narr!«

Larkin rollte mit den Augen. »Klara, ich lebe im Schattenwald, gefährlicher geht es wohl kaum.«

»Das bedeutet nicht, dass du dich einem Drachen zum Fraß vorwerfen musst!«

»Ist es das, was er dir erzählt hat? Hat der feine Herr Kian dir auch erzählt, dass er sich mit nicht mehr als seinem lächerlichen Schwert bewaffnet dem Drachen entgegengeworfen hat und um ein Haar zu Asche verbrannt wäre, wenn er nicht eins meiner Amulette getragen hätte?« Er konnte es immer noch vor sich sehen, Kian mit erhobenem Schwert und dann weißglühende Flammen, die ihn verschlangen.

»Oh, Larkin.«

Das Mitleid, das mit einem Mal in Klaras Augen stand, war ganz und gar unerwartet.

»Was?«, fragte Larkin mit einem Mal ein wenig beunruhigt. »Was siehst du mich so an? Was bedeutet dieser Blick, Klara?«

»Ich hatte nur immer gehofft…« Klara stieß einen Seufzer aus und ihre Augen nahmen einen wehmütigen Ausdruck an. »Ich wusste, du würdest mit mir nicht glücklich werden und doch habe ich insgeheim gehofft, ich würde mich mit meiner Vermutung irren. Aber dein Freund …« Sie lächelte schwach. »Er ist mehr als nur ein Freund, nicht wahr?«

Der Bissen, den er gerade hatte hinunterschlucken wollen, blieb ihm in der Kehle stecken, sodass er augenblicklich zu husten anfing, bis ihm die Tränen kamen und sein Kopf sich anfühlte, als hätte ihn jemand in einen Schraubstock gespannt.

Bei der Seele des Waldes, sie konnte unmöglich wissen … Larkin dachte unwillkürlich zurück an den Tag, an dem er um Klaras Hand angehalten hatte und sie ihn mit demselben wissenden Lächeln angesehen und abgelehnt hatte.

»Verzeih mir, ich wollte dich nicht erschrecken.« Sie lachte ein wenig verlegen, als Larkins Husten endlich nachließ. »Ich konnte jedoch nicht umhin zu bemerken, wie er dich anblickt und du ihn, und da ich es schon immer geahnt habe … Außerdem erzählte Martin mir, dass er bei dir geschlafen hat.« Der Blick, dem sie Larkin dabei zuwarf, sagte deutlich, was sie damit meinte.

»Klara, was du da andeutest, könnte mich den Kopf kosten!«, flüsterte Larkin, als er seine Sprache endlich wiederfand und warf einen raschen Blick auf die Tür.

Klara seufzte wieder. »Von mir wird niemand etwas erfahren und Martin wird auch seinen Mund halten, das verspreche ich dir. Es ist nur … Er ist ein Ritter im Dienst des Königs und wird früher oder später zurückkehren müssen. Du hast Besseres verdient.«

Larkin kämpfte das irre Lachen nieder, das in seiner Kehle aufsteigen wollte und fragte sich, was Klara wohl dazu sagen würde, wenn sie erführe, dass Kian niemand anderes als Prinz Kianéran von Fengard war. Würde sie dann immer noch glauben, er habe etwas Besseres verdient?

Erschöpft schloss er die Augen, als sich alles um ihn zu drehen begann und das Pochen in seinen Schläfen zu einem schier unerträglichen Dröhnen anschwoll.

Eine kühle Hand legte sich auf seine Stirn und er spürte einen federleichten Kuss auf der Wange. »Verzeih mir, Larkin. Ich möchte einfach nur, dass du glücklich bist.«

Larkin lächelte schwach.

Ein Schatten fiel über ihn, im selben Moment als eine tiefe Stimme über ihm erklang.

»Wie geht es ihm?«

»Er ist hier und kann dich hören«, murmelte Larkin und öffnete blinzelnd die Augen.

Kians Augen wanderten über seine rechte Gesichtshälfte, die mit Sicherheit in allen Farben schillern musste, so wie sie sich anfühlte. Der Prinz war blass und wirkte zutiefst erschöpft und Larkin fragte sich ein wenig schuldbewusst, was er wohl den ganzen Tag getrieben hatte, während Larkin faul im Bett gelegen hatte.

»Die Kinder schlafen«, sagte Kian an Klara gewandt.

Klara hob überrascht die Brauen und sah ihn zweifelnd an. »Alle fünf? Seid Ihr sicher?«

Kian nickte schlicht.

Klara lachte einmal kurz auf. »Bemerkenswert. Seid Ihr sicher, dass ich Euch nicht zum Bleiben überreden kann? Sagen wir, bis die Kinder groß sind?«

Ein leises Lächeln erschien auf Kians Lippen. »Ihr ehrt mich, jedoch habe ich nicht viel gemacht. Sie waren müde genug, dass sie recht schnell eingeschlafen sind. Vielleicht war die Geschichte auch einfach zu langweilig.« Er machte ein langes Gesicht.

Klara lachte leise. »Das glaube ich kaum. Wie dem auch sei, ich danke Euch, dass Ihr Euch um sie gekümmert habt. Sie hatten wahrlich genug Aufregung für einen Tag.«

Bei ihren Worten zog ein Schatten über Kians Gesicht und seine Augen suchten Larkins.

»Schau mich nicht so an. Du wirst sehen, in ein paar Tagen bin ich wieder ganz der Alte«, sagte Larkin leichthin und verbarg seine Schmerzen hinter einem Lächeln.

Kian rieb sich mit der Hand über das Gesicht, die Lippen fest zusammengepresst, sagte jedoch nichts.

»Ihr solltet auch ein wenig schlafen«, brach Klara das plötzliche Schweigen und legte Kian eine Hand auf den Arm. »Ihr habt so viel für uns getan – ich kann Euch gar nicht genug dafür danken.«

»Ich wünschte, ich hätte mehr tun können«, murmelte Kian, den Blick in die Ferne gerichtet.

Klara tätschelte seinen Arm mit einem mitfühlenden Lächeln und schüttelte den Kopf. »Ihr habt wahrhaftig mehr als genug getan. Hier«, sie drückte Kian die noch halbvolle Schüssel Eintopf in die Hand, »vielleicht bekommt Ihr noch ein wenig in ihn hinein, bevor er wieder einschläft. In der Küche ist noch mehr, falls er so lange wach bleibt. Nach einem Zauber ist er immer völlig ausgehungert.« Sie zwinkerte Kian zu, ein schalkhaftes Funkeln in den Augen.

Kian blickte verwirrt von der Schüssel in seiner Hand zu Larkin und dann zu Klara. »Ich werde Larkin am besten zurück in die Stube tragen, damit Ihr Euer Bett zurückbekommt.«

Klara sah ihn erstaunt an. »Auf gar keinen Fall. Ihr habt Euch ein Bett für die Nacht mehr als verdient und Larkin wird so schnell nirgends hingehen. Nein, wir werden mit den Kindern in der Stube schlafen.«

Sie lachte leise, als Kian verwirrt die Stirn krauszog und Larkin einen hilflosen Blick zuwarf. Dann beugte sie sich vor und gab Larkin einen sanften Kuss auf die Stirn.

»Ruh dich aus, mein Lieber«, sagte sie, strich ihm leicht über die Wange und war im nächsten Moment auch schon verschwunden.

Kian sah Klara mit unergründlicher Miene hinterher, die Schüssel mit dem Eintopf vergessen in der Hand.

»Worüber habt ihr gesprochen, ehe ich hereinkam?«, fragte Kian plötzlich, ohne die Augen von der Tür zu nehmen.

»Oh, nichts von Belang. Sie macht sich wie immer Sorgen um mich.«

»Tut sie das?«

Larkin fuhr unweigerlich vor dem Blick zurück, den Kian mit einem Mal auf ihn richtete, erinnerte er Larkin in diesem Moment doch zu sehr an den König, der Larkin ebenso durchdringend angesehen hatte. Wie ein Habicht, der drauf und dran war, auf seine Beute herabzustürzen.

»Hm, ja«, gab Larkin ein wenig kleinlaut zu. »Ich bin wie ein Bruder für sie und …« Er seufzte, als ihm aufging, dass es nicht viel Sinn hatte, etwas vor Kian zu verbergen. »Sie weiß von uns.«

Kian wölbte eine dunkle Braue, schien aber von Larkins Geständnis nicht sonderlich beeindruckt. »Ich weiß.«

»Du … was? Wie kannst du es wissen? Sie hat es mir eben erst gesagt!«

Kian lachte leise, während er sich neben Larkin auf dem Bett niederließ. »Sie hat mir auf sehr bildhafte Art und Weise geschildert, was sie alles mit mir anstellen würde, sollte ich dir das Herz brechen.« Kian schnitt eine Grimasse, die Larkin deutlich machte, in welche Richtung Klaras Drohungen gegangen waren.

Er stöhnte. »Es tut mir leid, Kian.«

Kian lachte nur. »Glaub mir, Larkin, ihre … direkte Art hatte etwas herrlich Erfrischendes. Ich kann mich nicht daran erinnern, wann mir das letzte Mal jemand so offen seine Meinung gesagt hat.«

Larkin schnaubte. »So etwas kannst auch nur du sagen.« Er lachte leise, als ihm ein anderer Gedanke kam. »Oh, ich würde zu gern ihr Gesicht sehen, wenn sie herausfände, wen sie da so voreilig bedroht hat.«

»Ich fürchte, das würde sie nur wenig beeindrucken.«

»Wahrscheinlich hast du Recht.« Larkin griff nach Kians freier Hand. »Du siehst erschöpft aus. Was hast du den ganzen Tag getrieben, während ich geschlafen habe?«

Kians Finger rieben leicht über Larkins, bevor der Prinz den Kopf schüttelte. »Nicht der Rede wert. Ich habe versucht zu helfen, nachdem sie so viel verloren haben. Aber was ist mit dir? Wie geht es deinem Arm?«

Larkin nahm dankbar den Bissen, den Kian ihm hinhielt und hob dann seinen Arm, an dem nur noch ein langer roter Strich an die Wunde erinnerte, die der Drache ihm beigebracht hatte. »Sieh selbst. Die Wunde sieht aus, als wäre sie schon eine Woche alt.«

»Keine Anzeichen einer Vergiftung?«, fragte Kian, während er die Wunde betrachtete.

»Bislang nicht, du hast dir also ganz umsonst Sorgen gemacht. Rhis hätte wohl auch den Rest heilen können, wenn du ihn nicht von mir weggezogen hättest.«

Kian hob eine dunkle Braue.

»Rhis?«

»Rhea hat ihm den Namen gegeben. Ich finde, er passt«, sagte Larkin und streichelte dem schlafenden Drachen leicht über den Kopf.

Kian nickte nur und sah den Drachen nachdenklich an.

»Und wie geht es deinem Kopf?«, fragte er.

Larkin lachte. »Oh, ich habe einen Dickschädel, erinnerst du dich? In ein paar Tagen bin ich wieder auf den Beinen.«

Kian schnaubte. »Wohl eher Wochen.«

»Ah, du vergisst, ich bin ein Hexer, ein kleiner Schlag auf den Kopf wirft mich nicht so schnell um.«

Kian nickte. »Deshalb liegst du hier den ganzen Tag faul im Bett herum und lässt dich von mir bedienen, hm?«

Larkin grinste. »Ein bisschen Demut hat noch keinem geschadet, mein Herr.«

Kian schüttelte lachend den Kopf und deutete auf die leere Schüssel. »Willst du noch mehr?«

Larkin schloss erschöpft die Augen und erinnerte sich im letzten Moment daran, dass es keine gute Idee war, den Kopf zu schütteln.

»Nein, ich habe genug.«

»Was hast du mit dem Drachen angestellt, während ich geschlafen habe?«, fragte Larkin, nachdem Kian unter die Decken geschlüpft war und das Licht gelöscht hatte. Es war ihm nicht entgangen, dass von den scharfen Dornen an dem Schwanz des Drachen nicht mehr als kleine Stummel übriggeblieben waren.

Kian gab ein unwilliges Knurren von sich. »Ich habe die Dornen abgesägt, was dachtest du?«

»Du hast sie …« Larkin schnappte erschrocken nach Luft. »Kian! Wie konntest du?«

»Beruhige dich, Larkin. Ich habe das kleine Biest nicht verletzt. Wenn ich es recht bedenke, schien er fast ein wenig … erleichtert, nachdem ich ihn von den Stacheln befreit hatte. Es war einfach zu gefährlich, besonders, wo er hier mit dir im Bett liegt und noch dazu mit all den Kindern in der Nähe.«

Larkin schnalzte ärgerlich mit der Zunge. »Das mag sein, aber nichtsdestotrotz –« Er brach überrascht ab, als sich zwei Arme in der Dunkelheit um ihn legten und sich ein warmer Leib an seinen drängte.

»Gib endlich Ruhe, Larkin. Dem Drachen geht es gut und ich will schlafen«, murmelte Kian an seinem Ohr.

»Kian, wenn uns jemand so sieht!«

»Werde ich behaupten, ich wollte dich nur warmhalten. Was nicht einmal gelogen ist. Und jetzt schlaf endlich.«

Doch der Schlaf wollte sich nicht so schnell einstellen. Lange Zeit lag Larkin einfach nur da, lauschte auf Kians gleichmäßige Atemzüge und beneidete seinen Freund um seine Fähigkeit zu schlafen, während er selbst über das nachdachte, was Klara gesagt hatte. Es war erschreckend festzustellen, dass sie ihn offenbar besser zu kennen schien, als er selbst es tat. Bei der Seele des Waldes, war sein Verhalten Kian gegenüber wirklich so offensichtlich? Wusste Martin auch Bescheid? Und was würde geschehen, wenn der Schnee schmolz und Kian ihn verließ?

»Larkin«, knurrte Kian ungehalten und schreckte Larkin aus seinen Gedanken. »Deine Gedanken sind so laut, dass sie selbst mich wachhalten.«

»Verzeih mir, das wollte ich nicht«, flüsterte Larkin und zog verlegen den Kopf ein. Er war sich sicher gewesen, Kian würde bereits tief und fest schlafen.

Kian seufzte leise und zog Larkin an sich, bis Larkins Kopf in seiner Halsbeuge lag. »Das dachte ich mir. Nun? Was ist es?«

Eine Hand strich langsam durch Larkins Haar und er spürte, wie es allmählich ruhiger wurde in seinem Kopf. Seltsam, wie eine einfache Berührung eine solche Magie auf ihn ausüben konnte, obwohl Kian nicht einmal über Magie verfügte.

»Nichts von Belang«, murmelte Larkin und unterdrückte ein Gähnen. Sein Kopf rutschte ein wenig tiefer, bis er Kians Herzschlag hören konnte, der den Takt für Kians Lebenslied vorgab, und fühlte, wie ihn eine bleierne Müdigkeit überkam.

»Dann kann es sicherlich bis zum Morgen warten«, sagte Kian leise.

Doch Larkin war bereits eingeschlafen.

10

Kian blickte mit Bedauern auf seinen friedlich schlummernden Freund herab. Es widerstrebte ihm, Larkin ohne ein Wort des Abschieds zu verlassen, doch er wusste, er hatte keine Wahl. Bei den Geistern seiner Ahnen, manchmal wünschte er sich, er wäre tatsächlich der einfache Hauptmann, den Larkin in ihm gesehen hatte, und nicht der Erbe des Throns, gefangen zwischen Erwartungen und Verpflichtungen.

Er erlaubte sich ein leises Seufzen. Behutsam, um den schlafenden Mann nicht zu wecken, strich er Larkin eine widerspenstige Strähne aus der Stirn. Dann beugte er sich herab und gab seinem Freund – Freund, er war so viel mehr als das – einen flüchtigen Kuss auf die Stirn.

»Wir werden uns wiedersehen, Larkin, ich verspreche es dir«, flüsterte er und hoffte inständig, er würde sein Versprechen halten können.

Larkin wandte ihm das Gesicht zu und murmelte etwas Unverständliches, bevor er wieder still lag, eine Hand in Kians Richtung gestreckt, als spürte er selbst im Schlaf, dass Kian vorhatte ihn zu verlassen.

Mit einem Ruck richtete Kian sich auf, die Zähne zusammengebissen gegen den Schmerz darüber, Larkin ein weiteres Mal zu verraten, und verließ lautlos die Kammer.

Der Hof lag dunkel und verlassen vor ihm, als Kian aus der Tür trat. Es würde noch eine Weile dauern, bis der Morgen graute und seine Abwesenheit bemerkt werden würde. Rasch sattelte er sein Pferd, das ihn freudig begrüßte, jedoch klug genug war, keinen Laut von sich zu geben. Es würde schwierig werden, bei diesen Witterungsverhältnissen und ohne Proviant, zur Burg zurückzukehren. Doch der Kampf mit dem Drachen und die Zerstörung, die das Biest angerichtet hatte, hatten Kian sein eigenes kindisches Verhalten deutlich vor Augen geführt. Er hatte seine Pflichten lange genug vernachlässigt. Bei den Geistern seiner Ahnen, sein Vater wusste nicht einmal, wohin er so unvermittelt aufgebrochen war oder wo er sich herumtrieb. Etwas Derartiges hätte er vielleicht von seinem Bruder Boren erwartet, nicht jedoch von sich selbst.

Nein, er musste sich schleunigst auf den Weg machen und sich den Folgen seines Tuns stellen.

Er hatte gerade die Zügel aufgenommen, als ein unerwartetes Geräusch aus Richtung des kleinen Bauernhauses ihn rasch aufblicken ließ. Die Tür des Hauses stand offen und Kian konnte einen Schatten im Türrahmen ausmachen.

Ein Schatten, der Kian aus zornig funkelnden, goldenen Augen anstarrte.

Kian erstarrte und fragte sich schwach, warum Larkin nicht noch ein wenig länger hätte schlafen können. Ein paar Augenblicke und er wäre bereits fort gewesen.

»Du verfluchter Bastard«, zischte Larkin und stolperte über den schneebedeckten Hof auf Kian zu. »Ohne ein Wort des Abschieds?«

Kian schluckte schwer, als ihn erneut die Schuldgefühle zu überwältigen drohten.

»Larkin«, begann er, doch sein Kopf war wie leergefegt und er wusste nicht, was er seinem Freund sagen sollte.

Er packte blitzschnell zu, als Larkin stolperte und mit einem Ächzen gegen den Hals der Stute fiel, die Hand in die dichte Mähne gekrallt.

»Verflucht, Larkin, was ist nur in dich gefahren?«, zischte Kian ärgerlich, als er Larkins Aufzug bemerkte und dessen Zittern unter seiner Hand spürte. »Du trägst weder Hemd noch Schuhe, was hast du dir dabei gedacht? Du bist noch immer verletzt.«

»Was *ich* mir gedacht habe?«, entgegnete Larkin mit bitterer Stimme. »Dasselbe sollte ich dich fragen. Hattest du ernsthaft vor, bei diesem Wetter nach Fengard aufzubrechen?«

Kian senkte unbehaglich den Blick. »Larkin, ich habe Pflichten …«

»Erzähl mir nichts von Pflichten, Kian. Wie willst du deine Pflichten erfüllen, wenn du tot bist?« Larkin schien regelrecht vor Zorn zu beben.

Kian schüttelte den Kopf. »Ich bin nicht das erste Mal im Winter unterwegs und ich muss zurück, Larkin. Ich war schon viel zu lange fort und …« Er schluckte und wich Larkins Blick aus. »Vater weiß nicht, wo ich bin.«

Er konnte Larkins ungläubigen Blick auf sich spüren. »Du verfluchter Narr«, entfuhr es dem Hexer schließlich und Kian konnte ihm nur Recht geben.

»Das ändert jedoch nichts an der Tatsache, dass du bei diesem Wetter unmöglich aufbrechen kannst«, fuhr Larkin mit scharfer Stimme fort. »Schick deinem Vater einen Raben.« Larkin lehnte den Kopf gegen den Hals der Stute und Kian erinnerte sich daran, dass Larkin mit bloßen Füßen im Schnee stand, während sie über Kians Dummheit diskutierten.

»Lass uns zurück ins Haus gehen, Larkin«, sagte Kian leise. »Du bist in keiner Verfassung, um hier in der Kälte herumzustehen.«

Larkins Blick wurde scharf und Kian zuckte unwillkürlich vor dem Brennen in seinen Augen zurück.

»Damit du dich wieder davonstehlen kannst?«, zischte der Hexer.

Kian wusste, wann er verloren hatte, und seufzte nur. »Können wir das vielleicht drinnen besprechen, bevor du dir hier draußen den Tod holst?«

Larkin beugte sich vor und schien der Stute etwas ins Ohr zu flüstern – zweifellos, was er von Kian hielt – bevor er ihr den Hals klopfte und seine Aufmerksamkeit wieder auf Kian richtete.

»Du –« Larkin brach mit einem seltsamen Ausdruck auf dem Gesicht ab, ehe er mit einem Mal leichenblass wurde. Seine Augen rollten in ihren Höhlen zurück, bis nur noch das Weiße zu sehen war, und Kian war mit einem Satz vom Pferd – gerade noch rechtzeitig um Larkin davor zu bewahren, zu Boden zu stürzen, als dessen Beine unter ihm nachgaben.

»Du verfluchter Dickkopf«, entfuhr es Kian, als er Larkin auf die Arme hob. Die bloße Haut, die Kian unter den Fingern spürte, war eisig und erst jetzt fiel ihm das unmerkliche Zittern auf. »Bist du so versessen darauf, deine Zehen zu verlieren?«, knurrte er.

»'s geht mir gut«, murmelte Larkin benommen und Kian hätte ihn am liebsten geschüttelt.

»Das sehe ich.«

In diesem Moment kam die Bauersfrau aus der Tür gerannt, einen kleinen, dunkelgrünen Schatten dicht auf den Fersen. Ihre Schritte gerieten jedoch ins Stocken, als sie Larkin auf Kians Arm sah und ihre Augen weiteten sich vor Schreck.

»Was ist geschehen?«, fragte sie voller Sorge.

Das kleine, grüne Ungeheuer kam direkt auf Kian zugelaufen und blieb mit einem Winseln vor seinen Beinen sitzen, sodass er einen Schritt um das Tier herummachen musste.

»Larkins Dickkopf, das ist geschehen«, antwortete Kian auf die Frage der Bäuerin und konnte nur mit Mühe seinen Zorn unterdrücken.

»Alles deine Schuld«, murmelte Larkin, während er seine eiskalte Nase gegen Kians Hals presste.

»Larkin, ich schwöre dir, wenn dein verfluchter Drache mir noch weiter zwischen den Beinen herumspringt, dreh ich ihm den Hals um«, entgegnete Kian, als der Drache ihm schon wieder im Weg stand.

Larkin hob kurz den Kopf, ließ ihn aber sogleich mit einem Stöhnen wieder sinken.

»'s nich' mein Drache«, murmelte er.

»Das ist mir völlig –« Weiter kam Kian nicht, denn etwas schlich sich in diesem Augenblick zwischen seinen Beinen hindurch und brachte ihn aus dem Gleichgewicht.

Er gab einen Fluch von sich, fing sich gerade noch im letzten Moment und presste Larkin gegen sich, um ihn nicht fallen zu lassen.

Er versetzte dem Vieh einen ärgerlichen Tritt und funkelte es böse an, als es ihn aus großen silbernen Augen anblickte und leise winselte.

»Tu ihm nicht weh«, bat Larkin leise.

»Ich kann nichts dafür, wenn er mir zwischen den Füßen herumläuft«, entgegnete Kian schroff und versuchte nicht zu sehr über das plötzlich aufkeimende, unangenehme Gefühl in seiner Magengegend nachzudenken. Bei allen Geistern, das Vieh hatte Larkins Mitleid nicht verdient und Kians schon gar nicht.

Kian brachte Larkin direkt in die Stube und legte ihn behutsam vor dem Kamin ab, in dem bereits ein warmes Feuer brannte. Die Bauersfrau brachte warme Decken und half Kian, Larkin darin einzuwickeln. Er konnte ihre Blicke auf sich spüren, als er sich daranmachte, wieder ein wenig Wärme in Larkins Füße zu reiben.

»Was habt Ihr getan?«, fragte sie schließlich und kniete sich mit einem Becher neben Larkin nieder.

Kian beobachtete sie, wie sie leise auf Larkin einredete und ihm dann langsam den Inhalt des Bechers einflößte.

»Ich muss zurück nach Fengard«, erklärte er ausweichend.

»Ah«, machte sie nur, während sie Larkins Kopf wieder auf den Kissen bettete und ihm die Decke bis zum Kinn zog. Sie bedachte Kian mit einem finsteren Blick. »Dann solltet Ihr besser bald aufbrechen.«

Er hielt ihrem Blick stand und nickte nur.

»Das sollte ich«, sagte er leise und verfluchte die Geister für seine Pflichten, die ihn zwangen Larkin zurückzulassen.

~*~

Larkin trieb eine Weile in wohliger Dunkelheit dahin, bis Kians Stimme ihn jäh aus seiner Behaglichkeit riss.

»Schatten und Verdammnis, Larkin, was hast du mit meinem Pferd angestellt?«

»Ich bitte Euch, Herr Kian, mäßigt Euren Ton. Es sind Kinder im Haus!«, entgegnete Klara streng.

Larkin öffnete blinzelnd die Augen und begegnete Kians zornigem Blick. Der Drache an seiner Seite hob mit einem leisen Fauchen den Kopf und spreizte die ledernen Schwingen. Larkin legte ihm rasch die Hand auf den Rücken, bevor er Kian etwas antun konnte. »Schon gut, beruhige dich. Ich habe dir gesagt, du sollst ihn in Ruhe lassen«, sagte Larkin mit mildem Tadel.

Der Drache warf ihm einen kurzen Blick zu, ehe er widerstrebend die Flügel faltete und sich mit einem unwilligen Brummen an Larkins Seite zusammenrollte.

Kian verfolgte die Bewegungen des Tieres, die Kiefer fest zusammengepresst, die Hände zu Fäusten geballt. Seine Nasenflügel bebten vor Zorn und wie er so neben Larkins Lager aufragte, wirkte er wie ein Rachegeist, der gekommen war, um Larkin zu holen.

»Was. Ist. Mit. Meinem. Pferd«, presste Kian hervor, jedes Wort einzeln betonend.

Larkin hob die Brauen. »Lass mich raten, du hast schon wieder versucht, dich heimlich davonzustehlen, *ohne mir etwas zu sagen!*«

»Ihr zwei seid schlimmer als meine Kinder«, sagte Klara, bevor sie mit jeweils einem Kind an der Hand die Stube verließ.

»Ich habe eine Pflicht zu erfüllen«, stieß Kian hervor, ohne Klara auch nur eines Blickes zu würdigen.

»Was nützen dir deine Pflichten, wenn dich ein Pack Wölfe überfällt oder Räuber dich hinterrücks erstechen oder du schlicht und ergreifend auf halbem Weg erfrierst?«, gab Larkin ungehalten zurück. »Ich habe dir bereits gesagt, dass ich den Zauber deines Amulettes erst erneuern muss. Du bist nicht unbesiegbar!«

Kian sah Larkin einen Moment mit offenem Mund an. Dann trat ein gequälter Ausdruck in seine dunkelblauen Augen und er rieb sich mit beiden Händen über das Gesicht. »Larkin …«, begann er und verstummte wieder.

»Schick einen Raben«, sagte Larkin und rieb sich die Schläfen gegen die verfluchten Kopfschmerzen, die ihn plagten.

»Ich muss dennoch gehen«, sagte Kian und wandte Larkin den Rücken zu.

»Dann lass mich wenigstens mit dir gehen.«

Kian wirbelte auf dem Absatz herum. Er runzelte die Stirn und schüttelte dann den Kopf. »Du bist in keiner Verfassung zu reisen. Außerdem, was willst du auf der Burg?«

»Nun, erstens«, begann Larkin und zählte an den Fingern ab, »wird es den König bestimmt interessieren, von Rhis zu erfahren. Zweitens, wird es mir in ein paar Tagen wieder besser gehen und drittens …« Er warf Kian einen finsteren Blick zu. »Ist es dir nicht in den Sinn gekommen, dass ich vielleicht einen kürzeren Weg zur Burg kennen könnte?«

Kian wirkte überrascht. Eine steile Falte erschien zwischen seinen Brauen und er schien einen Moment über Larkins Worte nachzusinnen, bevor sein Gesicht wieder einen entschlossenen Ausdruck annahm und er den Kopf schüttelte. »Sieh dich an, Larkin. Deine Zuversicht in allen Ehren, aber du wirst kaum in ein paar Tagen wieder auf den Beinen sein und selbst wenn, wirst du kaum in der Verfassung sein, die Reise auf dich zu nehmen. Nein. Ich muss allein aufbrechen, also sag mir endlich, was bei den Schatten du mit meinem Pferd angestellt hast!«

Kian funkelte Larkin zornig an und Larkin war drauf und dran ihm eine wütende Erwiderung an den Kopf zu werfen, als der Drache neben ihm nieste, um sich dann mit einem herzhaften Gähnen zu strecken. Er warf Larkin einen kurzen Blick zu, bevor er von dem Strohsack glitt und sich geradewegs durch Kians Beine hindurchzwängte, womit er den hochgewachsenen Mann beinahe aus dem Gleichgewicht brachte. Mit hocherhobenem

Haupt stolzierte er dann aus der Stube, den langen Schwanz wie eine Fahne hinter sich herschwenkend.

Die beiden Männer sahen dem Tier schweigend hinterher.

»Bisweilen ist mir dein Drache ein wenig unheimlich, Larkin«, murmelte Kian schließlich in die Stille hinein.

»Er ist nicht mein Drache«, erwiderte Larkin halbherzig, obwohl er Kian insgeheim zustimmen musste. Der Drache schien weitaus mehr Verstand als ein einfaches Tier zu besitzen und Larkin zweifelte allmählich daran, dass er sich überhaupt zähmen ließ. Vielmehr schien es Larkin, dass das Tier sich lediglich dazu entschlossen hatte, Larkin in seiner Gegenwart zu dulden.

»Also, wie bekomme ich nun mein Pferd dazu, sich vom Fleck zu bewegen?«, fragte Kian mit einem Seufzen und ließ sich mit überkreuzten Beinen neben Larkin nieder.

Larkin schenkte ihm ein fröhliches Grinsen. »Nun, du wirst wohl oder übel warten müssen, bis ich wieder auf den Beinen bin. Dann werde ich dafür sorgen, dass dir dein Pferd auch wieder gehorcht. Und spar dir deinen Zorn. Ich kenne einen Weg durch den Wald, der uns selbst bei diesem Wetter in wenigen Tagen nach Fengard bringen wird.«

Kians Miene verfinsterte sich. »Larkin«, sagte er mit gefährlich leiser Stimme.

Larkin lächelte nur und legte Kian eine Hand auf den Arm. »Vertrau mir. In zwei Tagen spätestens werden wir aufbrechen können.«

II

Schnee, Schnee und immer wieder Schnee. Wie sehr Larkin dieses ewige Weiß satthatte. Und diese verfluchte Kälte! Nicht einmal der mit Fell besetzte Mantel, den Kian um sie beide geschlungen hatte, half gegen den pfeifenden Wind, der Larkin die feinen Schneekristalle in die Augen trieb.

Manchmal fragte Larkin sich, ob ihm jemals wieder warm werden würde.

Seine Zähne klapperten unaufhörlich und das Schwanken des Pferdes machte ihn seekrank. Wenn er doch nur nicht den Mund so voll genommen hätte.

Zwei Tage, ha!

Aber wer hätte denn auch ahnen können, dass ihm das verfluchte Gift des Eisheulers derart zusetzen würde?

Es war alles Kians Schuld. Hätte er nicht darauf bestanden, im tiefsten Schneetreiben aufbrechen zu müssen …

Larkin versuchte, den Mantel enger um sich zu ziehen, während er sich gleichzeitig dichter an Kian drängte, der steif und still wie eine Statue hinter ihm im Sattel saß und den ganzen Tag noch kein einziges Wort von sich gegeben hatte. Nun, Larkin war ohnehin nicht nach Reden zumute.

Das einzige Mitglied ihrer jämmerlichen Reisegruppe, dem der endlose Schnee nichts auszumachen schien, war der Drache. Wie ein kleiner Wirbelwind fegte er durch den Schnee, der mancherorts so tief war, dass er das kleine Tier vollständig verschluckte, und schien regelrecht unerschöpflich.

Larkin beneidete ihn ein wenig um seine Ausgelassenheit.

Selbst das Pferd hatte seine anfängliche Begeisterung rasch verloren und kämpfte sich nur noch dumpf vor sich hinstarrend durch den bisweilen hüfthohen Schnee.

»Lass uns anhalten«, sagte Larkin in die Stille hinein.

»Larkin, wir sollten –«

»Schatten und Verdammnis, ich weiß, was wir sollten«, fiel Larkin Kian ungeduldig ins Wort. »Aber ein Mann wird sich wohl einmal erleichtern dürfen! Schlimm genug, dass ich es in dieser Kälte tun muss, du wirst wohl kaum erwarten, dass ich es vom Pferderücken aus tue.«

Larkin konnte regelrecht hören, wie Kian mit den Zähnen knirschte. Doch er kam Larkins Bitte nach.

Larkin rutschte ungelenk aus dem Sattel und fiel mit einem Ächzen auf die Knie, als seine Beine ihm nach zwei Tagen im Sattel den Dienst versagten. Zwei Tage. Normalerweise brauchte er nicht länger als einen Tag. Zu Fuß! Aber er legte den Weg auch für gewöhnlich nicht bei dichtestem Schneetreiben zurück.

»Larkin!«

Larkin hob rasch die Hand und zwang sein eingefrorenes Gesicht zu einem Lächeln, von dem er hoffte, dass es überzeugender aussah, als es sich anfühlte.

»Es geht mir gut«, sagte er hastig und erntete einen düsteren Blick von Kian.

Wahrscheinlich hatte selbst Kian mittlerweile gemerkt, dass Larkin alles andere als auf der Höhe seiner Kräfte war, wenn Larkin dessen steinerne Miene richtig deutete.

»Beeil dich«, sagte Kian schließlich.

Als hätte Larkin das Bedürfnis, sein bestes Stück der Kälte länger als nötig auszusetzen. Seele des Waldes, aber es war kalt. Der Wind biss Larkin in die Wangen und fuhr ihm unter die Kleider, nun da er nicht länger in den schützenden Mantel gehüllt war und fast überlegte er es sich anders.

Aber es half alles nichts.

Kian spähte mit wachsamen Blick in das Zwielicht, das unter den Bäumen des Schattenwaldes herrschte, als Larkin sich von ihm entfernte. Er wirkte angespannt, als erwarte er jeden Augenblick einen Angriff.

Es schadet nie, auf der Hut zu sein, dachte Larkin, als er sich hinter den nächstbesten Baum begab. Der Schattenwald bereitete selbst ihm hin und wieder Unbehagen, brachte er doch mitunter die seltsamsten Kreaturen hervor, ja, selbst die Bäume konnten einem in manchen Teilen gefährlich werden.

Larkin warf einen kurzen, misstrauischen Blick über die Schulter, bevor er sich erleichterte, doch der Wald war ruhig und keiner der Bäume gehörte zu der räuberischen Art.

Er dachte gerade darüber nach, was sie wohl auf der Burg erwarten würde, als ihm ein heißer Schmerz durch die Brust fuhr, so als würde eine zu straff gespannte Bogensehne reißen. Mit einem heiseren Schrei taumelte er zurück, bis er mit dem Rücken gegen den Stamm eines Baumes prallte und keuchend daran herabrutschte.

»Larkin, bei allen Geistern, was ist mit dir?«

Larkin wollte Kian gerade antworten, der vor ihm auf die Knie gefallen war und ihn bei den Schultern packte, als ihn ein weiterer reißender Schmerz durchfuhr, der ihm schier den Atem raubte.

Und mit einem Mal wusste er, was der Schmerz bedeutete.

»Die Schatten«, flüsterte er, die Hand gegen die schmerzende Brust gepresst. »Sie sind durch die ersten beiden Kreise gebrochen.«

Es war unmöglich. Völlig unmöglich. So etwas war noch nie vorgekommen. Die Bannsprüche waren uralt und gehörten zu den stärksten Zaubern, die es überhaupt gab.

»Was redest du da, Larkin? Die Schatten?«, entgegnete Kian, doch Larkin nahm ihn kaum wahr.

»Seele des Waldes, steh uns bei«, flüsterte er mit wachsendem Schrecken, als er seine magischen Sinne ausschickte, um ihm zu bestätigen, was er ohnehin schon wusste.

Die ersten beiden Bannsprüche waren gebrochen.

Ein Schauer lief ihm den Rücken herab und diesmal war es nicht die Kälte, die seine Zähne klappern ließ.

Seit Jahrhunderten nun waren die Schatten, von denen man sich erzählte, dass sie aus der Welt hinter den Welten kamen, mit etlichen Bannsprüchen im Schattenwald gefangen und es oblag den Hütern dafür zu sorgen, dass es auch so blieb. Larkin hatte ganz offensichtlich in seiner Pflicht schmählich versagt, wenn die dunklen Wesen es geschafft hatten, die ersten beiden Bannkreise so einfach zu durchbrechen. Seele des Waldes, er hätte sofort die Zauber überprüfen müssen, die in ihm verankert waren, nachdem der Wind seinen Lohn genommen hatte. Nicht auszudenken, was geschehen würde, wenn die Schatten die anderen sechs Kreise auch noch überwanden.

Er hatte keine Zeit zu verlieren.

Mühsam kam er wieder auf die Beine und hielt sich an Kian fest, als sich die Welt einen Augenblick lang um ihn drehte.

»Larkin ...«, begann Kian leise, doch Larkin schüttelte den Kopf.

»Keine Zeit. Wo ist Rhis? Wo ist der Drache?«, fragte er und blickte sich mit zunehmender Beunruhigung um, bis er das Tier zu seiner Erleichterung zwei Schritt weit entfernt im Schnee entdeckte. Rhis hatte die ledrigen Schwingen gespreizt und fauchte leise, den Blick in den Wald gerichtet, als spürte er, welches Unheil sich dort zu regen begann.

»Rhis, komm her, verflucht«, zischte Larkin. Er konnte sie nur alle schützen, wenn sie dicht beisammen waren. Zumindest hoffte er es.

Ärgerlich raufte er sich die Haare.

Wenn er ehrlich war, hatte er keine Ahnung, ob seine Kräfte nach allem, was er durchgemacht hatte, noch ausreichten, um die Bannsprüche zu erneuern und Kian und Rhis vor den Schatten zu schützen. Ja, er wusste noch nicht einmal, ob er überhaupt in der Lage sein würde, die Bannsprüche zu erneuern. Wenn die Geschichten stimmten, waren ursprünglich zwei mal acht Magier vonnöten gewesen, um die Schatten das erste Mal zu bannen. Zwei für jeden Bannkreis.

»Larkin, was geht hier vor sich?«, flüsterte Kian, während seine Augen angestrengt in das rasch dunkler werdende

Zwielicht spähten. Seine Hände nestelten an Larkins Hose herum und Larkin wollte ihn gerade anfahren, als ihm aufging, was Kian da tat.

Verlegen sah er Kian an, der seinerseits nur die Brauen hob.

»Es wäre doch jammerschade, wenn dir dein bestes Stück abfröre«, sagte der Prinz trocken.

Ein verzweifeltes Lachen entrang sich Larkins Kehle. Wenn Kian wüsste, was die tiefer werdenden Schatten zu bedeuten hatten …

»Ich muss die Bannsprüche, die die Schatten gefangen halten erneuern«, sagte er schnell und warf Kian einen flehenden Blick zu. »Was auch immer du in den Schatten siehst, was auch immer geschieht, entfern dich nicht von mir und halt den Drachen fest. Und bete zu den Geistern, dass meine Kräfte ausreichen, um die Schatten zu bannen.«

Kians Brauen zogen sich zusammen und seine Augen glitten abermals über die dunklen Schatten unter den Bäumen.

»Die … Schatten?«, fragte er und heftete seinen Blick wieder auf Larkin.

»Ich bin der Hüter der Schatten«, erwiderte Larkin leise und dachte daran, dass dies vielleicht seine letzten Augenblicke mit Kian waren. Wie kam es nur, dass er sich erneut in einer solchen Situation vorfand? War dies die Strafe dafür, dass er sein Herz an einen Mann verloren hatte?

Aber nein, das war völliger Unsinn. Weder die Geister, noch das Schicksal scherten sich um Herzensdinge. Dies war ganz allein Larkins Schuld, weil er seine Pflichten vernachlässigt hatte.

Über Kians Schulter hinweg sah Larkin, wie sich die Schatten zu regen begannen, als würden sie zum Leben erwachen, und ein schrecklicher Laut erklang, den er mehr fühlen als hören konnte, wie Krallen, die über eine Schiefertafel fuhren, langsam und ohne Eile.

»Ich …«, begann Larkin und wusste plötzlich nicht mehr, was er hatte sagen wollen.

»Tu, was du tun musst«, sagte Kian und ehe Larkin sich versah, hatte Kian bereits einen Schritt auf ihn zugetan, legte ihm die Hände in den Nacken, beugte sich vor und küsste ihn.

»Was kann ich tun?«, flüsterte Kian, als er sich von Larkin löste.

Larkin blinzelte und starrte Kian einen Moment lang benommen an, bevor er sich mit einem Schlag daran erinnerte, wo er sich befand.

»Nichts«, sagte er und schluckte, als er einen Schemen durch das Unterholz schleichen sah. »Du kannst mit dem Schwert nichts gegen sie ausrichten. Bleib nah bei mir und halt den Drachen zurück, das ist alles, was du tun kannst. Ich allein kann sie bannen. Zumindest hoffe ich das. Doch falls nicht ...«

Kian legte ihm rasch einen Finger auf die Lippen. »Du bist der mächtigste Zauberer, den ich kenne, Larkin. Du wirst es schaffen. Zweifle nicht.«

Larkin schluckte, nickte jedoch zögernd. Vielleicht würde Kians Entschlossenheit für sie beide reichen. Und schließlich waren es nur die ersten beiden Bannkreise, nicht wahr? Ein Kinderspiel. Wahrscheinlich waren die alten Magier nicht annähernd so mächtig gewesen wie Larkin.

Kian nickte Larkin zu, seine Hände ein tröstliches Gewicht auf Larkins Schultern.

Ohne noch einen weiteren Gedanken daran zu verschwenden, was geschehen würde, wenn er versagte, schloss er die Augen und begann zu singen.

~*~

Etwas regte sich in den Schatten.

Kian konnte es mehr spüren als sehen, ein Gefühl drohenden Unheils, bei dem sich ihm die Nackenhaare aufstellten und sich jeder Muskel in seinem Körper anspannte. Seine Hand hatte das Schwert bereits gezogen, bevor er überhaupt darüber nachgedacht hatte, und er musste den Drang unterdrücken, Larkin hinter sich zu ziehen, um ihn vor der drohenden Gefahr zu bewahren.

Er schalt sich einen Narren. Larkin hatte ihn gewarnt, dass die Klinge nichts gegen die Schatten ausrichten konnte.

Bei allen Geistern, konnte es wirklich sein? Waren es wirklich die Schatten, die dort durchs Unterholz schlichen?

Kians Verstand wollte es nicht so recht fassen. Er hatte die Schatten für nichts weiter als eine Legende gehalten, ein Ammenmärchen, mit dem man kleine Kinder erschreckte.

Und doch zog dort unter den Bäumen eine wabernde Finsternis auf, die beinahe körperliche Gestalt anzunehmen schien. Hier bildete sich eine Schnauze aus dem Dunkel, dort eine Klaue, die einem Maul mit reißenden Zähnen Platz machte.

Ich bin der Hüter der Schatten, hatte Larkin gesagt und Kian erschauerte unwillkürlich, als die Worte ihm wieder durch den Kopf gingen. Er hoffte inständig, dass Larkin wusste, was er tat und den aufziehenden Schatten Einhalt gebieten konnte, denn wenn auch nur ein Bruchteil der Geschichten stimmte, so wären sie alle dem Untergang geweiht.

Kian versuchte, nicht daran zu denken.

Larkin war der mächtigste Magier, dem Kian je begegnet war, selbst jetzt konnte er die gewaltige Macht in Larkins Gesang spüren.

Ein Knurren zu seinen Füßen erinnerte ihn an das Versprechen, das Larkin ihm abgenommen hatte und keinen Moment zu früh, denn der Drache war gerade dabei sich klammheimlich davonzumachen. Mit geducktem Kopf und angezogenen Flügeln, die Zähne gebleckt, schlich er auf die Schatten zu wie ein Raubtier auf der Pirsch.

»Oh nein, du kleines Biest«, zischte Kian, stürzte sich auf den Drachen und packte ihn im Genick, bevor er sich noch weiter entfernen konnte. »Du bleibst hier.«

Rhis wand sich in seinem Griff, fauchte und schnappte nach ihm, sodass er das Schwert fallen lassen musste, um mit beiden

Händen zupacken zu können, damit sich das Tier nicht aus seinem Griff winden konnte. Er hätte nichts lieber getan, als das Biest seinem Schicksal zu überlassen, doch er wollte Larkin am Ende nicht erklären müssen, was mit dessen Schoßtier geschehen war.

»Schluss damit«, befahl Kian streng und schüttelte den Drachen, als der sich noch immer gegen Kian wehrte. Rhis starrte Kian einen Moment lang aus schmalen, silbern glänzenden Augen an, bevor er sich wieder versuchte aus Kians Griff zu befreien.

Kian hielt ihm das Maul mit beiden Händen zu, während er aus dem Augenwinkel die Schatten beobachtete. »Hör auf damit, du undankbares Biest. Willst du es Larkin noch schwerer machen?«

Ein Knurren war die einzige Antwort, die er bekam, doch der Drache wehrte sich nicht länger, als Kian einen Arm um ihn schlang und ihn an sich zog. Er konnte regelrecht spüren, wie der kleine Leib in seinem Arm vor Anspannung bebte.

Larkin hatte die Augen noch immer geschlossen und sang mit kräftiger Stimme eine harsche, wortlose Melodie, die beinahe schmerzhaft in ihrer Schärfe war. Kian schnappte erschrocken nach Luft, als der Hexer mit einem Mal ein Messer in der Hand hielt, das er sich mit einer raschen Bewegung über die Handfläche zog.

Die Schatten wurden augenblicklich tiefer und ein unheimliches Heulen drang durch den Wald. Mehr und mehr Gestalten schälten sich aus der Dunkelheit und umkreisten sie wie ein Rudel hungriger Wölfe. Kian presste den kleinen Drachen unwillkürlich enger an seine Brust und legte Larkin eine Hand auf die Hüfte.

Er konnte das unruhige Wiehern seines Pferdes hören, das nur wenige Schritte hinter ihm gestanden hatte, nun jedoch von der Dunkelheit verschluckt worden war. Würden die Schatten das Tier verschonen? Kian hoffte es inständig. Seine treue Stute hatte es nicht verdient, dieser lebendigen Finsternis zum Opfer zu fallen.

Ein Zittern ging durch Larkins Körper, bevor seine Beine unter ihm nachgaben und er auf die Knie fiel.

»Larkin!«, rief Kian und fing ihn mit einem Arm auf, den anderen noch immer um den Drachen geschlungen.

Larkin riss die Augen auf, zwei leuchtend goldene Seen in einem Meer aus Finsternis, doch er sang unablässig weiter, die blutige Hand zur Seite gestreckt, als brächte er sein eigenes Blut als Opfergabe dar.

Wie von Larkins vorübergehender Schwäche angezogen, drängten sich die Schatten noch näher an sie heran, bis Kian meinte, ihren Atem im Nacken spüren zu können, und es war so dunkel, dass er nicht einmal die Hand vor Augen sehen konnte. Allein Larkins Augen leuchteten mit einem inneren Feuer. Kian hielt ihn im Arm, nicht wissend, ob er sich an Larkin festhielt oder er derjenige war, der Larkin aufrecht hielt, doch die Berührung war sein einziger Anker in der Dunkelheit und er wagte es nicht, seinen Griff zu lockern.

Dann drang eine dünne Stimme durch das Heulen und den Gesang und rief unmissverständlich Kians Namen.

Kian erstarrte. Langsam wandte er den Kopf, bis er einen Blick über die Schulter werfen konnte, denn bei den Geistern seiner Ahnen, er kannte diese Stimme, doch seine Sinne mussten ihm einen Streich spielen, denn sie konnte nicht hier sein.

»Nein!«, entfuhr es ihm, ein harter, verzweifelter Laut, als er sie erblickte. Sie wirkte wie ein Geist in ihrem schneeweißen Nachthemd, umgeben von wabernden Schatten. Ihre honigblonden Locken wirkten zerzaust und fielen ihr offen über die schmalen Schultern.

»Kian«, flüsterte sie und sah ihn aus furchtsamen, blauen Augen an, die dünnen Arme um den schlanken Leib geschlungen, »wo sind wir hier?«

Sein Herz brach bei ihrem ängstlichen Tonfall. Er hatte keine Ahnung, wie sie hierhergekommen war, es konnte nicht Luisien sein, sie konnte es unmöglich sein, denn wie hätte sie den Weg in den Schattenwald finden sollen? Es konnte nur ein Trugbild sein, eine Täuschung, um seine Sinne zu verwirren. Aber was, wenn nicht? Was, wenn die Feen wieder ihre Finger im Spiel hatten und Rache nehmen wollten, dass Larkin ihren Zauber gebrochen hatte?

»Luisien.« Seine Stimme brach und er schluckte schwer, bevor er ein zweites Mal ansetzte, den Arm nach ihr ausgestreckt. »Luisien, komm her zu mir. Alles wird gut, ich verspreche es dir.«

Ein Schatten löste sich aus der Dunkelheit, ein riesiger Wolf, der Luisien um mehrere Handbreit überragte, und sie wich einen erschrockenen Schritt zurück, als er direkt auf sie zukam und sich zwischen sie und Kian schob.

»Luisien!«, entfuhr es Kian und seine Hand griff bereits nach dem Schwert, als ihm einfiel, dass er es fallen gelassen hatte, als er den Drachen wieder eingefangen hatte. »Halte aus, ich bin gleich bei dir.«

Seine Hand fand das Schwert, dessen sanfter Schimmer kaum etwas gegen die Finsternis auszurichten vermochte, während seine Augen den Bewegungen des Schattenwolfes folgten, der Luisien umkreiste. Eine zweite Schattenbestie löste sich aus der Dunkelheit, dann eine dritte und Luisien warf ihm einen flehenden Blick zu. »Kian!«, schluchzte sie und er sah die Tränen, die ihr über die bleichen Wangen liefen.

»Halte aus, kleiner Falke«, rief er und richtete sich auf, das Schwert kampfbereit in der Hand.

Er hatte den Drachen beinahe vergessen, doch er wurde schmerzhaft an dessen Anwesenheit erinnert, als das Biest ihn in die Hand biss.

»Du verfluchtes …« Er versuchte, das Tier abzuschütteln, doch Rhis hatte den langen Schwanz um Kian geschlungen und dachte gar nicht daran, von ihm abzulassen. Seine Krallen bohrten sich durch Kians Kleidung in seine Haut und der Drache spreizte die ledrigen Schwingen, fletschte die Zähne und fauchte, als wäre Kian auf einmal der Feind und nicht die Schatten, die Luisien bedrohten.

»Was soll das, du elende Bestie?«, knurrte Kian, als ein Schlag der Drachenflügel ihn aus dem Gleichgewicht brachte und er zurück auf die Knie fiel. Er hätte nichts lieber getan, als das Vieh die Breitseite seines Schwertes spüren zu lassen, doch Rhis klammerte sich wie eine Klette an ihm fest und schlug jedes Mal mit den Schwingen, wenn Kian versuchte aufzustehen.

»Ich muss meiner Schwester helfen, siehst du sie denn nicht?«, brüllte Kian, doch der Drache zischte nur und bohrte seine scharfen Krallen noch tiefer in Kians Fleisch, die Schwingen ausgebreitet, als wollte er Kian die Sicht auf Luisien versperren.

»Lass mich! Oh ihr Geister, bitte … Luisien!«

Sie rief verzweifelt nach ihm, wieder und wieder und er wusste, die Schatten würden sie zerreißen, wenn er nicht rechtzeitig zu ihre käme.

Ganz am Rande nahm er wahr, wie Larkins Gesang anschwoll, seine Stimme so gewaltig wie die eines Gottes und so machtvoll, dass die Erde selbst vor ihm zu erzittern schien. Dann krallte sich eine Hand unvermittelt in Kians Hemd und Kian fiel überrascht gegen Larkin. Rhis fauchte ungehalten, als er zwischen ihnen beinahe zerquetscht wurde.

»Larkin, nein. Du musst mich gehen lassen«, flehte Kian und versuchte, Larkins Finger aus seinem Hemd zu lösen. Doch Larkins Griff war unerbittlich und noch dazu kam ihm der Schwanz des Drachen immer in die Quere.

»Larkin, bitte.«

Larkins Blick richtete sich auf Kian, ohne dass er sein Lied unterbrach. Seine Augen schwebten wie Irrlichter in der brodelnden Dunkelheit und Kian konnte Larkins Gesicht nur als dunklen Schemen ausmachen. Er spürte Larkins Anspannung und dann tönte Larkins Warnung unvermittelt durch seinen Geist – *was auch immer du in den Schatten siehst, entfern dich nicht von mir …*

Kian sah hinüber zu seiner Schwester, die weinend inmitten der Schatten stand mit nicht mehr als einem dünnen Nachthemd bekleidet, die Arme flehend nach ihm ausgestreckt.

»Kian, bitte, hilf mir!«

Sie sah genauso aus, wie seine kleine Schwester, sie hatte Luisiens große, blaue Augen, es konnte unmöglich ein Trugbild sein.

»Larkin, bitte«, flehte Kian wieder und unternahm einen weiteren Versuch, sich von Larkin zu lösen, während die Schatten wie ein Pack hungriger Wölfe um Luisien herumschlichen und ihr immer und immer näher kamen, bis Kian sie kaum noch inmitten der Dunkelheit ausmachen konnte.

»Oh ihr Geister, Luisien. Luisien!«

Er streckte die Hand zu ihr aus, doch er wusste, es war zu spät. Tränen liefen ihm über die Wangen, als er mit ansehen musste, wie die Schattenbestien über seine kleine Schwester herfielen und das Mädchen mit schriller Stimme seinen Namen rief. Alles in ihm drängte danach, zu ihr zu laufen und sie vor den Schatten zu verteidigen, denn ein Teil von ihm glaubte nicht daran, dass sie nur ein Trugbild war und er hasste sich dafür, dass er sie einfach so im Stich ließ, seine kleine Schwester, die ihren ersten Schritt an seiner Hand getan hatte. Doch Larkins Hand war noch immer in seinem Hemd verkrallt, während der Drache über Kians Hals leckte und ein leises Brummen von sich gab, das durch Kians ganzen Leib zu hallen schien.

Mit einem Schluchzen vergrub er das Gesicht an Larkins Schulter, als die Schreie endlich verstummten und die Ränge der Schatten sich wieder um sie schlossen, und klammerte sich wie ein Ertrinkender an seinen Freund, während Luisiens Schreie ihm noch immer in den Ohren gellten.

Dann flammte mit einem Mal ein feuriger Ring um sie herum auf und Kian musste die Augen einen Moment gegen die plötzliche Helligkeit schließen. Larkins Gesang ging in ein hohes Trällern über und Kian öffnete die Augen einen Spaltbreit, gerade rechtzeitig, um zu sehen, wie ein zweiter feuriger Ring um den ersten herum erschien.

Dann war es mit einem Mal vorbei.

Die Flammen verschwanden so plötzlich, wie sie gekommen waren und die Schatten lösten sich in Luft auf, als hätte es sie nie gegeben.

»Larkin?«, stieß Kian hervor und spähte argwöhnisch in das Zwielicht, das nun wieder unter den Bäumen herrschte und frei von lebenden Schatten zu sein schien. Der Drache wand sich zwischen ihnen hervor und Kian ließ ihn gehen.

Larkin hing schwer atmend in Kians Arm, den Kopf auf Kians Schulter gelegt und seine linke Hand noch immer in die Vorderseite von Kians Hemd gekrallt. Seine rechte Hand war voller Blut, das zäh über seine Finger lief, seinen ganzen Ärmel bereits rot gefärbt hatte und nun langsam in den Schnee unter ihnen tropfte.

»Larkin, so sag doch etwas«, drängte Kian und hielt Larkin eine Armeslänge von sich, um ihm ins Gesicht sehen zu können.

Ein mitfühlendes Lächeln umspielte Larkins Lippen, als er einen benommenen Blick auf Kian richtete. »Sie ... sie war nur ein Trugbild«, brachte er mühsam hervor und Kian erschrak, als Larkins sonst so warme Stimme als heiseres Krächzen hervorkam. Der Hexer legte Kian die blutige Hand an die Wange. »Nur ... eine Täuschung«, flüsterte er, bevor sein Kopf zur Seite fiel und er bewusstlos in Kians Armen zusammensackte.

12

Kian hätte nie für möglich gehalten, dass er einmal dankbar für Larkins Drachen sein würde.

Nachdem er jedoch die ganze Nacht zusammengekauert im Schatten einer Buche verbracht hatte, mit Larkin im Arm und nichts weiter als ihren Mänteln als Schutz gegen die eisige Kälte, hatte er die Gesellschaft des Drachen, dessen kleiner Leib genug Hitze ausstrahlte, um den Schnee zum Schmelzen zu bringen, durchaus zu schätzen gelernt.

Und ohne den Drachen wäre sein Magen nun deutlich leerer, denn Rhis hatte es irgendwie geschafft, ein Kaninchen aufzutreiben.

Kian hoffte nur, dass es kein Fehler war, dem Drachen durch den Wald zu folgen. Andererseits war jeder Weg so gut wie der andere. Kian wusste ohnehin nicht, wo er sich befand.

Er verlagerte Larkins Gewicht auf seiner Schulter, das mit jedem Schritt schwerer zu werden schien, und richtete all seine Kraft darauf einen Fuß vor den anderen zu setzen. Es war ein mühseliges Unterfangen. Der Schnee reichte Kian bis zu den Knien und zu allem Überfluss hatte es wieder angefangen zu schneien.

Wenn sie nur das Pferd nicht verloren hätten. Aber es war müßig, sich darüber Gedanken zu machen. Die Stute war fort, wahrscheinlich ein Opfer der Schatten. Kian hatte keine Spur von ihr gefunden, nachdem Larkin seinen Zauber vollendet hatte, es war, als hätte sie sich mit den Schatten in Luft aufgelöst.

Der Schnee gab unvermittelt unter Kians Fuß nach, sodass er bis zum Oberschenkel einsank und kurz ins Straucheln geriet. Er fing sich jedoch gleich wieder, nur um im nächsten Moment in ein weiteres Loch zu treten, das unter dem kniehohen Schnee verborgen lag. Larkins Gewicht verrutschte und Kian konnte nur noch dafür sorgen, dass er nicht auf Larkin landete, während sie gemeinsam zu Boden gingen.

Er wusste nicht, wie lange er einfach nur dalag und durch das dichte Geäst der Bäume in den grauen Himmel starrte, die Arme um Larkins reglosen Leib geschlungen. Jeder Muskel in seinem Leib schmerzte und es war so verlockend, einfach liegen zu bleiben und sich nicht länger Gedanken darüber machen zu müssen, wie sie aus diesem verfluchten Wald herauskamen oder ob Larkin jemals wieder aufwachen würde. Er wusste nicht, wo er sich befand, hatte weder Decken noch Proviant und er wusste rein gar nichts über diesen Wald oder die Gefahren, die in den Schatten auf sie lauerten.

Andererseits war er ein Krieger und er hatte noch nie ans Aufgeben geglaubt.

Eine feuchte Drachenzunge riss ihn aus seinen Grübeleien und im nächsten Moment blickte er direkt in ein Paar silbrig glänzender Drachenaugen.

Rhis gab ein tiefes Grollen von sich, doch als Kian seinen Blick nur mit erhobenen Brauen erwiderte, begann der Drache mit den Zähnen an Kians Ärmel zu zerren.

»Rhis«, sagte Kian tadelnd, doch der Drache hielt lediglich kurz inne, um Kian einen langen Blick zuzuwerfen, bevor er in seinem Tun fortfuhr.

Kian seufzte und packte den Drachen mit einer blitzschnellen Bewegung im Genick. »Ich hatte nicht vor zu erfrieren«, murmelte er und ließ den Drachen los, bevor er sich mit einem Stöhnen wieder auf die Beine kämpfte. Seine Glieder waren bereits steif vor Kälte und protestierten bei jeder Bewegung.

Rhis hockte sich dicht neben ihn auf die Hinterläufe und beobachtete mit Argusaugen jede seiner Bewegungen, wie um sich davon zu überzeugen, dass Kian auch wirklich tat, was der Drache von ihm wollte.

Larkin rührte sich noch immer nicht, sondern hing schlaff wie eine Gliederpuppe in Kians Armen. Mit einem Seufzen strich Kian ihm durch das widerspenstige Haar.

»Wach auf, Larkin«, flüsterte er, ohne viel Hoffnung, etwas damit zu erreichen. »Bitte, wach auf.«

Er hatte bereits alles versucht, um Larkin aus seiner Bewusstlosigkeit aufzuwecken, jedoch ohne Erfolg. Es war wie verhext, als wäre Larkin in einen verzauberten Schlaf gefallen, wie damals mit Luisien, als …

Nein. Er wollte jetzt nicht an Luisien denken, konnte nicht an sie denken, sonst würde er noch den Verstand verlieren.

Er vergrub das Gesicht für einen kurzen Augenblick in Larkins Haar und nahm einen tiefen Atemzug, um die Erinnerungen zu vertreiben. Dann gab er Larkin einen sanften Kuss auf die Stirn und lud ihn sich erneut auf die schmerzenden Schultern.

Es dämmerte bereits, als Kian sich schwer atmend gegen einen Baumstamm lehnte. Sie schienen dem Rand des Waldes kein Stück näher gekommen zu sein. So weit das Auge reichte nichts als kahle, schneebedeckte Bäume, die ihre Äste in den dunkler werdenden Himmel reckten. Allmählich glaubte Kian die Geschichten von all den Wanderern, die sich in den Schattenwald verirrt hatten und niemals mehr gesehen wurden. Ohne Larkins Führung war er vermutlich dazu verdammt bis ans Ende seiner Tage durch den Wald zu stolpern.

Nun, das Ende würde wahrscheinlich nicht lange auf sich warten lassen, wenn sie nicht bald einen Unterschlupf für die Nacht fänden.

Rhis hatte offenbar bemerkt, dass Kian ihm nicht länger folgte, denn er kam inmitten einer weißen Schneewolke zurückgaloppiert. Einige Schritte von Kian entfernt wurde er plötzlich langsamer, blieb dann gänzlich stehen und betrachtete aus schmalen Augen die Bäume um sie herum.

Dann setzte er sich mit einem Ruck in Bewegung, stürzte auf Kian zu und begann wie ein tollwütiger Hund an Kians Stiefeln zu zerren.

»Schatten und Verdammnis, was soll das, Rhis? Hör sofort auf damit!«, rief Kian. Doch der Drache dachte gar nicht daran, von

Kian abzulassen, sondern zog und zerrte und schlug mit den Flügeln, bis Kian schließlich gezwungen war, dem Tier zu folgen, wollte er seine Stiefel nicht riskieren.

Er kam nur zwei Schritte weit, als er über eine Wurzel stolperte, die er im schwachen Licht der Dämmerung nicht bemerkt hatte. Rhis ließ sofort von ihm ab und fuhr mit einem Fauchen herum, die Flügel weit gespreizt.

»Rhis, was –«, setzte Kian an, doch die Worte verließen ihn, als er einen Blick über die Schulter warf.

Der Wald schien zum Leben zu erwachen.

In dem Baumstamm, gegen den er sich zuvor gelehnt hatte, gähnte nun ein riesiges Loch wie ein weit geöffnetes Maul und aus dem Schnee erhoben sich knarrend und ächzend dicke Wurzeln. Schnee rieselte auf Kian herab, als die Äste sich über seinem Kopf regten wie von einer unsichtbaren Macht gelenkt.

Kian erwachte gerade rechtzeitig aus seiner Erstarrung, um sich vor einem angriffslustigen Ast zu ducken.

»Schatten und Verdammnis«, entfuhr es ihm, bevor er sich auf dem Absatz umdrehte, nur um sich einem weiteren Baum gegenüber zu sehen, in dem ein weit aufgerissenes Maul klaffte, das nur darauf zu warten schien, ihn mit Haut und Haaren zu verschlingen. Bei allen Geistern, konnten sich die Bäume bewegen?

Er hatte wenig Lust, es herauszufinden.

Es war eine Herausforderung, den Ästen mit Larkins zusätzlichem Gewicht auf den Schultern auszuweichen, und Kian schwor sich, dass, wenn er jemals wieder aus diesem verfluchten Wald herauskommen würde, er auf verschärften Waffenübungen mit seinen Soldaten bestehen würde. Aber wer hätte auch ahnen können, dass er einmal gegen Bäume würde kämpfen müssen?

Sein Schwert war bereits in seiner Hand, bevor er auch nur daran dachte, es zu ziehen, und er hielt sich damit das mörderische Astwerk vom Leib. Rhis war dicht neben ihm und sprang immer wieder mit flatternden Flügeln in die Luft, um seine Krallen in alles zu schlagen, das ihnen zu nahe kam. Kian wollte nicht länger darüber nachdenken, was es bedeutete, dass die Krallen des Drachen selbst durch einige der dickeren Äste wie durch Butter schnitten.

Es wäre ihm lieber gewesen, der Drache hätte den ganzen schattenverseuchten Wald in Brand gesetzt.

Aber nein, dieser Drache konnte natürlich kein Feuer speien.

Eine Wurzel schaffte es, sich unbemerkt um Kians Knöchel zu schlingen, und brachte ihn zu Fall. Er rollte sich noch im Fallen ab und baute sich über Larkin auf, das Schwert in einem großen Bogen schwingend, um sich die Äste vom Leib zu halten, die sich nach ihm ausstreckten.

»Ihr werdet ihn nicht bekommen!«, brüllte er und hackte auf ein Büschel Zweige ein, die an seinen Haaren gezogen hatten. »Und wenn ich euch allesamt zu Kleinholz verarbeiten muss, an mir werdet ihr nicht vorbeikommen!«

Die Flammen, die in Kians Schwert gefangen waren und seit dem Tod des Drachen nur einen matten Schimmer von sich gegeben hatten, loderten hell auf und ließen die Klinge in einem überirdischen Licht erstrahlen. Ein Raunen ging durch den Wald und die Äste wichen vor dem hellen Schein zurück, als fürchteten sie das gefangene Feuer.

Kian nutzte die Verschnaufpause, packte Larkin am Arm und schleifte ihn hinter sich her, während er auf jeden Ast und jede Wurzel einhackte, die es doch wagte, ihm in die Quere zu kommen, Rhis noch immer dicht an seiner Seite.

Er wusste nicht wie, aber irgendwie gelang es ihnen schließlich, den Fängen der mordlüsternen Bäume zu entkommen. Larkin schien wie durch ein Wunder unversehrt, obwohl Kian ihn wie einen Sack Kartoffeln hinter sich her geschleift hatte.

Er wollte jedoch noch immer nicht aufwachen.

»Rhis. Wir brauchen einen Lagerplatz«, sagte Kian mit heiserer Stimme und er wusste nicht, ob er es sich einbildete, doch es schien, als würde der Drache ihm zunicken. Absurd. Vielleicht waren dies die ersten Anzeichen von Wahnsinn, dass er sich nicht nur mit einem Tier unterhielt, sondern sich noch dazu einbildete, es antworte ihm.

Doch Rhis war seine einzige Hoffnung, wenn er sich nicht wieder einen menschenfressenden Baum als Ruheplatz aussuchen wollte.

Kian wäre beinahe über den Drachen gestolpert, als dieser unvermittelt anhielt und Kian erwartungsvoll anstarrte.

»Was ist nun schon wieder?«, murmelte Kian. Er schwankte leicht unter Larkins Gewicht und es war nicht mehr als pure Willenskraft, die ihn überhaupt noch auf den Beinen hielt. Sein Schwert hatte er längst zurück in die Scheide gesteckt, weil er all seine Kraft brauchte, um Larkin zu tragen.

Rhis schnaubte, drehte sich herum – und verschwand.

Kian blinzelte und starrte verwirrt auf die Stelle, an der der Drache noch vor einem Moment gehockt hatte.

»Rhis?«, fragte er unsicher, als die silbernen Augen des Drachen wie aus dem Nichts in der Dunkelheit vor ihm erschienen und sich mit einem beinahe vorwurfsvollen Ausdruck auf Kian richteten.

Dann erkannte Kian endlich den Schemen einer riesigen Tanne gegen das Dunkel der Nacht, unter deren tiefhängenden Ästen der Drache offensichtlich Unterschlupf gesucht hatte.

»Bist du sicher, dass die Tanne uns nicht ebenfalls nach dem Leben trachtet?«, fragte Kian. Er hatte genug von lebendigen Bäumen und blutrünstigen Bestien, die sich als harmlose Kinder tarnten.

Rhis schnaubte nur, schlich um Kian herum und stieß ihn von hinten an.

»Also gut. Ich hoffe, du weißt, was du tust«, murmelte er und kroch widerstrebend unter das schützende Dach, das die dichten Zweige der Tanne boten.

Ihm wurde beinahe schwindelig vor Erleichterung, als er bemerkte, dass der Boden unter der Tanne weich und völlig frei von Schnee war. Er zog seine Klinge, die nicht mehr als ein sanftes Glimmen von sich gab, und legte sie neben sich, bevor er Larkin in seinen Arm zog, sodass der Hexer mit dem Gesicht zum wuchtigen Stamm der Tanne lag, während Kian ihn mit seinem Leib vor der Kälte schützte. Die Äste hingen so niedrig, dass Kian sie mit der Schulter streifte, doch er wollte sich nicht beschweren. Er war dankbar für einen trockenen Schlafplatz für die Nacht.

Er breitete die Mäntel über ihnen aus und nahm noch am Rande wahr, dass der Drache sich zu ihren Füßen zusammenrollte, als ihn die Erschöpfung schließlich übermannte.

~*~

Larkin erwachte ein weiteres Mal mit einem brummenden Schädel und schmerzenden Gliedern. Bei der Seele des Waldes, seit Kian wie eine ersoffene Ratte auf seiner Türschwelle erschienen war, schien das zur Gewohnheit zu werden. Seine Haut juckte und prickelte, als wäre sie zu eng, und sein Hals brannte wie Feuer. Er öffnete widerstrebend die Augen und war verwirrt, als sein Blick auf die Rinde eines Baumstamms fiel und er Tannennadeln unter den Fingerspitzen fühlte.

Warmer Atem streifte seinen Nacken und er spürte einen vertrauten Leib, der sich gegen seinen Rücken drängte, während ein Arm besitzergreifend Larkins Mitte umschlungen hielt.

»Kian?«, flüsterte er, noch immer heiser von dem Zauber, den er gewoben hatte. Kaum zu glauben, dass er es wirklich geschafft hatte, die ersten beiden Bannkreise wieder aufzurichten. Andererseits hatte er auch keine Wahl gehabt. Er fasste sich an die Brust und war erleichtert, als er den vertrauten Widerhall der acht Bannkreise in sich spürte. So schnell würden sich die Schatten nicht wieder befreien können.

Zumindest hoffte Larkin das.

Eine Bewegung zu seinen Füßen ließ ihn erschrocken zusammenfahren und im nächsten Moment fand er sich mit einem

Arm voll Drachen wieder und wehrte mit einem leisen Lachen eine feuchte Drachenzunge ab.

»Hör auf damit, Rhis. Es geht mir gut.« Larkin schob den Drachen energisch von sich, als Kian hinter ihm plötzlich mit einem Keuchen in die Höhe fuhr und mit dem Kopf gegen die Tannenzweige über ihnen stieß, sodass ein Schauer aus Tannennadeln auf sie herabregnete. Er hatte das Schwert bereits in der Hand, dessen schimmernde Klinge sein Gesicht in ein gespenstisches Licht tauchte und den gehetzten Ausdruck in seinen weit aufgerissenen Augen nur noch verstärkte.

Larkin streckte vorsichtig die Hand nach ihm aus, wirkte er doch in diesem Augenblick wie ein wildes Tier, das bei der kleinsten Bewegung zubeißen würde.

»Kian, beruhige dich«, sagte er leise und schob den Drachen zur Seite, damit er Kian nicht in die Quere kam.

Kian blinzelte, als erwachte er aus tiefem Schlaf. Sein Gesicht war mit zahlreichen Kratzern und Schrammen übersät, als wäre er kopfüber in einen Dornbusch gefallen.

»Larkin?«, flüsterte er mit belegter Stimme und im nächsten Moment fand sich Larkin in einer festen Umarmung wieder, die ihm schier die Luft aus den Lungen trieb.

»Bei allen Geistern, ich dachte, du würdest nie wieder aufwachen.«

Larkin runzelte die Stirn. »Wie lange habe ich geschlafen?«

Kian gab einen erstickten Laut von sich und er holte einmal tief Luft, bevor er antwortete. »Zwei Nächte und einen Tag. Bei allen Geistern.« Er vergrub sein Gesicht in Larkins Halsbeuge, während seine Arme Larkin noch immer fest umschlungen hielten, als wollten sie ihn nie wieder loslassen.

Larkin strich ihm beruhigend über den Rücken. Zwei Nächte und einen Tag. Wahrscheinlich konnte er tatsächlich von Glück reden, dass sie überhaupt noch am Leben waren. Was hatte er sich auch mit dem Nordwind eingelassen?

»Verzeih mir, Kian«, murmelte er und spürte, wie die Anspannung allmählich aus Kians Körper wich. Rhis hatte sich neben ihnen zusammengerollt und schnarchte leise, offenbar zufrieden, dass keine unmittelbare Gefahr drohte.

Larkin lehnte sich ein Stück zurück, als er sich an die Kratzer auf Kians Gesicht erinnerte, nahm Kians Gesicht zwischen beide Hände und unterzog ihn einer kritischen Musterung.

»Was ist geschehen, Kian? Wo kommen all diese Schrammen her?«

Kian lächelte nur verlegen und zog den Kopf ein. »Wir sind auf ein paar unfreundliche Bäume getroffen. Nicht der Rede wert.«

»Unfreundliche … Kian!«, rief Larkin aus und schauderte bei dem Gedanken daran, an welche Bäume Kian da geraten sein musste. Selbst Larkin machte für gewöhnlich einen großen Bogen um die Haine der Schattenbuchen, die alles fraßen, in dessen Adern warmes Blut floss. »Was hast du dir nur dabei gedacht wie ein Narr durch den Wald zu stolpern? Schatten und Verdammnis, Kian, diese Bäume hätten dich töten können!« Seine Finger wanderten ruhelos über die vielen kleinen Wunden und er war drauf und dran, seine Magie zu rufen, um sich davon zu überzeugen, dass Kian keine größeren Verletzungen davongetragen hatte, als der Prinz ihm einen Finger auf die Lippen legte und mit der anderen Hand Larkins Hände gefangen nahm.

»Schh, du solltest nicht so viel reden. Mein Hals schmerzt bereits vom Zuhören.«

Larkin zog die Brauen zusammen und bedachte Kian mit einem finsteren Blick. »Versuche du einmal, einen Zauber zu weben, für den dereinst gleich mehrere Zauberer vonnöten waren. Die Schatten sind ein verschlagenes Pack.«

Kians Augen weiteten sich beinahe unmerklich, bevor er die Augen abwandte. Der Griff seiner Finger um Larkins Hände verstärkte sich und Larkin konnte Kians plötzliche Anspannung spüren, als er sich vage an die Stimme eines Mädchens erinnerte.

»Kian«, begann er behutsam, »es war nur eine List der Schatten, um dich von mir fortzulocken.«

Kian hatte die Augen fest zusammengekniffen. »Es war ihre Stimme.«

Larkin zog Kian mit einem Seufzen an sich und legte ihm eine Hand auf den Hinterkopf. »Sie sind wie Nachtmahre und können deine Ängste lesen, um dich darin zu fangen. Es war nicht Luisien, ich schwöre es dir. Es war nichts als eine Täuschung. Du musst mir glauben.«

Es dauerte eine Weile, bis Kians keuchender Atem sich wieder beruhigte und Larkin wollte sich gar nicht vorstellen, was die Schatten Kian vorgegaukelt hatten, um einen kampferprobten Krieger derart aus dem Gleichgewicht zu bringen.

Larkin war zu konzentriert auf die Bannsprüche gewesen, um viel um sich herum wahrzunehmen. Erst als ein Drachenflügel ihn am Arm getroffen hatte und ihn damit beinahe aus seiner Konzentration gerissen hatte, hatte er die Stimme gehört.

»Glaubst du, es war unsere Schuld?«, fragte Kian nach einer Weile und seine Stimme klang ungewohnt rau.

Larkin runzelte die Stirn. »Was meinst du?«

»Die Schatten. Man erzählt sich, dass sie all jene holen, die das Gesetz brechen. Es gibt Geschichten von …«, Kian schluckte und sah Larkin nicht an, »Männern wie uns.«

Männern wie uns.

Larkin wusste nicht, ob er lachen oder weinen sollte.

Er hatte versucht nicht länger über die Konsequenzen ihres Tuns nachzudenken, schließlich war Kian der Sohn des Königs und als solcher schien er sich nicht sonderlich darum zu scheren, dass Larkin ein Mann war. Genauso wenig wie dieser verfluchte Trank, der ihr Blut offenbar akzeptiert hatte.

Dass aber ausgerechnet die Schatten Kian nun ins Nachdenken gebracht hatten …

Zahlreiche Legenden und Märchen rankten sich um die Schatten, von denen kaum eine der Wahrheit entsprach.

Wahrscheinlich dachte Kian an den ganzen Unsinn über Gherkin Schattenkind, von dem man sich erzählte, dass er einst seinen besten Freund verführt haben sollte, woraufhin die Schatten seine Seele gefressen hatten. Nach der leidigen Angelegenheit mit Jerrick war es rasch eine von Tildas Lieblingsgeschichten geworden, die sie bei jeder sich bietenden Gelegenheit zum Besten gegeben hatte.

Die anderen Kinder hatten Larkin monatelang nur Gherkin Schattenkind gerufen.

»Es sind nichts weiter als lächerliche Geschichten«, erwiderte Larkin ein wenig schärfer, als beabsichtigt, und ärgerte sich darüber, dass Kian diesem Gewäsch auch nur die geringste Bedeutung beimaß. »Ammenmärchen, die dazu dienen, kleinen Kindern Angst einzujagen, damit sie tun, was man ihnen sagt.«

Kian wirkte nachdenklich, während sein Finger gedankenverloren über Larkins Ohr fuhr, um dann seinen Kieferknochen nachzuzeichnen.

»Jeder Legende wohnt ein Stückchen Wahrheit inne«, sagte er schließlich. »Bis vor ein paar Tagen glaubte ich noch, die Schatten selbst wären nichts weiter als eine Legende.«

»Du wusstest, dass ich der Hüter bin!«, gab Larkin ungehalten zurück.

Kian zuckte nur mit den Achseln. »Ich kannte die Geschichten, ja. Dennoch ist es etwas anderes, sie mit eigenen Augen zu sehen. Wieso sollten die anderen Geschichten nicht genauso wahr sein?«

Larkin lag bereits eine scharfe Erwiderung auf der Zunge, als ihm aufging, dass die Schatten für jeden außerhalb des Schattenwaldes tatsächlich nicht mehr als eine Legende waren. Die Schattenkriege lagen so weit in der Vergangenheit, dass selbst den Hütern nur noch wenig darüber bekannt war. Das wenige Wissen, das sie besaßen, wurde sorgfältig von Generation zu Generation weitergegeben, damit die Schatten niemals mehr entkommen konnten.

Larkin seufzte und legte Kian eine Hand auf die Brust.

»Ich verstehe deine Zweifel«, sagte er langsam. »Dennoch weiß ich wohl mehr über die Schatten als irgendjemand sonst.« Er zuckte mit den Schultern. »Vielleicht hat es wirklich einmal einen Mann namens Gherkin gegeben.« Kian sah bei dem Namen überrascht auf und bestätigte damit Larkins Vermutung, dass es eben jenes Märchen war, das Kian im Sinn stand. »Vielleicht hatte jener Mann tatsächlich einen Liebhaber. Glaube ich deshalb, dass das der Grund war, weshalb Gherkin den Schatten verfallen ist? Auf gar keinen Fall. Die Schatten scheren sich nicht um Recht oder Unrecht oder menschliche Gesetze. Alles, wonach sie trachten, ist den Menschen ihr Lebenslied zu rauben.«

»Wieso haben sie dann die Bannkreise gebrochen?«

Larkin hatte diese Frage gefürchtet und er fühlte bereits, wie ihm die Schamesröte in die Wangen stieg, bevor er etwas dagegen tun konnte. »Weil ich meine Pflicht vernachlässigt habe, so einfach ist das«, sagte er leichthin. »Die Zauber müssen regelmäßig gestärkt werden, damit die Schatten sich nicht befreien können. Das ist die Aufgabe des jeweiligen Hüters. Und ganz offensichtlich habe ich in meiner Aufgabe versagt.«

Larkin versuchte, sich nicht anmerken zu lassen, dass er noch immer zutiefst entsetzt über sein eigenes Versagen war. Vielleicht steckte in Tildas Anschuldigungen doch ein Körnchen Wahrheit. Larkin konnte sich nur schwerlich vorstellen, dass seine Mutter oder irgendeine Hüterin vor ihr jemals die Schatten hatte entkommen lassen. Seele des Waldes, wenn er sich nur nicht so schwach fühlen würde. Und er hatte es allmählich satt, jedes Mal mit einem schmerzenden Schädel aufzuwachen.

Der Kuss kam aus heiterem Himmel und traf Larkin völlig unvorbereitet. Kians Lippen waren rau und eiskalt und lösten sich viel zu schnell wieder von Larkins.

»Du hast nicht versagt«, sagte Kian ernst. »Und du hast deine Pflicht getan, indem du die Schatten erneut gebannt hast. Niemand ist zu Schaden gekommen.« Ein Schatten legte sich bei seinen letzten Worten über sein Gesicht und Larkin konnte sich denken, was dem Prinzen durch den Kopf ging.

»Es geht ihr gut. Ich verspreche es dir.«

Kian nickte nur. »Wirst du in der Lage sein aufzubrechen?«, fragte er und warf Larkin einen kurzen Blick aus dem Augenwinkel zu.

Larkin nahm Kians Gesicht in beide Hände und wartete, bis Kian ihn endlich ansah, bevor er ihn küsste. »Es geht mir gut. Mach dir keine Sorgen. Bitte.«

Kian nickte wieder, bevor er sich ohne ein weiteres Wort umdrehte und ins Freie kroch.

Larkin musste die Augen mit einer Hand abschirmen, als er unter dem Schutz der Tannenzweige hervorkam und ihm der unerwartet grelle Schein des Schnees in die Augen stach.

»Wo ist das Pferd?«, fragte er, als er es nirgendwo entdecken konnte.

»Fort«, erwiderte Kian knapp.

»Fort? Aber … oh.« Larkins Augen weiteten sich, als ihm aufging, was das bedeuten musste. »Es tut mir leid«, flüsterte und legte Kian eine Hand auf den Arm.

Kian zuckte nur mit den Achseln und starrte in die Ferne.

Larkin wusste, wie sehr Kian an seiner Stute gehangen hatte. Schließlich war sie es gewesen, die Kians verwundeten Leib bis in den Schattenwald getragen hatte und ihm damit das Leben gerettet hatte. Seele des Waldes, warum hatte er nicht an das Pferd gedacht, als er seinen Schutzzauber gewirkt hatte? Aber nun war es zu spät. Selbst wenn die Stute den Schatten entkommen wäre, würde sie im Wald nicht lange überleben. Die Magie schützte keine Tiere, die sich in die Tiefen des Waldes verirrten.

»Es war nicht recht von mir, dich in mein ehrloses Treiben zu verwickeln«, sagte Kian unvermittelt. Larkin warf ihm einen verwirrten Blick zu, doch Kians Augen waren noch immer stur geradeaus gerichtet, als hielte der Wald ein Geheimnis, das er zu ergründen suchte. »Ich hätte niemals diesen ersten Kuss von dir stehlen dürfen.«

»Stehlen?«, wiederholte Larkin ungläubig und runzelte die Stirn. »Ist dies noch immer wegen der Schatten? Kian, ich schwöre dir, dass …«

Doch Kian brachte ihn mit einer erhobenen Hand zum Schweigen und wandte ihm das Gesicht zu.

»Nein, ich fürchte nur …« Er zog die Augenbrauen zusammen und schien sich innerlich zu wappnen, bevor er Larkins Blick begegnete. »Larkin, das Gesetz verdammt unser … mein Tun und mein Vater … Bei allen Geistern, er würde mich umbringen, wenn er je von uns erführe.«

»Sicherlich würde er nichts dergleichen tun. Du bist sein Sohn«, erwiderte Larkin und verschränkte die Arme vor der Brust. Die Wunden in seiner Schulter ziepten noch etwas, schienen jedoch langsam abzuheilen.

Kian lachte freudlos. »Du kennst meinen Vater nicht«, murmelte er und wandte den Blick ab.

Larkin nahm Kians Gesicht zwischen beide Hände, bis dieser ihm endlich wieder in die Augen sah. »Glaubst du, dass es verboten sein sollte?«, fragte Larkin leise und legte Kian eine Hand auf die Schulter.

Kian nahm einen tiefen Atemzug und legte seine Hand über Larkins. »Sollte wahre Liebe verboten sein, wenn es wirklich das ist, was uns verbindet?«, murmelte er und schüttelte langsam den Kopf. »Ich weiß es nicht. Larkin, ich … Ich hatte mich bereits damit abgefunden, dem Willen meines Vaters Folge zu leisten und die Frau zu ehelichen, die er für mich erwählt hatte, doch nun …« Er ließ den Kopf hängen. »Ich wollte dir diese Last niemals aufbürden.«

Larkin legte Kian einen Finger auf die Lippen und schüttelte den Kopf. »Nicht«, sagte er mit einem Lächeln. »Falls es dir entgangen sein sollte, ich bin keine hilflose Maid, die blind deinen Reizen erlegen ist, sondern ein erwachsender Mann, der seine eigenen Entscheidungen treffen kann. Seele des Waldes, Kian, ich bin älter als du!«

Kian hob nur eine Augenbraue und erwiderte trocken, »Um wenige Monate, wenn ich mich recht entsinne.«

Larkin lachte leise und machte einen Schritt auf Kian zu, bis sie sich fast berührten, bevor er seine Stirn gegen Kians sinken ließ. Kians Arm legte sich warm auf seinen Rücken.

»Wir werden einen Weg finden«, murmelte Larkin. »Ich bin ein Hexer, Kian. So schwer kann es schon nicht werden, nicht wahr?«

13

Larkin staunte nicht schlecht, als der Wald sich bereits nach wenigen Schritten lichtete und den Blick auf die gewaltige Eiche freigab, in deren Wurzeln der Eingang zu dem geheimen Hohlweg verborgen lag. Er betrachtete Rhis mit einem Stirnrunzeln. Kian konnte den Weg unmöglich allein gefunden haben und daran, dass die Geister seine Schritte gelenkt hatten, glaubte Larkin erst recht nicht. Rhis hob den Kopf und begegnete Larkins Blick mit einem Zähnefletschen, als hätte er Larkins Gedanken gehört. Dann nieste er und trottete schnurstracks auf den Eingang zum Hohlweg zu.

Larkin seufzte. Der Drache war ein einziges Rätsel, selbst wenn sein Lied seltsam vertraut klang.

»Was ist?«, fragte Kian. Hätte Larkin ihn nicht so gut gekannt, hätte er die Erschöpfung in seiner Stimme wohl kaum bemerkt.

»Nichts. Es ist nicht mehr weit«, murmelte er und zwang sich zu einem Lächeln. Eine Stunde würden sie durch den Hohlweg nach Fengard brauchen, vielleicht ein wenig länger, bedachte man, wie erschöpft sie beide waren.

Kian nickte nur, doch sein Griff um Larkins Taille wurde ein weniger fester.

Sie mussten über einige Wurzeln klettern, bis sie endlich auf dem Grund des Hohlwegs standen. Es war, als wären sie in eine andere Welt hinabgestiegen. Das Licht wirkte anders und selbst die Magie klang fremdartig. Larkin hatte niemals herausgefunden, wie genau sie wirkte. Vielleicht führte er tatsächlich durch eine andere Welt, in der der Weg nach Fengard statt in einer Woche in einer guten Stunde zu bewältigen war.

Die fremde Magie zehrte an Larkin und es fiel ihm schwer, die harschen Töne auszublenden. Er war dankbar für Kians Arm um seine Taille und lehnte sich müde gegen seinen Freund.

»Du bist erschöpft«, sagte Kian, während er argwöhnisch das Wurzelwerk zu beiden Seiten des Weges beäugte. »Wir können noch eine Weile rasten.«

Larkin schüttelte den Kopf. »Ich verspreche dir, es ist nicht weit.«

Kian warf ihm einen langen Blick zu. »Wir sind noch immer im Wald, Larkin. Ohne Pferd werden wir Tage brauchen, bis wir endlich dort sind.«

Larkin lächelte schwach. »Auf gewöhnlichem Wege ja. Doch ich versprach dir einen kürzeren Weg, nicht wahr?«

Kian sagte nichts darauf, sondern zog es vor zu schweigen.

Der Weg schien diesmal viel länger zu sein, als Larkin ihn in Erinnerung hatte, und seine Beine zitterten vor Müdigkeit, als sich das Licht endlich aufhellte und sie in einen kleinen Buchenhain hinaustraten.

Der Hain lag direkt am östlichen Ufer des Nebelflusses, kaum eine Meile südlich von Fengard. Die Überraschung zeichnete sich deutlich auf Kians Gesicht ab, als er endlich erkannte, wo sie sich befanden und blickte einige Male verwirrt zwischen dem Felsen, auf dem die Burg von Fengard weithin sichtbar thronte, und dem Hain in ihrem Rücken hin und her.

»Wie ist das möglich?«, fragte er schließlich.

»Magie«, erwiderte Larkin mit einem müden Lächeln.

Er war mehr als dankbar, als Kian in der Stadt, die sich an den Fuß des Felsens schmiegte, zwei Pferde für sie auftrieb, auch wenn der Sattel ihm wieder die Beine wund rieb. Seele des Waldes, er konnte es kaum erwarten, endlich ein heißes Bad zu nehmen.

Kian schien seine Gedanken erraten zu haben, denn er wies einen Diener an, Larkin ein Zimmer zu richten und ein Bad zu bereiten, nachdem sie endlich die Burg erreicht hatten, die hoch oben auf dem Felsen thronte. Ein Stallbursche erschien wie aus dem Nichts an Kians Seite und nahm ihm die Zügel der beiden Pferde ab.

»Du brauchst nicht dabei zu sein, während ich mich mit meinem Vater bespreche«, erklärte Kian und Larkin fragte sich, woher der Mann nach allem, was er durchgemacht hatte, noch die Kraft nahm, sich um seine hoheitlichen Pflichten zu kümmern. Larkin konnte nicht einmal mehr klar denken, geschweige denn einen vernünftigen Satz formen. Dabei war er derjenige gewesen, der die letzten beiden Tage mit Schlafen verbracht hatte. Dennoch fühlte er sich noch immer schwach und völlig zerschlagen. Es würde wohl eine Weile dauern, bis er wieder im Vollbesitz seiner Kräfte wäre.

Kians Hand schnellte vor und ergriff Larkin am Arm, als dieser vor Müdigkeit schwankte. Larkin hätte sich zu gern gegen den Prinzen gelehnt, wagte es jedoch nicht angesichts all der neugierigen Augen, die sie mit Sicherheit beobachteten.

»Ich will, dass du dich endlich ausruhst und deine Verletzungen auskurierst«, sagte Kian mit gedämpfter Stimme. »Nimm den Drachen mit. Wirst du es bis auf dein Zimmer schaffen?«

Larkin nickte benommen. Solange ein heißes Bad ihn für seine Mühen entschädigen würde, könnte er sicherlich noch ein paar Schritte auf seinen eigenen Beinen zurücklegen.

Ein Diener kam, um Larkin den Weg zu weisen. Die Augen des Mannes weiteten sich ungläubig, als sein Blick auf den Drachen fiel, der neben Larkin saß und alles aus neugierigen Augen musterte. Auf ein Nicken des Prinzen jedoch riss der Diener seinen Blick von dem Tier los und würdigte es keines weiteren Blickes, während er Larkin durch den Palast führte.

Das heiße Bad wartete bereits auf ihn, als der Diener endlich eine Tür öffnete und Larkin mit einer Verbeugung eintreten ließ. Larkin konnte den Mann gar nicht schnell genug loswerden und wies all seine Bemühungen zurück, ihm beim Auskleiden zu helfen, bis der Diener ihn endlich – endlich! – allein ließ.

Rhis hatte den Kopf über den Rand des Zubers gesteckt und starrte wie gebannt in das dampfende Wasser.

»Wage es ja nicht!«, drohte Larkin und scheuchte den Drachen fort, bevor das Tier Anstalten machen konnte, ihm das wohlverdiente Bad zu stehlen.

Er hatte sich gerade die Stiefel von den Füßen gezogen, als es an der Tür klopfte. Larkin schloss müde die Augen. Was wollten die Diener jetzt wieder von ihm?

Unwirsch bat er den unwillkommenen Besucher einzutreten und warf dem Diener einen finsteren Blick zu, der ein wenig unsicher auf der Türschwelle verharrte.

»Meister Larkin?«, fragte der Diener knapp.

Larkin nickte.

»Der König wünscht, Euch zu sehen.«

Mit einem Stöhnen vergrub Larkin das Gesicht in den Händen. Da ging es dahin, sein schönes Bad. Seele des Waldes, was konnte nur so wichtig sein, dass der König ihn sehen wollte? Für einen Augenblick war er fast versucht, den Diener wieder fortzuschicken und sein Bad trotzdem zu nehmen.

Doch einen König ließ man nicht warten, nicht einmal, wenn er einem etwas schuldig war.

»Das ist alles deine Schuld«, sagte Larkin zu dem Drachen, der ihn aus silbernen Augen anstarrte. Rhis bleckte die Zähne, als wollte er sich über Larkin lustig machen.

Larkin streckte dem Drachen die Zunge heraus und zog sich mit einem Seufzen die klammen Stiefel wieder an. Je eher er die Sache hinter sich brachte, desto schneller konnte er endlich sein Bad nehmen.

Der Diener führte Larkin in ein prunkvolles Zimmer, in dem sogar die Balken mit aufwendigen Schnitzereien versehen waren. Der König saß hinter einem wuchtigen Schreibtisch aus dunklem, poliertem Holz und betrachtete seinen Sohn mit gerunzelter Stirn, der mit dem Rücken zu ihm vor dem Kamin stand und mit grimmiger Miene in die Flammen starrte, die Arme vor der Brust verschränkt. Die Spannung im Raum war regelrecht greifbar und Larkin konnte es dem Diener nicht verdenken, dass er nach einer respektvollen Verbeugung schleunigst das Weite suchte.

Kian blickte auf, als Larkin das Zimmer betrat, und ein um Verzeihung heischender Ausdruck trat in die dunklen Augen.

»Euer Majestät.« Larkin ließ sich vor dem König auf ein Knie sinken, den Kopf gesenkt und versuchte, das ungute Gefühl abzuschütteln, das ihn beim Betreten des Raumes beschlichen hatte.

»Erhebt Euch, Meister Larkin«, befahl der König.

Für einen Moment musste Larkin mit dem Gleichgewicht kämpfen, nachdem er sich erhoben hatte, die Finger gegen die Schläfen gepresst, die Lider fest geschlossen. Eine Hand ergriff ihn am Arm, bevor er sich wieder gefasst hatte.

»Setz dich«, sagte Kian leise und führte Larkin zu einem reich verzierten Stuhl, der fürchterlich unbequem war, doch Larkin wollte sich nicht beschweren. Seele des Waldes, er war zum Umfallen müde. Rhis presste sich gegen seine Beine und legte den Kopf in seinen Schoß. Larkin tat dem Drachen den Gefallen und kraulte ihn an der Schnauze.

Die Spannung im Raum schien noch weiter angestiegen zu sein und Larkin entgingen die kühlen Blicke nicht, die zwischen Vater und Sohn ausgetauscht wurden. Er wünschte sich mit einem Mal, er hätte auf Kian gehört und wäre daheim in seinem Wald geblieben. Klara hätte ihn sicherlich noch ein paar Tage beherbergt.

Nun, er konnte nicht mehr zurück, sondern hoffte, dass seine Entscheidung niemanden den Kopf kosten würde.

»Verzeiht, dass ich Euch von Eurer Nachtruhe abhalte, Meister Larkin«, begann der König, lehnte sich in seinem Stuhl zurück und musterte den Drachen, die Fingerspitzen beider Hände aneinandergelegt. »Doch ich wollte meinem Sohn die Mär nicht glauben, die er mir da von einem gezähmten Drachen erzählte.« Er warf seinem Sohn einen amüsierten Blick zu. »Doch wie mir scheint, muss ich dich um Verzeihung bitten, Sohn. Ein leibhaftiger Drache in meinem Schloss, wer hätte das gedacht.« Er beugte sich vor und für einen Moment hatte Larkin das Gefühl, einem Raubvogel gegenüberzusitzen, als er dem scharfen Blick des Königs begegnete. »Sagt mir, Hexenmeister, mit welchem Bann habt Ihr das Tier gefügig gemacht?«

Larkin schluckte schwer und starrte auf Rhis herab, der im selben Moment den Kopf hob, um ihn anzublicken. Die Schnauze verzog sich zu dem gewohnten Raubtiergrinsen, bevor der Drache von Larkins Schoß glitt und lautlos wie eine Katze auf den König zu schlich. Mit einem gewaltigen Satz, der alle Anwesenden überraschte, sprang er auf den Schreibtisch und starrte den Monarchen mit schräggelegtem Kopf und gebleckten Zähnen an.

»Rhis«, zischte Larkin erschrocken, »benimm dich!«

Rhis streckte sich einmal, wobei er dem Gesicht des Königs gefährlich nah kam, und ließ sich dann mit einem herzhaften Gähnen auf seine Hinterbeine fallen, während er den König die ganze Zeit über im Blick behielt, als wollte er den Mann prüfen.

Der König betrachtete den Drachen aus schmalen Augen, ehe er Larkin mit neuem Interesse musterte.

»Nun, Hexenmeister, genug der Spielereien«, sagte er, als hätte Larkin ihm gerade ein Spielzeug vorgeführt. »Wie ist es Euch gelungen, einen leibhaftigen Drachen zu zähmen?«

»Mit Verlaub, Euer Majestät, ich fürchte, ich kann Euch diese Frage nicht beantworten. Es ist wahr, dass ich ihn zähmen wollte, doch folgt er mir aus eigenem Willen«, erklärte Larkin mit einem Seitenblick auf den Drachen.

»Und Ihr erwartet, dass ich Euch diese Mär glaube?«, entgegnete der König mit Zweifel im Blick. »Ihr müsst zugeben, dass es allzu phantastisch klingt. Drachen sind bekanntermaßen keine Schoßtiere.«

Larkin unterdrückte ein Seufzen. »Ich vermute, dass er nur wenige Tage alt war, als wir ihn fanden. Es liegt nahe, dass er mich als eine Art … Ersatz für seine Mutter gesehen hat.«

»Schon so manch einer hat auf diese Art und Weise ein Wolfsjunges gezähmt, Vater«, mischte der Prinz sich ein. »Die Welpen gewöhnen sich an den Menschen.«

Der König hob eine Braue und verschränkte die Arme vor der Brust. »In der Tat. Nur warum, so frage ich mich, ist es bisher niemandem sonst gelungen, einen Drachen zu zähmen, wenn es so einfach sein soll? Ich weiß, dass meine Magier bereits mehr als ein Drachenei in ihre Hände bekommen haben.«

Larkin zuckte zusammen, als der Drache dem König ins Gesicht nieste. Seele des Waldes, warum hatte er den Drachen nicht auf seinem Zimmer gelassen?

»Du weißt, dass Larkin kein gewöhnlicher Magier ist«, sagte Kian.

Der König wischte sich mit einem Taschentuch über das Gesicht und starrte seinen Sohn einige Augenblicke lang abschätzend an. »In der Tat«, sagte er schließlich, bevor er seine Aufmerksamkeit auf Larkin richtete. »Meister Larkin, mein Sohn erzählt mir, dass Ihr ihm abermals den Hals gerettet habt. Mehrfach, wie es scheint, und unter Einsatz Eures Lebens. Ist das so?«

Larkin fragte sich, was der König mit seinen Fragen bezweckte und konnte sich des Gefühls nicht erwehren, dass ihm das Schlimmste noch bevorstand. Seele des Waldes, das nächste Mal würde er auf Kian hören, wenn er allein reisen wollte. Er war nicht gemacht für das Leben bei Hofe mit all seinen Ränken und versteckten Anspielungen.

»Ja, Euer Majestät«, antwortete er leise. »So wie er das meine gerettet hat.«

Die Antwort schien den König ehrlich zu überraschen, denn eine dunkle Braue schoss in die Höhe, während er seinem Sohn mit neuem Interesse musterte.

»Ist das so?«, fragte er mit undurchdringlicher Miene, bevor er sich in seinem Stuhl zurücklehnte und seine Aufmerksamkeit erneut auf Larkin richtete. »Nun denn. Wie mir scheint, stehe ich abermals in Eurer Schuld«, sagte er mit einem Seufzen. »Doch etwas sagt mir, dass Ihr meine Belohnungen auch diesmal ausschlagen werdet, habe ich Recht, Hexenmeister?«

Larkin wurde zunehmend unwohl unter dem durchdringenden Blick des Königs. »Ich danke Euch für Eure Großzügigkeit, Euer Majestät, doch ich habe alles, was ich zum Leben benötige.«

»Ist das so?« Die Augen des Königs verengten sich zu schmalen Schlitzen. »Nicht einmal die Hand meiner Tochter wollt Ihr annehmen?«

Es kostete Larkin all seine Beherrschung, seine Augen nicht zu Kian wandern zu lassen, sondern stattdessen dem Blick des Königs standzuhalten.

»Ihr ehrt mich, Euer Majestät, doch ich verlange keine Belohnung für meine Taten.«

Das Lächeln des Königs erinnerte Larkin ein wenig an Rhis' gefletschte Zähne und aus irgendeinem Grund hatte er das Gefühl, dem Mann direkt in die Falle gegangen zu sein.

»Nein?«, sagte der König, während sein Blick langsam von Larkin zu Kian wanderte. »Nun, Meister Larkin, vielleicht hätte ich Euch besser die Hand meines Sohnes anbieten sollen?«

Für etliche Augenblicke war das Knacken der Holzscheite im Kamin das einzige Geräusch im Raum. Nicht einmal Kian gab einen Laut von sich, doch aus dem Augenwinkel konnte Larkin sehen, wie sein Gesicht alle Farbe verlor.

Larkin selbst konnte den König nur fassungslos anstarren, sein Kopf wie leergefegt, die Brust so eng, dass ihm das Atmen schwerfiel. Kians Worte klangen ihm wieder im Ohr.

Mein Vater würde mich umbringen.

Doch wenn der König nur glaubte, Larkin hätte ein Auge auf seinen Sohn geworfen und nicht umgekehrt …

»Sag mir eins, Sohn«, brach der König schließlich die unheilverkündende Stille und machte mit seinen nächsten Worten Larkins Hoffnungen zunichte, »hattest du vor, mir von deiner heimlichen Liebschaft zu erzählen?«

Larkin drehte sich der Magen um und der Boden begann unter ihm zu schwanken. Es konnte nicht sein, der König konnte es unmöglich wissen, Larkin musste sich verhört haben.

Doch Kians schreckensbleiches Gesicht und die grimmige Miene des Königs sprachen eine andere Sprache.

»Nun, hast du gar nichts dazu zu sagen, *Sohn*?« Er spuckte das letzte Wort förmlich aus wie einen Fluch. Rhis, der bisher ruhig auf dem Schreibtisch gesessen hatte, stieß ein verärgertes Zischen aus, sprang von dem wuchtigen Tisch und presste sich geradewegs zwischen Kians Beine, den langen Schwanz um Kians rechtes Bein gewickelt, als wollte er ihn stützen.

Larkin war zu keinem klaren Gedanken mehr fähig. Es kam ihm nicht einmal in den Sinn, die ganze Angelegenheit zu leugnen. Schatten und Verdammnis, warum war er nicht bei Klara geblieben?

»Ich werde abdanken«, erklärte Kian mit erstaunlich ruhiger Stimme.

Larkin hatte das Gefühl, jeden Moment in Ohnmacht fallen zu müssen.

»Kian, nein!«, rief er, die Stimme nicht mehr als ein tonloses Ächzen. Er konnte nicht zulassen, dass Kian einen solchen Fehler beging. Wenn es sein musste, würde Larkin die Schuld auf sich nehmen.

Der brennende Blick des Königs ließ Larkin augenblicklich alles vergessen, was ihm vorher noch durch den Kopf gegangen war, und er zog eingeschüchtert den Kopf ein.

»Du willst abdanken?« Die Stimme des Königs war hart wie Stahl und jagte Larkin einen Schauer über den Rücken.

Der Prinz nickte stumm.

Der König schürzte abfällig die Lippen. »Du willst Boren den Thron überlassen und alles im Stich lassen, wofür du dein Leben lang gearbeitet hast, willst dein *Volk* im Stich lassen aus Liebe zu einem *Mann*?«

Kians Gesicht nahm eine gräuliche Färbung an, doch er erwiderte den Blick seines Vaters mit grimmiger Entschlossenheit. »Wenn das Volk mich nicht akzeptiert, wie ich bin, so bin ich vielleicht nicht der richtige König für dieses Land.«

»Du bist ein Narr, Kianéran, wenn du glaubst, dass dies …«, der König machte eine wegwerfende Handbewegung in Richtung Larkin, »Liebe ist.«

»Vater, ich –«

»Schweig!«, donnerte der König und beugte sich vor, die Arme auf dem Tisch abgestützt. »Ich will nichts mehr von diesem Irrsinn hören. In früheren Zeiten hätten sie Männer wie euch zu Tode gepeitscht und gevierteilt.«

Larkin steckte den Kopf zwischen die Beine, als der Schwindel übermächtig wurde und presste sich gegen die Übelkeit die Hand auf den Mund. Gevierteilt? Sicherlich wollte der König nicht seinen eigenen Sohn vierteilen lassen!

»Wenn ich mich recht entsinne«, erklärte der König weiter, sein Tonfall plötzlich gelangweilt, als würde er über das Wetter reden, »setzte mein Großvater das Strafmaß auf vierzig Peitschenhiebe und Tod durch den Strang fest.«

Für einen Moment wurde Larkin schwarz vor Augen. Als er wieder zu sich kam, fand er sich auf dem Boden liegend wieder, mit einer Drachenschnauze im Gesicht.

»Bleib, wo du bist, Kianéran«, befahl der König mit schneidender Stimme.

Die Tür öffnete sich und ein Diener betrat den Raum. »Majestät?«

»Meister Larkin fühlt sich nicht wohl. Geleitet ihn zu seinen Gemächern und sorgt dafür, dass er alles hat, was er braucht«, erwiderte der König.

Larkin blinzelte verwirrt, als der Diener ihm wieder auf die Beine half. Es war derselbe Mann, der ihn zuvor auch hierhergebracht hatte. Larkin wandte sich um und begegnete dem stählernen Blick des Königs.

»Ich wäre Euch verbunden, wenn Ihr dafür sorgen würdet, dass Euer Schoßtier nichts in Brand steckt«, sagte der König mit undurchdringlicher Miene.

Larkin nickte benommen. Hatte er alles nur geträumt? War er ohnmächtig geworden und hatte sich nur eingebildet, dass der König …

Ein Blick in Kians totenbleiches Gesicht genügte, um Larkin davon zu überzeugen, dass er sich das Ganze nicht bloß eingebildet hatte und der König Bescheid wusste.

Der niedergeschmetterte Ausdruck in den dunklen Augen des Prinzen sollte ihn bis in seine Träume verfolgen.

14

Larkin war sich sicher, dass es in seinem Leben keine schrecklichere Nacht als die vergangene gegeben hatte. Nicht einmal die Nächte während ihrer Reise in eisiger Kälte und auf dem harten, schneebedeckten Boden waren annähernd so furchtbar gewesen.

Albtraum hatte sich an Albtraum gereiht, Schreckensbilder von Folter, Blut und Tod, während ihn die Schatten selbst zu verhöhnen schienen und ihm die Worte des Königs unermüdlich zuflüsterten: *Gevierteilt, Tod durch den Strang, zu Tode gegeißelt …*

Wann immer er aus dem Schlaf geschreckt war, hatte er mit klopfendem Herzen in die Stille gelauscht und erwartet, jeden Moment die Schritte der Wachen hören zu müssen, die ihn aus dem Bett zerren und zu seiner Hinrichtung schleppen würden.

Er konnte sein Glück kaum fassen, als der Morgen endlich graute und er noch immer unbehelligt und vor allem lebendig war. Wie es wohl Kian ergangen war? Larkin wollte nicht an die schrecklichen Bilder denken, die ihm seine Träume vor Augen gemalt hatten, doch kamen sie bei dem Gedanken an den Prinzen ungebeten.

Mit einem Satz war Larkin aus dem Bett, was ihm einen missbilligenden Blick von Rhis einbrachte, und schlüpfte in seine Kleider, die er am Abend zuvor achtlos auf einen Stuhl geworfen hatte. Eine Nacht hatte gereicht, dass ihm das prachtvoll eingerichtete Gemach wie ein Gefängnis vorkam, eine Zelle, in der er auf seinen Tod wartete.

Von einer stetig wachsenden Unruhe getrieben, warf Larkin sich einen Mantel über, um Hals über Kopf und mit einem übellaunigen Drachen auf den Fersen den engen Wänden zu entfliehen. Trotz der frühen Stunde herrschte bereits emsiges Treiben auf den Fluren. Diener huschten eilig hin und her, von denen einige erschrocken innehielten, als sie den Drachen bemerkten oder sogar auf dem Absatz kehrtmachten, sobald sie ihn auf sich zukommen sahen.

Die Reaktion der Dienerschaft trug nicht gerade dazu bei, Larkins düstere Stimmung zu heben. Tief in Gedanken versunken wanderte er ziellos dahin, bis er bemerkte, dass er sich in dem Gewirr von Gängen hoffnungslos verirrt hatte und sich weder an den Weg nach draußen noch an den zurück zu seinen Gemächern erinnern konnte.

Er warf Rhis einen bösen Blick zu. »Das ist alles deine Schuld.«

Der Drache besaß die Unverfrorenheit das Maul zu einem breiten Grinsen zu verziehen, bei dem er seine Reißzähne wirkungsvoll zur Schau stellte. Eine Dienerin, die just in diesem Augenblick ihren Weg kreuzte, stieß einen erstickten Schrei aus, ließ die Laken fallen, die sie in der Hand gehalten hatte, und rannte mit schreckensbleicher Miene davon.

Larkin verdrehte die Augen zur Decke und schüttelte den Kopf. Warum nur hatte er es für eine gute Idee gehalten, den Prinzen zurück zum Schloss zu begleiten? Nichts als Ärger hatte es ihm eingebracht. Was für ein Narr er doch war.

Rhis stieß Larkin die Schnauze gegen die Beine und riss ihn so aus seinen finsteren Gedanken. Nach einem erwartungsvollen Blick wandte der Drache sich um und trottete zurück in die Richtung, aus der sie soeben gekommen waren. Als Larkin jedoch keine Anstalten machte, dem Tier zu folgen, blieb Rhis stehen, warf dem Hexer einen Blick aus seinen silbrigen Augen zu und zischte ungeduldig.

»Wo willst du hin?«, fragte Larkin, die Arme vor der Brust verschränkt. Der Drache schürzte die Lippen und Larkin fragte sich, ob das Tier ihn wohl verspottete. Der lange Blick, mit dem Rhis ihn bedachte, deutete darauf hin, dass der Drache den Hexer für einen ausgemachten Dummkopf hielt.

Larkin schüttelte den Kopf über seine seltsamen Gedankengänge und setzte sich widerstrebend in Bewegung. »Also schön, ich weiß ohnehin nicht, wo wir sind«, murmelte er.

Rhis bleckte die Zähne in einem weiteren Grinsen und trottete voraus.

Zu Larkins großer Überraschung führte Rhis sie geradewegs in die königlichen Gärten, die zwar ebenso unter einer weißen Schneedecke begraben lagen, wie der Rest der Welt, jedoch wunderbar menschenleer waren.

Larkin nahm einen tiefen Atemzug in der eisigen Winterluft und streichelte dem Drachen den Kopf. »Gut gemacht, Kleiner. Ich hätte niemals hier herausgefunden«, gestand er leise.

Der Drache gab ein zufriedenes Brummen von sich, bevor er wie ein übermütiger Welpe in den Schnee sprang und ausgelassen herumzutollen begann. Es sah aus, als würde ein kleiner, weißer Wirbelsturm durch den Garten fegen.

Larkin schüttelte lachend den Kopf. Er hatte beinahe vergessen, dass der Drache noch ein Jungtier war, vermutlich nicht mehr als ein paar Wochen alt. Es war kaum zu glauben, dass das Tier dennoch ein solches Verständnis an den Tag brachte. Ohne Rhis hätte Kian nicht eine Stunde im Schattenwald überlebt, dessen war sich Larkin sicher.

Die eisige Luft half Larkin dabei, die Schatten der Nacht abzuschütteln und seine wirbelnden Gedanken zu beruhigen. Fast verspürte er selbst das Bedürfnis, mit dem Drachen im Schnee herumzutollen.

»Baust du mit mir einen Schneemann?«

Im ersten Moment glaubte Larkin fast, die Geister würden sich einen Spaß mit ihm erlauben, bis er die kleine Gestalt hinter sich entdeckte, die ihn mit großen, blauen Augen hoffnungsvoll ansah.

»Prinzessin!« Larkin ließ sich auf ein Knie sinken und streckte die Arme nach dem kleinen Mädchen aus, das in dicke Wollkleider gehüllt wie ein Kobold aus dem Nichts aufgetaucht zu sein schien. Prinzessin Luisien war seit seinem letzten Besuch ein Stück gewachsen, jedoch noch immer recht klein für ihr Alter und – so schien es – noch immer derselbe kleine Wildfang.

Mit einem glockenhellen Lachen fiel ihm das Mädchen in die ausgestreckten Arme. Vielleicht schickte es sich nicht für einen einfachen Hexer, eine Prinzessin zu umarmen, doch Larkin beschloss, dass es ihm in diesem Augenblick völlig gleich war. Weit und breit war keine Menschenseele zu sehen und selbst wenn, er war ohnehin ein verurteilter Mann, was würde da ein Verbrechen mehr oder weniger schon ausmachen?

»Prinzessin, was macht Ihr hier draußen, so ganz allein?«, fragte er streng.

Ein Blick durch den verschneiten Garten überzeugte Larkin davon, dass er mit seiner Vermutung richtiglag und das Mädchen ohne Aufpasser gekommen war. Er konnte sich kaum vorstellen, dass das Kind einfach so sich selbst überlassen wurde.

Die Prinzessin zog einen Schmollmund und starrte betreten zu Boden. »Versprecht Ihr, dass Ihr mich nicht verratet?«, fragte sie und warf Larkin einen verstohlenen Blick aus dem Augenwinkel zu, bei dem er das Lachen kaum zurückhalten konnte.

»Lasst mich raten … Seid Ihr vielleicht ausgebüchst?«

Luisiens Kopf fuhr in die Höhe und sie sah ihn mit kindlichem Erstaunen an. »Woher wisst Ihr das?«

Larkin rieb sich nachdenklich das Kinn. »Hm, vielleicht, weil Eure Gouvernante nirgends zu sehen ist und Ihr den Mantel verkehrt herum tragt?«

Die Prinzessin blickte an sich herab, bevor sie zu kichern anfing. »Oh, ich musste mich beeilen, sonst hätte sie mich erwischt. Können wir nun einen Schneemann bauen?« Die blauen Augen leuchteten.

Larkin richtete dem kleinen Mädchen lachend den Mantel, zog ihr den Schal enger um den Hals und die Mütze richtig über die Ohren. »Natürlich können wir das.«

Rhis suchte sich diesen Moment aus, um sich zu ihnen zu gesellen und das Mädchen neugierig zu beäugen.

Luisien schien nicht die geringste Angst vor dem kleinen Drachen zu haben, sondern hielt ganz still, als das Tier sich ihr mit bebenden Nüstern näherte, bis die beiden fast Nase an Nase waren.

Die Prinzessin kicherte leise. »Darf ich ihn streicheln?«, flüsterte sie, die Augen unverwandt auf Rhis gerichtet.

»Nur zu«, sagte Larkin mit einem belustigten Lächeln, richtete sich aus Rücksicht auf seinen noch immer ein wenig empfindlichen Schädel ein wenig langsamer als gewöhnlich auf und klopfte sich den Schnee von den Hosen.

»Gehört er Euch?«, fragte die Prinzessin und lachte im nächsten Moment, als Rhis seine Nase gegen ihre Brust stieß.

»Ich glaube, er gehört nur sich selbst«, erwiderte Larkin und betrachtete den kleinen Drachen gedankenverloren. Er war sich immer noch nicht sicher, was Rhis dazu bewogen hatte, Larkin zu folgen. Doch er hegte keinen Zweifel daran, dass der Drache einzig seinem eigenen Willen folgte und sich von nichts und niemandem zähmen lassen würde.

Nachdem sie sich eine Weile mit dem Drachen vergnügt hatte, griff die kleine Prinzessin vertrauensvoll nach Larkins Hand, um ihn hinter sich herzuziehen.

»Jetzt bauen wir einen Schneemann!«, verkündete sie feierlich, woraufhin sich Larkin ein Schmunzeln nicht verkneifen konnte.

»Wie Ihr wünscht, Prinzessin«, sagte er mit einer Verbeugung.

Er sah den Mann niemals kommen.

In einem Moment stand er da und scherzte mit der Prinzessin, im nächsten krachte er mit voller Wucht gegen die Schlossmauer, sodass ihm schwarz vor Augen wurde und er zu keinem klaren Gedanken mehr fähig war.

Aus weiter Ferne hörte er einen spitzen, kindlichen Schrei und etwas, das verdächtig wie ein Knurren klang, doch konnte er sich beim besten Willen keinen Reim darauf machen.

»Was hast du mit meiner Schwester zu schaffen?«, erklang eine hasserfüllte Stimme an Larkins Ohr. Sein Kopf wurde ihm brutal in den Nacken gerissen und er spürte eine scharfe

Klinge an seiner Kehle. Er blinzelte gegen den Schwindel, der ihm die Sicht trübte. Blut lief ihm über die Stirn ins linke Auge.

Seele des Waldes, er musste etwas tun.

»Schwester?«, murmelte er benommen.

»Lass ihn los, Boren, lass ihn los! Du tust ihm weh!« Luisiens Stimme war so schrill, dass sie Larkin in den Ohren wehtat.

»Nicht jetzt, Luisien. Zurück ins Schloss mit dir, ich werde dafür sorgen, dass er dir nichts tut«, sagte der Mann, der Larkin hart gegen die Mauer presste. Schwester … Larkins Gedanken flossen träge dahin. Es klang fast so, als wäre der Mann Luisiens Bruder. Larkin konnte sich nicht daran erinnern, ihn jemals getroffen zu haben.

Er hörte ein wütendes Knurren und das Schwert schnitt tiefer in seinen Hals, als der Mann fluchte und sich ruckartig hinter ihm bewegte. Ein schmerzerfülltes Zischen erklang.

Rhis.

»Bleib … bleib zurück, Rhis.« Die Worte kamen Larkin nur undeutlich über die Lippen, doch er hoffte, dass der Drache ihn verstand. Er wollte nicht, dass der Mann – der Prinz, wie es schien – das Tier noch weiter verletzte.

Larkins Kopf krachte ein weiteres Mal hart gegen die Mauer und das Gewicht des Mannes hinter ihm, das ihn gegen den eiskalten Stein presste, war das Einzige, das Larkin noch aufrecht hielt.

»Wage es ja nicht, deine Bestie auf mich zu hetzen, Bastard«, spuckte der Königssohn.

Luisien stieß einen schrillen Schrei aus.

»Lass ihn los, lass ihn los, er ist mein Freund!«, schrie sie immer wieder zwischen herzzerreißendem Schluchzen.

Mit dem kalten Stahl an seiner Kehle wagte Larkin es kaum zu atmen, nur ein Stückchen tiefer und er würde den Abend nicht mehr erleben.

»Was wolltest du mit meiner Schwester? Sprich endlich, du verfluchter Bastard.« Der Druck auf Larkins Kehle erhöhte sich weiter.

»Ein Missverständnis«, brachte Larkin mühsam hervor. Schwarze Schlieren tanzten vor seinen Augen.

»Ein Missverständnis? Sicher doch«, höhnte der Prinz. Larkin konnte sich nicht an seinen Namen erinnern.

»Boren! Nimm das Schwert herunter! Sofort!«

War das die Stimme des Königs? Larkin blinzelte und schielte zur Seite, ohne jedoch etwas zu erkennen.

»Ich habe ihn mit Luisien erwischt!«, knurrte der Prinz. »Wer weiß, was er mit ihr vorgehabt hat!«

»Wenn du ihn nicht sofort gehen lässt, bringe ich dich um.« Das war unmissverständlich Kians Stimme und er klang, als würde er jedes Wort ernst meinen.

Larkin lief ein Schauer über den Rücken.

»Kianéran! Zurück mit dir. Boren, lass den Mann los. Ist das eine Art unsere Gäste zu behandeln? *Sofort, Boren!*«

»Gast?«, wiederholte Boren ungläubig, das Schwert immer noch gegen Larkins Kehle gepresst. »Aber –«

»Ich werde mich kein weiteres Mal wiederholen, Sohn.« Die Stimme des Königs war so scharf wie das Schwert an Larkins Kehle und Larkin war froh, dass es diesmal ein anderer war, den der Zorn des Monarchen traf.

Er sackte wie ein nasser Sack zusammen, als das Gewicht des Mannes hinter ihm zusammen mit dem Schwert an seinem Hals verschwand. Ein Paar starker Arme fing ihn auf und sein schmerzender Kopf wurde sanft gegen etwas Weiches gelehnt. Die Geister mussten sich gegen ihn verschworen haben, dass sie ihn so heimsuchten. Vielleicht hatte Kian auch Recht und er wurde für seine Liebe zu dem Prinzen gestraft. Die Freundschaft mit Kian hatte ihm bis jetzt zumindest nichts als Ärger eingebracht.

»Larkin, bei den Geistern, Larkin!« Er hörte das Reißen von Stoff, gleich darauf presste etwas hart gegen die Wunde an seinem Hals. Eine heiße Drachenschnauze drängte sich warm gegen seine rechte Hand.

»Du verfluchter Bastard!« Kian klang außer sich vor Wut. »Du hast ihm fast die Kehle durchgeschnitten. Bei den Geistern, ich werde –«

»Kianéran, hüte deine Zunge«, fuhr der König sogleich dazwischen. Irgendwo schluchzte ein Kind. »Und du Boren, wie oft habe ich dir schon gesagt, du sollst erst denken, bevor du dein Schwert ziehst? Das wird ein Nachspiel haben, darauf kannst du dich verlassen. Ich dulde es nicht, wenn meine Gäste von meinem eigenen Sohn angegriffen werden!«

»Prinzessin?« Larkin öffnete blinzelnd die Augen und suchte nach dem Mädchen, das er immer noch schluchzen hören konnte. Sie kam mit tränenüberströmten Gesicht auf ihn zugelaufen und warf sich in seine Arme, sodass Larkin für einen Moment die Luft wegblieb.

»Luisien!«, rief Kian aufgebracht. Larkin legte ihm rasch in einer beschwichtigenden Geste die Hand auf den Arm.

»Prinzessin«, begann Larkin mit leiser Stimme, woraufhin das Mädchen mit großen Augen zu ihm aufblickte. »Werdet Ihr wohl ein Weilchen für mich auf Rhis aufpassen können?«

Die Prinzessin presste die Lippen aufeinander und nickte tapfer.

»Tapferes Mädchen.« Er strich ihr eine tränenfeuchte Haarsträhne aus dem Gesicht.

»Dann lauf, Luisien«, befahl Kian und gab dem Kind einen Kuss auf die Stirn. »Larkin kommt wieder in Ordnung. Nun lauf schon los.«

Luisien zögerte noch immer, doch nach einem Lächeln, von dem Larkin hoffte, dass es aufmunternder aussah, als es sich anfühlte, hellte sich ihre Miene ein wenig auf.

»Komm, Rhis, willst du auch einen Kuchen haben?«, fragte sie, aller Schrecken schon fast wieder vergessen. »Ich habe noch welche übrig, wenn Thyn sie nicht schon alle gegessen hat.«

Rhis warf Larkin einen schiefen Blick zu, leckte ihm über die Hand und folgte dann der Prinzessin zurück zum Schloss.

»Thyn?«, fragte Larkin verwirrt.

»Ihr Hund«, erklärte Kian mit einem Seufzen, das von all den Dingen sprach, die ein Bruder von seiner kleinen Schwester und ihrem Welpen zu erdulden hatte. »Wie geht es deinem Kopf?«

Larkin fasste sich an die Stirn und streifte dabei Kians Hand, die ein Stück Stoff gegen die Wunde an seinem Kopf presste.

Larkin versuchte sich an einem schiefen Lächeln. »Dickkopf, erinnert Ihr Euch, Eure Hoheit?«

Kians Augen weiteten sich bei der förmlichen Anrede, doch Larkin hoffte, dass er den Wink verstehen würde. So durcheinander war er noch nicht, dass er vergessen hatte, dass ihre Vertraulichkeiten ein Geheimnis bleiben mussten. Selbst wenn der König bereits die Wahrheit kannte.

»Wie geht es ihm?«, kam Borens aufgelöste Stimme von der Seite. »Ist es sehr schlimm? Ihr Geister, ich hatte doch keine Ahnung. Er wird doch wieder, oder?«

»Boren!«, donnerte der König. »Geh mir endlich aus den Augen! Du hast für einen Tag schon genug angerichtet. Sieh nach, wo der Heiler bleibt, wenn du unbedingt etwas tun musst.«

»Euer Majestät?«, mischte sich eine neue, sanftere Stimme in den Lärm, der Larkin umgab.

»Da seid Ihr ja endlich«, sagte der König. »Kianéran, lass den Heiler seine Arbeit tun. Sieh nach, dass Luisien keinen Unfug mit dem Drachen treibt.«

Larkin konnte spüren, wie Kian sich hinter ihm anspannte. »Aber, Vater –«

»Tu, was ich sage, Sohn.« Die Stimme des Königs duldete keinen Widerspruch. Nein, mit diesem Mann legte man sich besser nicht an und Larkin hoffte inständig, dass Kian ihn nicht noch mehr reizte.

»Lasst mich nur machen, Eure Hoheit«, erklang abermals die sanfte Stimme und endlich erinnerte sich Larkin, wo er dieses

Säuseln schon einmal gehört hatte. »Schickt den Quacksalber fort«, murmelte er und setzte sich schwankend auf.

»Nicht, Larkin, lass … lasst den Heiler nach Euch sehen. Bitte«, flehte Kian.

Doch Larkin schüttelte den Kopf und bereute die Bewegung sogleich, als ihn abermals der Schwindel packte. »Ich werde mich bestimmt nicht von diesem Scharlatan anfassen lassen. Schickt ihn weg. Ich habe seine Dienste nicht nötig.«

»Aber Larkin …«

»Kianéran!«

Larkin konnte es nicht verhindern, dass er bei dem scharfen Tonfall des Königs unwillkürlich zusammenfuhr. Er richtete seinen verschwommenen Blick auf den Prinzen. »Geht nur«, flüsterte er und setzte für all die neugierigen Ohren noch hinzu: »Und wenn Ihr so freundlich wäret, ein Auge auf den Drachen zu haben, wäre ich Euch sehr zu Dank verpflichtet.«

Kian erwiderte seinen Blick einige Herzschläge lang schweigend. Dann nickte er knapp, sein Gesicht eine blanke Maske, die nicht das geringste Gefühl erkennen ließ. Er half Larkin noch auf die Beine, bevor er dem Befehl des Königs endlich nachkam, sich steif vor ihm verbeugte und ohne ein weiteres Wort verschwand.

~*~

Larkin erwachte zu Stimmen, die sich gedämpft unterhielten. Doch er weigerte sich, die Augen zu öffnen und beschloss noch eine Weile länger die wohlige Behaglichkeit des Halbschlafes zu genießen. Vielleicht würde er ja wieder einschlafen.

»Wie geht es ihm?«, fragte eine männliche Stimme, die Larkin vage bekannt vorkam.

»Besser – und das hat er bestimmt nicht dir zu verdanken.« Die etwas heisere Stimme gehörte dem alten Mütterchen, das Larkin den scheußlichen Trank eingeflößt hatte, der ihm schier den Magen umgedreht hatte. Garstige Alte. Aber wenigstens war er nicht in die Fänge dieses lächerlichen Quacksalbers geraten.

»Was hast du dir nur dabei gedacht, du dummer Junge? Eine Winzigkeit tiefer und er wäre tot gewesen!«

Larkins Hand legte sich unwillkürlich über den dicken Verband, der um seinen Hals lag und er schluckte schwer. Fast meinte er, noch immer den Stahl an der Kehle spüren zu können. Ein eisiger Schauer lief ihm über den Rücken, der ihn die Augen gerade noch rechtzeitig aufschlagen ließ, um Zeuge zu werden, wie das Gesicht des jungen Prinzen puterrot anlief. Ein dunkler Bluterguss prangte auf seinem rechten Wangenknochen und seine Lippe war aufgeplatzt, als hätte er sich mit jemandem geprügelt.

»Ich –« Als er bemerkte, dass Larkin aufgewacht war und ihn betrachtete, senkte er beschämt den Blick.

»Ich bitte vielmals um Verzeihung, Meister Larkin. Ich wusste nicht … Ich meine, ich wollte nur …«

Die Alte holte aus und gab dem Prinzen einen harten Schlag auf den Hinterkopf, dass es nur so knallte und der Prinz vor Schmerz aufschrie. Er warf der Frau einen wütenden Blick zu, während er sich mit der Hand den Schädel rieb.

»Das soll dich lehren, dir dumme Ausreden zurechtzulegen«, zischte sie. »Du hast aus Torheit gehandelt und kannst von Glück reden, dass der Hexenmeister dich nicht in eine Kröte verwandelt hat, wie du es verdient hättest. Dummer Junge.«

Larkin musste ein wenig schmunzeln, als die Alte den Prinzen wie einen gewöhnlichen Jungen schalt. Das Lachen verging ihm jedoch schnell, als die funkelnden Falkenaugen ihre Aufmerksamkeit auf ihn selbst richteten.

»Und Ihr, Hexenmeister, werdet Euch hüten, das Bett zu verlassen.« Sie drohte ihm mit erhobenem Zeigefinger. »Trinkt Euren Trank und wenn Ihr etwas braucht, schickt Boren. Der Junge hat ohnehin nichts Besseres zu tun. Ich werde später noch einmal nach Euch sehen. Und wehe, Ihr strengt Euch an, habt Ihr mich verstanden?«

Larkin nickte langsam. Die Alte konnte einem wirklich Angst einjagen.

»War sie Eure Amme?«, fragte Larkin, nachdem die Gefahr gebannt war und die Alte das Zimmer verlassen hatte.

Boren warf ihm einen überraschten Blick zu. »Gesa?« Er schüttelte den Kopf. »Nein, aber sie hat uns alle großgezogen und vor uns meinen Vater und seine Brüder, wenn man ihren Geschichten glauben kann.«

Er ließ sich auf den Stuhl fallen, auf dem die Alte zuvor gesessen hatte, stützte die Ellbogen auf die Knie und fuhr sich mit den Händen durch das dunkle Haar. »Gesa hat Recht, mein Verhalten Euch gegenüber ist kaum zu entschuldigen«, begann er mit einem flehenden Ausdruck in den Augen. »Ich kann Euch gar nicht sagen, wie leid es mir tut.« Er schüttelte den Kopf. »Vater hat mir gehörig den Kopf gewaschen und mir erzählt, was Ihr alles getan habt. Und mein Bruder …« Er lehnte sich zurück und starrte an die Decke, eine Hand an die aufgeplatzte Lippe gelegt. »Ich hatte es wahrhaft verdient. Bei den Geistern, Vater hätte mich bestrafen müssen, nicht ihn.«

Larkin schnürte sich bei Borens Worten die Kehle zu und die Schreckensbilder aus seinen Albträumen standen ihm wieder lebhaft vor Augen. »Euer Vater hat den Prinzen bestraft?«

Borens Gesicht verdunkelte sich. »Kian ist auf mich losgegangen. Bei den Geistern, für einen Moment dachte ich wirklich, er würde mich umbringen.« Der junge Prinz lachte verschämt. »Aber er hat ja Recht, ich hatte es verdient.« Er klopfte sich mit den Händen auf die Schenkel und zuckte mit den Achseln. »Vater hat uns erwischt und als Strafe hat er Kian fortgeschickt. Könnt Ihr Euch das vorstellen? Bei diesem Wetter? Er wollte ihn anfänglich sogar in die Drachenberge schicken, welch ein Wahnsinn. Bloß, weil wir uns geprügelt haben! Den Geistern sei Dank, konnte Mutter Vater von dieser Idee abbringen. Kian muss jetzt die Grenzsteine im Westen überprüfen. Im Winter! Das kann Wochen dauern! Wahrscheinlich muss er sie erst ausgraben bei all dem Schnee. Nun ja, wenigstens kann er dabei nicht sonderlich in Schwierigkeiten geraten wie beim letzten Mal, nicht wahr?«

Larkin schwirrte der Kopf. Der König schickte seinen Sohn fort? Als Strafe? Larkin zweifelte keinen Moment daran, dass diese Strafe weniger etwas mit der Prügelei zwischen Brüdern als vielmehr mit Kians Gefühlen für Larkin zu tun hatte.

Larkin hielt sich stöhnend den Schädel und presste die Lider zusammen. Was hatte der König vor? Wenn es ihm nur darum ging, sie voneinander fernzuhalten, warum schickte er dann seinen eigenen Sohn fort und nicht Larkin? Aber was, wenn er Kian aus dem Weg haben wollte?

Larkin stellten sich bei dem Gedanken die Nackenhaare auf. Er sollte sich schleunigst aus dem Staub machen, wenn er kein weiteres Mal in den Genuss der königlichen Verliese kommen wollte oder schlimmer noch, der königlichen Folterknechte. Die Geister sollten Boren holen, dass er Larkin fast den Schädel eingeschlagen und ihn dadurch ein weiteres Mal ans Bett gefesselt hatte.

»Larkin?«, rief Boren beunruhigt. »Geht es Euch nicht gut? Ich hätte nicht so viel reden sollen, nicht wahr? Soll ich den Heiler rufen? Vielleicht wird der Trank helfen?«

Larkin schüttelte den Kopf und verzog bei dem Gedanken an den Trank angewidert das Gesicht. »Wenn Ihr mir einen Gefallen tun würdet, Eure Hoheit, so kippt diesen unsäglichen Trank aus dem Fenster, bevor die Alte wiederkommt.«

Boren riss erschrocken die Augen auf und begann den Kopf zu schütteln. »Aber …«

Larkin runzelte verärgert die Stirn. »Glaubt mir, wenn es etwas gibt, das mich umbringen wird, dann ist es mit Sicherheit dieser abscheuliche Trank. Ich weiß nicht, was der Heiler sich dabei gedacht hat, aber mein Wohl hatte er gewiss nicht im

Sinn.« Er würde auch ohne Heiltränke und dergleichen heilen, wahrscheinlich sogar schneller, bedachte man, was der Heiler hier zusammenbraute.

Boren griff zögernd nach dem Becher und starrte in die grünliche Flüssigkeit. »Seid Ihr sicher? Ich will nicht … Ich meine, ich habe schon genug angerichtet.« Er warf Larkin einen flüchtigen Blick zu, bevor er betreten zu Boden sah.

Larkin rieb sich mit den Fingern über die Stirn und nahm einen tiefen Atemzug. »Ich bin mir sicher. Ich verstehe mich selbst auf diese Dinge und kann mit Fug und Recht behaupten, dass Euer Heiler nicht viel taugt.« Genauso wenig wie die Alte, wenn der Trank ihr Tun gewesen war.

Boren schien noch immer nicht so recht überzeugt, sondern starrte weiterhin in den Becher, als könnte er dort die Antwort auf seine Frage finden. »Aber dass Ihr am Ende nicht mir die Schuld dafür gebt, wenn es mit Eurem Kopf nicht besser wird«, sagte er schließlich mit einem Seitenblick auf Larkin.

»Wie könnte ich?«, erwiderte Larkin mit einem unschuldigen Lächeln. »Diese Ehre wird allein demjenigen zuteil, der meinen Kopf mehrfach gegen die Burgmauer gerammt hat.«

Boren schien im selben Moment die Widersinnigkeit seiner eigenen Worte aufzugehen, denn sein Gesicht verlor alle Farbe und er kam Larkins Bitte ohne ein weiteres Wort des Widerspruchs nach.

»Ist Euer Bruder bereits aufgebrochen?«, fragte Larkin, nachdem Boren das Fenster wieder geschlossen hatte.

Der junge Mann schüttelte den Kopf. »Nein, er wird morgen in aller Frühe aufbrechen, falls Vater seine Meinung nicht doch noch ändern wird.«

Larkin schloss erschöpft die Augen. Was hatte er sich nur gedacht? Wenn er nur nicht wieder verletzt worden wäre, könnte er schon längst auf dem Weg zurück sein und Kian müsste nicht diese lächerliche Strafe abbüßen.

Seele des Waldes, was sollte er nur tun?

15

»Larkin? Larkin, wach endlich auf.«

Mit einem Stöhnen rollte Larkin sich auf die Seite und hielt sich den schmerzenden Schädel. Würden diese elenden Kopfschmerzen denn nie aufhören?

»Larkin? Bist du wach?« Es war unmissverständlich Kians Stimme, die da aus der Dunkelheit kam. Rhis gab ein leises Grunzen von sich, bevor er wieder anfing zu schnarchen.

»Was tust du hier?«, zischte Larkin, die Zähne zusammengebissen gegen den dreimal verfluchten Schmerz.

»Ich wollte dich noch einmal sehen, bevor ich aufbreche.«

Die Worte verscheuchten die letzten Schleier des Schlafes und Larkin richtete sich langsam auf. Kian war nicht mehr als ein Schatten in der Dunkelheit, sein Umriss kaum auszumachen in der mondlosen Nacht.

Die Matratze senkte sich, als Kian sich mit einem tiefen Seufzer, aus dem sein ganzes Elend sprach, neben Larkin niederließ.

»Es tut mir leid, Larkin. Ich hätte dich nie mit hierherbringen sollen. Ich …« Er brach mit einem Kopfschütteln ab. »Ich hätte es besser wissen sollen.«

Larkin legte dem Prinzen die Hände auf die Schultern. »Es war ganz allein meine Entscheidung und das weißt du auch. Auch wenn du mich vor deinem Bruder hättest warnen können.«

Kian gab einen erstickten Laut von sich. »Es tut mir so leid, Larkin«, flüsterte er mutlos.

»Was ist geschehen, Kian? Was hat dein Vater gesagt?« Larkin zog den Prinzen in eine Umarmung und streifte Kians Lippen in einem flüchtigen Kuss.

»Vater hat damit gedroht, dich in den Kerker werfen zu lassen, sollte ich mich nicht von dir fernhalten«, begann der Prinz mit stockenden Worten. »Ich fürchte, ich kann nicht lange bleiben. Es ist zu gefährlich.« Er barg das Gesicht an Larkins Hals, eine zitternde Hand fuhr über den Verband an seiner Kehle. »Ich werde ihn umbringen, Larkin, ich schwöre dir –«

Larkin brachte Kian mit einem Kuss zum Schweigen. »Du wirst nichts dergleichen tun«, sagte er mit mildem Tadel in der Stimme. »Er wollte nur seine Schwester beschützen, das kannst du ihm nicht zum Vorwurf machen.«

»Aber –«

»Schluss damit, Kian!«, fiel Larkin dem Prinzen rasch ins Wort. »Mein Kopf sitzt noch auf den Schultern und an die Kopfschmerzen bin ich schließlich schon gewöhnt.«

Kian schnalzte missbilligend mit der Zunge. »Er hat dir fast den Schädel eingeschlagen!«

Larkin ließ sich mit Kian im Arm zurück in die Kissen sinken. »Ich sagte dir bereits, ich habe einen Dickschädel und ich heile schnell. Ein paar Tage, bis ich wieder auf den Beinen bin, mehr nicht und jetzt hör auf, dich wie eine Glucke aufzuführen.«

Ein Geräusch auf dem Gang ließ sie beide vor Schreck erstarren und einige endlos lange Herzschläge lauschten sie nur in die Stille.

Rhis zuckte im Schlaf und schnaufte leise.

»Ich sollte gehen«, brach Kian schließlich das Schweigen, seine Finger zeichneten träge Kreise auf Larkins Brust.

»Nimm den Drachen mit«, drängte Larkin, doch Kian schüttelte nur den Kopf.

»Nein, bei dir ist er besser aufgehoben. Außerdem beruhigt es mich ein wenig, wenn ich weiß, dass du noch jemanden hast, der auf dich aufpasst.« Er küsste Larkin. »Wenn ich es schon nicht selbst tun kann.«

Kians nächster Kuss schmeckte nach Abschied und Larkin klammerte sich verzweifelt an den Prinzen.

»Kannst du nicht noch einmal mit deinem Vater reden?«, fragte Larkin und hasste sich für den flehentlichen Unterton, der sich in seine Stimme schlich. »Boren hat gesagt, es ist völliger Unsinn, bei diesem Wetter die Grenzsteine kontrollieren zu wollen. Eine Aufgabe allein dazu gedacht, dich aus dem Weg zu haben. Du wirst dir den Tod holen!«

Mit einem leisen Lachen stemmte Kian sich in die Höhe und sah auf Larkin herab, ein dunkler Schemen gegen die Schatten der Nacht. »Wer ist nun die Glucke von uns beiden?«

Kian seufzte, als Larkin nur ein verärgertes Grunzen von sich gab. »Es ist keine sinnlose Aufgabe, Larkin. Vater hat guten Grund, mich zu schicken.« Er legte Larkin den Finger auf die Lippen, bevor der Hexer aufbegehren konnte. »Nein, ich meine damit nicht uns«, erklärte Kian scharf. »Etwas geht nicht mit rechten Dingen zu. Zwei Männer sind bereits nahe der Grenze verschwunden. Ich will wissen, was dort vor sich geht, Larkin.«

»Warum du?«, entgegnete Larkin aufgebracht und versuchte die plötzliche Unruhe, die ihn überfiel, im Zaum zu halten. »Kann dein Vater nicht einfach ein paar Männer schicken? Schatten und Verdammnis, Kian, du bist der Kronprinz! Warum musst du dich selbst um diese Dinge kümmern?«

»Weil ich es meinen Männern schuldig bin, Larkin«, seufzte Kian, bevor er sich aufsetzte und Larkin den Rücken zuwandte. »Die Feen wissen, wer ich bin, sie werden mir nichts tun. Außerdem werde ich einige Männer mit mir nehmen.«

Larkin legte Kian eine Hand auf den gebeugten Rücken. »Kian, es sind Feen! Sie haben auch nicht davor zurückgescheut, deiner Schwester etwas anzutun.«

Larkin spürte, wie Kian bei seinen Worten leicht zusammenzuckte.

»Das war etwas anderes«, erklärte der Prinz stur.

Larkin erhob sich seufzend und lehnte den Kopf gegen Kians Rücken. »Ihr und Euer verfluchtes Ehrgefühl, Eure königliche Hoheit.«

Kians Lachen klang hohl und gezwungen. Er ergriff Larkins Hand, die auf seiner Schulter lag und presste sie gegen seine Brust. Larkin konnte den Talisman unter dem rauen Stoff des

Hemdes spüren, was ihn daran erinnerte, dass er noch nicht dazu gekommen war, den Zauber zu erneuern.

»Ich sollte gehen, Larkin«, erklärte Kian widerstrebend. »Ich will nicht riskieren, dass mein Vater seine Drohung wahrmacht.«

»Warte noch einen Augenblick«, murmelte Larkin, während er in Gedanken bereits den Zauber wob, der Kian Schutz bieten würde. Seine Hand glitt unter Kians Hemd und legte sich direkt über den Talisman, der warm auf Kians Brust lag.

»Was hast du vor?«, fragte Kian.

»Schh, lass mich einfach …« Larkin begann leise zu summen. Ein Zauber, der den Prinzen vor der dunklen Magie der Feen beschützen würde. Wie gern hätte Larkin dem Prinzen einen neuen Talisman gemacht, einen stärkeren, der gegen jede nur erdenkliche Gefahr schützen würde. Doch ihnen blieb keine Zeit und Larkin hatte einen Großteil seiner Kräfte in den vergangenen Tagen eingebüßt.

Larkin konnte Kians Herzschlag spüren, ruhig und stetig. Seine Magie passte sich dem gleichmäßigen Takt an, verwob ihrer beider Herzschläge zu einer ganz eigenen Melodie.

Hitze blühte in Larkins Brust, die ihm für einen Augenblick den Atem raubte. Der Schmerz in seinem Schädel, der schon fast vergessen war, brach wie ein Gewitter aus heiterem Himmel über ihn herein. Mit einem erstickten Laut fiel er zurück in die Kissen und presste sich die Finger gegen die Schläfen.

»Bei allen Geistern, Larkin, was hast du getan?« Kian wirbelte herum, die Hand auf die Brust gepresst und beugte sich über Larkin. »Was hast du getan?«, wiederholte er abermals.

»Das war ganz und gar unerwartet«, murmelte Larkin, als ihm aufging, was da soeben geschehen war. Er starrte mit weit aufgerissenen Augen in die Dunkelheit, während er versuchte, wieder zu Atem zu kommen.

Konnte er es wieder rückgängig machen?

Wollte er es überhaupt wieder rückgängig machen?

Kian packte ihn bei den Schultern und starrte ihm ins Gesicht. Seine Miene war in der Dunkelheit nicht zu deuten.

»Wovon sprichst du, Mann? Was hast du getan?« Der Prinz rieb sich wieder mit der Hand über die Brust und Larkin fragte sich, ob ihm bewusst war, was er da tat. Konnte er den Zauber spüren?

»Ich ... habe den Schutz deines Amuletts erneuert«, erwiderte Larkin. Er konnte regelrecht fühlen, wie Kian ihn misstrauisch betrachtete.

»Belüg mich nicht, Larkin. Was hast du noch getan? Warum fühlt es sich so seltsam an?«

Ah, er konnte es also tatsächlich spüren. Larkin schloss für einen Moment die Augen. Sollte er es Kian sagen? Sollte er ihm sagen, dass seine Magie sie ... aneinandergebunden hatte?

Larkin blinzelte. Nein. Kian musste es nicht erfahren. Immerhin würde Larkin so wissen, wenn Kian etwas zustieß und seine Magie würde den Prinzen am Leben halten, solange Larkin noch einen Funken Magie in sich trug.

Nein, er würde Kian nichts darüber sagen. Besser, der Prinz wusste nicht genau, was Larkin getan hatte. Er würde geschützt sein, das war alles, was zählte.

»Larkin!« Aus dem einen Wort sprach Kians ganze Ungeduld.

Larkin nahm einen tiefen Atemzug. »Es ist nichts«, sagte er leise. »Ich habe den Zauber erneuert und ... es hat mich mehr Kraft gekostet, als gedacht. Das ist alles.«

Kian starrte ihn nur wortlos an und Larkin kam ein beunruhigender Gedanke. Würde das Band, das sie nun verband, Kian wissen lassen, wenn Larkin ihn belog?

Mit einem Seufzen ließ Kian den Kopf hängen. »Wirst du dich wieder erholen?«, fragte er schließlich und sein niedergeschlagener Tonfall deutete darauf hin, dass er sehr wohl wusste, dass Larkin ihm nicht die ganze Wahrheit gesagt hatte.

»Aber ja doch«, versicherte Larkin rasch. Es würde nur eine Weile länger dauern als gewöhnlich. Aber was waren schon ein paar Tage mehr, wenn Kian dafür sicher war?

Kian beugte sich zu Larkin herab und berührte seine Stirn in einem Kuss. »Wird das, was du getan hast, und von dem du mir nicht erzählen willst, dir … schaden?«

Larkin legte Kian beruhigend die Hand auf die Schulter. »Nein«, sagte er mit einem Lächeln. »Solange du am Leben bleibst, kann nichts geschehen.«

Kian sog scharf die Luft ein. »Larkin, bei allen Geistern, was hast du –«

Larkin legte ihm rasch die Hand auf den Mund, als er Schritte vor der Tür hörte.

Sie wagten kaum zu atmen, bis die Schritte verklungen waren.

»Ich sollte jetzt wirklich gehen«, murmelte Kian widerstrebend. »Aber glaube ja nicht, dass du mir so einfach davonkommst. Du wirst mir erklären, was genau du getan hast, wenn ich –« Er stieß seufzend die Luft aus und schüttelte den Kopf. Es brauchte nicht viel, um zu erahnen, in welche Richtung Kians Gedanken gegangen waren. Wenn er wieder zurück war, würde Larkin bereits fort sein.

»Wann werde ich dich wiedersehen?«, fragte Larkin, wohl wissend, dass dies vielleicht ein Abschied für immer war.

»Ich weiß es nicht, Larkin.« Kians Finger wanderten über Larkins Gesicht, als wollten sie sich seine Züge genau einprägen. »Du solltest aufbrechen, sobald du dazu in der Lage bist. Mein Vater wird dir nichts antun, dafür hat er zu viel Respekt vor deiner Macht, jedoch wirst du sicherer sein, wenn du wieder zurück in deinem Wald bist.«

Larkin nickte. »Ich hatte nicht vor, länger als nötig zu bleiben.«

Sie hielten sich in einer letzten verzweifelten Umarmung. »Gib auf dich Acht«, flüsterte Kian.

»Du ebenso.«

»Ich wünschte, ich hätte dir mehr bieten können, Larkin. Verzeih mir.«

Larkin brachte Kian mit einem weiteren Kuss zum Schweigen. »Es gibt nichts zu verzeihen. Nun gib auf dich Acht, mein Prinz, und halt dich bitte von den Ungeheuern fern, solange ich nicht in der Nähe bin, um dich wieder zusammenzuflicken.«

»Das werde ich«, flüsterte Kian gegen Larkins Lippen. »Das werde ich.«

16

»Sieh mich nicht so vorwurfsvoll an. Du kannst ja hierbleiben, wenn du willst.«

Der Drache bleckte die Zähne und stieß ein drohendes Knurren aus.

Larkin warf dem Tier einen bösen Blick zu, bevor er mit einer heftigen Bewegung, die seinen ganzen Ärger ausdrückte, das letzte Hemd in den Beutel warf, der bereits die wenigen Habseligkeiten enthielt, die er mit auf die Reise genommen hatte.

Fünf Tage und kein Wort von Kian.

Boren hatte ihm versichert, dass es keinen Grund zur Sorge gab, dass es bei diesem Wetter mitunter Wochen dauern konnte, bis Kian alle Grenzsteine überprüft hatte. Doch Larkin konnte das beunruhigende Gefühl nicht so recht abschütteln, das mit jedem Tag stärker wurde, und selbst der Drache schien ungewöhnlich reizbar zu sein.

Nun, da waren sie schon zu zweit.

Allerdings würde das nichts an Larkins Plänen ändern.

»Ich kann nicht bleiben, Rhis. Der König weiß über mich Bescheid.« Er kraulte den Drachen am Hals, während er gedankenverloren auf die schneebedeckte Landschaft jenseits seines Fensters starrte. Fast war er versucht, dem drängenden Gefühl nachzugeben und dem Prinzen nachzureiten.

»Humbug«, murmelte er, verärgert über seine Schwäche. Er sollte schon längst auf dem Weg zurück in seinen Wald sein, anstatt sich den Kopf über Dinge zu zerbrechen, die nicht mehr in seiner Hand lagen. Wahrscheinlich hatten ihm die wiederholten Schläge auf den Kopf mehr zugesetzt, als anfangs gedacht.

Ein Klopfen an der Tür riss ihn aus seinen Tagträumereien.

»Herein!«, rief er, verärgert über die unerwartete Störung.

Er schenkte dem eintretenden Diener kaum Beachtung, während er seinen Beutel schulterte und einen letzten Blick durch das

Schlafgemach schweifen ließ, um sicherzugehen, dass er nichts von sich hinterlassen hatte.

Erschrocken prallte er zurück, als erkannte, dass der vermeintliche Diener, den er mit Nichtachtung gestraft hatte, gar kein Diener, sondern der König höchst selbst war.

»Euer Majestät«, sagte er mit schwacher Stimme und ließ sich auf ein Knie nieder. Was hatte der König hier zu suchen? Hatte Larkin doch zu lange gewartet? Schatten und Verdammnis, warum nur war er nicht schon früher aufgebrochen?

»Erhebt Euch, Hexenmeister«, sagte der König mit einem Anflug von Ungeduld in der Stimme und musterte Larkins Aufmachung mit erhobener Braue. »Ihr wollt aufbrechen?«

»Ja, Euer Majestät«, erwiderte Larkin, den Blick gesenkt.

Der König nickte wie zu sich selbst und schritt mit hinter dem Rücken verschränkten Händen an Larkin vorbei zum Fenster. Er blickte eine Weile hinaus, bevor er Larkin wieder seine Aufmerksamkeit schenkte. Seine Augen verengten sich, als sein Blick auf den Drachen fiel.

»Kommt es mir nur so vor oder ist das Biest tatsächlich gewachsen, seit ich es das letzte Mal sah?«

Rhis reckte den Kopf in die Höhe und bleckte die Zähne zu seinem üblichen Raubtiergrinsen. Der König besaß ein gutes Auge, denn der Drache war seit ihrer Ankunft tatsächlich ein gutes Stück gewachsen und reichte Larkin bis zum Knie. Wenn er so weiterwuchs, würde er in spätestens einem Monat größer als ein Pferd sein. Larkin fragte sich mit Unbehagen, wo das Tier seine Nahrung fand.

Vielleicht wollte er es auch gar nicht so genau wissen.

»In der Tat, Euer Majestät, das ist er«, erwiderte er.

Der König nickte wieder, sagte jedoch nichts.

Larkin wurde unbehaglich zumute, als sich das Schweigen in die Länge zog und der König ihn unverhohlen musterte. Was hatte das alles zu bedeuten?

»Wusstet Ihr, Hexenmeister«, begann der König schließlich, »dass die Liebe zwischen zwei Männern nicht immer verboten war?«

Larkin hatte mit einem Mal das Gefühl, sich auf sehr dünnem Eis zu bewegen. Worauf wollte der König hinaus? Er entschied, dass es besser war, zu schweigen und abzuwarten.

Der König strich sich gedankenverloren über den Bart. »Wenn ich mich Recht erinnere, so gab es sogar einen König – Haldor war sein Name, glaube ich –, der einen Mann ehelichte, zumindest, wenn man den Annalen Glauben schenken will.«

Larkin wagte kaum zu atmen. Der Tonfall des Königs ließ nicht erkennen, ob er das Tun seines Vorfahren befürwortete oder verabscheute.

»Erst zwei Generationen nach Haldor erließ König Galvan der Starke ein neues Gesetz, das solcherlei Dinge aufs schärfste verurteilte«, erklärte der König weiter. »Es war bereits verboten, dass zwei Männer das Lager miteinander teilten. Das Strafmaß lag bei einhundert Peitschenhieben mit der neunschwänzigen Katze und Vierteilung.«

Larkins Mut sank und er ließ sich schwerfällig auf das Bett sinken, einen Arm um die Taille geschlungen, die andere Hand vor den Mund gepresst. Das ähnelte schon mehr den Dingen, die der König ihm und Kian bei ihrer Ankunft erzählt hatte.

»Glaubt man den Aufzeichnungen, so wurde die Strafe im ersten Jahr nach der Gesetzesänderung vierundneunzig Mal vollzogen«, fuhr der König unbarmherzig fort.

Rhis legte seinen Kopf in Larkins Schoß und gab ein leises Winseln von sich. Larkin hätte sich auch gern irgendwo zusammengerollt und gewinselt. Bei der Seele des Waldes, warum erzählte ihm dieser Mann von den Gräueltaten seiner Vorväter? Wenn er Larkin verurteilen wollte, sollte er es doch einfach tun.

»Einhundertfünfzig Jahre nach Galvan dem Starken versuchte König Daren, das Gesetz zu ändern, wurde jedoch ein Jahr nach Amtsantritt von Thegan, dem Thronräuber, gestürzt, der das alte

Gesetz wieder einführte und Daren danach verurteilte.« Der König hielt kurz in seinem Vortrag inne und runzelte die Stirn. »Ein unschönes Kapitel unserer Geschichte.« Für einen Moment ging sein Blick ins Leere, bevor die dunklen Augen sich wieder auf Larkin richteten.

»Erst drei Generationen später eroberte Darens Linie den Thron zurück«, setzte der König seinen Bericht fort. »König Len der Gerechte ließ das Gesetz über unzüchtige Praktiken klammheimlich umschreiben und so blieb es bis zu meinem Großvater Galvan dem Zweiten. Bei seiner Thronbesteigung war er fünfzehn Jahre alt und verschärfte viele der Gesetze seiner Vorfahren. Er war nicht ganz so grausam wie sein Vorfahr Galvan der Starke und setzte das Strafmaß für den Beischlaf zwischen Männern auf vierzig Peitschenhiebe und Tod durch den Strang fest. Frauen erhielten ein geringeres Strafmaß und so ist es bis zu diesem Tag geblieben.«

Larkin fühlte sich wie ein ausgewrungener Lappen. Er konnte sich nicht erklären, warum er immer noch dasaß und einen quälenden Atemzug nach dem anderen tat, während er schon längst am nächsten Galgen hätte baumeln müssen. Worauf wartete der König noch? Warteten die Wachen bereits vor der Tür? Fast meinte er, den Strick bereits um den Hals spüren zu können.

»Wie viel wärt Ihr bereit für meinen Sohn zu opfern?«

Die Frage war so unerwartet, dass Larkins Verstand einen Moment brauchte, um die Worte zu begreifen. Hoffnung kämpfte gegen Verzweiflung. Welches Spiel spielte der König hier?

»Was verlangt Ihr von mir?«, fragte er argwöhnisch. Schatten und Verdammnis, er war nicht für das Leben bei Hofe gemacht. Warum sagte der Mann nicht einfach rundheraus, was er von Larkin wollte?

Der König hob eine Braue. »Eine einfache Frage, Hexenmeister. Mein Sohn war bereit um Euretwillen abzudanken. Was würdet Ihr für ihn geben?«

Alles, dachte Larkin und wunderte sich im nächsten Moment über den Gedanken. War er tatsächlich bereit alles zu geben? Wer würde sich dann darum kümmern, die Zauber des Waldes aufrecht zu erhalten? Er hatte Pflichten.

Larkin ließ den Kopf hängen. »Ich werde tun, was Ihr verlangt, solange Ihr sein Leben verschont.«

Der König musterte Larkin mit einem langen, unergründlichen Blick. »Würdet Ihr das?« Er verschränkte die Hände hinter dem Rücken und beugte sich ein wenig vor, die Augen zu schmalen Schlitzen verengt. »Ihr würdet Folter und Tod ertragen? Seid Ihr sicher?«

Der Drache riss den Kopf mit einem Knurren in die Höhe und Larkin schlang schnell den Arm um seinen Hals, ehe sich das Tier auf den König stürzen konnte. Seele des Waldes, der Drache besaß wirklich mehr Verstand, als gut für ihn war.

Der König hatte sich bei Rhis' Ausbruch nicht vom Fleck gerührt, doch ein wachsamer Ausdruck war in seine Augen getreten und seine Hand lag auf dem Heft seines Schwertes.

Ihre Blicke kreuzten sich.

»Ihr wisst genauso gut wie ich, dass Ihr mich nicht einfach töten könnt«, entgegnete Larkin feindselig. Er wusste nicht, ob die Wut des Drachen sich auf ihn übertragen oder ihn nur aus seinem Dämmerzustand gerissen hatte, doch er hatte genug von den Spielereien des Königs. »Und genauso wenig werde ich zusehen, wie Ihr Euren Sohn bestraft, nur weil er den Falschen liebt«, setzte er hinzu.

»Wollt Ihr mir drohen, Hexenmeister?« Die Falten um die Augen des Königs vertieften sich und ließen ihn beinahe amüsiert wirken. Larkin hatte das unsichere Gefühl, ein Spiel zu spielen, bei dem er die Regeln nicht kannte.

»Ich werde tun, was ich tun muss«, entgegnete er.

»Seht Euch vor, Hexenmeister«, sagte der König mit gefährlich leiser Stimme. »Ich mag Euch vielleicht nicht töten können, aber was sollte mich davon abhalten, meinen Sohn für sein schändliches Tun zu bestrafen?«

Larkin sprang auf, die Hände zu Fäusten geballt, und wünschte sich mit einem Mal, er hätte den Drachen nicht zurückgehalten. »Ihr würdet es nicht wagen. Er ist Euer Sohn!«

»Wollt Ihr die Strafe für ihn tragen?«

»Ja«, erwiderte Larkin, ohne auch nur einen Augenblick darüber nachzudenken. Er würde sich später darüber Gedanken machen, wie er aus diesem ganzen Schlamassel wieder herauskam. Schatten und Verdammnis, wie sehr er diesen Mann verabscheute.

Der Mund des Königs verzog sich zu einem selbstgefälligen Lächeln, als hätte er von Anfang an auf diese Antwort gewartet. »Vielleicht solltet Ihr dann Eure Habseligkeiten wieder auspacken, Hexenmeister. Euer Strafmaß wird in zwei Tagen auf dem Bannfest verkündet und ich finde dann besser nicht heraus, dass Ihr Euch heimlich aus dem Staub gemacht habt.«

Noch eine ganze Weile, nachdem der König ihn verlassen hatte, stand Larkin einfach nur da und erwiderte den silbernen Blick des Drachen.

Bei der Seele des Waldes, was hatte er sich da nur eingebrockt?

17

Der König blickte mit düsterer Miene hinaus in den grauen Nebel, der über die schneebedeckte Landschaft kroch. Seit Jahren hatte er auf diesen Tag hingearbeitet. Jahre!

Und dann kam ein dahergelaufener Hexer und setzte alles aufs Spiel.

Galvan stieß einen tiefen Seufzer aus.

Wie er seinen Sohn kannte, war Kianéran sicherlich nicht ganz unschuldig an der ganzen Angelegenheit. Galvan lachte bitter. Nein, Kianéran war mit Sicherheit die treibende Kraft in der ganzen Angelegenheit gewesen. Der Hexer war viel zu arglos, bei den Geistern, der Junge war ohnmächtig geworden, als Galvan ihm mit Geißelung gedroht hatte.

Mit einem Seufzen rieb er sich über die Augen und fragte sich zum hundertsten Mal, ob er die richtige Entscheidung getroffen hatte, bevor er über sich selbst lachen musste. Für Zweifel war es jetzt ein wenig zu spät. Er wünschte nur, er hätte nicht so hart zu dem jungen Hexer sein müssen. Doch immerhin hatte er seine Antwort bekommen.

»Euer Majestät?«

Galvan verscheuchte alle zweifelnden Gedanken und setzte eine unbeteiligte Miene auf, bevor er sich zu seinem Diener umwandte.

»Es ist alles bereit«, sagte der hagere Mann.

Galvan nickte knapp. »Wort von meinem Sohn?«

Die Augen des Dieners gaben ihm die Antwort bereits, bevor er die Worte aussprach. Er kannte Kentes einfach schon zu lange, als dass der Diener etwas vor ihm hätte verbergen können.

»Nein, Euer Majestät.«

Galvan nickte wieder, bevor er sich einen weiteren Blick aus dem Fenster erlaubte. Kianéran hätte längst zurück sein sollen. Wenn er nicht bald Wort von dem Jungen erhielt, würde Galvan einen Reiter ausschicken müssen. Er hoffte inständig, dass es kein Fehler gewesen war, seinen Sohn für ein paar Tage zur Grenze zu schicken.

Bei den Geistern, er wurde wahrhaft alt, wenn er anfing, all seine Entscheidungen in Frage zu stellen.

»Nun, wir können nicht länger warten«, sagte der König knapp.

Der Diener nickte. »Jawohl, Euer Majestät.«

Galvan versuchte, die Unruhe in seinem Innern zu ersticken. Jetzt war nicht der Moment um Schwäche zu zeigen.

Bei den Geistern, doch er hoffte, dass er keinen Fehler gemacht hatte.

Und dass es am Ende des Tages noch ein Königreich geben würde, zu dem Kianéran zurückkehren konnte.

~*~

Der Saal war voller Menschen.

Sie standen in Grüppchen zusammen, tuschelten miteinander, lachten und schenkten Larkin keinerlei Beachtung.

Oder besser gesagt: Die meisten schenkten ihm keinerlei Beachtung. Einige der Damen starrten ihn mit unverhohlenem Interesse an, wenn sie glaubten, er merke es nicht.

Ihm wurde allmählich unwohl zumute.

Larkin hatte erwartet, in Ketten vor den König gebracht zu werden, stattdessen war am Morgen ein Diener mit einem üppigen Frühstück gekommen, von dem Larkin keinen einzigen Bissen herunterbekommen hatte. Danach hatte ihm ein anderer Diener frische Kleidung gebracht, Gewänder aus edelsten Stoffen, die sich ungewohnt und steif auf Larkins Haut anfühlten.

Er hatte sich geweigert, die Kleider anzuziehen, bis der Diener, ein älterer Mann mit hohlen Wangen und dem Gesicht eines Wiesels, damit gedroht hatte, die Wachen zu rufen, damit sie ihn festhielten, während der Diener ihn ankleidete.

Larkin zweifelte keinen Augenblick daran, dass der Diener seine Drohung wahrgemacht hätte. Der Gedanke ließ ihn noch immer schaudern.

Nachdem der Kammerdiener mit seinem Werk zufrieden gewesen war, hatte er Larkin zum Thronsaal geführt, der aufgrund der Festlichkeiten bereits voller Menschen war. Doch zu Larkins grenzenloser Verwunderung waren noch immer keine Wachen aufgetaucht, um ihn in Ketten zu legen und auch der Diener war kaum eine Hilfe gewesen. Er hatte sich respektvoll verneigt und Larkin mit einem höflichen Lächeln erklärt, dass er lediglich den Befehl erhalten habe, Larkin anzukleiden und zum Thronsaal zu geleiten, bevor er in der Menge verschwunden war.

Larkin wurde zunehmend heiß in der ungewohnten Kleidung. Hatte der König vor, ein Spektakel zu veranstalten?

Ein Gutes hatte die Kleidung: Er fiel kaum auf, sondern konnte sich frei unter die Menge mischen, als wäre er einer von ihnen. Wenn nur die Blicke der Damen nicht gewesen wären. Nun, ein geringer Preis dafür, unbehelligt zu bleiben. Was ihn erneut zu der Frage führte, warum der König Wert darauflegte, Larkin so zu verkleiden, denn mehr als eine Verkleidung war es nicht. Fast erwartete er, jemand würde mit dem Finger auf ihn zeigen und ihn als Hochstapler entlarven.

Er begann sich bereits zu fragen, ob man von ihm erwartete, dass er sich den ganzen Tag die Beine in den Bauch stand, als die Gespräche mit einem Mal um ihn herum verstummten. Hastig traten die Leute zurück an die Wand, um den Weg für den König frei zu machen, der erhobenen Hauptes, den Blick starr geradeaus gerichtet, den Saal betreten hatte. Zwei Wachen flankierten ihn rechts und links, die Hände bereits auf dem Schwertknauf, als erwarteten sie jeden Augenblick einen Angriff.

Larkin fand sich mit einem Mal in vorderster Reihe wieder und beugte rasch das Knie, als ihm aufging, dass er der Einzige war, der noch immer stand.

Das Herz klopfte ihm in der Brust. Würde es nun so weit sein? Was mochte ihn wohl erwarten?

Er erhob sich mit den anderen und trat so unauffällig wie möglich in die Menge zurück.

Der König ließ seinen Blick über die versammelte Schar schweifen, das Gesicht wie aus Stein gemeißelt. Als er Larkin entdeckte, nickte der König ihm kaum merklich zu, bevor sein Blick weiterglitt. Es schien, als hielte er nach jemandem Ausschau und es war offensichtlich, dass es sich dabei nicht um Larkin handelte.

Larkin runzelte die Stirn. Was bei den Schatten ging hier vor? Es sah ganz und gar nicht danach aus, als wollte der König über Larkin Gericht halten. Aber was wusste er auch schon von Gerichtsverhandlungen? Vielleicht war es bei Hofe üblich, dass während des Bannfestes Urteile gefällt wurden. In den Dörfern am Rand des Schattenwaldes wurden für gewöhnlich nur niedrige Wälle aus Reisig um die Dörfer aufgeschichtet, die nach Einbruch der Nacht entzündet wurden, um das Dorf ein weiteres Jahr vor den Schatten zu schützen. In jedem Fenster brannten in dieser Nacht Kerzen und oft wurde das Fest zum Anlass genommen, um alte Schulden zu begleichen.

Doch sie waren weit entfernt vom Schattenwald und der königliche Hof folgte seinen eigenen Regeln.

Larkin seufzte tief und erhielt dafür einen überraschten Blick von der Dame, die neben ihm stand. Seele des Waldes, er sollte sich wirklich zusammenreißen, wenn er nicht auffallen wollte. Er spürte bereits, wie ihm die Hitze in die Wangen stieg, als die Frau ein Kichern unterdrückte und mit den Wimpern klimperte. Larkin hielt den Blick stur geradeaus gerichtet und versuchte sie zu ignorieren. Was sahen diese Frauen nur in ihm? Ha, sie würden ihr blaues Wunder erleben, wenn der König sein Urteil über Larkin sprach.

Stille senkte sich über den Saal, als der König sich von seinem Thron erhob, und Larkin wappnete sich innerlich für das, was ihm nun bevorstehen würde.

Doch der König hielt lediglich eine Rede über die Magier, die dereinst die Bannkreise errichtet hatten und über Mut und Tapferkeit. Larkin traute seinen Ohren kaum. Es klang wie eine dieser langweiligen Reden der Dorfältesten, die Larkin als Kind über sich hatte ergehen lassen müssen, bevor seine Mutter gestorben war und er aufgehört hatte, den Festen beizuwohnen.

Der König sprach gerade von Gesetzeserleichterungen und den Mienen der Umstehenden war zu entnehmen, dass dies offenbar Teil der jährlichen Festlichkeiten war. Ein Herold trat vor, nachdem der König seine Rede beendet hatte, entrollte ein Pergament und begann mit lauter Stimme die Erleichterungen für das kommende Jahr vorzutragen.

Larkin blickte sich verstohlen um und hörte nur mit halbem Ohr zu, als der Herold seine Litanei begann. Was ging hier vor sich? Hatte der König womöglich vergessen, dass er Larkins Strafmaß verkünden wollte?

»... Ferner verliert das Gesetz von Galvan dem Zweiten, das die Liebe zwischen zwei Männern verbietet, ab sofort seine Gültigkeit«, fuhr der Herold in seinem ewigen Singsang fort und Larkin musste ein Gähnen unterdrücken, bevor sein Verstand die Bedeutung der Worte erfasste. Er blinzelte verwirrt, konnte es ...?

»... soll es einem Mann erlaubt sein, einen anderen Mann zu hofieren. Jedoch bedarf eine solche Eheschließung der ausdrücklichen Zustimmung des Königs.«

Larkin wurden die Beine schwach. Hitze stieg ihm in die Wangen und er hatte mit einem Mal das Gefühl, dass alle Augen auf ihm ruhten. Konnten sie es ihm ansehen? Tuschelten sie über ihn? Nein, das war völliger Unsinn.

Larkin zwang sich zu einer unbeteiligten Miene, obwohl in seinem Inneren ein wahrer Orkan tobte. Er verkrampfte die Hände hinter dem Rücken ineinander, damit niemand sah, wie er zitterte.

Frei.

Larkin wagte es nicht den König anzusehen aus Angst, jemandes Aufmerksamkeit auf sich zu ziehen.

Er hörte aufgeregtes Murmeln hinter sich, konnte die Worte jedoch nicht verstehen. Der Herold fuhr ungerührt in seiner Litanei fort, als hätte er die Unruhe nicht bemerkt, die dieses besondere Gesetz unter den Anwesenden hervorgerufen hatte.

Konnte es so einfach sein? Er musste träumen, musste sich verhört haben.

Nein, nein, gewiss nicht, er hatte es gehört, eindeutig.

Er blinzelte gegen die Tränen, die ihm plötzlich in den Augen standen. Seele des Waldes, das würde mit Sicherheit alle Aufmerksamkeit auf ihn ziehen, wenn er vor aller Augen in Tränen ausbrach.

Kian. Kian musste unbedingt davon erfahren. Warum war er nicht hier? Warum hatte der König seinen Sohn nicht schon längst zurückbeordert?

Ein Lachen entschlüpfte seinen Lippen, das fast ein wenig irre klang. Der König hatte es von Anfang an gewusst. Der Mann hatte bereits an dem Abend ihrer Ankunft gewusst, dass er in wenigen Tagen dieses Gesetz verkünden würde. Dieser verfluchte … Larkin rief sich innerlich zur Ordnung. Der König hatte mit ihnen gespielt. Aber warum? Wie hatte er überhaupt von ihnen erfahren?

Larkin schwirrte der Kopf. Er war so in Gedanken versunken, dass er gar nicht merkte, wie der Herold seine Ausführungen beendete und sich die Menge allmählich zu zerstreuen begann. Erst die Stimme eines Dieners riss ihn aus seinen Grübeleien.

»Mein Herr? Fühlt Ihr Euch nicht wohl?«

Es war derselbe Diener, der Larkin angekleidet und ihn zum Thronsaal geführt hatte, der nun vor ihm stand und ihn mit einem besorgten Ausdruck musterte.

»Mir geht es gut«, sagte Larkin und räusperte sich, als seine Worte seltsam rau hervorkamen. »Danke.«

Der Diener nickte wenig überzeugt.

»Vielleicht möchtet Ihr, dass ich Euch auf Euer Zimmer geleite? Mit Verlaub, aber Ihr erweckt den Eindruck, als hättet Ihr ein wenig Ruhe bitter nötig.« Larkin meinte fast so etwas wie Wärme in dem Tonfall des Mannes zu entdecken, doch der Eindruck konnte auch seiner Verwirrung geschuldet sein.

Er blickte sich in dem riesigen Saal um, der immer noch von zahlreichen Menschen bevölkert wurde, die sich aufgeregt unterhielten. Der König war längst verschwunden. Mit Unbehagen stellte Larkin fest, dass er den Weg zurück zu seinen Gemächern nicht kannte. »Das wäre sehr freundlich von Euch, hm, wie war noch gleich Euer Name?« Hatte der Diener ihm seinen Namen genannt? Larkin konnte sich nicht erinnern. Bei der Seele des Waldes, er war wirklich völlig durcheinander.

»Kentes, mein Herr.« Der Diener – Kentes – verneigte sich vor Larkin. »Wenn Ihr mir bitte folgen würdet.«

Larkins Beine zitterten, als er sich in Bewegung setzte, und er schwankte ein wenig. Der Diener ergriff ihn beim Arm. »Mein Herr?«

Larkin lächelte verlegen. »Mir geht es gut.« Sein Blick glitt unwillkürlich zu dem verwaisten Thron und er fragte sich ein weiteres Mal, ob er träumte oder wachte.

»Ihr werdet sehen, es wird sich alles fügen«, sagte der Diener leise. Larkin warf ihm einen überraschten Blick zu, doch der Mann hatte den Kopf in einer leichten Verbeugung geneigt, sodass Larkin seinen Gesichtsausdruck nicht sehen konnte. Hatte er sich die Worte nur eingebildet?

»Hier entlang, Herr«, sagte der Diener, bevor Larkin ihn nach dem Sinn seiner Worte fragen konnte, und wandte sich zum Gehen.

Larkin folgte ihm zögernd, den Kopf voller Fragen.

18

»Eure Hoheit?«

Kian starrte noch einen Moment länger in den düsteren Feenwald, der jenseits der Grenze wie eine Mauer aufragte, bevor er seine Aufmerksamkeit dem Hauptmann zuwandte, der zu ihm aufgeschlossen hatte. Er konnte sich des Gefühls nicht erwehren, dass sich unsichtbare Augen in der Finsternis des Waldes versteckten, die jeden ihrer Schritte beobachteten.

Ein beunruhigender Gedanke.

»Was gibt es, Hauptmann Joram?«

Der ältere Mann hatte die dunklen Augenbrauen in einem tiefen Stirnrunzeln zusammengezogen. Sein Blick wanderte kurz zu den dunklen Bäumen – ein deutliches Zeichen dafür, dass auch der Hauptmann spürte, dass etwas nicht mit rechten Dingen vor sich ging. »Laut den Karten sollten wir den Grenzstein bereits erreicht haben.« Der Blick des Hauptmannes huschte ein weiteres Mal in Richtung des Waldes und seine Augen verengten sich.

»Aber?«, hakte Kian nach, als Joram nicht sofort weitersprach.

Joram sah Kian aus schmalen Augen an. Der grimmige Ausdruck auf dem harten Gesicht verhieß nichts Gutes. »Der Grenzstein ist nicht dort, wo er sein sollte.«

Kians Pferd schnaubte unwillig, als sich seine Hände unwillkürlich um die Zügel krampften. Hastig ließ er der Stute wieder mehr Spiel und klopfte ihr entschuldigend den Hals.

Bei allen Geistern, er hoffte inständig, dass Joram sich irrte. Die Grenzsteine markierten seit jeher die Grenze zwischen dem Königreich und dem Feenreich. Wenn der Grenzstein an dieser Stelle verschwunden war … Ihm stellten sich die Nackenhaare auf.

»Haltet die Armbrüste bereit und lasst den Wald nicht aus den Augen«, sagte Kian leise.

Joram nickte knapp und gab seinen Männern ein Zeichen, die sich sogleich um Kian herum verteilten, die Armbrüste angelegt.

»Zeigt mir, wo der Grenzstein hätte sein sollen«, befahl Kian mit gedämpfter Stimme, obwohl er den Stein selbst ohne Karte mühelos hätte finden können.

Das Pferd des Hauptmannes schnaubte leise, als er es in Bewegung setzte. Das Knarren von Leder und das Klirren des Zaumzeugs waren die einzigen Geräusche, die die unheilvolle Stille durchbrachen.

Joram führte Kian zu einer alten, knorrigen Eberesche, deren Stamm einst von einem Blitzschlag getroffen worden sein musste. Zwei knotige Stämme wuchsen aus dem alten, geschwärzten Stumpf und reckten ihre kahlen Äste dem verhangenen Himmel entgegen.

»Hier sollte es sein«, erklärte Joram mit einem Nicken zu dem verhutzelten Baum.

Kian nickte stumm. Er erkannte den Baum von den letzten Malen wieder, da er die Grenze patrouilliert hatte. Im Sommer war der Baum stets üppig mit roten Beeren behangen und das dichte Laub ließ den Baum größer erscheinen. Jetzt war nicht mehr als ein nacktes Gerippe übrig.

Kian ließ sich rasch vom Rücken seiner Stute gleiten und übergab Joram die Zügel, um sich die Sache aus der Nähe anzusehen.

»Eure Hoheit!«, rief Joram, die Stirn missbilligend gerunzelt.

Kian hob eine Hand, um seinem Protest zuvorzukommen. »Haltet die Augen auf, ich will mich nur rasch umsehen.«

Joram presste die Lippen zu einem Strich zusammen, der seinen ganzen Unwillen ausdrückte, sagte jedoch nichts mehr.

Kian ließ sich in die Hocke sinken und fegte mit den behandschuhten Händen den Schnee zur Seite. Er wusste genau, wo der Grenzstein hätte sein sollen: Hier, im Schutz des Baumes auf der dem Feenreich zugewandten Seite.

Nichts deutete jedoch darauf hin, dass der Stein jemals hier geruht hatte.

Kian ließ den Blick über die schneebedeckte Landschaft schweifen. Larkin hätte ihm mit Sicherheit sagen können, ob die Feen ihre Finger hier im Spiel hatten. Seine Hände ballten sich zu Fäusten, als er an die Drohungen seines Vaters dachte, und er verdrängte den Gedanken rasch.

Larkin war hoffentlich bereits auf dem Weg zurück zu seiner kleinen Hütte. Mit Sicherheit. Geister, aber er konnte die Sorge um den Hexer einfach nicht abschütteln.

Rasch erhob er sich, nahm die Zügel von Joram entgegen und saß auf, alle Gedanken an Larkin und seinen Vater in den hintersten Winkel seines Geistes verdrängend.

»Wo ist der verdammte Stein hin?«, knurrte er unwillig, ohne eine Antwort zu erwarten.

»Bei allen Geistern, seht nur!«, rief Kimball einen Augenblick später und deutete mit der Hand in Richtung Feenwald. Kian lenkte sein Pferd neben ihn und folgte seinem Blick. Der blonde Krieger hatte von ihnen allen die schärfsten Augen und es dauerte eine Weile, bis er in der Ferne ausmachen konnte, was Kimball meinte. »Das kann nicht sein«, entfuhr es ihm, während Joram hinter ihm scharf die Luft einsog.

Das, was Kian für nichts weiter als einen schneebedeckten Felsbrocken gehalten hatte auf halbem Weg zwischen Grenze und Feenwald entpuppte sich bei näherem Hinsehen als der verschwundene Grenzstein.

»Das kann nicht sein«, wiederholte Kian ein weiteres Mal voller Unglauben. Er kannte diese Stelle, hatte den Grenzstein schon etliche Male überprüft. Die Eberesche markierte seit jeher den Platz dieses Steines, sie konnten sich nicht alle irren.

»Reiten wir hin und sehen ihn uns aus der Nähe an?«, fragte Belaren und zuckte nur mit den Achseln, als er mit seiner Frage alle Blicke auf sich zog.

»Aber … das ist Feenland!«, warf Sigurd, der jüngste Mann in ihrem Trupp ein und die Furcht verlieh seiner Stimme ein leichtes Zittern.

»Das gefällt mir nicht«, brummte Joram und starrte mit versteinerter Miene in Richtung des Grenzsteines.

Kian konnte ihm nur Recht geben. Er war versucht, einfach weiterzureiten und den Stein außer Acht zu lassen, aber diese Dinge waren der Grund, weshalb sie überhaupt bei diesem Wetter aufgebrochen waren. »Wissen wir, wo genau die Männer verschwunden sind?«, fragte er an Joram gewandt.

Joram warf ihm einen kurzen Blick zu. »Weiter nördlich, nahe den Bergen, soweit ich weiß. Kein Mensch weiß genau, was geschehen ist. Vielleicht sind sie auch einem Greifen zum Opfer gefallen.«

»Vielleicht«, erwiderte Kian langsam, jedoch ohne rechte Überzeugung. Seit Jahrhunderten hatte niemand mehr etwas von den Feen gehört oder gesehen, sodass die meisten glaubten, die Feen wären nichts weiter als eine Legende. Wenn er ehrlich war, hatte er Larkin bislang nicht so recht geglaubt, dass es wirklich ein Feenzauber gewesen sein sollte, der Luisien krankgemacht hatte. Doch nun …

Kians Pferd stampfte nervös mit dem Huf und auch die anderen Pferde wurden zunehmend unruhiger.

Joram starrte weiterhin unbeweglich in Richtung des Steines. Von Zeit zu Zeit warf er Kian einen Blick aus dem Augenwinkel zu, als versuche er abzuwägen, was er mit ihm anstellen sollte.

»Sollten wir es uns nicht wenigstens aus der Nähe ansehen?«, fragte Belaren ungeduldig.

Kimball gab ihm eine Kopfnuss. »Das ist Feenland, du Trottel.«

Belaren schlug Kimballs Hand fort. »Wenn das der Grenzstein ist, dann beginnt das Feenland erst dahinter, Dummkopf.«

»Aber er sollte nicht dort drüben stehen, sondern hier!«, gab Kimball zurück.

»Seid endlich still, alle beide«, wies Joram sie zurecht, ohne den Blick von dem Stein zu nehmen, und beide Männer zuckten schuldbewusst zusammen.

Kian konnte ihnen ihre Unruhe nicht verdenken, musste er doch gegen seine eigene Ungeduld ankämpfen.

»Das gefällt mir ganz und gar nicht«, murmelte Joram erneut und mit einem weiteren Seitenblick auf Kian. Dann schien er endlich zu einer Entscheidung zu kommen und gab seinen Männern einen Wink, auf den hin sie sich rasch um Kian und Joram scharten.

»Vielleicht solltet Ihr besser zurückbleiben, Eure Hoheit«, sagte Joram an Kian gewandt, seine Stimme gesenkt, sodass nur Kian ihn hören konnte.

Kian biss die Zähne zusammen und musste seinen Ärger unterdrücken. »Ganz sicher nicht.«

Joram nickte nur, doch seine Mundwinkel zuckten leicht, als hätte er nichts anders von Kian erwartet. Er bedeutete Kian, hinter ihm zu bleiben, während er als erster die Grenze überquerte.

Kian lief unwillkürlich ein Schauer über den Rücken, sobald sein Pferd die Grenze überschritt und seine Hand legte sich um das Heft seines Schwertes. Es konnten nicht mehr als sieben-, achthundert Schritt bis zu dem Stein, der einsam aus dem Schnee hervorragte, sein, jedoch kam Kian die Distanz deutlich länger vor. Nichts regte sich unter den nahen Bäumen des Feenwaldes und es schien, als würde die Welt selbst den Atem anhalten.

Joram zügelte sein Pferd neben dem Stein und Kian schloss zu ihm auf, während die Männer sich um sie herum auffächerten, die Blicke auf den Wald gerichtet, Waffen kampfbereit. Kian wollte sich gerade aus dem Sattel schwingen, als ein einzelner Pfeil sich direkt vor seinem Pferd in den Boden bohrte.

»Zurück, Männer!«, brüllte Joram augenblicklich. »Gebt Euren Pferden die Sporen.«

Die Pferde wieherten schrill, als die Männer sie zum Galopp trieben.

Die Eberesche schien mit einem Mal unendlich weit entfernt. Als Kian einen Blick über die Schulter warf, sah er mit Erschrecken, wie eine ganze Reihe von berittenen Feenkriegern aus dem Wald hervorpreschte, um Jagd auf sie zu machen. Ein gutes Dutzend, wenn er richtig schätzte. Wie es schien, waren sie den Feen geradewegs in die Falle gegangen. »Schneller!«, brüllte er, tief über den Hals seines Pferdes gebeugt, Jorams Pferd direkt neben seinem.

Sigurd war der Erste, der fiel.

Ein Pfeil ragte plötzlich zwischen seinen Schulterblättern hervor, ein zweiter traf ihn, als er bereits aus dem Sattel rutschte.

Joram brüllte etwas unverständliches, bevor ein Pfeil in seinem Hals ihn abrupt verstummen ließ.

Kians Pferd stolperte unversehens mit einem schrillen Wiehern, zweifellos getroffen von einem weiteren Pfeil. Kian schrie vor Schmerz, als die Stute mit ihrem ganzen Gewicht auf seinem Bein landete, nur um sich im nächsten Augenblick wieder aufzurappeln und ihn einige Schritte weiter hinter sich her zu schleifen, bis sein Fuß sich endlich aus dem Steigbügel löste.

Kimball tauchte mit seinem Pferd neben ihm auf und reichte ihm die Hand. »Schnell, Eure Hoheit, wir haben es beinahe geschafft!«

Mit einem Stöhnen kam Kian wieder auf die Beine. Der Schmerz in seinem linken Schenkel raubte ihm beinahe die Besinnung, doch er klammerte sich mit zusammengebissenen Zähnen an Kimballs Pferd.

»Beeilt Euch!« Kimballs Stimme drückte das Entsetzen aus, das Kian selbst empfand.

Joram und Sigurd hatten bereits ihr Leben gelassen und wenn Kian sich nicht beeilte, würde Kimball der Nächste sein.

Kimball zog Kian mit einem Ruck auf sein Pferd, sodass der Prinz wie ein nasser Sack über dem Hals des Pferdes hing, bevor Kimball dem Tier erneut die Sporen gab.

Dann waren die Feenkrieger heran.

Ein Pferd preschte an ihnen vorbei, schnitt ihnen den Weg ab und stellte sich zwischen Kimballs Pferd und die rettende Grenze, die kaum einen Steinwurf entfernt wartete.

So nah und doch unerreichbar.

Kimballs Pferd stieg mit einem schrillen Wiehern auf die Hinterläufe, als der Feenkrieger wie aus dem Nichts vor ihnen auftauchte. Kian versuchte noch, die Hände in die Mähne des Tieres zu krallen, doch er bekam nur Luft zu fassen. Er prallte hart gegen Kimball und riss den überraschten Soldaten mit sich aus dem Sattel, sodass sie gemeinsam zu Boden stürzten.

Kian rollte sich gerade noch rechtzeitig auf die Seite, um den todbringenden Hufen eines der Feenpferde zu entgehen, das über ihm aufgestiegen war. Mit gezückter Klinge kam er wieder auf die Beine.

Im Angesicht des nahenden Todes senkte sich eine seltsame Klarheit über Kian herab. Die Schmerzen in seinem Bein traten in den Hintergrund. Er duckte sich unter dem Hieb einer Keule hinweg und schlitzte dem Angreifer in derselben Bewegung den Oberschenkel auf. Ein Peitschenhieb traf ihn am Arm, das dünne Leder wickelte sich mehrmals um sein Handgelenk. Ohne nachzudenken packte Kian das Lederband und zog mit aller Kraft. Der überraschte Feenkrieger, der offenbar nicht mit Gegenwehr gerechnet hatte, verlor das Gleichgewicht und rutschte mit einem Aufschrei von seinem Pferd, bevor er die Peitsche loslassen konnte.

Kian duckte sich unter einem weiteren Angriff hinweg und rannte los, als er die Esche vor sich aufragen sah.

Er stolperte über einen weiteren seiner Männer, dessen tote Augen blicklos in den Himmel starrten.

Kimball.

Sie hatten ihm die Kehle durchgeschnitten. Das Blut hatte den aufgewühlten Schnee unter ihm rot gefärbt.

Schatten und Verdammnis, hatte es denn keiner von ihnen geschafft?

Er knurrte wütend, als ihn ein Pfeil in der Schulter traf, und das Schwert seinen plötzlich taub gewordenen Fingern entglitt. So leicht würde er es ihnen nicht machen.

»Du entkommst uns nicht, Prinzlein«, höhnte eine Stimme hinter ihm.

Er konnte sich gerade noch rechtzeitig zur Seite werfen, um dem Hieb des Feenkriegers zu entgehen. Er stürzte und schlitterte den kurzen Abhang hinab, der sich plötzlich zu seiner Rechten auftat. Mühsam kam er wieder auf die Beine, nur um sich gleich zwei weiteren berittenen Feen gegenüberzusehen.

»Wohin des Weges, Prinzlein?«, lachte der Eine.

Kian machte einen Schritt zurück.

Larkins Amulett brannte auf seiner Brust und erinnerte ihn mit Schrecken an Larkins Worte. *Solange du am Leben bleibst, kann nichts geschehen.*

»Larkin, was hast du nur getan?«, stöhnte er, während seine Hand sich über die Stelle legte, an der der Talisman unter seinem Hemd glühte. Was würde mit Larkin geschehen, wenn er starb? Geister!

Mit einem zornigen Knurren wich er weiter vor den heranrückenden Feenkriegern zurück. Er würde sein Leben teuer verkaufen.

Der Boden unter seinen Füßen gab ein unheilvolles Knirschen von sich, wie Eis auf einem See, das kurz davor war, unter seinem Gewicht nachzugeben. Er machte einen taumelnden Schritt nach hinten, just als sich wie aus dem Nichts ein Loch wie ein gähnendes Maul unter ihm auftat, das ihn mit Haut und Haaren zu verschlingen drohte.

Er verlor das Gleichgewicht, stolperte und fiel. Im letzten Moment konnte er sich am Rand des Lochs festklammern, doch der feuchte Schnee war glitschig unter dem Leder seiner Handschuhe und bot seinen Fingern kaum einen Halt.

Einer der Feenkrieger sprang mit einem erbosten Kreischen vom Pferd und griff nach Kians Hand, als er den Halt verlor. Für einen Wimpernschlag trafen sich ihre Blicke, der des Kriegers glühend vor Hass, ehe Kians Hand aus dem Handschuh glitt und er mit einem erschrockenen Keuchen in die Tiefe stürzte.

19

Rhis hockte am Fenster und starrte nach draußen.

Wenn Larkin recht überlegte, hatte der Drache seit dem Morgengrauen nichts anderes gemacht. Von Zeit zu Zeit bewegte sich sein langer Schwanz mit einem schabenden Geräusch über den Boden, bevor das Tier wieder zu völliger Regungslosigkeit erstarrte.

Es war beinahe unheimlich.

Mit einem Seufzen erhob Larkin sich aus seinem Sessel, ließ sich neben dem Drachen in die Hocke sinken und legte ihm eine Hand auf den Kopf.

»Ich mache mir auch Sorgen, Rhis«, murmelte er gedankenverloren.

Rhis wandte den Kopf, um ihn aus seinen silbernen Augen anzustarren. Mit einem Knurren fletschte er die Zähne. Larkin konnte den Unwillen regelrecht spüren, der von dem Drachen ausging, als wollte er Larkin deutlich zu verstehen geben, dass es nicht genug war, dass er erwartete, dass Larkin etwas tat, um Kian zurückzuholen.

»Was erwartest du von mir?«, knurrte Larkin zurück. »Ich weiß nicht einmal, wo er ist. – Er wird schon wieder zurückkehren.« Seine Worte klangen selbst in seinen eigenen Ohren wenig überzeugend und so verwunderte es ihn nicht, als Rhis ein wütendes Zischen von sich gab, die scharfen Zähne nicht einmal eine Handbreit von Larkins Gesicht entfernt.

Larkin schloss die Augen. »Also gut«, sagte er schließlich. »Wenn er bis zum Abend nicht zurück ist, werde ich gehen und ihn suchen. Zufrieden?«

Die Augen des Drachen verengten sich zu drohenden Schlitzen.

Larkin hob abwehrend die Hände. »Natürlich. *Wir* werden –«

Weiter kam er nicht.

Schmerz brannte in seiner Brust, breitete sich wie eine Feuersbrunst in seinem Körper aus. Er konnte nicht mehr atmen, nicht mehr denken. Es fühlte sich an, als würden sich glühende Klauen in seine Brust graben, um ihm das Herz bei lebendigem Leibe herauszureißen.

Die Welt verschwamm vor seinen Augen, ein Rauschen erfüllte seine Ohren und immer noch konnte er nicht atmen, sich nicht bewegen, konnte nur stumm die entsetzlichen Qualen erdulden, die ihm beinahe den Verstand raubten.

Als er wieder zu sich kam, lag er auf dem Rücken ausgestreckt. Eine raue Drachenzunge leckte ihm über das Gesicht, während der Drache winselnde Laute von sich gab.

Verwirrt sah Larkin an sich herab und war fast ein wenig überrascht, dass kein riesiges Loch in seiner Brust klaffte. Er konnte wieder atmen.

Für einen Moment war er sicher gewesen, sein letztes Stündlein hätte geschlagen. Sein ganzer Körper schmerzte und er fühlte sich schwach und zittrig, als hätte er einen mächtigen Zauber gewoben, der ihn an den Rand seiner Kräfte gebracht hätte.

Entsetzt riss er die Augen auf und begegnete dem silbernem Blick des Drachen.

»Kian«, flüsterte Larkin mit rauer Stimme.

Es sah dem dreimal verfluchten Prinzen ähnlich, dass er sich bei einer so lächerlichen Aufgabe wie Grenzsteine zu überprüfen in Schwierigkeiten bringen würde. Der Mann hatte mehr Glück als Verstand.

Nachdem Rhis endlich aufgehört hatte, seine feuchte Zunge über Larkins Gesicht zu ziehen, begann er ungeduldig an Larkins Ärmel zu zupfen.

Larkin unternahm einen halbherzigen Versuch, sich von dem Drachen zu befreien. »Lass mich einfach hier liegen«, murmelte er übellaunig und schloss die Augen. Seine Brust fühlte sich an, als hätte er eine tiefe Wunde davongetragen, die nicht aufhören wollte zu bluten. Nein, als würde etwas das Blut aus der Wunde saugen, ihm seine Kraft rauben. Er wollte sich nur noch zusammenrollen und schlafen.

Doch Rhis dachte gar nicht daran, Larkin in Ruhe zu lassen. Der Drache zischte böse, stieß Larkin mit der Schnauze in die Seite und schloss, als Larkin sich noch immer nicht rührte, das Maul um Larkins Handgelenk, sanft genug, um Larkin nicht zu verletzen, aber doch so, dass er den Druck spürte, und begann zu ziehen.

Larkin bedachte Rhis mit einem finsteren Blick. »Also gut, du hast gewonnen«, sagte er, bevor er sich mit einem Stöhnen auf die Seite rollte.

Rhis gab Larkins Handgelenk frei und verzog die Lefzen zu einem breiten Grinsen, über das Larkin nur den Kopf schütteln konnte.

Er brauchte drei Anläufe, ehe er endlich wieder auf die Füße kam. Die Anstrengung war genug, um ihn schwer atmend und schweißgebadet zurückzulassen. Ein lästiger Schwindel hatte sich in seinem Kopf eingenistet und es half nicht, dass Rhis schon wieder ungeduldig an seinem Ärmel zerrte.

»Ja doch«, brummte er ärgerlich, während er mit einer Hand an der Wand, um das Gleichgewicht nicht zu verlieren, hinter dem Drachen her stolperte. Was auch immer geschehen sein mochte, solange seine Magie noch durch das Band floss, das ihn und Kian verband, konnte Larkin zumindest sicher sein, dass der Prinz noch am Leben war. Larkins Magie würde dafür sorgen, dass es auch so blieb.

Wenigstens hoffte Larkin, dass dem so war.

Als er Rhis hinaus in den Schlosshof folgte, war Larkin überrascht zu sehen, dass die Sonne bereits im Zenit stand. Er musste länger bewusstlos gelegen haben, als er anfangs gedacht hatte.

Er hob eine Hand, um seine Augen gegen die plötzliche gleißende Helligkeit zu beschirmen, und suchte nach Rhis.

»Was hast du vor, Rhis?«, rief Larkin ungehalten darüber, dass der Drache ihn in die Irre führte. »Ich muss mit dem König reden! Wir haben keine Zeit für deine Spielchen.«

Rhis zischte böse und warf Larkin einen ungeduldigen Blick über die Schulter zu.

Zu erschöpft, um mit dem Tier zu streiten, setzte Larkin sich schließlich wieder in Bewegung. Das Klappern von Pferdehufen auf dem steinernen Pflaster des Hofes riss Larkin aus seiner Benommenheit. Mit einem unguten Gefühl in der Magengegend hielt er nach dem Reiter Ausschau. Doch es war kein Reiter, der sich da gegen die tiefstehende Wintersonne abzeichnete, sondern ein reiterloses Pferd. Das arme Tier zitterte am ganzen Leib und scheute, als Larkin sich ihm näherte. Erst ein besänftigender Zauber erlaubte es Larkin, den Rappen näher in Augenschein zu nehmen. Er klopfte dem Pferd auf den schweißnassen Hals und fühlte sich zurückversetzt an den Tag, da er Kian im Wald gefunden hatte. Seine Finger strichen über das königliche Wappen, das die Satteldecke zierte, bevor er den Pfeilschaft bemerkte, der dem Tier aus der Hinterhand ragte.

Larkin fluchte.

Ein Feenpfeil. Selbst wenn die verschlungenen Muster am Schaftende nicht gewesen wären, das schwarze Holz, aus dem der Pfeil gefertigt war, fand sich einzig und allein in den Wäldern der Feen.

Larkin schloss die Augen und konzentrierte sich auf seine Magie, nur um herauszufinden, was er ohnehin schon wusste.

»Es war Kians Pferd«, sagte er und wechselte einen langen Blick mit Rhis.

Larkin nickte dem Stallburschen geistesabwesend zu, als dieser den Rappen davonführte, und raufte sich mit beiden Händen die Haare. »Wir werden ihn suchen müssen.«

Rhis fletschte die Zähne und legte den Kopf schräg, als wollte er Larkin zu verstehen geben, dass es verdammt noch mal auch Zeit wurde, dass endlich etwas geschah.

Larkin seufzte. »Ich muss zuerst mit dem König reden.«

Der Drache stieß ein ungeduldiges Knurren aus und trottete an Larkin vorbei zurück zum Schloss, als könne es ihm gar nicht schnell genug gehen.

Larkin schloss für einen Moment die Augen. »Ich muss verrückt sein, dass ich mich mit einem Drachen unterhalte.«

Rhis warf ihm lediglich einen langen Blick über die Schulter zu.

Die Nachricht über das reiterlose Pferd, musste sich wie ein Lauffeuer verbreitet haben, denn Larkin war noch nicht weit gekommen, als der König ihm bereits, flankiert von seiner Leibgarde, mit weit ausgreifenden Schritten entgegenkam. Es schien fast, als wolle der König achtlos an Larkin vorbeieilen, ehe sein Blick auf den Drachen fiel, der es sich mitten im Gang gemütlich gemacht hatte und den König mit gefletschten Zähnen beäugte.

Eine der Wachen hatte die Hand bereits auf sein Schwert gelegt, zweifellos um seinen Herrn vor dem vermeintlichen Untier zu beschützen, bevor der König ihn mit einer Handbewegung aufhielt. Larkin erwiderte hoch erhobenen Hauptes den Blick, mit dem der König ihn maß, und schwor sich, dass er sich nicht noch einmal von dem Mann einschüchtern lassen würde.

»Wisst Ihr etwas über das Verbleiben meines Sohnes, Hexer?« Der überraschend scharfe, beinahe anklagende Tonfall des Königs brachte Larkins soeben gefassten Entschluss für einen Augenblick lang ins Wanken.

»Nein, Euer Majestät. Aber –«

Der König wartete gar nicht erst auf Larkins Erklärung, sondern ging einfach weiter, einen großen Bogen um den ausgestreckten Drachen machend, dessen silberne Augen jeder Bewegung des Königs folgten.

Larkin biss verärgert die Zähne zusammen, während sich seine Hände zu Fäusten ballten.

»Euer Majestät!«, rief er dem König hinterher, der Larkin jedoch keinerlei Beachtung schenkte.

Zähneknirschend eilte Larkin dem König nach. »Euer Majestät! Ich bin mir sicher, ich kann ihn finden.«

Das schien dem König zu denken zu geben, denn er verlangsamte endlich seine Schritte und drehte sich langsam zu Larkin um, die Lippen abschätzig geschürzt und eine einzelne Braue spöttisch erhoben, während er Larkin von Kopf bis Fuß musterte. »Was wisst Ihr schon vom Fährtenlesen, Hexer, geschweige denn davon, einen Mann bei dieser Witterung zu finden?«

Larkin trat einen Schritt vor, das Kinn trotzig erhoben, woraufhin die Wachen die Hände auf die Schwerter legten. – Als könnten sie mit ihren Klingen irgendetwas gegen einen Hexer ausrichten.

»Ich mag vielleicht nicht viel vom Fährtenlesen verstehen, doch bin ich nicht gänzlich ohne Fähigkeiten, wenn es darum geht zu finden, was verloren ist.«

Der König starrte Larkin mehrere Herzschläge lang aus schmalen Augen an, bevor sich seine Mundwinkel zu einem Lächeln hoben, das fast ein wenig spöttisch wirkte, als würde Larkin ihn … amüsieren.

Der Gedanke war fast unerträglich.

»Sieh an, sieh an, es steckt doch mehr Kampfgeist in Euch, als ich Euch zugetraut hätte«, sagte der König, während er sich mit der Hand durch den Bart strich. Dann kehrte der harte Ausdruck wieder in sein Gesicht und er schien zu einer Entscheidung gefunden zu haben.

»Also gut. Folgt mir.« Er wandte sich abrupt zum Gehen.

Ärger flammte in Larkin auf, sodass er für einen Moment in Erwägung zog, den Befehl des Königs schlicht zu missachten. Doch er war auf die Hilfe des Königs angewiesen, wenn er Kian finden wollte. Er würde ein Pferd brauchen und Karten und …

Widerstrebend, die Hände an den Seiten zu Fäusten geballt, folgte er dem König, seinen Ärger nur mühsam im Zaum haltend.

Nachdem Larkin in den langen, ewig gleich aussehenden Gängen des Schlosses längst die Orientierung verloren hatte, gelangten sie schließlich zu den privaten Gemächern des Königs. Larkin fand sich unlängst in dem mit dunklem Holz vertäfelten Arbeitszimmer wieder, in der seine erste Unterredung mit dem König kurz nach seiner Ankunft auf dem Schloss stattgefunden hatte.

Mit einem unheilvollen Klicken drückte der König die Tür hinter sich ins Schloss und wandte sich langsam zu Larkin um.

»Und warum seid Ihr so versessen darauf, meinen Sohn zu finden, Hexenmeister?«, fragte er mit gefährlich leiser Stimme.

Larkin verschlug es für einen Moment vor Überraschung die Sprache. Doch dann gewann sein Ärger wieder die Oberhand. »Warum?« Er hatte wahrhaftig genug von diesen Spielereien. »Weil er verletzt ist und meine Hilfe benötigt.«

Die Miene des Königs verdunkelte sich. »Und woher wisst Ihr, dass er verletzt ist? Habt Ihr womöglich selbst Eure Hände im Spiel?«

Rhis begann drohend zu knurren und baute sich neben Larkin auf, die Zähne gebleckt.

Larkin wich mit einem Ächzen zurück. »Ihr glaubt, ich hätte …?« Der Gedanke war zu ungeheuerlich, um ihn laut auszusprechen.

Der König kam Larkin gefährlich nahe, die Augen zu Schlitzen verengt. »Ihr taucht aus dem Nichts hier auf, ein mittelloser Hexer, der wie durch ein Wunder die Gunst meines Sohnes erlangt hat und wenige Tage später kehrt sein Pferd reiterlos zurück. Sagt mir, Hexenmeister, was soll ich glauben?«

Zorn regte sich in Larkin. Er nahm einen tiefen Atemzug und versuchte das Gefühl im Keim zu ersticken. Zorn war ein gefährliches Gefühl für einen Hexer, vor allem, wenn der betreffende Hexer über Larkins Macht verfügte. Seine Hände ballten sich einmal mehr zu Fäusten und mit großer Anstrengung wandte er dem König den Rücken zu, um die Gefahr zu verringern, einen fatalen Fehler zu begehen. Wie konnte dieser Mann es wagen?

Larkin zwang sich zu weiteren tiefen Atemzügen, bis er sich sicher war, dass kein Unglück geschehen würde. Dann erst drehte er sich wieder herum.

»Ich war nicht derjenige, der Kian fortgeschickt und ihn damit den Feen auf einem silbernen Tablett dargeboten hat«, sagte er und in seiner Stimme schwang noch immer eine Spur seines nur mühsam beherrschten Zornes mit.

Der König beugte sich mit einem gefährlichen Glitzern in den Augen zu Larkin vor. »Hütet Eure Zunge, Hexer. Ihr bewegt Euch auf sehr dünnem Eis.«

Das Feuer im Kamin loderte plötzlich hell auf. Im selben Moment entflammten alle Kerzen im Raum mit einem Zischen.

Larkin wich einen hastigen Schritt zurück, biss die Zähne zusammen und versuchte das Wüten seiner Magie im Zaum zu halten. Das Feuer im Kamin sackte in sich zusammen, doch die Kerzen brannten weiterhin. »Mit Verlaub, Euer Majestät, doch Ihr solltet mir nicht drohen«, presste er hervor. Es kostete ihn mehrere Atemzüge, bis seine Gefühle sich genügend beruhigt hatten, dass er seiner Stimme trauen konnte. Trotzig hob er den Blick. »Ihr hättet ihn nicht fortschicken müssen und doch habt Ihr es getan.«

»Um ihn zu schützen!«, fiel der König Larkin aufgebracht ins Wort. »Was glaubt Ihr denn, was dieses Natterngezücht täte, wenn sie erführen, dass mein eigener Sohn der Grund ist, weshalb ich dieses Gesetz habe ändern lassen? Könige sind schon wegen Geringerem zu Fall gekommen. Ich musste es tun, gerade jetzt, wo diese Schlangenbrut nur nach einem Grund sucht, um mich zu stürzen.« Er trat einen Schritt auf Larkin zu und ragte drohend über dem Hexer auf. Er war nicht einmal eine Handbreit größer als Larkin und doch wirkte er in diesem Moment groß und furchteinflößend wie ein gereizter Bär. »Ihr beiden habt mir keine Wahl gelassen.«

»Niemand hätte es bemerkt!«, begehrte Larkin auf, doch der König wischte seinen Einwand mit einer Handbewegung fort.

»Ihr benahmt Euch wie zwei liebestolle Hirsche während der Brunft, einer schlimmer als der andere. In wenigen Tagen hätte es der ganze Hof gewusst! Glaubt mir, mir wäre es lieber gewesen, ich hätte Euch fortschicken können, doch da Boren dafür gesorgt hatte, dass Ihr nicht reisen konntet, musste es Kianéran sein.«

Larkin spürte, wie ihm die Hitze in die Wangen schoss. Wie zwei liebestolle Hirsche? Seele des Waldes, sicherlich hatten sie sich nicht derart auffällig verhalten.

»Aber wir ...«

»Spart Euch die Ausreden, Hexer. Eure Blicke allein hätten Euch verraten, wenn es Euer Verhalten nicht bereits getan hätte. Nein, Ihr wärt nicht in der Lage gewesen, irgendwem etwas vorzumachen außer Euch selbst. Ich konnte es nicht riskieren, dass ihr beiden in eurer Vernarrtheit alles zunichtemacht, wofür ich jahrelang gekämpft habe.«

Die Worte hingen einen Moment zwischen ihnen, während die beiden Männer sich gegenseitig anstarrten.

»Ihr – Ihr habt es gewusst?« Larkin konnte kaum fassen, was der König ihm da soeben offenbart hatte. Er hatte seit *Jahren* von den Neigungen seines Sohnes gewusst? Seit Jahren daran gearbeitet, das Gesetz zu ändern? Für Kian?

Der König hob eine fragende Braue. »Dass mein Sohn eher dem stärkeren Geschlecht zuspricht?«

Larkin nickte langsam und wich dem durchdringenden Blick des Königs aus, als ihm zum zweiten Mal das Blut in die Wangen schoss.

Der König seufzte tief. »Natürlich habe ich es gewusst. Was glaubt Ihr, warum ich dieses Gesetz verabschiedet habe?«

Larkin sagte nichts. Er wusste nicht mehr, was er glauben oder denken sollte.

»Was nicht heißt, dass ich nicht versucht hätte, ihn auf den rechten Weg zu bringen«, fuhr der König mit einem Achselzucken fort. »Aber der Junge kann stur wie ein Esel sein, wenn er sich etwas in den Kopf gesetzt hat.« Er betrachtete Larkin einen

Augenblick nachdenklich. »Ihr habt meine anfängliche Frage noch immer nicht beantwortet. Was wisst Ihr über das Verschwinden meines Sohnes?«

Ein Klopfen an der Tür kam Larkins Antwort zuvor.

Eine Wache steckte den Kopf zur Tür herein und wechselte leise Worte mit dem König.

»Hauptmann Torkher, Euer Majestät.«

Was auch immer der König dem Mann antwortete, Larkin hörte es nicht mehr. Ein heftiger Schwindel überfiel ihn plötzlich und ohne Vorwarnung. In seinen Ohren begann es zu Rauschen und das Brennen in seiner Brust wurde so stark, dass er sich mit einem Keuchen zusammenkrümmte, die Arme fest um den Leib geschlungen.

»Gütige Geister, Hexer, ist Euch nicht wohl?«

Nur verschwommen nahm er das Gesicht des Königs wahr, das vor ihm auftauchte.

»Ich …« Mit einem Stöhnen sank er auf die Knie, als seine Beine ihm den Dienst versagten, und krümmte sich vor Schmerz zusammen. Am Rande fragte er sich, ob Kian in diesem Moment wohl die gleichen Schmerzen erdulden musste. Er betete zu den Geistern, dass dem nicht so war und hoffte inständig, dass es noch nicht zu spät war.

»Holt einen Heiler, schnell!«

Die Worte brachten Larkin wieder zur Besinnung. »Nein«, brachte er mühsam hervor, die Stimme nicht mehr als ein heiseres Krächzen. »Alles nur … nicht den Quacksalber.« Er kämpfte sich auf alle viere hoch, nur um einen Arm gleich wieder gegen seine Mitte zu pressen.

Mit Erschrecken bemerkte er die Blutstropfen, die einer nach dem anderen lautlos zu Boden tropften. Als er sich mit den Fingern an die Nase fasste, kamen seine Fingerspitzen blutig zurück.

Was würde mit den Schatten geschehen, wenn seine Kräfte weiter schwanden? Waren sie womöglich schon …? Er suchte in seinem Inneren nach den acht Ankern und war erleichtert, als er jeden von ihnen intakt vorfand. Wenigstens hielten die Bannkreise diesmal.

Rhis stieß ihn sanft mit der Schnauze an und winselte leise, doch Larkin hatte keine Kraft, um das verängstigte Tier zu beruhigen.

»Helft mir ...« Mühsam hob er das schweißüberströmte Gesicht und wischte sich mit dem Ärmel das Blut von der Nase. Wieviel Zeit blieb ihm noch, bevor seine Magie gänzlich aufgebraucht war? Er musste sich beeilen. »Helft mir auf, wir haben keine ... keine Zeit mehr.«

»Redet keinen Unsinn, Junge«, sagte der König schroff. »Ihr seid eindeutig krank. Der Heiler –«

Larkin gab einen unwilligen Laut von sich. »Der verfluchte Quacksalber wird mir nicht helfen können.« Er begegnete dem Blick des Königs. »Es ist Euer Sohn. Ich muss ...« Er biss die Zähne zusammen, als ihn der Schmerz erneut übermannte. »Ich muss sofort aufbrechen. Helft mir auf.«

Seine Arme wurden gepackt und im nächsten Moment hing Larkin wie ein nasser Sack zwischen dem König und einem weiteren Mann, den er noch nie zuvor gesehen hatte. Einen Augenblick lang kämpfte er gegen die Ohnmacht an, bis er sich wieder in der Gewalt hatte. Seine Beine wollten ihm nicht so recht gehorchen, sodass die beiden Männer ihn beinahe tragen mussten, bevor sie ihn unzeremoniell auf einem Stuhl abluden.

Der Fremde drückte ihm ein kleines, in abgewetztes Leder geschlagenes Fläschchen in die Hand. »Hier, trinkt das«, sagte er schroff.

Larkin runzelte die Stirn. »Was ...?«

»Trinkt«, wiederholte er in schärferem Tonfall. »Danach wird es Euch besser gehen. Nehmt einen ordentlichen Schluck.«

Larkin tat, wie geheißen, und bereute es augenblicklich. Die Flüssigkeit brannte wie Feuer in seiner Kehle und ließ ihn hustend und röchelnd nach Luft schnappen. Tränen schossen ihm in die Augen und rannen ihm über das Gesicht und für einige Herzschläge lang, glaubte er, der Mann habe ihn vergiftet.

Dann hörte er das belustigte Lachen des Königs.

»Er verträgt offenbar nicht viel«, bemerkte der Fremde abschätzig.

Larkin sah mit tränenden Augen auf. »Was bei allen Ungeheuern der Drachenberge war das?«, brachte er hustend hervor.

Der Fremde schürzte abschätzig die Lippen, sagte jedoch nichts. Stattdessen antwortete der König mit einem Schmunzeln und Larkin begriff, dass sich die beiden Männer auf seine Kosten amüsierten.

»Torkhers Feuerwasser kann selbst Tote wieder lebendig machen, meint Ihr nicht, Hexenmeister?«

Larkin wischte sich ärgerlich die Tränen aus dem Gesicht. Er hätte es besser wissen sollen, als Tränke von einem Fremden anzunehmen. Schatten und Verdammnis, seine Kehle brannte noch immer, doch eigenartigerweise hatte das Brennen in seiner Brust nachgelassen und der Schwindel war einer seltsamen Leichtigkeit gewichen.

Rhis leckte mit einem Winseln Larkins Finger und Larkin streichelte ihm beruhigend über den Kopf.

»Ist schon gut, Kleiner«, murmelte er.

»Erklärt Euch, Hexenmeister. Was hatte das eben«, der König machte eine vage Handbewegung, »mit meinem Sohn zu tun?«

Larkin rieb sich müde über das Gesicht. »Ich …« Er schüttelte irritiert den Kopf. Wie sollte er dem König erklären, was er getan hatte? Er warf einen kurzen Blick auf den Fremden, bevor er den König fragend ansah.

»Ihr könnt frei sprechen, Hexenmeister. Hauptmann Torkher genießt mein vollstes Vertrauen«, sagte der König mit deutlicher Ungeduld.

Larkin unterzog den Hauptmann einer flüchtigen Musterung. Er war ein muskulöser Mann mit einem von Wind und Wetter gezeichneten Gesicht und einem harten Blick, dem Larkin nicht lange standhalten konnte.

»Ich … kann es spüren, wenn er verletzt ist«, sagte er schließlich leise.

»Warum?«, fragte der König.

Larkin stieß einen Seufzer aus. Die Wahrheit würde dem König gewiss nicht gefallen. »Ich bin an ihn gebunden.«

Torkher stieß einen kurzen Pfiff aus. Der König sah Larkin nur fassungslos an. »Ihr seid … Was bei den Schatten wollt Ihr damit sagen?« Er machte einen drohenden Schritt auf Larkin zu. »Habt Ihr ihn verzaubert?«

»N-nein, ich meine, ja, ich …«

Mit wutverzerrtem Gesicht packte der König Larkin am Kragen. »Also doch, ich habe es von Anfang an gewusst. Was habt Ihr ihm angetan?« Er schüttelte Larkin, als dieser nicht sofort antwortete. »Redet endlich oder ich schwöre Euch –«

Torkher legte dem König eine Hand auf den Arm. »Lass den Jungen reden.«

Der König schüttelte ärgerlich die Hand des Hauptmannes ab, ließ Larkin jedoch nach einem Moment frei.

»Nun?«, fragte der Hauptmann scharf.

Larkin leckte sich über die trockenen Lippen. »Ich wollte ihn schützen. Ich … Er besitzt einen Talisman, der ihn vor Unfällen und Magie beschützen soll. Doch während unseres Kampfes mit dem Drachen …« Er sah unwillkürlich zu Rhis hinunter und erschauerte, als er daran dachte, wie Kian beinahe geröstet worden wäre. »Der Kampf hat die Macht des Talismans erschöpft. Ich wollte lediglich den Zauber erneuern, doch ich …« Er holte tief Luft, bevor er den König anblickte, der ihn mit versteinerter Miene betrachtete. »Es war ein Versehen. Ich fürchte, ich war nicht ganz bei der Sache. Ich wob zwar einen Schutzzauber, jedoch verselbständigte sich die Magie, sodass sie ein Band zwischen dem Prinzen und mir knüpfte. Ich wollte, dass er sicher ist vor der tückischen Magie der Feen und nun …« Er schloss kurz die Augen und rieb sich über die Brust. »Meine Magie wird ihn am Leben halten, solange meine Kräfte reichen.«

»Was bewirkt dieses … Band genau?«, fragte der Hauptmann.

Larkin starrte seine Hände an. »Ich bin nicht ganz sicher. Es schützt den Prinzen vor Angriffen, Feenmagie, heilt seine Verletzungen, kurzum es dient seinem Schutz, darüber hinaus …« Er zuckte die Achseln.

»Wollt ihr damit andeuten, Ihr seid so etwas wie ein lebendiger Talisman?«, fragte Torkher.

Der König schnaubte nur.

Larkin zuckte abermals die Achsen, bevor er einen Blick aus dem Augenwinkel riskierte. Während der König ihm unverhohlenes Misstrauen entgegenbrachte, wirkte die Miene des Hauptmannes beinahe interessiert. »Wenn Ihr es so ausdrücken wollt.«

Torkher stieß einen weiteren Pfiff aus. »Was geschieht, wenn Eure Kräfte erschöpft sind?«

Larkin schluckte. »Ich fürchte, er ist schwer verletzt. Wenn wir ihn nicht rechtzeitig finden …«

Er wagte es nicht, die Worte auszusprechen. Er würde Kian rechtzeitig finden, er musste.

»Was geschieht mit Euch, wenn Eure Kräfte erschöpft sind?« Die Worte des Königs rissen Larkin jäh aus seinen düsteren Gedanken und er sah den König überrascht an.

»Ich …« Er musste sich räuspern, weil seine Stimme ihm mit einem Mal versagte. »Ich werde sterben.«

Die Worte hallten einen Moment nach in der plötzlichen Stille.

Torkhers Gesicht hatte einen nachdenklichen Ausdruck angenommen, während der König noch immer nicht überzeugt schien.

»Das bedeutet, wenn er stirbt …«, begann Torkher schließlich mit einem Hauch Respekt in der rauen Stimme.

Larkin schloss die Augen. »Sterbe ich mit ihm.«

Der König gab einen erstickten Laut von sich. Als Larkin die Augen aufriss, sah er, wie der König sich mit wutverzerrter

Miene auf ihn stürzen wollte. Doch Rhis baute sich wie aus dem Nichts vor Larkin auf, die Zähne gefletscht, und grollte drohend. König und Drache maßen sich mehrere Herzschläge lang mit drohenden Blicken und Larkin konnte sich des Gefühls nicht erwehren, dass sich hier zwei Raubtiere gegenüberstanden, die vor einem Kampf nicht zurückschreckten.

Torkher legte dem König die Hand auf den Arm, doch dieser beachtete ihn gar nicht.

»Was habt Ihr getan?«, sagte der König, ohne seinen Zorn zurückzuhalten. »Ihr habt das Leben meines Sohnes an Eures gebunden? Weiß er davon? Weiß er, dass er Euch in den Tod folgen wird?«

Larkins Augen weiteten sich vor Entsetzen. »Seele des Waldes, nein«, flüsterte er. »Ich habe nicht ... Er ist nicht an mich gebunden. Ich würde niemals ... Schatten und Verdammnis, ich würde niemals sein Leben so leichtfertig aufs Spiel setzen. Ich wollte *ihn* schützen, nicht mich!«

»Und woher sollen wir wissen, dass Ihr die Wahrheit sprecht, Hexer?«, knurrte der König. »Ihr könntet mit Eurer Magie unsere Sinne verwirren, meinen Sohn irgendwo gefangen halten.«

»Galvan«, sagte Torkher warnend, doch der König sprach einfach weiter.

»Womöglich ist er bereits tot, während Ihr Euer Spiel mit uns treibt und –«

Torkher packte den König bei den Schultern. »Galvan, es ist genug.«

»Wie kannst du es wagen ...!«

»Ich kann und ich werde. Hast du völlig den Verstand verloren?«

Der König starrte Torkher mit finsterer Miene an und Larkin erwartete fast, dass er den Hauptmann jeden Moment in Ketten legen lassen würde.

»Nach allem, was ich über ihn gehört habe, hat er nicht nur deinem Sohn, sondern auch deiner Tochter das Leben gerettet, ohne einen Lohn dafür zu verlangen, und nun glaubst du, er hätte Kian etwas angetan? Warum sollte er das tun?«

»Woher soll ich das wissen?«, zischte der König mit einem Seitenblick auf Larkin, dem zunehmend unwohler wurde. »Er hat selbst zugegeben, dass er meinen Sohn verhext hat.«

»Du solltest dich einmal selbst reden hören«, erwiderte Torkher scharf. »Was ist nur in dich gefahren? Er hat sich praktisch selbst geopfert, um deinen Sohn zu schützen!«

»Und warum sollte er das tun?«, schoss der König zurück.

»Weil ich ihn liebe.« Larkin hatte sich von seinem Stuhl erhoben und starrte den König herausfordernd an.

Der König lachte höhnisch. »Liebe? Was wisst Ihr schon von Liebe. Wie habt Ihr meinen Sohn gefügig gemacht?«

»Galvan!«

Larkin platzte der Kragen. »Ich habe ihn in mein Haus genommen, als er mehr tot als lebendig war, habe ihn einen ganzen Winter lang gepflegt, bis er endlich wieder laufen konnte, und das, obwohl ich nicht einmal wusste, wer er wirklich war. Stellt Euch meine Überraschung vor, als ich kam, um Eure Tochter zu heilen, und erfuhr, dass der Mann, den ich für einen einfachen Hauptmann hielt, kein geringerer als Prinz Kianéran von Fengard ist. Der Bastard hatte nicht einmal den Anstand, es mir persönlich zu sagen. – Und dann taucht er eines Nachts plötzlich vor meiner Tür auf.« Er ballte die Hände zu Fäusten. »Er ist zu mir gekommen, nicht umgekehrt. Also wagt es nicht, zu behaupten, ich hätte ihn verzaubert. Alles, was ich getan habe, ist, ihm ein ums andere Mal den Hals zu retten, weil er sich ständig in Gefahr begibt!«

Larkin hob die Hand, als der König erneut aufbegehren wollte. »Glaubt, was Ihr wollt, doch uns läuft die Zeit davon. Während wir hier stehen, ist der Prinz irgendwo dort draußen und kämpft um sein Leben. Ich werde nicht länger mit Euch diskutieren. Gebt mir ein Pferd, mehr verlange ich nicht, damit ich ihn suchen kann. Und wenn ich zurückkehre, könnt Ihr mich meinetwegen in Ketten legen, solange Ihr wollt.«

Der König wirkte für einen Moment sprachlos. Torkhers Mundwinkel zuckten belustigt, als er Larkin mit neuem Respekt zunickte.

»Ich werde ihn begleiten, Galvan«, sagte Torkher an den König gewandt. »Wir werden deinen Sohn finden und nach Hause bringen.«

Der König presste die Lippen zu einem dünnen Strich zusammen. »Du glaubst ihm etwa?«

Torkher zuckte mit den Achseln. »Ich weiß nur, dass er Recht hat. Es hilft deinem Sohn wenig, wenn wir hier stehen und uns gegenseitig Vorwürfe machen.« Er musterte Larkin abschätzend. »Seid Ihr sicher, dass Ihr ihn finden könnt? Die Grenze ist lang, wir könnten Wochen unterwegs sein.«

Die Frage traf Larkin unvorbereitet. Er hatte sich keine Gedanken darüber gemacht, wie er Kian finden sollte.

»Ich …«

Rhis knurrte leise neben ihm und stieß ihm den Kopf gegen die Hüfte.

»Nicht jetzt, Rhis«, zischte Larkin und schob den Drachen von sich weg.

Doch das schien den Drachen nur in Rage zu bringen. Ungeduldig begann er an Larkins Ärmel zu zerren.

»Was willst du von mir?«

Rhis ließ sich auf die Hinterbeine nieder und blickte Larkin herausfordernd an.

»Was, verflucht? Ich habe keine Zeit für deine Spielchen.«

Der Drache gab ein wütendes Fauchen von sich und fletschte die Zähne, bevor er wieder nach Larkins Ärmel schnappte. Der packte energisch die lange Schnauze des Drachen und hielt ihm mit beiden Händen das Maul zu.

»Hör auf damit«, sagte er mit Nachdruck und sah dem Tier fest in die Augen.

Rhis erwiderte seinen Blick ohne zu Blinzeln.

»Du weißt, wo er ist?«, fragte Larkin schließlich und ließ das Maul des Drachen los.

Der Drache bewegte den Kopf von einer Seite zur anderen, als würde er mit dem Kopf schütteln.

»Aber du glaubst, du kannst ihn finden?« Larkin ignorierte die beiden Männer, die ihn entgeistert anstarrten, als er in die silbernen Augen des Drachen sah. Er hoffte, dass es nicht bloßes Wunschdenken war, das ihn Verstand sehen ließ, wo keiner war. Doch Rhis war seine größte Hoffnung, wenn er nicht stundenlang damit beschäftigt sein wollte, in den Wind zu lauschen oder andere Wege zu finden, mit denen er Kian ausfindig machen konnte.

Rhis bleckte die Zähne in einem breiten Grinsen und nickte mit dem Kopf. Seine silbernen Augen blitzten, als würde er sich darüber lustig machen, dass Larkin so lange gebraucht hatte, um ihn zu verstehen.

»Also gut.« Larkin warf Torkher einen grimmigen Blick zu, während er Rhis unter dem Kinn kraulte. »Der Drache wird ihn finden. Ich brauche nur noch ein Pferd.«

»Ihr könnt unmöglich …«, setzte der König an, doch Torkher kam ihm zuvor.

»Das Pferd sollt Ihr haben«, sagte er mit einem warnenden Blick in Richtung des Königs. »Lasst uns aufbrechen.«

20

Larkin wusste nicht so recht, was er von seinem Begleiter halten sollte. Seit Stunden waren sie nun unterwegs und noch immer hüllte sich Torkher in einen Mantel des Schweigens. Es war Larkin nach wie vor ein Rätsel, wie der Mann es geschafft hatte, den König dazu zu bringen, Larkin ein Pferd zu geben und ihn mit Torkher als einzigem Begleiter ziehen zu lassen.

»Was ist, habt Ihr noch nie einen Soldaten gesehen, Junge?«

Larkin fuhr erschrocken zusammen, als der Hauptmann urplötzlich das Wort an ihn richtete.

»W-was?«, stotterte er, während ihm vor Verlegenheit die Hitze in die Wangen stieg.

Torkher bedachte ihn mit einem spöttischen Blick.

»Ihr starrt mich schon seit Stunden an. Gefällt Euch der Anblick?« Er zwinkerte Larkin mit einem anzüglichen Grinsen auf den Lippen zu.

Larkin verschlug es für einen Moment die Sprache.

»Was?«

Torkher lachte nur. »Vielleicht steht Euch der Sinn zur Abwechslung nach einem richtigen Mann?«

Larkin bedachte ihn mit einem scharfen Blick. »An Eurer Stelle würde ich mir nicht allzu große Hoffnungen machen.«

Torkher warf den Kopf in den Nacken und lachte schallend. Dann lenkte er sein Pferd näher an Larkins heran und schlug ihm hart auf den Rücken, dass Larkin die Luft wegblieb. »Ihr werdet noch eine Menge lernen müssen, wenn Ihr es am Hof länger als ein paar Tage aushalten wollt«, sagte der Hauptmann spöttisch. »Hohn und Spott werden die geringsten Eurer Probleme sein. Habt Ihr Euch die Sache auch gut überlegt?«

Larkin hielt den Blick starr auf Rhis gerichtet, der zielstrebig vor ihnen her durch den dichten Schnee lief, wie ein Hund, der die Fährte aufgenommen hatte.

Wenn er ehrlich zu sich war, so hatte er sich gar nichts überlegt. Seit Kian in jener Nacht plötzlich vor seiner Tür gestanden hatte, war so viel geschehen, dass er kaum Zeit gehabt hatte, sich über irgendetwas Gedanken zu machen.

Er seufzte.

»Ah, das Vorrecht der Jugend«, spottete Torkher. »Früher oder später werdet Ihr Euch jedoch dieser Frage stellen müssen, sonst werdet Ihr schneller fallen, als Euch lieb ist.«

»Was wollt Ihr damit sagen?«

Torkher grinste breit. »Ihr solltet die Beine in die Hand nehmen und weglaufen, solange Ihr noch könnt, wenn Ihr meine Meinung hören wollt. Der Hof ist eine Schlangengrube, die jeden verschlingt, der nicht gegen ihr Gift immun ist. Denkt an meine Worte, Hexer. Ich stelle mich lieber einem Rudel Wölfe, als auch nur einen Tag länger als nötig am Hof zu verweilen, und Ihr solltet dasselbe tun.«

»Ich weiß Eure Sorge zu schätzen, doch bin ich nicht so unschuldig, wie Ihr annehmt.«

Das ließ Torkher erneut in schallendes Gelächter ausbrechen. »Ihr seid nichts weiter als ein grüner Junge vom Land mit lächerlich romantischen Vorstellungen von Liebe. Seht Euch an, Ihr könnt Euch kaum auf einem Pferd halten. Ihr solltet meine Warnung ernst nehmen, Junge.«

Larkin schwieg. Die Worte erinnerten ihn daran, wie sehr er die Ruhe und Abgeschiedenheit seiner kleinen Hütte vermisste. Verglichen mit dem, was er bei Hofe erlebt hatte, war sein Dorf das reinste Paradies und er stellte mit Erschrecken fest, dass ihm sogar Martins offene Feindseligkeit lieber war, als die Masken, die jeder bei Hofe zu tragen schien.

Selbst Kian hatte sich nicht gescheut, Larkin zu belügen.

Larkin seufzte innerlich. In gewisser Weise war er tatsächlich nicht mehr als die Unschuld vom Lande, andererseits jedoch …

Er warf Torkher einen Blick aus dem Augenwinkel zu. Der Hauptmann saß lässig auf seinem Pferd, als wäre er im Sattel geboren worden, die Lippen zu einem selbstgefälligen Grinsen verzogen.

Ärger regte sich in seinem Inneren und seine Hände schlossen sich unwillkürlich fester um die Zügel. Was wusste Torkher schon? Larkin war derjenige, der dieses ganze verfluchte Königreich tagtäglich vor den Schatten schützte und er war auch derjenige, der dem feinen Prinzen ein ums andere Mal seinen lausigen Hintern retten musste. Sicherlich würde er sich nicht von Torkhers Geschwätz ins Bockshorn jagen lassen. Er war kein Feigling, der bei dem ersten Anzeichen von Schwierigkeiten einfach davonlief.

Und wünschte er sich wirklich die Ruhe seiner Hütte zurück?

Er dachte mit Grauen an all die einsamen Abende, an den langen endlosen Sommer, nachdem Kian ihn verlassen hatte.

Rhis blieb einen Steinwurf weit entfernt stehen und warf Larkin einen langen Blick zu. Dann setzte er sich urplötzlich wieder in Bewegung und kam den Weg zurückgerannt, den er soeben gekommen war, lief zweimal um Larkins Pferd herum, bevor er den Kopf streckte und ihn an Larkins Bein rieb, als hätte er geahnt, in welche Richtung Larkins Gedanken gewandert waren.

Mit einem Seufzen beugte Larkin sich herab und streichelte dem Drachen über das schuppige Haupt. »Du hast ja Recht«, murmelte er und musste über sich selbst lächeln, dass er sich schon wieder mit dem Tier unterhielt.

Er bemerkte den düsteren Blick, den Torkher ihm zuwarf, und sein Lächeln vertiefte sich. Mit einem Mal konnte er sich nicht erklären, warum die Worte des Mannes ihn so aus der Ruhe hatten bringen können. Der Hof mochte vielleicht eine Schlangengrube sein, aber was waren ein paar Schlangen schon im Vergleich zu einem ausgewachsenen Drachen?

Rhis hob den Kopf und grinste breit und Larkin begann sich zu fragen, ob der Drache womöglich wirklich seine Gedanken lesen konnte. Die silbrigen Augen schlossen sich und der Drache fing zufrieden an zu brummen, als Larkin ihm die Schnauze kraulte.

»Genug getrödelt, auf mit dir.« Larkin gab dem Drachen einen Klaps auf die Schulter und sah ihm mit einem leisen Lächeln hinterher, als das Tier wieder durch den Schnee tollte.

Immer noch grinsend wandte er dem Hauptmann seine Aufmerksamkeit zu.

»Sagt mir, Hauptmann, wart Ihr schon einmal im Schattenwald?«

Torkhers Augen verengten sich und er musterte Larkin argwöhnisch, bevor er neben seinem Pferd ausspuckte.

»Der Wald ist verflucht. Was sollte ich dort wollen?«

Larkin zuckte die Achseln und richtete den Blick wieder nach vorn. »Es ist kein so unangenehmer Ort, wenn man weiß, was in den Schatten lauert.«

Es war fast schon unterhaltsam, Torkhers Mienenspiel zu beobachten, während er über Larkins Worte nachdachte. Er musterte Larkin von Kopf bis Fuß, eine steile Falte zwischen den Augenbrauen. Es war ihm regelrecht anzusehen, als er endlich die richtigen Schlüsse zog. Seine Augen weiteten sich kaum merklich, sein Griff um die Zügel wurde fester und seine ganze Haltung versteifte sich.

Mit einem Lächeln neigte Larkin den Kopf in Torkhers Richtung, bevor er sein Pferd antrieb, um dem Drachen zu folgen.

Er hoffte nur, dass er sich soeben nicht einen weiteren Feind bei Hofe geschaffen hatte.

~*~

Sie ritten bis spät in die Nacht hinein, ohne auch nur ein einziges Wort zu wechseln. Torkher hatte wie selbstverständlich die Führung übernommen, worüber Larkin nicht ganz undankbar war. Allmählich begannen die Geschehnisse des Tages ihren Tribut zu fordern, sodass es Larkin zunehmend schwerer fiel gegen die bleierne Müdigkeit anzukämpfen, die von ihm Besitz ergriffen hatte. Sein Pferd war glücklicherweise zufrieden damit einfach hinter Torkhers Rappen her zu trotten.

Erschrocken fuhr er zusammen, als sich aus heiterem Himmel eine Hand auf seinen Arm legte. Benommen blickte er sich um und begegnete Torkhers Blick. Der Hauptmann wirkte angespannt und bedeutete Larkin mit einer raschen Geste zu schweigen.

Larkin runzelte verwirrt die Stirn und sah sich um. Der Wald hatte sich gelichtet und gab den Blick auf eine schneebedeckte Ebene frei, die das Licht des Mondes in ein gespenstisches Licht tauchte.

Torkher beugte sich zu Larkin hinüber und sagte mit gesenkter Stimme: »Irgendetwas stimmt hier nicht.«

Larkin warf ihm einen fragenden Blick zu, doch Torkher zuckte nur die Achseln, und bedeutete ihm lautlos, ihm zu folgen.

Sie kamen nicht weit. Larkin spürte es einen Augenblick, bevor Torkhers Pferd wie angewurzelt stehen blieb und der Hauptmann scharf die Luft einsog.

Das Gefühl des Todes war nahezu überwältigend, lag wie eine erstickende Decke über allem und überlagerte die Melodien, die Larkin stets am Rande seines Bewusstseins wahrnahm, mit seiner Düsternis und brachte sie fast zum Verstummen.

Larkin stellten sich die Nackenhaare auf. Irgendetwas war hier geschehen und er befürchtete das Schlimmste.

Es dauerte einen Augenblick, ehe er den Leichnam bemerkte, der unweit von ihnen von einer Eiche hing. Lautlos, wie von einer unsichtbaren Brise bewegt, schwang er hin und her, sodass das Gesicht des Toten mal in Schatten, mal ins bleiche Licht des Mondes getaucht war.

Wie es schien, war der Soldat, der dort im Baum hing, erst nach seinem Tod aufgehängt worden. Aus seiner Brust ragte ein abgebrochener Pfeil und eine blutige Wunde zog sich über seinen Oberschenkel.

»Bei allen Geistern«, entfuhr es Torkher, doch als Larkin sich zu ihm umwandte, sah der Hauptmann nicht den Toten an, sondern starrte daran vorbei.

Larkin gefror das Blut in den Adern.

Ein paar Schritte entfernt baumelte ein weiterer Leichnam von einem Baum, und noch einer dahinter.

»Seele des Waldes, wie viele sind es noch?«, flüsterte Larkin.

Torkher saß wie versteinert auf seinem Pferd, sein Gesicht eine gefühllose Maske.

»Der Prinz hatte acht Männer bei sich.«

Acht Männer. Acht Leben ausgelöscht. Kein Wunder, dass das Gefühl des Todes so allüberwältigend war. Larkin trieb sein Pferd vorwärts von dem plötzlichen Drang beseelt, sich davon zu überzeugen, dass Kian nicht einer der Leiber war, die da als stumme Mahnmale von den Bäumen hingen.

Sein Verstand sagte ihm, dass er es gespürt hätte, wenn Kian bereits tot wäre, doch sein Gefühl drängte ihn zur Eile. Er musste es mit eigenen Augen sehen, musste sich selbst davon überzeugen.

Erst nachdem er jedem einzelnen Leichnam in das totenbleiche Gesicht gesehen hatte und sicher war, dass Kian nicht einer von ihnen war, ging ihm die schiere Ungeheuerlichkeit dessen auf, was hier geschehen sein musste. Acht Männer waren tot, getötet durch die Hand der Feen, daran hatte Larkin keinen Zweifel, und dann als grausige Warnung entlang der Grenze aufgehängt wie gewöhnliche Diebe.

Larkin war aus dem Sattel, ehe er recht wusste, wie ihm geschah. Er fiel geradezu zu Boden und kroch zu dem nächsten kahlen Busch, wo er sich zitternd übergab. Jedes einzelne Gesicht der Toten stand ihm mit einem Mal deutlich vor Augen, eingebrannt in seine Erinnerung. Die Feen mussten ein regelrechtes Blutbad unter den Männern angerichtet haben, nach dem Zustand der Leichname zu urteilen, und Larkin wollte gar nicht länger darüber nachdenken.

Kräftige Finger bohrten sich fast schmerzhaft in seine Schultern und eine Stimme zischte ärgerlich an seinem Ohr: »Reißt Euch zusammen, Hexer. Wir haben keine Zeit für solche Kindereien.«

Die harten Worte rissen Larkin aus der Dunkelheit seiner eigenen Gedanken. Kian war nicht unter den Männern gewesen. Torkher hatte Recht, sie hatten keine Zeit zu verlieren.

Dann stutzte er und zwang sich einen weiteren Blick auf die stummen Mahnmale zu werfen. »Es sind nur sieben«, flüsterte er und kam mit Torkhers Hilfe schwankend auf die Beine. Der Drache lief unruhig auf und ab und warf Larkin von Zeit zu Zeit ungeduldige Blicke zu, als wollte auch er Larkin zur Eile antreiben.

»Seid Ihr sicher, dass es acht Männer waren?«, fragte Larkin.

Torkher runzelte die Stirn, während sein Blick über die Toten glitt. Dann weiteten sich seine Augen. »Belaren fehlt«, sagte er und seine Stimme hatte einen hoffnungsvollen Unterton. »Vielleicht konnte er entkommen.«

»Wohl kaum«, erwiderte Larkin mit einer düsteren Vorahnung. »War er jung? Von schöner Gestalt?«

Torkher blickte ihn scharf an. »Warum stellt Ihr diese Fragen?«

Larkin sah den Hauptmann nicht an, sondern starrte hinüber zum Feenwald. »Es gibt nur einen Grund, weshalb Belaren nicht unter den Toten ist«, sagte er langsam. »Er muss das Interesse der Feen geweckt haben.« *Ebenso wie Kian.*

Doch daran konnte er nicht denken, durfte nicht so denken. Kian musste entkommen sein.

Torkher atmete scharf ein und folgte Larkins Blick. »Diese schattenverfluchten Dämonen werden dafür bezahlen und wenn es das Letzte ist, was ich tue.«

Larkin lief bei Torkhers Worten ein Schauer über den Rücken und er wünschte, der Hauptmann hätte seinen Schwur nicht laut ausgesprochen. Nicht hier, umgeben von so viel Tod und mit den Feen womöglich ganz in der Nähe.

»Seid vorsichtig mit dem, was Ihr sagt«, warnte Larkin. »Die Feen mögen es ganz und gar nicht, wenn man ihnen droht.«

»Ich weiß sehr wohl, mit wem wir es zu tun haben, Hexer«, entgegnete Torkher grimmig, machte auf dem Absatz kehrt und marschierte zurück zu seinem Pferd.

Sie ritten eine Weile weiter, hinaus auf die Ebene, immer dem Drachen folgend, der in einer geraden Linie auf den dunklen Wald zuhielt, der sich jenseits der Ebene erstreckte. Es war das erste Mal, dass Larkin einen Blick auf das Land der Feen werfen konnte. Er war fast ein wenig enttäuscht, denn der Wald wirkte wie jeder andere Wald auch.

Neben einem verhutzelten Baum zügelte Torkher sein Pferd unvermittelt und sprang ohne ein Wort der Erklärung mit einem Satz vom Pferd.

»Hauptmann?«, fragte Larkin beunruhigt, doch Torkher schien ihn nicht zu hören. Stattdessen kniete der Mann im Schatten des Baumes und fegte mit den Händen den Schnee beiseite, als suche er nach etwas. »Das kann nicht sein«, murmelte er wie zu sich selbst, bevor er den Blick hob und hinüber zum Feenwald blickte.

»Hauptmann, was hat das zu bedeuten?«, fragte Larkin leise und folgte seinem Blick in Richtung des Feenlandes. Der Prinz war ganz in der Nähe, Larkin konnte es deutlich spüren.

Torkhers Kopf fuhr zu ihm herum und Larkin wich unwillkürlich einen Schritt zurück vor dem zornigen Funkeln in den Augen des Mannes.

»Einer der Grenzsteine hätte genau hier stehen sollen!« Torkher zeigte mit dem Finger auf die Stelle, die er gerade vom Schnee befreit hatte.

Larkin spürte ein Prickeln im Nacken und ließ sich ungelenk von seinem Pferd gleiten, um sich die Sache aus der Nähe anzusehen. »Seid Ihr sicher?«, fragte er, bevor er sich neben Torkher in die Hocke sinken ließ. Er fiel beinahe um, als seine Muskeln nach Stunden im Sattel protestierten.

Torkher gab einen Laut von sich, der fast wie das Knurren eines Wolfes klang, und verzog abschätzig die Lippen. »Natürlich bin ich sicher. Ich patrouilliere seit fast zwanzig Jahren die Grenze. Ich weiß genau, wo jeder einzelne Stein sich befindet und ich sage Euch, dieser hier ist verschwunden.«

Larkin runzelte die Stirn und lauschte auf die Magie, die ihn umgab. Er streckte die Hand aus und war überrascht, als ihn das unvermittelte Bedürfnis überkam, die Hand wieder zurückzuziehen. Ganz offensichtlich hatte jemand hier etwas verborgen und er konnte sich auch schon denken, wer das gewesen war.

»Seht nur!«, rief Torkher und packte Larkins Schulter, bevor dieser Gelegenheit hatte, irgendetwas wegen des fremden Zaubers zu unternehmen.

Torkher deutete auf eine kleine Erhebung einige hundert Schritt entfernt, die sehr verdächtig wie ein Stein aussah.

»Lasst mich raten,« sagte Larkin düster, »das ist der verschwundene Grenzstein.«

Torkher nickte grimmig. »Sieht ganz danach aus. Aber wie kommt er dorthin? Das ist Feen…« Er brach plötzlich ab und stieß einen Fluch aus. »Es war eine verdammte Falle.«

Larkin nickte zustimmend. »Ich fürchte auch.«

»Aber wie haben sie den Stein auf ihre Seite der Grenze geschafft?«

»Ich glaube nicht, dass sie das haben«, antwortete Larkin langsam. »Feen sind Meister der Täuschung.«

Torkher warf ihm einen langen Blick zu, bevor er mit gerunzelter Stirn die aufgewühlte Fläche am Fuß des Baumes betrachtete.

»Glaubt nicht alles, was Ihr sehen oder in diesem Fall nicht sehen könnt«, erklärte Larkin. Mit ein bisschen Zeit könnte er sicherlich den Zauber lösen, der den richtigen Grenzstein verbarg.

Rhis, der eine Weile um den Baum herumgeschlichen war, kam in diesem Moment zurück und stieß Larkin ungeduldig mit der Schnauze an, als wolle er Larkin daran erinnern, dass es wichtigere Dinge gab, als verborgene Grenzsteine.

»Der Prinz ist ganz in der Nähe«, murmelte Larkin, während er in den Wind lauschte.

Torkhers Kopf fuhr zu ihm herum. »Wo?«

Larkin warf Rhis einen fragenden Blick zu. Der Drache knurrte leise und lief dann einige Schritte über die Grenze hinaus, bevor er wieder stehenblieb und Larkin einen ungeduldigen Blick über die Schulter zuwarf.

»Ihr bleibt hier«, sagte Larkin, an den Hauptmann gewandt.

»Auf gar keinen Fall«, entgegnete Torkher. »Ich werde –«

Doch Larkin ließ den Hauptmann gar nicht erst zu Wort kommen. »Ihr werdet auf dieser Seite der Grenze bleiben. Meine Kraft reicht nicht mehr, um Euch auch noch zu beschützen.«

»Ich bedarf Eures Schutzes nicht, Hexer, und ich werde nicht hierbleiben, während Ihr in den Kampf zieht«, entgegnete der Hauptmann scharf.

»Sieben Männer sind bereits tot, weil sie den Feen geradewegs in die Falle gegangen sind, wollt Ihr der Nächste sein?« Larkin bebte vor Zorn über die Sturheit des Hauptmannes. Verstand er denn nicht, in welcher Gefahr er schwebte?

»Ich weiß, mit wem wir es zu tun haben, Hexer. Deshalb werde ich Euch nicht allein gehen lassen.«

Larkin rieb sich müde über das Gesicht. Er war versucht, dem einfältigen Mann seinen Willen zu lassen, doch er wusste, dass die Feen nur darauf lauerten. Er wollte den Tod des Mannes nicht auf seinem Gewissen haben.

»Ich bitte Euch«, sagte er schließlich leise. Der Ärger war einer tiefen Erschöpfung gewichen, die Larkin beinahe schwanken ließ. »Tut, was ich sage. Ihr seid hier in Sicherheit und ich werde Eure Hilfe benötigen, um den Prinzen zurückzubringen. Bitte, bleibt und wartet, bis ich zurück bin.« Er warf dem Hauptmann einen flehenden Blick zu. Er wollte nicht länger mit dem Mann streiten.

Torkher ballte die Hände zu Fäusten. »Was ist mit Euch?«, fragte er mit gepresster Stimme.

Larkin lächelte müde. »Ich bin ein Hexer, sie werden mir nichts tun.«

Torkher bedachte Larkin mit einem langen Blick und schüttelte dann den Kopf. »Ihr seid mehr als ein Hexer.«

Larkin zuckte die Achseln. »Das auch. Werdet Ihr nun auf dieser Seite der Grenze bleiben, während ich nach dem Prinzen suche?«

Torkher biss die Zähne so fest zusammen, dass Larkin das Knirschen hören konnte. Der Hauptmann rang sichtlich mit sich, doch schließlich nickte er knapp. »Ich werde jedoch nicht tatenlos zusehen, sollte Euch etwas geschehen.«

Larkin schloss kurz die Augen und seufzte tief. »Nun gut, mehr kann ich wohl nicht von Euch erwarten. Ich hoffe, ich werde bald zurück sein.«

Der Hauptmann nickte wieder. »Beeilt Euch.«

»Das werde ich.«

Larkin machte auf dem Absatz kehrt und bedachte Rhis mit einem auffordernden Blick. »Worauf wartest du noch? Auf mit dir!«

~*~

Rhis pflügte wie ein Ochse durch den Schnee, ohne darauf zu achten, ob Larkin ihm folgte. Es war ein seltsames Gefühl, die Grenze zu überschreiten, Larkin konnte das Prickeln auf der Haut spüren und für einen Moment klingelten ihm die Ohren von der schieren Kraft der magischen Grenze.

Hatte Kian nicht gespürt, dass die Grenze noch immer an ihrer angestammten Stelle verlief? Aber so, wie Larkin Kian kannte, hatte der Prinz es wahrscheinlich als seine Pflicht angesehen, nach dem Rechten zu sehen.

Larkin wusste, dass die Feen irgendwo in der Dunkelheit lauerten, unsichtbare Augen, die jeden seiner Schritte beobachteten. Vermutlich warteten sie nur darauf, dass er den Prinzen für sie fand.

Er fluchte, als seine Füße auf dem lockeren Schnee plötzlich den Halt verloren und er einen kurzen Abhang herunterschlitterte.

Rhis hatte seine Schnauze im Schnee vergraben und es sah aus, als hätte er ein Kaninchenloch gefunden.

Eine eisige Hand legte sich um Larkins Herz. Hatte er sich in dem Drachen getäuscht? Der Schnee war glatt und unberührt und nichts deutete darauf hin, dass Kian jemals hier gewesen war. Was wenn der Drache wirklich nur einer Kaninchenfährte gefolgt war?

Larkin ließ sich neben dem Tier auf die Knie sinken.

»Ich schwöre dir, wenn dies nichts weiter als ein Kaninchenloch ist, wirst du deines Lebens nicht mehr froh werden.«

Rhis warf den Kopf in den Nacken und knurrte ihn mit gefletschten Zähnen an. Ein vorwurfsvoller Ausdruck stand in den silbernen Augen, bevor der Drache wieder die Schnauze im Schnee vergrub.

Dann bemerkte Larkin es endlich.

Ein Schutzzauber lag auf dem Schnee, der etwas darunter verbarg. Es war ein subtiler Zauber, dunkel und so geschickt mit der Erde verwoben, dass Larkin ihn niemals entdeckt hätte, wenn Rhis nicht seine Nase in den Schnee gesteckt hatte.

Mit einem Stirnrunzeln vergrub er die Hand im Schnee, bis er den gefrorenen Boden unter den Fingerspitzen spürte. Der Zauber fühlte sich seltsam vertraut an, fast als wäre es …

Er schnappte überrascht nach Luft und starrte ungläubig auf seine Hand. Es war seine eigene Magie, die den Zauber gewoben hatte, die vertraute Melodie, die ihn bereits sein Leben lang begleitete und die beinahe von den tiefen, dunklen Tönen der Erde überlagert wurde.

»Er ist hier, Rhis«, flüsterte Larkin.

Der Drache hob den Kopf und zischte leise.

Larkin streckte die Hand aus, um Rhis am Kopf zu kraulen. »Guter Junge. Du hast ihn tatsächlich gefunden. Ich bin stolz auf dich.«

Der Drache rieb seinen Kopf an Larkins Hand und verzog das Maul zu einem breiten Grinsen. Dann fing er wieder an, mit den Vorderkrallen im Boden zu graben, der unter der Hitze seines Körpers allmählich auftaute.

Larkin schob ihn unsanft zur Seite. »Lass mich.«

Rhis knurrte unwillig, ließ Larkin jedoch gewähren und beobachtete ihn mit schräggelegtem Kopf.

Die Hitze des Drachen hatte den Schnee bereits genügend geschmolzen, sodass Larkin ohne weiteres seine Finger in die aufgeweichte Erde bohren konnte. Er summte leise und im nächsten Moment tat sich die Erde vor ihm auf und enthüllte einen dunklen Schacht.

Rhis steckte sofort seine Nase in das Loch und sog geräuschvoll die Luft ein.

»Kian?«, rief Larkin, doch er erhielt keine Antwort.

Rhis breitete die ledrigen Schwingen aus und kratzte ungeduldig am Rand des Loches.

»Du bleibst, wo du bist«, zischte Larkin warnend. »Ich werde hinabsteigen. Sorg du dafür, dass uns niemand überrascht.«

Der Drache starrte ihn einen Augenblick herausfordernd an, dann nickte er.

»Ich muss verrückt sein, dass ich mich mit einem Drachen unterhalte«, murmelte Larkin, während er die Beine über den Rand des Loches schwang.

Rhis zischte böse und Larkin schüttelte den Kopf.

»Es wäre wirklich leichter, du würdest einfach anfangen zu reden, weißt du?«

Der Drache schnaubte zur Antwort und wandte Larkin das Hinterteil zu.

»Undankbares Biest.«

Larkin hoffte inständig, dass das Loch nicht zu tief war und dass er an seinem Grund wirklich den Prinzen finden würde. Mit einem mulmigen Gefühl begann er in die Tiefe zu klettern. Das Erdreich bot ihm genügend Halt für Hände und Füße und so dauerte es nicht lange, bis er den Grund des Loches erreicht hatte. Das Mondlicht reichte nicht weit in den etwas mehr als mannshohen Schacht hinein, sodass es am Boden stockfinster war.

»Kian?«

Larkin fluchte ärgerlich. Warum hatte er nicht daran gedacht, eine Fackel mitzunehmen?

Als hätte der Drache seine Gedanken gelesen, erschien sein Kopf am Rand des Loches. Mit einem tiefen Knurren stellte er sicher, dass er Larkins Aufmerksamkeit hatte, bevor er den Ast fallen ließ, den er im Maul trug.

Larkin streckte die Arme nach dem Ast aus, bekam ihn jedoch nicht richtig zu fassen, sodass er ihn hart an der Stirn traf, ehe er klappernd zu Boden fiel. Er warf dem Drachen einen bösen Blick zu und konnte sich das schadenfrohe Grinsen lebhaft vorstellen, mit dem das Tier ihn bedachte. Er fragte sich, ob der Drache seine Magie dazu gebrauchen konnte, um Larkin einen Streich zu spielen.

Ein leises Stöhnen in der Dunkelheit riss ihn aus seinen Gedanken und er beeilte sich, den Ast vom Boden aufzuklauben, in den harten Boden zu stecken, der nur wenig Überredung benötigte, und mit Magie zu entzünden.

Das Holz entflammte mit einem Zischen und tauchte den Schacht in flackerndes Licht.

»Bei der Seele des Waldes, Kian!«

Er war sofort an der Seite des Prinzen, der zusammengekrümmt auf dem unebenen Boden der Grube lag. Er war in einem üblen Zustand und blutete aus zahlreichen Wunden, von denen er sich einige bei seinem Sturz in das Loch zugezogen haben musste. Ein abgebrochener Pfeilschaft ragte aus seiner

Schulter und sein Bein sah aus, als wäre es unter ein Paar Pferdehufe geraten.

Für einen schrecklichen Moment fühlte Larkin sich an jenen Tag zurückversetzt, als er Kians zerrissenen Leib im Wald gefunden hatte und wusste, dass es an ein Wunder grenzte, dass der Prinz überhaupt noch lebte.

Dass sie beide noch lebten.

»Kian?« Larkin nahm den Kopf des Prinzen behutsam in beide Hände und ließ seine Magie fließen.

Kians Augenlider flatterten und im nächsten Moment öffnete er blinzelnd die Augen.

»L-Larkin?«

»Ich bin hier.«

Kians Augen wanderten über Larkins Gesicht, während er eine zitternde Hand über Larkins legte, die noch immer seinen Kopf festhielt.

»Bist du es wirklich?«, flüsterte der Prinz, die Augen voll banger Hoffnung.

Larkin beugte sich vor und drückte Kian einen leichten Kuss auf die Stirn.

»Ich bin es wirklich, Kian.« Seine Stimme war ungewohnt rau und seine Finger zitterten ebenso wie Kians, als er ihm behutsam über die stoppelige Wange strich.

Kian schloss mit einem tiefen, erleichterten Seufzer die Augen. »Ich dachte, ich würde dich nie wiedersehen«, flüsterte er und klammerte sich an Larkins Hand.

Larkin konnte spüren, wie das Brennen in seiner Brust allmählich nachließ, jetzt, da er Kian berühren konnte und die Magie frei zwischen ihnen fließen konnte. Es erschöpfte ihn noch immer, aber die Spannung war längst nicht mehr so stark und er hatte einen gewissen Einfluss darauf, wie viel seiner Magie durch das Band zu Kian floss.

»Ich bin hier, Kian, und ich werde dich nach Hause bringen.«

Kian lächelte schwach. »Ich wusste doch, dass in Euch ein Held steckt, Hexenmeister.«

Larkin schnaubte. »Was du nicht sagst. Ich fürchte, das liegt einzig und allein daran, dass ich dich nicht einen einzigen Augenblick aus den Augen lassen kann, ohne dass du alle Schrecken des ganzen Landes auf dich herabrufst.« Er warf Kian einen strengen Blick zu.

Kian riss in gespielter Unschuld die Augen auf und verzog dann den Mund zu etwas, das wohl ein Grinsen hätte sein sollen, jedoch eher zu einer Grimasse geriet. »Du hast nichts von Feen gesagt.«

Ein erstickter Laut entrang sich Larkins Kehle, von dem Larkin selbst nicht sagen konnte, ob es ein Lachen oder Weinen war. »Wie konnte ich das vergessen?«, murmelte er mit einem Kopfschütteln.

Kians Miene wurde schlagartig ernst. »Du solltest gar nicht hier sein, Larkin«, sagte er leise. »Du hast versprochen, du würdest in deinen Wald zurückkehren.«

»So wie du versprochen hast, auf dich Acht zu geben?« Larkin funkelte den Prinzen wütend an. »Du solltest den Geistern deiner Ahnen danken, dass ich mein Versprechen nicht eingehalten habe, sonst wären wir jetzt beide tot!« Er biss sich auf die Lippen, doch die Worte waren bereits heraus.

Kians Augen weiteten sich ungläubig. »Larkin, was hast du getan? Was –«

»Nicht jetzt, Kian«, unterbrach Larkin ihn mit einem Kopfschütteln. »Erst einmal müssen wir dich aus diesem Loch heraus und auf die andere Seite der Grenze bekommen. Danach werde ich dir alles erklären.«

»Die Grenze«, ächzte Kian. »Sie haben den Stein verschoben.«

»Ich weiß. Es war eine Falle und jetzt sei endlich still. Spar dir deine Kräfte für die Heimreise.«

»Was …?«

Ein strenger Blick reichte aus, um den Prinzen zum Schweigen zu bringen. Rasch holte Larkin ein lederumhülltes Fläschchen aus seinem Beutel hervor, löste den Korken und hielt es Kian an die Lippen.

»Hier, das wird deine Schmerzen lindern.«

Kian verzog angewidert das Gesicht, als er den ersten Schluck nahm, leerte die Flasche jedoch gehorsam bis auf den letzten Tropfen.

»Warum müssen alle deine Tränke so scheußlich schmecken?«, brummte er übellaunig.

Larkin hob eine Braue. »Vielleicht weil meine Tränke tatsächlich wirken im Gegensatz zu dem, was der königliche Quacksalber zusammenbraut.«

Kian setzte bereits zu einer zweifellos ebenso übellaunigen Erwiderung an, als sich seine Augen plötzlich vor Erstaunen weiteten und die Anspannung ein wenig aus seinem Körper wich.

»Besser?«, fragte Larkin mit einem sanften Lächeln. Der Trank würde Kians Schmerzen für eine Weile betäuben, sodass er hoffentlich die Heimreise überstehen würde.

Kian stieß einen erleichterten Seufzer aus. »Das wiegt den abscheulichen Geschmack mehr als auf.« Er schenkte Larkin ein erschöpftes Lächeln. »Danke, Larkin. Und danke, dass du gekommen bist.«

Larkin grinste breit. »Das war jetzt das, hm, fünfte? Sechste Mal? Ich frage mich, wie Ihr Eure Schuld jemals begleichen wollt, Eure königliche Hoheit.«

Kian ließ seinen Blick langsam über Larkins Körper wandern. »Oh, glaubt mir, Hexenmeister, mir wird schon etwas einfallen.« Er zupfte auffordernd an Larkins Ärmel, doch bevor der Hexer seiner wortlosen Bitte nachkommen konnte, erklang eine Stimme über ihnen und sie fuhren erschrocken auseinander.

»Den Geistern sei Dank, Ihr habt ihn gefunden.«

Larkin ballte ärgerlich die Hände zu Fäusten, als er den Hauptmann am Rande der Grube erblickte. »Seid Ihr des

Wahnsinns? Ihr solltet auf der anderen Seite der Grenze bleiben! Ist Euch Euer Leben so wenig wert?«

Torkhers Miene verdunkelte sich. »Ihr seid plötzlich verschwunden und nicht wieder aufgetaucht und Euer verdammtes Biest sitzt hier und knurrt den Wald an. Seid mir lieber dankbar, dass ich Euch helfe, den Prinzen aus diesem verdammten Loch herauszuholen.«

Er verschwand kurz aus Larkins Blickfeld, nur um sogleich mit einem Seil in der Hand zurückzukehren, dass er zu Larkin herabließ.

»Beeilt Euch, ich werde Euch heraufziehen.«

Larkin hatte keine Ahnung, woher Torkher die Kraft nahm, ihn und Kian gemeinsam in die Höhe zu ziehen, doch er war froh, als der Rand der Grube endlich in greifbare Nähe kam. Je eher sie wieder sicher auf der anderen Seite der Grenze waren, desto besser.

Torkher zog Kian zuerst über den Rand des Loches und streckte dann die Hand aus, um Larkin hinaus zu helfen.

»Danke, ich …«

Die Worte erstarben ihm auf den Lippen, als er den Blick hob und bemerkte, wer ihm aus dem Loch geholfen hatte.

Der Feenkrieger bedachte Larkin mit einem dunklen Lächeln.

»Ich habe zu danken, Hüter, dass Ihr uns unser Eigentum wiederbeschafft habt.«

21

Larkin kniete wie betäubt am Rand des Loches und versuchte zu verstehen, was soeben geschehen war.

Kian hing mit schmerzverzerrtem Gesicht im Griff eines Feenkriegers, der mit einer Hand Kians Kopf an den Haaren gepackt hielt und ihm mit der anderen Hand einen kurzen Dolch mit einer Klinge aus geschliffenem Obsidian an die Kehle presste.

Torkher kniete ein paar Schritte weiter vor einem weiteren Feenmann. Der Hauptmann war geknebelt, seine Hände hinter dem Rücken gefesselt und auch an seiner Kehle glänzte eine Klinge aus reinstem Obsidian.

Erst auf den zweiten Blick entdeckte Larkin den Drachen. Er lag auf der anderen Seite des Loches, gefangen unter einem fein gewobenen Netz, das im Mondschein silbrig glänzte. Die Feen hatten einen hohen Preis für seine Gefangennahme bezahlt, denn um ihn herum lagen drei ganz offensichtlich tote Feen in ihrem eigenen Blut.

Der Drache wand sich knurrend und fauchend in seinem Gefängnis, doch all sein Kämpfen führte nur dazu, dass sich das Netz immer enger um ihn spannte.

Larkin ließ die Schultern hängen. Er war umringt von Feen, von denen nicht wenige die Bögen gespannt und die angelegten Pfeile direkt auf ihn gerichtet hatten, und vor ihm stand niemand anderes als jener Feenkrieger, dem er bereits in den Träumen der Prinzessin begegnet war.

»Ich hätte mir denken können, dass Ihr dahintersteckt«, zischte Larkin erbost. »Weiß Euer König, was Ihr getan habt?«

Das Lachen des Kriegers ließ ihm das Blut in den Adern gefrieren. Er konnte sich noch zu gut an dieses Lachen erinnern und die Grausamkeit, die sich dahinter verbarg. Er verfluchte sich im Stillen dafür, dass er nicht schon damals, nachdem er

Luisien aus den Klauen dieses Dämons befreit hatte, dem Feenkönig von seinen abtrünnigen Untertanen berichtet hatte.

»Der König«, begann der Feenkrieger und legte den Kopf zur Seite wie ein Vogel. »Vielleicht wird er uns belohnen, wenn wir ihm das Prinzlein bringen. Und einen Drachen noch dazu!« Er machte eine wegwerfende Handbewegung. »Aber wen interessiert schon der König. Alles, was wir tun, ist uns zurückzuholen, was uns zusteht.«

Zustimmendes Gemurmel kam aus den Reihen der übrigen Krieger. Es mussten mehr als ein Dutzend sein und weitere mochten in den Schatten lauern.

Die Situation war schier aussichtslos.

»Dieses Land hat Euch noch nie gehört und das wisst Ihr genauso gut wie ich«, erwiderte Larkin, das Kinn herausfordernd erhoben. »Ihr seid nichts weiter als ein Feigling, der den offenen Kampf scheut.«

Der Schlag kam wie aus dem Nichts und traf Larkin mitten ins Gesicht. Sein Kopf flog zur Seite und er schmeckte Blut auf der Zunge.

»Larkin!«

Kians Schrei ließ Larkin den Kopf herumreißen und beinahe fürchtete er, den Prinzen mit aufgeschlitzter Kehle in seinem eigenen Blut liegen zu sehen.

Doch der Prinz war noch immer sehr lebendig und gebärdete sich, ungeachtet des scharfen Dolches an seiner Kehle, wie ein tollwütiger Hund in dem Griff seines Häschers, die Zähne gefletscht und die vor Zorn blitzenden Augen unverwandt auf Larkin gerichtet. Er stieß einen weiteren zornigen Schrei aus, als sein Blick auf Larkins aufgeplatzte Lippe fiel.

Larkin hatte den Prinzen noch nie so außer sich erlebt.

Ihre Blicke trafen sich und Larkin schüttelte warnend den Kopf. Es war eines, wenn er selbst die Feen reizte, der er wusste, mit wem er es zu tun hatte, doch etwas ganz anderes, wenn Kian es tat, an dessen Kehle immer noch der schwarze Dolch lag.

Sie starrten sich gegenseitig an, und für einen kurzen Augenblick schien die Welt um sie herum zu verblassen und es gab nur noch sie beide. Larkin spürte seinen eigenen Herzschlag in seiner Brust und die Verbindung zu Kian, nicht länger schmerzhaft, sondern warm und vertraut.

Vertrau mir, flehte Larkin innerlich in der Hoffnung, Kian könnte den Gedanken in seinen Augen lesen, *ich werde einen Weg finden. Vertrau mir.*

Kians Augen wurden schmal und er biss wütend die Zähne aufeinander, doch dann nickte er unmerklich und wehrte sich nicht länger gegen den Krieger, der ihn gefangen hielt.

Widerstrebend löste Larkin den Blick von Kian und sah zu dem Anführer der Feenkrieger auf, der direkt vor ihm stand und Larkin mit einem seltsamen Ausdruck in den hellen Augen musterte.

»Interessant«, sagte der silberhaarige Mann mit einem Seitenblick auf den Prinzen und seine Lippen verzogen sich zu einem hinterhältigen Lächeln. »Wie schade, dass das kleine Prinzlein nun uns gehört, nicht wahr?«

Larkin ballte die Hände zu Fäusten und kämpfte um Selbstbeherrschung. Ihrer aller Leben hing davon ab, dass er einen kühlen Kopf bewahrte.

Der Krieger betrachtete Larkin eine Weile, während er sich mit einem langen Finger ans Kinn tippte. »Hm, vielleicht könnte es ganz nützlich sein, das Prinzlein nicht sofort zu töten. Wir könnten ihn behalten, um sicherzustellen, dass Ihr uns nicht ständig in die Quere kommt, Hüter.« Er lächelte wieder, doch seine Augen waren kalt und verhießen nichts Gutes, als er vor den Prinzen trat und mit einem Ausdruck, der Larkin an eine Katze erinnerte, die mit der Maus spielte, wie beiläufig seinen Fuß auf Kians verletztes Bein stellte.

Kians Gesicht verlor alle Farbe und er sog scharf die Luft ein, gab jedoch darüber hinaus keinen Laut von sich, sondern starrte mit zusammengebissenen Zähnen beinahe trotzig zu dem Krieger empor.

Larkin war auf den Beinen, ehe er auch nur den Gedanken gefasst hatte, aufzustehen, und wollte sich schon auf die Fee stürzen, als der Krieger ihn mit einer raschen Handbewegung aufhielt.

»Keinen Schritt weiter«, mahnte der Feenkrieger und verlagerte grinsend sein Gewicht stärker auf Kians Bein.

Larkin zuckte zusammen, als Kian einen erstickten Schmerzenslaut von sich gab und das Brennen in seiner Brust wieder stärker wurde.

Plötzlich konnte Larkin Kians Ausbruch sehr gut verstehen. Er hatte sich nie für einen gewalttätigen Mann gehalten – bei der Seele des Waldes, er war ein Heiler! – doch im Augenblick kostete es ihn seine gesamte Beherrschung, der Fee nicht ins Gesicht zu springen und dem Mann mit bloßen Händen das Herz aus der Brust zu reißen.

»Was wollt Ihr von mir?«, fragte Larkin mit gepresster Stimme, während er fieberhaft nach einem Ausweg suchte. Wenn nur der Drache nicht unter diesem verfluchten Netz gefangen wäre. Er könnte den Feenkönig zu Hilfe rufen, doch Larkin wagte es nicht, solange Kian in der Gewalt der Feen war. Ein falscher Schritt von ihm und der Prinz würde sein Leben lassen, dessen war sich Larkin gewiss.

Seele des Waldes, aber welche Wahl blieb ihm noch?

Der Feenkrieger stieß ein kaltes, grausames Lachen aus.

»All das wegen eines Menschleins?«, höhnte er. »Ihr enttäuscht mich, Hüter. Ich hätte wahrhaft mehr von Euch erwartet.«

»Was wollt Ihr?«, wiederholte Larkin, jedes Wort einzeln betonend, während er sich innerlich zur Ruhe zwang. Sein Blick fiel auf die Obsidianklinge an Kians Kehle und ihm kam ein Gedanke. Anders als Stahl zerbrach Obsidian leichter, selbst die gehärteten Klingen der Feen hatten ihre Schwachstellen. Es war ein waghalsiger Plan, nein, weniger ein Plan als eine aus der Verzweiflung geborene Idee.

»Was ich will?«

Kian zuckte zusammen, als sich der Krieger von seinem Bein abstieß, um sich aufzurichten, und Larkin mit kühlem Blick musterte.

»Ihr seid mir nun schon zum zweiten Mal in die Quere gekommen, Hüter, und zum zweiten Mal habt Ihr mich um meine rechtmäßige Beute gebracht«, sagte der Feenkrieger und tippte Larkin mit einem Finger vor die Brust. »Und ich schätze es gar nicht, wenn man mir meine Beute stiehlt.«

»Was die Rechtmäßigkeit Eurer Beute angeht«, Larkin sprach das Wort voller Abscheu aus, »so bin ich anderer Meinung.«

Er hatte nur einen Versuch, für mehr würde seine Kraft nicht reichen. Er versuchte, Torkhers Blick aufzufangen, um ihm zu verstehen zu geben, dass er sich bereithalten sollte. Torkhers Augen blitzten und Larkin konnte nur hoffen, dass er verstand, dass er schnell genug sein würde. Schatten und Verdammnis, so vieles konnte schiefgehen, so viel.

»Diese *Menschen*«, der Feenkrieger machte eine abfällige Handbewegung in Richtung des Prinzen, »haben unrechtmäßig Feenland betreten und sind somit Freiwild geworden. Wollt Ihr etwa die Rechtmäßigkeit des Paktes zwischen Feen und Menschen anzweifeln?«

»Einen Pakt, den Ihr als Erster bracht, als Ihr Euch an dem Grenzstein zu schaffen machtet.«

Der Mund des Feenkriegers verzog sich zu einem kalten Lächeln. »Was habe ich anderes erwartet von einem Menschenfreund als haltlose Anschuldigungen. Es würde mir nicht einmal im Traum einfallen, die Magie der Grenzsteine zu beeinflussen. Viel zu gefährlich.« Seine Augen funkelten mit einem unheilvollen Licht und er lachte, ein harter, kalter Laut, der in der Stille des Waldes unheimlich nachhallte.

»Ach ja?«, gab Larkin wütend zurück. »Der Grenzstein liegt noch immer unter einem Feenzauber verborgen.«

Das Lächeln des Feenkriegers vertiefte sich. »Ist das alles, was Ihr gegen mich vorzubringen habt?« Er machte eine wegwerfende Handbewegung. »Lächerlich. Wir haben uns nichts zu Schulden kommen lassen, als Euer kleines Prinzlein hier«, er stieß Kians Bein mit dem Fuß an, »unerlaubt und bis an die Zähne bewaffnet unser Land betreten hat.«

Larkin hatte genug. Es würde keinen besseren Zeitpunkt geben. Er warf Kian einen kurzen, warnenden Blick zu, bevor er seine Magie rief.

Er stieß einen hohen, trällernden Laut aus, der einen Moment in der Luft hing, bevor er sich veränderte. Die Tonhöhe stieg und wuchs zu einem schrillen, beinahe unerträglichen Kreischen, bei dem die Feen die Hände über die Ohren schlugen.

Dann endlich zerbrachen die schwarzen Klingen der Feen. Im selben Moment zerfielen die Fesseln um Torkhers Handgelenke zu Asche und Larkin stürzte vor, stieß den Krieger, der Kian gefangen hielt, zur Seite und zog den Prinzen schützend in seine Arme. Schnell sang er eine kurze Reihe von Tönen, in der Hoffnung, dass der Wind sie direkt zu dem König der Feen tragen würde.

Torkher hatte sich in der Zwischenzeit von seinem Häscher befreit und stürzte auf den Drachen zu, doch gerade, als er den Drachen erreicht hatte, traf ihn ein Pfeil im Rücken und er brach über dem Drachen zusammen.

»Nein!« Larkin schrie auf vor Wut. Seine Magie war beinahe erschöpft, doch der Zorn gab ihm neue Kraft. Das Feuer war schon immer sein Element gewesen, fast wie ein Freund, und Mutter Erde würde es ihm hoffentlich verzeihen, wenn er sie für eine Weile aus ihrem Schlummer weckte. Larkin vergrub die Hand im Schnee, bis er den gefrorenen Boden unter den Fingern spürte, und rief Feuer und Erde um Hilfe an.

Die Erde begann unter seinen Füßen zu beben und die Feen sahen sich unruhig nach allen Seiten um, während sie um ihr Gleichgewicht kämpften. Selbst ihr Anführer schien nicht mehr ganz so selbstsicher wie noch einen Augenblick zuvor.

Dann versank die erste Fee plötzlich und ohne Vorwarnung bis zu den Hüften im Schlamm, zu dem sich der erhitzte Boden unter ihren Füßen verwandelt hatte. Bald wurden überall Rufe laut, als der Boden sich überall um sie herum in einen schlammigen See verwandelte, der die Feen in die Tiefe zog. Bögen verschwanden schmatzend in der Tiefe, während die Krieger verzweifelt versuchten, sich aus dem Sumpf zu befreien. Die Stelle, an der Torkher halb über dem Drachen lag, ragte wie eine Insel aus dem sumpfigen Meer genauso wie der Platz, an dem Larkin gemeinsam mit Kian hockte.

Die Feen erkannten diesen Umstand recht schnell und versuchten sich zu ihnen vorzukämpfen, doch noch ehe einer von ihnen den festen Boden erreicht hatte, verwandelte sich der Schlamm wieder zurück in festes Erdreich und umschloss die Feen fest wie ein Panzer.

»Habt Dank, Ihr Elemente«, flüsterte Larkin erschöpft und spürte im nächsten Moment eine sanfte Wärme in den Fingerspitzen wie einen stummen Gruß.

»Larkin, geht es dir gut?«, fragte Kian leise und legte Larkin eine Hand auf die Schulter.

Larkin zwang sich zu einem Lächeln. »Ja, sei unbesorgt.« Sein Blick wanderte zu Torkhers lebloser Gestalt hinüber und er war überrascht zu sehen, dass Rhis sich irgendwie aus dem Netz befreit hatte und an der Wunde in Torkhers Rücken leckte. Er wusste, er sollte sich um den Hauptmann kümmern, doch er fühlte sich so schwach und Torkher lag so weit entfernt.

»Ich muss …«

Ein Finger legte sich auf seine Lippen.

»Du hast genug getan, Larkin«, flüsterte Kian heiser. Sein Blick huschte kurz zu Torkher, bevor er Larkin fest in die Augen sah. »Rhis ist bei ihm. Erinnere dich daran, wie er die Wunde an deinem Arm geheilt hat.«

In diesem Moment stieß der Anführer der Feen, der bis zur Brust im Boden versunken war, ein wildes Kreischen aus und ihm schien aufzugehen, dass er sich nicht so einfach aus dem Boden würde befreien können.

»Dafür werdet Ihr büßen, Hexer!«

Kians Hand schloss sich fest um Larkins Arm, doch Larkin schüttelte nur den Kopf. »Nein, Fee, diesmal werdet Ihr nicht so leicht davonkommen.«

Der Krieger betrachtete Larkin argwöhnisch. »Was –« Seine Augen weiteten sich vor Schreck, als ein kalter Wind durch den Wald streifte. Sein Kopf fuhr in Richtung des Feenlandes herum, ehe er mit einem Anflug von Verzweiflung versuchte, sich aus dem Boden zu befreien. »Was habt Ihr getan, *was habt Ihr getan*?«, kreischte er.

Kian starrte verständnislos in Richtung des Feenlandes. »Was meint er, Larkin?«

Larkin folgte Kians Blick. Er verspürte eine grimmige Genugtuung, als eine Reihe von Pferden aus dem Wald auftauchen sah.

»Ich habe den König der Feen gerufen.«

Kian hob überrascht die Augenbrauen. »Und er ist deinem Ruf einfach so gefolgt?«

»Ich bin Hüter der Schatten, Kian«, erwiderte Larkin mit einem gezwungenen Lächeln. »Natürlich ist er meinem Ruf gefolgt.«

~*~

Kian starrte Larkin einen Moment lang mit offenem Mund an. Natürlich wusste er, wer Larkin war. Geister, er hatte mit eigenen Augen gesehen, wozu er in der Lage war und doch … und doch verstand es Larkin, Kian immer wieder neu mit seiner Macht zu überraschen. Nicht nur, dass Larkin über die Schatten gebot, nein, nun folgte auch noch der Feenkönig seinem Ruf.

Erst als Larkins Miene sich verschloss und er mit einem harten Zug um den Mund den Blick abwandte, bemerkte Kian, dass er den Hexer mit offenem Mund angestarrt haben musste.

»Larkin«, sagte er leise und streckte eine zitternde Hand nach seinem Freund aus. Doch Larkin schüttelte den Kopf, den Blick unverwandt auf die sich nähernden Reiter gerichtet.

»Es ist gut, Kian«, sagte der Hexer niedergeschlagen. Als er seine Aufmerksamkeit wieder auf Kian richtete, waren seine Augen hart und entschlossen. »Was immer geschieht, sag nichts«, befahl er leise. Dann beugte er sich vor, bis seine Lippen beinahe Kians Ohr berührten. Ein leiser Schauer lief Kian über den Rücken, als Larkins Atem seinen Nacken streifte und er rief sich innerlich zur Ordnung. Sie hatten wahrhaft andere Sorgen.

»Ich mag den König vielleicht zu Hilfe gerufen haben, doch ich traue ihm genauso wenig wie diesen verdammten Hunden, die dir das angetan haben.« Kian konnte spüren, wie Larkin sich bei dem Gedanken versteifte und er presste Kian noch enger an seine Brust.

»Überlass mir das Reden. Seele des Waldes steh mir bei, ich hoffe, ich habe keinen Fehler begangen.« Larkins Augen wanderten zu Torkhers lebloser Gestalt und er schien bei dem Anblick kurz zusammen zu zucken, einen schuldbewussten Ausdruck in den sonst so warmen Augen.

»Larkin …«, begann Kian, doch auch diesmal ging Larkin einfach über ihn hinweg.

»Nicht jetzt, Kian.« Für einen winzigen Moment begegneten Larkins Augen Kians, bevor er wieder wegsah, doch es reichte, dass Kian den verlorenen Ausdruck darin bemerkte und die Furcht, die er hinter seiner grimmigen Miene verbarg.

»Du kannst dich auf mich verlassen, Larkin«, sagte Kian fest. Er versuchte vergeblich, sich aus eigener Kraft aufzusetzen, bevor er sich eingestehen musste, dass er zu schwach war, und den Kopf wieder gegen Larkins Schulter fallen ließ.

»Lass das«, murmelte Larkin und schlang seinen Arm fester um Kian. »Du wirst all deine Kraft für den Heimritt brauchen. Ruh dich aus.«

Kian hätte beinahe gelacht. Er stand im Begriff, dem König der Feen zu begegnen und Larkin erwartete von ihm, dass er sich ausruhte? Nicht im Traum würde er daran denken, diese Gelegenheit ungenutzt verstreichen zu lassen.

Die Ankunft der Reiter unterbrach ihn in seinen Gedanken. Es waren fünf und Kian wusste sogleich, welcher von ihnen der König war. Es war seine Ausstrahlung, eine innere Macht und Autorität, die Kian unwillkürlich an seinen eigenen Vater erinnerte, wenngleich dieser König über ungleich viel mehr Macht gebot als Kians Vater. Abgesehen von seiner Ausstrahlung unterschied er sich jedoch nur wenig von seinen Begleitern. Er war ein hochgewachsener Feenmann, mit langem, silbernem Haar, das an den Schläfen zu Zöpfen geflochten war und hellen Augen, die im Mondlicht schimmerten.

Der Blick des Feenkönigs glitt mit ausdrucksloser Miene über die im Boden gefangenen Feen, verweilte einen Augenblick auf dem Anführer, der unweit von ihnen feststeckte, bevor er auf Larkin zu ruhen kam.

»Ihr habt mich gerufen, Hüter?«

Die kalte, ausdruckslose Stimme bereitete Kian eine Gänsehaut und er verspürte mit einem Mal keinerlei Bedürfnis mehr, den Feenkönig näher kennen zu lernen.

Larkin nickte. »Das habe ich.« Seine Stimme war fest und ruhig, doch sein Griff wurde noch fester und Kian musste die Zähne zusammenbeißen gegen den Schmerz, der plötzlich durch seine Schulter schoss.

Augenblicklich lockerte Larkin seinen Griff und rieb Kian in einer um Verzeihung heischenden Geste über den Rücken.

Der Blick des Feenkönigs erinnerte Kian an eine Schlange, die reglos ihr Opfer betrachtete, bevor sie zum tödlichen Schlag ansetzte.

Geister, er sollte nicht über solche Dinge nachdenken.

»Eure Krieger haben den Pakt gebrochen«, brach Larkin schließlich das Schweigen.

Der Feenkönig verzog keine Miene. Seine Augen wanderten ein weiteres Mal über seine gefangenen Krieger. Kian erschauerte, als der kalte Blick ihn streifte und war dankbar für Larkins Gegenwart.

»Was ist geschehen?«

»Eure Krieger haben sich an den Grenzsteinen zu schaffen gemacht und den Prinzen und seine Männer in eine Falle gelockt, um sie zu töten und für die Krähen aufzuhängen. Meinen Drachen haben sie gefangen genommen und einem weiteren Mann einen Pfeil in den Rücken gejagt, als er meinen Drachen befreien wollte. Ein Krieger ist zudem spurlos verschwunden, zweifellos verschleppt von Euren Männern.«

Kian schloss die Augen. Er hatte sich bereits gefragt, was mit seinen Männern geschehen war, hatte gehofft, dass einige von ihnen entkommen waren. Sein Magen krampfte sich schmerzhaft zusammen und er klammerte sich an Larkin, dessen Hand sich sofort in seinen Nacken legte, die Finger warm und beruhigend.

Wie konnte es sein, dass er abermals all seine Männer verloren hatte? War das der Preis dafür, dass er sein Herz an Larkin verloren hatte? Hatte er damit den Zorn der Ahnengeister heraufbeschworen?

Ein Schauder lief ihm den Rücken herab.

Aber sicherlich würde Larkin es besser wissen, nicht wahr? Und Larkin hatte es als Unsinn abgetan. Sicherlich würden die Geister nicht acht seiner Männer töten, nur um ihn –

Er schnappte überrascht nach Luft, als ihm Larkins genauer Wortlaut noch einmal durch den Kopf ging. Einer verschwunden, vielleicht –

»La–«

Eine Hand legte sich über seinen Mund und erinnerte ihn daran, wo er sich befand. Larkin warf ihm einen warnenden

Blick zu und Kian nickte kaum merklich, beschämt über seine mangelnde Selbstbeherrschung.

Er würde später noch genügend Zeit haben, Larkin nach dem fehlenden Mann zu fragen.

Kian wandte den Kopf, als er ein Knurren hörte und war freudig überrascht, als er den Drachen bemerkte, der mit gespreizten Flügeln vor Torkher hockte, die Zähne angriffslustig gebleckt.

»Das sind schwere Anschuldigungen, Hüter«, sagte der Feenkönig langsam. »Habt Ihr Beweise?«

Larkin schien vor Zorn regelrecht zu beben. »Sie haben den Grenzstein im Schatten der Eberesche hinter einem Zauber verborgen und durch ein Trugbild ersetzt. Seht selbst.«

Kian vermisste sofort Larkins Hand, als der Hexer auf den Stein zeigte, der unweit von ihnen auf freiem Feld stand.

Die Augen des Feenkönigs folgten Larkins ausgestreckter Hand, dann sah er zu der Eberesche hinüber, die auf der anderen Seite der Grenze stand.

Konnte es wirklich nur eine Täuschung gewesen sein? Aber warum hatten sie dann den Stein nicht an seinem ursprünglichen Ort gefunden? Kian hätte ihn doch spüren müssen. »Zeigt es mir«, befahl der Feenkönig gerade und Larkin erstarrte.

Er senkte langsam den Blick, seine Miene genau so starr wie der Rest von ihm, und sah Kian an. Dann wanderten seine Augen zu Rhis und Torkher, bevor er wieder Kians Blick suchte.

Kian nickte ihm zu. Er glaubte nicht, dass ihm von den Feen Gefahr drohte und je eher sie diese Angelegenheit hinter sich brachten, desto besser.

»Kannst du aufstehen?«, flüsterte Larkin mit bleicher Miene. Er wirkte mit einem Mal so erschöpft, wie Kian sich fühlte. Nein, noch erschöpfter. Als hätte er seit Tagen nicht geschlafen. Wieso war ihm das nicht schon früher aufgefallen?

Er hatte bereits den Mund geöffnet, um eine entsprechende Frage zu stellen, als er Larkins warnenden Blick auffing.

Wütend über sich selbst biss er die Zähne zusammen und nickte grimmig. Larkin hatte ihm einen Trank gegen die Schmerzen gegeben, wie schlimm konnte es schon werden?

Kian musste vor Schmerz die Besinnung verloren haben, denn als er wieder zu sich kam, lag er auf der Seite mit einem zusammengerollten Umhang unter dem Kopf und dem Drachen neben sich.

»Larkin?«, flüsterte er verwirrt und ein wenig besorgt, weil er nicht wusste, was geschehen war. Ein Finger legte sich warnend über seine Lippen. Als er den Blick hob, sah er Larkins vertrautes Gesicht und hinter ihm den Feenkönig, der Kian mit seinen unnatürlich hellen Augen musterte.

»Ich kann ihn für Euch heilen, Hüter.«

Larkin wirbelte so schnell herum, dass Kian schwindelig wurde.

»Ihr werdet ihn nicht anrühren«, sagte der Hexer mit gefährlich leiser Stimme.

Die Augen des Feenkönigs flackerten kurz, bevor er wieder so ausdruckslos erschien wie eh und je. »Seid kein Narr. Ich kann sein Leiden beenden.«

»Oh, ich weiß, dass Ihr das könnt. Jedoch bin ich nicht bereit, den Preis dafür zu zahlen. Ihr werdet ihn nicht anrühren.«

Kian war plötzlich dankbar dafür, dass Larkin zwischen ihm und dem Feenkönig stand. Er wollte gar nicht erst herausfinden, was der König mit seinen Worten gemeint hatte. Bei den Geistern seiner Ahnen, waren denn alle Feen auf sein Blut aus?

»Nehmt es als Ausgleich für die Leben, die meine Krieger genommen haben.« Die Stimme des Königs hatte jetzt einen weichen Klang, samtig und süß wie Honig. Wäre es wirklich so schlimm, wenn der Feenkönig ihn berührte? Es wäre schön, keine Schmerzen mehr haben zu müssen. Der Gedanke trieb ihm fast die Tränen in die Augen.

Larkin lachte bitter. »Oh nein. Ich kann mich selbst um ihn kümmern. Nehmt Eure Krieger und kehrt zurück in Euer Land.«

Kian blinzelte und wusste einen Augenblick lang nicht, wo er sich befand. Seine Gedanken flossen nur träge und schwer dahin wie Sirup und sein Kopf fühlte sich an, als wäre er mit Spinnweben gefüllt. Als er den Blick hob, sah er ein gieriges Funkeln in den Augen des Feenkönigs. Instinktiv drängte Kian sich enger an Rhis' warmen Körper, der neben ihm ausgestreckt lag. Der Drache gab ein tiefes Brummen von sich wie ein übergroßer Kater und mit einem Schlag war Kians Kopf wieder klar.

Ein Schauer lief ihm über den Rücken. Hatte er sich soeben wirklich gewünscht, der Feenkönig möge ihn heilen?

Schatten und Verdammnis, er konnte von Glück reden, dass Larkin bei ihm war. Ohne ihn wäre Kian heillos verloren. Er wusste praktisch nichts über die Feen und war das nicht der Gipfel der Ironie? Er würde einst König von Fengard sein und alles, was er über das Volk jenseits der Grenze wusste, waren Legenden und Märchen. Nun schien es, als müssten sie alle den Preis für dieses Unwissen bezahlen.

Ein Teil von ihm wunderte sich darüber, wie Larkin so viel über die Feen wissen konnte, dass er ganz offensichtlich sogar den Feenkönig kannte. Andererseits war es wohl nicht so verwunderlich. Schließlich war Larkin der Hüter und der mächtigste Magier, dem Kian je begegnet war. Die Hüter mussten zwangsläufig über Wissen verfügen, das im Rest der Welt in Vergessenheit geraten war. Wie sonst sollten sie über die Schatten wachen?

Der Gedanke an die Schatten sandte einen weiteren Schauer Kians Rücken hinab. Wenn er dies lebend überstand, das schwor er sich, würde er Larkin bitten, ihm alles über die Feen zu erzählen, was er wusste.

»Was ist mit dem anderen?«, sagte der Feenkönig in dem Moment und deutete mit dem Kinn in Torkhers Richtung. »Er wird die Reise nicht überstehen, wenn ich mich nicht seiner annehme.«

Larkin warf einen Blick über die Schulter zu Torkher, der noch immer besinnungslos war. Dann senkten sich seine Augen und begegneten Kians. Kian schüttelte unmerklich den Kopf. Wie schlimm Torkhers Verletzung auch war, er hatte das unbestimmte Gefühl, dass eine Heilung durch den Feenkönig nicht das halten würde, was sie versprach.

Erleichterung spiegelte sich in Larkins Augen wider und er rieb sich mit einer erschöpften Geste über das Gesicht. Dann riss er sich sichtlich zusammen, bevor er sich wieder dem Feenkönig zuwandte.

»Ihr werdet keinen von beiden anrühren«, erklärte Larkin fest. »Kehrt zurück in Euer Land und kümmert Euch um Eure eigenen Männer.«

Wenn der König die Spitze in Larkins Worten bemerkt hatte, so ließ er es sich nicht anmerken. Ruhig starrte er Larkin an, ließ seinen Blick ein weiteres Mal über seine Männer schweifen und neigte dann den Kopf in Larkins Richtung.

»Wie Ihr wünscht, Hüter. Ich werde mich um diese Angelegenheit kümmern.« Seine Augen begegneten Kians über Larkins Schulter hinweg. »Prinz Kianéran, richtet Eurem Vater mein tiefstes Bedauern über den Verlust seiner Männer aus. Ihr habt mein Wort, dass sich ein solcher Vorfall nicht wiederholen wird.«

Das Wort einer Fee, dachte Kian bitter, als Larkin zur Seite trat und ihm damit den Blick auf den Feenkönig versperrte.

»Ihr solltet besser dafür sorgen, dass Ihr Euer Wort haltet. Ihr wisst genauso gut wie ich, wie wichtig dieser Pakt für Euer Volk ist.« Die Drohung schwang deutlich in Larkins Worten mit, doch Kian konnte sich keinen Reim darauf machen. Müde schloss er die Augen. Später. Wenn dieser Albtraum endlich ein Ende hatte, würde noch genug Zeit sein, sich darüber den Kopf zu zerbrechen. Und über all die anderen Dinge. Er stöhnte, als er daran dachte, was ihn bei ihrer Rückkehr erwartete. Gewiss würde sein Vater Larkin nichts antun, wo er seinem Sohn ein weiteres Mal das Leben gerettet hatte?

»Kian?«

Kian stellte überrascht fest, dass die Feen verschwunden waren, als er widerstrebend die Augen öffnete. Nur der aufgewühlte Boden erinnerte noch daran, was zuvor geschehen war.

»Sie sind fort?«

Larkin nickte müde.

»Was geschieht nun?«

Larkin rieb sich über das Gesicht und starrte eine Weile vor sich hin, bevor er langsam den Blick hob und Kian ein kurzes Lächeln schenkte, das seine Augen jedoch nicht erreichte.

»Nun reiten wir heim.«

22

Der Fels von Fengard. Endlich.

Larkin wurde vor Erleichterung ganz schwindelig und er konnte sich und Kian, der besinnungslos in seinem Arm lag, nur mit Mühe im Sattel halten, als er die Burg erblickte.

Nimm dich zusammen, es ist noch lange nicht vorbei, rief er sich innerlich zur Ordnung. Er hatte sie mehr oder weniger heil zurückgebracht, doch Torkher war dem Tode nahe und Kian ging es auch nicht viel besser.

»Larkin!«

Jeder Schritt brachte sie den sicheren Mauern ein Stück näher. Der Heiler würde sich um Torkher kümmern können, während Larkin …

»Larkin, verdammt, du blutest!«

Benommen blickte Larkin sich um. Kian bewegte sich in seinem Arm und sein Verstand brauchte einige Augenblick, bis er begriff, dass Kian offenbar wach war.

»Larkin, bei allen Geistern, was ist mit dir?«

»W-was?« Es fiel ihm so unendlich schwer, Kians Worten zu folgen.

»Larkin!« Kian bewegte sich wieder. Larkin zuckte zusammen, als sich etwas unangenehm in die Innenseite seines Oberschenkels bohrte.

»Larkin, hast du mich gehört? Du blutest, verdammt! Was ist los mit dir?« Die bange Sorge in Kians dunklen Augen brachte Larkin wieder halbwegs zur Besinnung. Er hatte einen kupfernen Geschmack auf der Zunge und als er sich mit der Hand über den Mund rieb, spürte er klebriges Blut, das ihm über das Gesicht lief.

Seele des Waldes, nicht schon wieder, dachte er, während er wie betäubt auf das Blut an seinen Fingern starrte. Sie waren so nahe. Langsam hob Larkin die Hand und wischte sich mit dem Ärmel über das Gesicht, während er Kians beunruhigtem Blick auswich.

»Es ist nichts, Kian. Mach dir keine Sorgen.«

»Larkin ...«

Er hatte keine Kraft mehr, es war einfach nichts mehr übrig. Die Burg schien mit einem Mal unendlich weit entfernt. Sie hatten noch nicht einmal den Fluss überquert.

»Nicht, Kian.« Er vermochte es nicht, den flehentlichen Unterton aus seiner Stimme herauszuhalten. Seele des Waldes, er war so schwach. Wenn nur die Bannkreise hielten.

»Wir schaffen es, Larkin. Halt noch ein wenig durch. Bitte.«

Welch eine Ironie, dass es nun Kian war, der sich um Larkin sorgte, wo doch der Prinz derjenige war, der von den Feen fast zu Tode gehetzt worden war.

»Ich bin wohlauf, Kian. Ruh dich aus.«

Kians linke Hand legte sich über Larkins und Larkin konnte spüren, wieviel Kraft den Prinzen diese einfache Geste kostete. Mit Mühe löste Larkin seine eigenen verkrampften Finger von den Zügeln, um sie mit Kians zu verschränken. Kian ließ seinen Kopf mit einem leisen Seufzen zurück gegen Larkins Schulter sinken.

»Ich hoffe, mein Vater wird dich verschonen, wenn er sieht, was du alles auf dich genommen hast, um mich zurückzuholen«, murmelte Kian mit geschlossenen Augen.

Erst jetzt ging Larkin auf, dass der Prinz noch gar nichts von dem neuen Erlass des Königs wusste. Das alles schien bereits ein halbes Leben zurückzuliegen.

»Das ist etwas, über das du dir keine Sorgen mehr machen musst, Kian«, sagte er leise, doch Kian war schon wieder ohnmächtig geworden.

Es dämmerte bereits, als sie endlich das äußerste Burgtor erreichten. Sie waren alle nass bis auf die Knochen, nachdem sie mit den Pferden durch den Fluss hatten schwimmen müssen, und Larkin war so erschöpft, dass er sich mit Gewalt dazu zwingen musste, die Augen offen zu halten. Ihre Ankunft schien jedoch nicht unbemerkt geblieben zu sein, denn als sie durch das innere Tor in den Burghof ritten, wurden sie bereits von dem König und seinem Gefolge erwartet.

Fremde Hände nahmen Larkin die Zügel aus der Hand, Stimmen redeten wild durcheinander und aus dem Augenwinkel sah er, wie sie Torkher von seinem Pferd herunterhoben. Die Stimmen brandeten über ihn hinweg und er sah dem Treiben wie ein unbeteiligter Beobachter zu.

Erst als sie ihm Kian aus den Armen nehmen wollten und der König mit donnernder Stimme »Macht Platz für den Heiler!« rief, erwachte Larkin mit einem Ruck aus seiner Benommenheit.

»Nein«, hörte er sich selbst knurren, während er Kian schützend an die Brust zog. Mit steifen Bewegungen ließ er sich vom Pferd gleiten und brach beinahe unter Kians Gewicht zusammen, als er ihn eigenhändig vom Pferd hob und auf die Trage bettete, die wie aus dem Nichts erschienen war. »Der Quacksalber wird ihn nicht anrühren«, sagte er in drohendem Tonfall zu niemand bestimmten. Ein kleiner Teil seines Verstandes begriff, dass er sich wie ein wildes Tier benahm, dem die Leute furchtsame Blicke zuwarfen. Aber – Schatten und Verdammnis – er hatte keine Kraft mehr für höfische Etikette und er würde den Prinzen gewiss nicht in die Hände eines Scharlatans geben, der glaubte, dass er alles mit Aderlässen heilen könnte.

Eine Hand legte sich auf seine Schulter. »Seid vernünftig, Junge. Ihr seid selbst zu Tode –«

»Nein«, fiel Larkin dem König ins Wort. Er fletschte die Zähne, als der Quacksalber noch immer keine Anstalten machte, Kians Seite zu verlassen, und bedachte ihn mit einem drohenden Blick. Er würde selbst Kians Wunden versorgen und wenn es das Letzte war, was er tat. »Er soll sich um den Hauptmann kümmern. Er bedarf dringender seiner Hilfe.«

Der Quacksalber gab ein ungläubiges Schnauben von sich, während der König für einen Augenblick wie vor den Kopf gestoßen wirkte, ehe Larkin den Ärger in seinen dunkelblauen Augen aufblitzen sah. Der König öffnete den Mund, zweifellos um seinem Ärger Luft zu machen, doch dann verengten sich seine Augen, und eine nachdenkliche Falte erschien zwischen den ärgerlich gewölbten Brauen des Königs. Sein Blick streifte über Larkins Gesicht, als würde er etwas suchen, bevor der Ärger so schnell, wie er gekommen war, wieder verschwand und einem Ausdruck von Bedauern und Mitleid Platz machte.

»Hauptmann Torkher ist tot, mein Junge«, sagte der König und Larkin war völlig überrascht über den sanften Tonfall in seiner Stimme.

Dann erst erreichten ihn die Worte.

»Ihr irrt Euch, ich habe …« Seine Stimme verlor sich, als er zu Torkhers Pferd hinübersah und das Tuch bemerkte, das jemand über Torkhers Trage gebreitet hatte. Larkins Hand krallte sich in Kians Arm und im nächsten Moment war er auf den Beinen und stolperte die wenigen Schritte zu der abgedeckten Trage hinüber.

»Was tut Ihr da?«, rief er, kniete nieder und riss das Tuch zur Seite. Rhis war plötzlich neben ihm und blies Torkher seinen Atem ins Gesicht. »Geh weg.« Larkin schob den Drachen unsanft zur Seite und legte dem Hauptmann die Hände auf die Stirn.

Stille.

Da war kein Herzschlag mehr, nicht einmal ein entferntes Echo. Torkhers Lied war verstummt und hatte nichts als Stille zurückgelassen.

»Nein«, flüsterte Larkin, die Stille plötzlich unerträglich. Es war noch gar nicht so lange her, dass er nach Torkher gesehen hatte, ihm den letzten Rest seiner Kraft gegeben hatte, damit sein Herz weiterschlug, bis sie die Burg erreichten.

»Nein!« Er hatte nicht alles gegeben, um den Hauptmann jetzt zu verlieren. Die Wunde hatte sich bereits geschlossen, sein Herz hatte noch geschlagen. »Er hat noch geatmet, ich weiß es genau«, flüsterte er benommen. Er hatte noch nie jemanden verloren. Seele des Waldes, er hatte noch jeden retten können.

»Er ist tot, Larkin.« Es war der König selbst, der Larkin von Torkhers Leichnam wegzog.

»Nein, nein, das kann nicht sein«, widersprach Larkin mit einem vehementen Kopfschütteln und versuchte sich aus dem Griff des Königs zu befreien. »Ich habe ihn versorgt, er hat noch geatmet, ich ...«

Er riss sich los, kniete neben Torkher nieder und begann leise zu singen. Wenn er dem Nachhall des Liedes folgte, konnte er vielleicht ...

Er keuchte erschrocken, als er jäh in die Höhe gerissen wurde und sich im nächsten Moment erneut dem König gegenübersah.

»Was ist nur in Euch gefahren, Junge?«, zischte der König, die vor Zorn blitzenden Augen unverwandt auf Larkin gerichtet. Seine Finger bohrten sich schmerzhaft in Larkins Schultern und er schüttelte den Hexer einige Male, bis er sicher schien, dass er dessen volle Aufmerksamkeit hatte.

Ärger wallte in Larkin auf, heiß und verzehrend. Wie konnte er es wagen? »Ich bin kein Junge«, gab er zurück, ohne einen Hehl aus dem Zorn zu machen, der in ihm brodelte.

Der König beugte sich vor, bis sein Gesicht nur mehr eine Handbreit von Larkins entfernt war, die Brauen zu einer unheilverkündenden Linie zusammengezogen. »Dann benehmt Euch nicht wie einer«, sagte er mit gefährlich leiser Stimme. »Torkher ist tot und nicht einmal Eure Macht wird ihn zurückbringen. Mein Sohn hingegen hat noch Leben in sich. Vielleicht wäre es an der Zeit, Ihr würdet Eure Kraft nicht länger auf die Toten verschwenden.«

Larkins Blick zuckte unweigerlich zu dem Prinzen, der noch immer bewusstlos auf seiner Trage lag. Heiler Barn kniete an seiner Seite und begutachtete seine Wunden.

Larkin gab einen erstickten Laut von sich und wollte sofort losstürzen, um den elenden Quacksalber von Kian fernzuhalten, doch der Griff des Königs verstärkte sich, sodass Larkin sich kaum rühren konnte. Der König schüttelte ihn abermals, als wäre er nichts weiter als eine Puppe.

»Seid Ihr in der Lage, einen kühlen Kopf zu bewahren?«, zischte der König. »Sonst werde ich Euch nicht auch nur in die Nähe meines Sohnes lassen.«

Larkin riss erschrocken die Augen auf. »Ich …« Er sah sein Spiegelbild in den dunklen Augen des Königs, die Kians so ähnlich waren. Er war zerzaust und schmutzig von der langen Reise, seine Haut totenbleich. Er sah aus wie ein Geist. Und vielleicht war er das auch. Hilflos und schwach, am Ende seiner Kräfte.

Er hatte versagt. Torkher war tot und es war seine Schuld.

Er wird die Heimreise nicht überstehen, hatte der Feenkönig gesagt und er hatte Recht behalten.

»Könnt Ihr es, ja oder nein?« Der König sah ihn herausfordernd an.

Larkin nahm einen tiefen Atemzug, verdrängte all seine Gefühle in den hintersten Winkel seines Geistes und setzte eine zuversichtliche Miene auf. Der König hatte Recht, er musste einen kühlen Kopf bewahren. Torkher war tot, doch Kian war es nicht und Larkin würde alles daransetzen, dass es auch so blieb und niemand merkte, wie nahe am Abgrund Larkin wirklich stand.

»Ja«, sagte Larkin fest und hielt dem durchdringenden Blick des Königs stand. »Ja, ich kann einen kühlen Kopf bewahren. Nun lasst mich los, ehe Euer Quacksalber dem Prinzen noch mehr Schaden zufügt.«

Der König starrte Larkin noch einen Augenblick prüfend an, ehe er ihn widerstrebend freigab. »Ich beobachte Euch, Hexer«, sagte er warnend. »Nehmt Euch zusammen.«

23

Zwei Tage lang hielt der Hexer aus, bevor er schließlich zusammenbrach.

Galvan war fast ein wenig beeindruckt, dass er überhaupt so lange durchgehalten hatte. Er hätte dem Jungen nicht einmal einen Tag gegeben. Der Junge schien einen noch größeren Dickkopf als Kianéran zu besitzen.

Als Galvan das Schlafgemach seines Sohnes betrat, unterhielt der Hexer sich gerade mit Ailís, die kaum von Kianérans Seite gewichen war, seit der Hexer ihn zurückgebracht hatte. Sein Eintreten brachte die Unterhaltung jedoch schnell zum Erliegen. Der Hexer erhob sich rasch und ließ sich vor Galvan mit einem leisen »Euer Majestät« auf ein Knie sinken, wie jedes Mal, wenn Galvan den Raum betrat. Er fragte sich, ob der Junge sich ebenso verhielt, wenn Ailís hereinkam oder ob sie ihm das bereits ausgetrieben hatte. Er wusste genau, wie sehr seine Gemahlin die höfische Etikette verabscheute.

»Erhebt Euch, Hexenmeister«, sagte Galvan ungeduldig. Der Junge sah fürchterlich aus, seine Haut hatte eine gräuliche Farbe angenommen, er hatte tiefe Ringe unter den Augen und war so dünn, dass es selbst Galvan aufgefallen war. Wenigstens war die kleine Bestie, die den Hexer für gewöhnlich auf Schritt und Tritt begleitete, nirgends zu sehen. Die Geister allein wussten, wo sich das Biest herumtrieb, wahrscheinlich fraß es sich just in diesem Augenblick durch die königlichen Viehbestände.

Der Hexer kam schwankend wieder auf die Beine und Galvan streckte unwillkürlich die Hand nach ihm aus, um ihn vor einem Fall zu bewahren. Der Junge lächelte entschuldigend.

Dann sah er Galvan beinahe erschrocken aus seinen unheimlichen gelben Augen an, bevor er die Augen verdrehte und nur Galvans rasches Zupacken ihn daran hinderte, zu Boden zu fallen.

»Galvan!«, rief Ailís erschrocken.

Galvan konnte es ihr nicht verdenken, denn obwohl er es hatte kommen sehen, war es doch etwas anderes, seine Befürchtungen bestätigt zu sehen. Der Junge schien nicht mehr als eine Feder zu wiegen, als Galvan ihn auf die Arme hob. Aß er denn nichts? Kein Wunder, wenn er vor Schwäche zusammenbrach.

»Ruf einen Heiler«, befahl Galvan, doch Ailís war ihm wie immer einen Schritt voraus. Er hörte bereits die eiligen Schritte eines Dieners auf dem Gang, während er noch darüber nachdachte, was er jetzt mit dem reglosen jungen Mann in seinen Armen anstellen sollte.

Er war fast ein wenig erleichtert, als Ailís endlich zurückkam. So leicht es ihm auch fiel, das Natterngezücht, das sich seinen Kronrat nannte, bei Laune zu halten und nach seinem Willen zu beugen, so unbeholfen fühlte er sich nun.

Ailís nahm die Hand des Jungen und legte ihm die andere Hand an die Wange. »Larkin? Larkin, könnt Ihr mich hören?«

Doch der Junge regte sich nicht. Ailís warf Galvan einen besorgten Blick zu und das war mehr als beunruhigend. Er wusste, wie wichtig der Hexer für das gesamte Königreich war. Vielleicht hätte er schon eher einschreiten sollen, anstatt abzuwarten, wie lange der Junge aushalten würde.

»Bring ihn nach nebenan. Das Zimmer ist unbenutzt, soweit ich weiß«, sagte Ailís.

Galvan hatte jedoch kaum drei Schritte auf den Gang hinaus getan, als er spürte, wie sich der Junge anspannte. Im nächsten Augenblick fiel er Galvan beinahe aus dem Arm, als er sich aufbäumte, wie von Krämpfen geschüttelt, die Augen so weit verdreht, dass nur noch das Weiße zu sehen war. Er stieß einen gequälten Schrei aus, der Galvan das Blut in den Adern gefrieren ließ.

»Ganz ruhig, Junge«, sagte er und ärgerte sich über seine eigene Hilflosigkeit.

Seine Schritte gerieten abermals ins Stocken, als die Krämpfe des Jungen immer schlimmer zu werden schienen und dem Hexer bald darauf Blut aus der Nase lief.

Er wirbelte auf dem Absatz herum, als Ailís seinen Namen rief.

»Kianéran«, sagte sie nur und warf ihm einen flehenden Blick zu. Dann sah er, was sie meinte.

Sein Sohn schien noch immer bewusstlos, doch er hatte das Gesicht zu einer Grimasse verzogen und stöhnte leise, als hätte er Schmerzen.

Mit dem Hexer indes schien es rapide bergab zu gehen. Er hatte endlich aufgehört zu schreien, stattdessen rang er nun nach Luft wie ein Fisch auf dem Trockenen, jeder Muskel in seinem Leib noch immer zum Zerreißen gespannt.

Galvan fluchte, als es ihm plötzlich wie Schuppen von den Augen fiel. Das Band. Das verfluchte Band, das den Hexer mit Kianéran verband. Schattenverfluchte Zauberei.

Er verlor keine Zeit, sondern brachte Larkin zurück und legte ihn behutsam neben Kianéran auf das Bett. Die Nähe zu Kianéran schien den Zauber, der die beiden Männer miteinander verband, besänftigt zu haben, denn der Hexer begann endlich wieder gleichmäßig zu atmen und die Anspannung schwand zusehends aus seinem Leib. Auch Kianéran lag wieder still, den Kopf in Larkins Richtung gewandt, als könne er selbst im Schlaf die Nähe des anderen spüren.

»Es ist das Band«, sagte er, als Ailís ihm einen verwirrten Blick zuwarf.

»Das …?«

Die Ankunft des Heilers ersparte ihm die Erklärung und Galvan trat rasch zurück, um dem Mann Platz zu machen. Es war nicht Barn, wie er erwartet hatte, sondern Barns Lehrling, der zu jung schien, um bereits die Heilerroben zu tragen, und den der Hexer dem obersten Hofmagier vorzuziehen schien. Er war ein wenig überrascht, dass Ailís sich ebenfalls dieses Umstandes bewusst zu sein schien und nicht nach Barn geschickt hatte, wie

Galvan es getan hätte. Immerhin kannte er Barn schon sein halbes Leben und es behagte ihm ganz und gar nicht, dass dieser Bursche den Prinzen und den Hexer in einem Bett beieinanderliegen sah. Wer wusste schon, was für ein Klatschmaul hinter dem unschuldigen Gesicht mit den riesigen Ohren lauerte?

Galvan schnaubte, als der Heiler ihnen sagte, was sie ohnehin schon wussten – der Hexer brauchte Ruhe –, und unverrichteter Dinge wieder abzog, nachdem er Ailís versprochen hatte, einen Heiltrank für den Hexer zu bringen.

»Du musst ihn nicht so bemuttern, Ailís«, sagte Galvan mürrisch, nachdem der Heiler seinen Abschied genommen hatte.

Er wusste augenblicklich, dass er das Falsche gesagt hatte. Oh, es war ihr nichts *anzusehen*. Still wrang sie das Tuch aus, das sie zuvor in die Schüssel mit Wasser getaucht hatte, um dem Hexer dann behutsam das Gesicht zu waschen, als wäre er ihr eigen Fleisch und Blut.

Nichts deutete darauf hin, dass sie ihn überhaupt gehört hatte, oh, aber er konnte das volle Ausmaß ihrer Missbilligung spüren. Über die Jahre hinweg hatte sie die Kunst geradezu perfektioniert, ihm ihren Tadel deutlich zu machen, ohne auch nur mit der Wimper zu zucken, ohne ihn eines einzigen Blickes zu würdigen.

»Willst du es mir verbieten, Galvan?«, sagte sie schließlich, als das Schweigen beinahe unerträglich geworden war und er bereits darüber nachdachte, ob es geschickt wäre, sich heimlich davonzustehlen.

»Ich will dir gar nichts verbieten, Ailís. Aber er ist –« Der Blick, mit dem sie ihn bedachte, ließ ihn augenblicklich verstummen.

»Es ist mir nicht entgangen, dass du Larkin nicht ausstehen kannst«, sagte sie mit gefährlich leiser Stimme.

Galvan verschränkte die Arme vor der Brust. »Er ist ein Hexer«, sagte er und starrte seine Gemahlin herausfordernd an.

»Ja, vortrefflich, nicht wahr?«, sagte sie mit einem scharfen Lächeln. »Wie gut, dass seine Kräfte uns zu Diensten waren, dass er sich so selbstlos für unsere Kinder geopfert hat und das, ohne auch nur irgendeine Gegenleistung zu erwarten.«

Galvan knirschte mit den Zähnen. Dies war keine Unterhaltung, die er mit Ailís führen wollte. Jemals.

»Er ist der Hüter, Ailís, es ist seine Pflicht –«

»Oh, komm mir nicht mit *Pflicht*, Galvan«, unterbrach Ailís ihn ungehalten. »*Pflicht* ist der Grund, weshalb unser Sohn nun mit zerschmetterten Knochen in seinem Bett liegt, und die Geister allein wissen, ob er jemals wieder wird laufen können. *Pflicht* ist der Grund, weshalb ich den letzten Winter in banger Sorge verbracht habe, bis endlich die Nachricht meines Sohnes eintraf, dass er als einziger seinen albernen Feldzug überlebt hat, den er aus reinem Pflichtgefühl angetreten hat. Wage es nicht, von Pflicht zu sprechen, Galvan. Larkin ist der einzige Grund, weshalb unser Sohn noch immer am Leben ist! Der einzige Grund, weshalb wir Luisien zurückbekommen haben!« Tränen schimmerten in ihren Augen und ihre Stimme brach auf den letzten Worten. Sie wandte sich hastig um, als der Hexer neben ihr einen gequälten Laut von sich gab, und murmelte tröstende Worte, während sie ihm mit der Hand übers Haar strich.

»Ich gebe zu, dass wir ihm viel verdanken, aber musst du … Ist es wirklich nötig, dass du –«

Er hatte Glück, dass sie ihm nicht direkt ins Gesicht sprang. Vermutlich nahm sie sich zurück aus Rücksicht auf die beiden schlafenden Jungen.

»Dass ich mich um ihn kümmre, Galvan?«, zischte sie und er konnte sich nicht daran erinnern, wann er sie das letzte Mal so wütend erlebt hatte. Ailís war furchterregend, wenn sie wütend war und zu spät fiel ihm ein, weshalb er für gewöhnlich alles dafür tat, um sie nicht gegen sich aufzubringen.

»Glaubst du nicht, nach allem, was er für unsere Kinder getan hat, was er seit Jahren für das ganze Königreich tut, hätte er ein wenig Mitgefühl verdient? Du hast Jahre darauf hingearbeitet, dass dein Sohn frei wählen kann und nun, da er tatsächlich gewählt hat, stellst du dich ihm auf einmal in den Weg? Bereust du es bereits, dass du ihm diese Möglichkeit gegeben hast? Ist das der Grund, weshalb du Larkin gegenüber so feindselig bist? Sieh ihn dir an, Galvan.« Ihre Augen hatten wieder einen verräterischen Glanz angenommen und er folgte rasch ihrer Aufforderung und sah zu dem schlafenden Hexer hinüber, weil er den Anblick ihrer Tränen nicht ertragen konnte. »Was hat er dir getan, dass du nicht einmal jetzt ein wenig Mitgefühl aufbringen kannst?«

Er spürte eine Enge in der Brust, als er den jungen Mann betrachtete, der blass und ausgezehrt neben seinem Sohn lag. Er wirkte so jung, obwohl Galvan wusste, dass er älter war als Kianéran. Jung und … unschuldig.

Galvan schluckte schwer. Hatte Ailís Recht und er hatte sich von seinen eigenen Erwartungen für Kianéran blenden lassen? War das der Grund für sein Misstrauen dem Hexer gegenüber? Der Gedanke war beschämend.

»Ich hätte mir auch gewünscht, unser Sohn würde einen leichteren Weg einschlagen«, sagte Ailís leise, erhob sich von ihrem Platz und kam ihm entgegen. »Aber du kannst Larkin nicht dafür bestrafen.«

Galvan schloss Ailís mit einem Seufzen in die Arme.

Vielleicht hatte Ailís Recht. Dies war es schließlich, worauf er jahrelang hingearbeitet hatte, nicht wahr?

Ailís lachte leise, ein glockenheller Laut, den er dieser Tage viel zu selten hörte und lehnte sich in seinem Arm zurück, bis sie ihm ins Gesicht sehen konnte. »Natürlich habe ich Recht, alter Narr«, sagte sie. Galvan runzelte die Stirn. Er hasste es, wenn sie seine Gedanken erriet.

»Und unser Sohn hätte eine wahrhaft schlechtere Wahl treffen können, findest du nicht?«, setzte sie mit einem Funkeln in den Augen hinzu.

Nun, *das* ließ sich beim besten Willen nicht leugnen.

24

Das erste, dessen Kian sich bewusst wurde, als sein Verstand aus den dunklen Tiefen aufstieg, war der Umstand, dass er in einem Bett lag. Kein harter, gefrorener Boden, nicht der schwankende Rücken eines Pferdes, sondern ein weiches, warmes Bett.

Dem folgte rasch die Erkenntnis, dass er sich nicht allein in dem Bett befand. Seine Finger streiften einen anderen warmen Leib, der dicht neben seinem lag und das war mehr als verwunderlich. Das letzte Mal, da er zusammen mit jemandem ein Bett geteilt hatte, war im Hause der Bauersfamilie gewesen mit Larkin an seiner Seite, doch das Bett, in dem er lag, war nicht jenes Bett. Er konnte sich nur noch bruchstückhaft daran erinnern, dass er mit Larkin auf einem Pferd geritten war. Larkin hatte ihn zur Burg zurückbringen wollen, wo also war er nun?

Dann nahm er gedämpfte Stimmen wahr, die sich ganz in der Nähe unterhielten.

»Er braucht nur ein wenig Ruhe, Ailís, nichts weiter.«

Kian runzelte die Stirn. Das war die Stimme seines Vaters, wenn er sich nicht völlig irrte. Aber wenn er wieder zurück war, wer lag dann mit ihm in seinem Bett?

»Oh, aber ein wenig mütterliche Zuwendung wird ihm wohl kaum schaden, nicht wahr?«, erklang die spitze Stimme seiner Mutter.

Verwirrt öffnete Kian die Augen und blinzelte gegen die plötzliche Helligkeit. Er erkannte seine Mutter, die an der gegenüberliegenden Seite des Bettes saß, sein Vater stand an der Tür und beobachtete sie mit finsterer Miene und neben ihm im Bett lag still und reglos …

»Larkin?« Er traute seinen Augen kaum. Vielleicht träumte er noch immer. Wie sonst ließ es sich erklären, dass sein Vater es duldete, dass er mit Larkin ein Bett teilte? Schließlich konnte er sich noch gut an die Warnungen seines Vaters erinnern, sich von Larkin fernzuhalten.

»Kianéran. Den Geistern sei Dank«, sagte seine Mutter.

Ein leises Brummen erklang zu seiner Rechten, gefolgt von einem gehörnten Kopf, der sich über die Bettkante schob. Silberne Augen mit geschlitzten Pupillen begegneten Kians Blick und schienen ihn forschend anzusehen.

»Oh, du bist es«, sagte Kian leise und empfand eine gewisse Erleichterung darüber, den Drachen an seiner Seite zu wissen.

Der Drache brummte zustimmend und leckte Kian mit seiner rauen Zunge über das Gesicht.

»Ja, ich habe dich auch vermisst«, sagte Kian mit einem schwachen Lächeln und schaffte es, seinen unverletzten Arm weit genug zu heben, um dem Tier den Kopf zu streicheln. Der Drache gab ein zufriedenes Grollen von sich, bevor er wieder aus Kians Blickfeld verschwand, zweifellos um sich neben dem Bett wie eine Katze zusammenzurollen.

»Muss das Biest hier sein?«, fragte der König angewidert.

Kian sah, wie Rhis den Kopf hob, um den König anzuknurren.

»Nun, du kannst gern versuchen, den Drachen zu entfernen«, erwiderte die Königin leichthin.

Kian wandte den Kopf in ihre Richtung und wurde im nächsten Moment daran erinnert, dass Larkin immer noch neben ihm lag, ohne dass sein Vater Einwände zu erheben schien.

»Was geht hier vor sich?«, fragte er scharf und wollte sich aufsetzen, wurde jedoch schmerzhaft an all die kleineren und größeren Wunden erinnert, die die Feen ihm beigebracht hatten.

Larkin zuckte neben ihm und lag dann wieder still.

»Still, mein Sohn, dein Freund braucht Ruhe«, sagte die Königin mit gesenkter Stimme.

Kian konnte seine Mutter nur mit offenem Mund anstarren, dann sah er wieder hinüber zu seinem Vater, der bereits eine Hand auf dem Türknauf hatte, als wolle er die Flucht ergreifen.

»Wage es ja nicht, dich jetzt davonzustehlen, Galvan«, sagte die Königin und Kian kannte diesen Tonfall nur allzu gut. Es war derselbe Ton, den sie verwendete, um ihre Kinder zu maßregeln. »Dein Sohn hat es verdient, diese Dinge aus deinem Mund zu hören.«

Der König nahm die Hand vom Türknauf und bedachte seine Gemahlin mit einem finsteren Blick.

Kian schloss kurz die Augen, bevor er den Kopf in Larkins Richtung wandte. Nichts ergab mehr einen Sinn. Sein Vater hatte ihn fortgeschickt, um Larkin und ihn voneinander fernzuhalten, hatte Kian gedroht! Und nun das.

»Larkin«, flüsterte er, während er nach Larkins Hand griff. Der Hexer wirkte noch blasser als gewöhnlich und hatte tiefe Ringe unter den Augen.

»Mach dir keine Sorgen, Kianéran«, sagte seine Mutter leise und schenkte ihm ein beruhigendes Lächeln, »er braucht nur ein wenig Ruhe, so wie du auch.«

»Aber warum …« Seine Augen huschten kurz zu seinem Vater, der seinen Platz an der Tür noch immer nicht verlassen hatte. »Ich fürchte, ich verstehe nicht …«

Die Königin warf ihrem Gemahl einen missbilligenden Blick zu, den der König mit finsterer Miene erwiderte. Für einige Augenblicke starrten sie sich nur stumm an, bis der König schließlich die Lippen zusammenpresste. »Vielleicht sollten wir warten, bis der Junge …«

Die Königin hob die Brauen. »Ich glaube nicht, Galvan. Dein Sohn erwartet jetzt eine Erklärung. Findest du nicht, er hat sie verdient, nach allem, was er durchgemacht hat?«

Der König gab einen unwilligen Laut von sich. »Also gut, wenn du darauf bestehst.«

»Das tue ich, Galvan.«

Der König zögerte einen Augenblick, bevor er sich mit einem Seufzen auf einem Stuhl an Kians Seite des Bettes niederließ. Er wirkte mit einem Mal alt, älter als Kian ihn je zuvor gesehen hatte und Kian fragte sich mit wachsender Besorgnis, was in seiner Abwesenheit alles vorgefallen war. Seine Vorahnungen bestätigten sich einen Augenblick später, als sein Vater das Wort ergriff.

»Es gibt einige … Dinge, von denen du noch nichts weißt, mein Sohn«, begann der König mit schwerer Stimme.

Aus dem Augenwinkel sah Kian, wie seine Mutter die Augen verdrehte, und er hätte um ein Haar gelacht, als sie etwas über den »Hang zum Dramatischen« murmelte.

Sein Vater biss die Zähne zusammen und warf ihr einen weiteren bösen Blick zu, ehe er sich wieder Kian zuwandte. Seine Augen streiften Larkin, als er weitersprach.

»Um es kurz zu machen. Ich habe das Gesetz ändern lassen.« Er strich sich mit einer Geste, die Kian wohl vertraut war, über den dichten Bart. »Du bist in Zukunft frei in der Wahl deiner … Liebhaber«, hier sah er vielsagend in Larkins Richtung, »ohne jedwede Konsequenzen fürchten zu müssen. Nun, solange sich niemand durch das neue Gesetz derart brüskiert fühlt, dass er beschließt, mich zu stürzen.«

Kian lachte, glaubte er doch für einen Augenblick, sein Vater würde sich einen Scherz mit ihm erlauben, bis er sich daran erinnerte, dass sein Vater niemals Scherze zu machen pflegte. Die Erkenntnis traf ihn wie ein Schlag. Hilfesuchend sah er zu seiner Mutter hinüber, die immer noch an Larkins Seite saß, die Hände im Schoß gefaltet, und seinen Blick ruhig und mit einem leisen Lächeln auf den Lippen erwiderte. Erst dann erlaubte er sich einen winzigen Hoffnungsschimmer, dem blankes Entsetzen folgte, als der letzte Satz seines Vaters seinen Weg in Kians Verstand fand. »Stürzen?«

Der König lehnte sich auf seinem Stuhl zurück, legte die Fingerspitzen beider Hände aneinander und tippte sich dann kurz mit den Spitzen seiner Zeigefinger gegen das bärtige Kinn. »Nun ja, du kennst die Männer, die in meinem Kronrat sitzen. Ich habe zwar versucht, sie allmählich auf diese Veränderung vorzubereiten, doch wer weiß schon, was sie hinter meinem Rücken alles aushecken. Gustavan sucht schon seit Jahren nach einer Möglichkeit, sich selbst zum König aufzuschwingen.«

Kian ächzte und musste für einen Moment die Augen schließen, als ihn die Tragweite dessen, was sein Vater getan hatte, schier zu überwältigen drohte. Er hatte das Gesetz geändert, dasselbe Gesetz, das einige ihrer Vorfahren den Kopf gekostet hatte.

»Aber … warum?«, flüsterte er.

Sein Vater machte ein Gesicht, als hätte Kian keine dümmere Frage stellen können. »Warum? Ich dachte, das wäre ganz offensichtlich. Ich wollte dir die Möglichkeit geben zu wählen und dich nicht verstecken zu müssen, sollte dieser Weg«, er stockte kurz, während seine Augen erneut Larkin streiften, »derjenige sein, den du erwähltest.«

Für einen furchtbaren Augenblick hatte Kian das Gefühl, keine Luft mehr zu bekommen. Hinter seinen Schläfen pochte es, er fühlte sich heiß und kalt zugleich und seine Kehle war wie zugeschnürt.

Sein Vater hatte es gewusst? Aber wie konnte das möglich sein, wenn er sich so sicher gewesen war, dass sein Vater ihn umbringen würde, wenn er dieses Geheimnis jemals herausfinden sollte?

»Du hast es gewusst?«, brachte Kian schließlich hervor, seine Stimme nicht mehr als ein Krächzen. »All die Jahre und du hast es gewusst? Aber wie … ich verstehe nicht … Wie konntest du es wissen?«

Der König seufzte tief. »Ich bin nicht dumm, mein Sohn. Und ich habe Augen im Kopf. Du hast niemals den Mädchen hinterhergeblickt, wie Boren es tut. Am Anfang dachten wir einfach, du wärest schüchtern, aber je älter du wurdest … Nun ja. Ich hatte bis zum Schluss die Hoffnung, es würde sich auswachsen, aber ich nehme an, diese Hoffnung kann ich nun begraben.« Die Miene des Königs verdüsterte sich, als sein Blick zu Larkin hinüber wanderte und für einen Augenblick sah es so aus, als wollte er Larkin den Hals umdrehen.

»Ihn trifft keine Schuld«, sagte Kian rasch.

»Das wissen wir, mein Sohn«, sagte die Königin und beugte sich vor, um Kian kurz in einer beruhigenden Geste über den Arm zu streichen. »Dein Vater braucht nur etwas Zeit, um sich an den Gedanken zu gewöhnen, dass du ihm keine Enkel schenken wirst.« Sie sah dabei nicht Kian, sondern den König mit gehobenen Brauen an.

Kians Verstand versuchte immer noch, den Umstand zu begreifen, dass sein Vater die ganze Zeit gewusst hatte, dass Kian sich keine Frau nehmen wollte.

»Warum?«, flüsterte er und konnte den Vorwurf in seiner Stimme nicht verbergen, als sich der Zorn in seinem Inneren regte. »Du hast mir gedroht, mich zu verheiraten, wenn ich nicht eine Frau finde, obwohl du wusstest, dass ich keine wollte! Du hast mich *fortgeschickt* und in dem Glauben gelassen, du würdest Larkin etwas antun, sollte ich es nicht tun, hast uns gedroht. Ich wäre um ein Haar gestorben und *wofür*, Vater? Wofür diese ganze Farce?«

Der König war während Kians Ausbruch zunehmend blasser geworden, doch sein Gesicht zeigte nicht die leiseste Regung, als er Kians Blick erwiderte.

Der Drache knurrte leise, den Kopf erhoben und die silbernen Augen unverwandt auf den König gerichtet. Aus dem Augenwinkel sah Kian, wie seine Mutter sich über Larkin beugte und beruhigend auf ihn einflüsterte und spürte kurz einen Anflug von Reue, dass er nicht mehr Rücksicht auf Larkin genommen hatte.

»Ich tat, was ich tun musste«, sagte der König.

Die Königin sog scharf die Luft ein.

Kian fühlte sich wie vor den Kopf geschlagen. »Was für einen Sinn hatte es dann, dieses verfluchte Gesetz zu ändern?«, rief er aus und erinnerte sich zu spät daran, seinen Tonfall zu mäßigen.

»Es war der falsche Zeitpunkt!«, donnerte der König.

»Galvan!«, zischte die Königin, doch der König ging einfach über sie hinweg.

»Du weißt selbst genau, dass dieses Natterngezücht sich auf jede Schwäche stürzt«, fuhr der König mit erhobener Stimme fort. »Was glaubst du, was sie tun werden, wenn sie herausfinden, dass du der Grund für diese Gesetzesänderung bist? Glaub mir, wenn dieser verfluchte Zauber nicht wäre, würde ich euch beide auch jetzt noch so weit voneinander fernhalten, wie es nur geht. Wer hätte denn ahnen können, dass du dir ausgerechnet jetzt einen Liebhaber nehmen würdest. Dies könnte alles zunichtemachen!« Er machte eine Geste, die Kian und Larkin umschloss.

Kian wollte schon zu einer wütenden Entgegnung ansetzen, als er hörte, wie Larkin seinen Namen rief. Erschrocken wandte er den Kopf in die Richtung seines Freundes.

Seine Mutter hielt Larkins linke Hand in ihrer und strich ihm mit der anderen über das widerspenstige Haar, während sie leise auf ihn einredete. Rhis hatte sich unbemerkt auf die andere Seite des Bettes geschlichen und sah Larkin leise winselnd an, das schuppige Haupt auf Larkins Bauch gebettet.

»Was ist mit ihm?«, fragte Kian voller Sorge.

Seine Mutter hielt kurz in ihrem Tun inne, um ihm und seinem Vater gleichermaßen einen strengen Blick zuzuwerfen. »Sucht euch für eure Streitereien einen anderen Zeitpunkt aus. Larkin braucht *Ruhe*, Kianéran, gerade von dir hätte ich Besseres erwartet«, tadelte sie, bevor sie sich wieder Larkin zuwandte.

»Aber was …« Kian riss die Augen auf, als er sich daran erinnerte, was sein Vater so beiläufig erwähnt hatte und sah seinen Vater an.

»Was für ein Zauber? Du erwähntest einen Zauber. Was ist mit ihm?«, flüsterte er eindringlich.

Der König lehnte sich auf seinem Stuhl zurück und verschränkte die Arme vor der breiten Brust. »Nun, vielleicht wäre es besser, der Hexer würde es dir selber erklären«, sagte er.

»Galvan!«, zischte die Königin.

Der König warf ihr einen ungehaltenen Blick zu. »Nun, ich bin wohl kaum der Richtige, um ihm magische Dinge zu erklären, nicht wahr?«

Kian wandte sich mit flehendem Blick an seine Mutter. »Bitte, Mutter, was ist mit ihm?«

Die Königin seufzte und strich Larkin, der sich wieder beruhigt zu haben schien und wieder friedlich schlafend dalag, über die Wange, bevor sie sich Kian zuwandte.

»Mach dir keine Sorgen, mein Sohn. Es ist nichts, von dem Larkin sich nicht wieder erholen wird. Er hat … nun, so wie ich es verstanden habe, hat er wohl einen Zauber zu deinem Schutz gewoben, der ihn jedoch sehr viel Kraft gekostet hat. Alles, was er braucht, ist Ruhe und Schlaf, was genauso für dich gilt, Kianéran.«

Kian zuckte zusammen, als ihn der strenge Blick seiner Mutter traf und wagte es nicht, eine weitere Frage zu stellen, auch wenn ihm etliche auf der Zunge brannten.

»Galvan, du könntest dich zur Abwechslung einmal nützlich machen und deinem Sohn den Heiltrank geben, den der Heiler für ihn dagelassen hat«, befahl die Königin in einem Ton, der keinen Widerspruch duldete und Kian froh darüber sein ließ, dass er in diesem Augenblick nicht das Ziel ihres Zornes war.

25

Das Klirren der Schwerter hallte von den Burgmauern wider und der Atem der Männer stieg wie weißer Nebel über ihnen auf. Der Kampfplatz war riesig und voller Männer, die alle, angelockt durch die Aussicht auf einen Tag ohne Schneefälle, ihre Muskeln spielen ließen.

Larkin konnte nur den Kopf schütteln über das Spektakel, das bereits etliche Zuschauer angelockt hatte, die meisten von ihnen junge Mädchen, die untereinander tuschelten und den Männern schmachtende Blicke zuwarfen, ehe sie in wildes Gekicher ausbrachen.

Es war nicht sonderlich schwer gewesen, Prinz Boren ausfindig zu machen. Sein Kampf hatte ganz offensichtlich die meisten Zuschauer angelockt und Larkin fragte sich unwillkürlich, ob die Mädchen Kian wohl genauso anschmachteten. Die Antwort darauf gefiel ihm ganz und gar nicht.

Larkin schickte einen Knappen aus, um den jungen Prinzen wissen zu lassen, dass er ihn sprechen wollte, und lehnte sich auf das hölzerne Geländer, das den Kampfplatz umgab, während er auf Boren wartete. Rhis ließ sich neben ihm mit einem Grunzen auf dem Boden nieder, den warmen Leib gegen Larkins rechtes Bein gedrängt, und beobachtete die Männer aus halb geöffneten Augen.

Es widerstrebte Larkin noch immer, Boren um Hilfe zu bitten, jedoch war dies die einzige Möglichkeit, auf dem schnellsten Weg nach Hause zu gelangen. Prinzessin Luisien hatte er bereits einen Besuch abgestattet. Das kleine Mädchen war sofort bereit gewesen, ihm ihren Stein zu überlassen, der nun schwer in seiner Tasche lastete und ihn daran erinnerte, was er im Begriffe stand zu tun.

Kian würde es ganz und gar nicht gutheißen, das wusste er. Was der Grund dafür war, dass er schnell handeln musste, bevor

Kian aus seinem Heilschlaf erwachte und Larkins Abwesenheit bemerkte. Die Ironie des Ganzen entging ihm nicht, dass er sich genauso davonstehlen würde, wie Kian es einst versucht hatte. Doch es war das Beste für alle. Kian würde früher oder später merken, dass ihre Liebe von vornherein zum Scheitern verurteilt gewesen war und dann wäre Larkin längst fort, zurück in seinem Wald, wo seine eigenen Pflichten auf ihn warteten. Zudem konnte der König Larkin ohnehin nicht ausstehen und machte auch keinen Hehl daraus, was er von Larkin hielt.

Nein, Larkins Platz war im Wald bei den Schatten und nicht bei Hofe zwischen Prinzen und Königen. So war es immer schon gewesen und so würde es auch immer sein.

Boren verabschiedete sich lachend von den Männern, mit denen er gekämpft hatte, bevor er sich in einer übertriebenen Geste vor der kichernden Mädchenschar verneigte. Die Männer brachen über sein Getue in schallendes Gelächter aus und klopften Boren anerkennend auf die Schulter, während die Mädchen beinahe in Ohnmacht zu fallen schienen angesichts der unerwarteten Aufmerksamkeit.

Larkin fragte sich, wie es wohl wäre, Borens ausgelassene Art zu haben, sodass die Leute ihm regelrecht zu Füßen lagen, doch Borens Ankunft unterbrach ihn, ehe er sich weiter Gedanken darüber machen konnte.

»Es freut mich, Euch wieder auf den Beinen zu sehen.« Der Prinz schlug Larkin kameradschaftlich auf die Schulter und lachte dann über Larkins überraschtes Gesicht.

»Ihr solltet das Leben weniger ernst nehmen, Larkin, hört auf meine Worte!« Er lachte wieder und beugte sich dann vor, um den Drachen hinter den Hörnern zu kraulen, der seine Bemühungen mit einem zufriedenen Brummen belohnte.

»Nun, mein Freund, wie kann ich Euch dienen?«, fragte er grinsend, nachdem er sich wieder aufgerichtet hatte, und bedeutete Larkin mit einer Geste, ihm zu folgen.

Rhis erhob sich lautlos und folgte Larkin wie ein Schatten.

Larkin nahm einen tiefen Atemzug. Nun gab es kein Zurück mehr. »Ich brauche Eure Hilfe.«

Boren warf Larkin lediglich einen neugierigen Blick zu, sagte jedoch nichts weiter.

»Was wisst Ihr von Reisesteinen?«, platzte Larkin heraus.

Boren runzelte die Stirn und zuckte die Achseln. »Verzeiht mir Larkin, aber ich fürchte, in magischen Angelegenheiten müsst Ihr Euch an Hofmagier Hieron wenden.«

»Nein, das ist nicht der Grund, weshalb ich zu Euch kam«, beeilte sich Larkin zu sagen. »Eure Schwester kam in den Besitz eines solchen Steines. Die Feen benutzen sie, um von einem Ort zum anderen zu reisen.«

Boren blieb abrupt stehen und bedachte Larkin mit einem scharfen Blick. »Feenmagie?«, sagte er mit gesenkter Stimme und vergewisserte sich dann, dass ihn niemand gehört hatte.

Larkin hob abwehrend die Hände. »Kein Grund zur Besorgnis. Die Feen benutzen sie zwar, doch die Steine haben ihre eigene Magie.« Zumindest vermutete Larkin das, von dem wenigen, was er über die seltenen Steine wusste und was die Magie des Steines selbst ihm bereits verraten hatte.

»Ich fürchte, ich verstehe noch immer nicht, weshalb Ihr meine Hilfe benötigt«, sagte Boren und setzte sich wieder in Bewegung.

»Ich würde den Stein gern in Eurer Obhut lassen. Nur für den Fall, dass die Genesung Eures Bruders nicht wie geplant voranschreitet oder Ihr anderweitig meiner Hilfe bedürft.«

Borens Schritte stockten erneut und er musterte Larkin forschend, die Arme vor der Brust verschränkt. »Ihr wollt aufbrechen?«

Larkin nickte. »Ja. Der Stein würde es mir erlauben in einem einzigen Wimpernschlag zurück in den Wald zu gelangen.«

Borens Stirn legte sich in Falten, bevor ein wissender Ausdruck in seine hellblauen Augen trat. »Ah, dafür braucht Ihr mich also. Um den Stein wieder zurückzubringen.«

Larkin nickte zustimmend. »Ihr könntet an meiner Seite in den Wald hinüberwechseln, um dann ohne mich wieder hierher zurückzukommen.«

Boren lachte wieder. »Und Ihr erwartet tatsächlich von mir, dass ich die lange Reise vom Schattenwald hierher auf mich nehme, nur um Euren Stein zurückzubringen?«

Larkin schüttelte den Kopf. »Nein, Ihr könntet den Stein benutzen und wäret nur einen Augenblick später wieder hier.«

»Aber ihr vergesst, Larkin, ich verfüge nicht wie Ihr über magische Kräfte.«

»Die werdet Ihr nicht brauchen. Wie ich bereits erwähnte, verfügt der Stein über eigene Kräfte. Ihr müsst nichts weiter tun, als mich auf meiner ersten Reise zu begleiten, um dann mit dem Stein wieder hierher zurückzukehren. Ihr wäret nicht länger als ein paar Augenblicke fort.«

Boren tippte sich nachdenklich mit dem Zeigefinger ans Kinn. »Und wann wollt Ihr aufbrechen?«

Larkin musste sich zurückhalten, um nicht zu ungeduldig zu wirken. »Wann immer es Euch beliebt. Wir könnten auch jetzt aufbrechen, es würde nicht mehr als ein paar Augenblicke Eurer Zeit kosten.«

Ein Grinsen breitete sich auf Borens Zügen aus. »Und Ihr seid sicher, dass ich in der Lage bin, den Stein zu gebrauchen?«

Borens übereifriger Gesichtsausdruck ließ Larkin die Weisheit seiner Entscheidung, den Stein in Borens Obhut zu lassen, bereits wieder in Frage stellen. Der Junge konnte alles Mögliche mit dem Stein anstellen.

»Nun, das werden wir schnell herausfinden«, erwiderte Larkin. »Ich rate Euch jedoch zur Vorsicht. Der Stein ist kein Spielzeug und sollte niemals leichtfertig gebraucht werden.«

Boren lachte nur. »Glaubt mir, Larkin, ich hege nicht den Wunsch mich näher mit diesen Dingen zu beschäftigen. Vor allem nicht, wenn es sich um Feenmagie handelt. Aber ich will Euch den Gefallen tun. Wo ist dieser Stein, von dem Ihr sprecht?«

Larkin ließ den Blick durch den Schlosshof schweifen und schüttelte den Kopf. »Nicht hier.«

Boren nickte verstehend und bedeutete ihm mit einer knappen Geste, ihm zu folgen. Er führte Larkin nicht etwa in das Innere der Burg, sondern über eine schmale Treppe zu einem Kreuzgang und schlüpfte dann durch einen dunklen Torbogen. Einige steinerne Stufen führten in eine niedrige Kammer hinab, die nur durch eine einzelne Kerze, die auf einem Ahnenschrein stand, erleuchtet wurde.

»Rhis, untersteh dich!«, sagte Larkin scharf, als der Drache schnurstracks auf den Schrein und die einsame, flackernde Kerze zuhielt.

Rhis zögerte einen Moment, ohne den Blick von der Kerze zu nehmen, und ließ sich dann mit einem Schnauben an Ort und Stelle zu Boden sinken, die silbernen Augen unverwandt auf das flackernde Licht gerichtet.

Boren lachte belustigt und beugte sich herab, um dem Drachen einen Klaps auf die Flanken zu geben.

»Ihr habt meine Neugier geweckt, Larkin. Wo ist nun dieser Stein?«, sagte er mit leuchtenden Augen.

Larkin holte mit einem Seufzen den Stein aus der Tasche und hielt ihn Boren hin, der ihn auf Larkins Nicken in die Hand nahm, um ihn von allen Seiten zu betrachten.

Der Reisestein wirkte auf den ersten Blick wie ein gewöhnlicher schneeweißer Flusskiesel. Auf einer Seite jedoch war eine lange Linie mit zwei Kreisen darüber eingeritzt. Das Symbol war mit dem bloßen Auge kaum zu erkennen, es sei denn, man wusste, wonach man suchte.

»Hier ist etwas eingeritzt«, sagte Boren und hielt den Stein gegen das Licht, um zu erkennen, um was es sich handelte.

»Das Symbol für ›Weg‹ oder ›Ziel‹ in der alten Sprache«, erklärte Larkin.

Boren nickte. »Ich habe davon gehört. Ich glaube, einer von Kians Lehrern war sehr bewandert auf diesem Gebiet.«

Larkin stockte kurz der Atem, als er Kians Namen hörte und schalt sich im nächsten Moment einen Narren. Er hatte seine Entscheidung getroffen, damit würde er leben müssen. Doch sein verräterisches Herz sehnte sich danach, mehr über den Prinzen zu erfahren, drängte Larkin dazu, Boren zu fragen, ob Kian die alte Sprache gelernt hatte.

Larkin biss die Zähne zusammen.

»Wie geht es nun vonstatten?«, fragte Boren, ohne etwas von Larkins innerem Aufruhr wahrzunehmen. »Muss ich eine bestimmte Formel sprechen?«

»Nein, ein Tropfen Blut genügt.«

Boren sah abrupt von dem Stein zu Larkin. »Blut?«, fragte er und sein Tonfall machte deutlich, dass er ganz und gar nicht begeistert war von dem Gedanken. »Ihr braucht mein Blut für diesen Zauber?«

Larkin zuckte die Achseln. »Es ist alte Magie, natürlich braucht es Blut. Ich bin mir sicher, dass die Magier des Königs auch gelegentlich Blut für ihre Zauber verwenden.«

Boren sah ihn ungläubig an. »Aber sie benutzen nicht mein Blut.« Auffordernd hielt er Larkin den Stein hin und presste ihn dann in Larkins Hand, als könne er ihn gar nicht schnell genug wieder loswerden. »Vielleicht solltet Ihr Euch jemand anderen für dieses Unterfangen suchen.«

Larkin wog den Stein in der Hand, während er Boren mit einem – wie er hoffte – abschätzigen Blick musterte. Es war ihm zuwider, Boren derart zu ködern, aber ihm lief die Zeit davon und es gab niemanden außer Boren, an den Larkin sich wenden konnte. »Ich hätte nicht gedacht, dass Ihr Euch derart zieren würdet, einen einzelnen Tropfen Blut zu vergießen«, sagte er leichthin.

»Ich ziere mich nicht!«, begehrte Boren unvermittelt auf.

»Oh?«, machte Larkin nur, während er den Stein in seiner Hand betrachtete.

»Ich zie… – Schatten und Verdammnis, gebt schon her«, sagte Boren und riss Larkin den Stein regelrecht aus der Hand. »Was ist schon ein bisschen Blut, ha! Aber ich schwöre Euch, Larkin, wenn dieser Zauber nicht das hält, was er verspricht ...«

»Oh, das tut er«, versicherte Larkin rasch und war ein wenig entsetzt darüber, wie leicht es gewesen war, Boren dazu zu bringen, genau das zu tun, was Larkin wollte. »Am besten wir probieren es aus. Gebt mir Euren Finger.«

Ehe Boren ein Wort des Widerspruchs äußern konnte, hatte Larkin bereits Borens linke Hand ergriffen und stach ihm mit einer Nadel, die er aus der Tasche gezogen hatte, in den Zeigefinger.

»Euer Blut weckt die Magie im Stein«, erklärte Larkin, als ein dicker, roter Blutstropfen von Borens Finger auf den glatten Stein in seiner anderen Hand fiel. Larkin verschloss die winzige Wunde rasch mit einem einfachen Zauber.

Das Blut, das auf den Stein gefallen war, floss in die Linien des eingeritzten Zeichens, bis dieses deutlich hervortrat, blutrote Linien vor einem schneeweißen Hintergrund.

»Nun, ich schlage vor, Ihr versucht zunächst, über eine kurze Entfernung hinweg zu reisen, sagen wir, bis hinaus auf den Kreuzgang«, sagte Larkin, bevor Boren es sich anders überlegen konnte. »Alles, was Ihr tun müsst, ist Euch das Ziel fest vor Augen zu halten und dann macht Ihr einfach einen Schritt von dort, wo Ihr steht, zu Eurem Ziel.«

Boren warf Larkin einen zweifelnden Blick zu, sah hinab auf den Stein in seiner Hand, auf dem das Symbol noch immer deutlich zu erkennen war, und tat dann mit einem Atemzug einen großen Schritt nach vorn.

Nichts geschah.

Borens Schultern sackten herab und er schürzte die Lippen. »Ich habe Euch gewarnt, Larkin«, sagte er mit einem verlegenen Grinsen. »Ich bin nicht gemacht für magische Dinge.«

»Zweifelt nicht, Eure Hoheit«, ermahnte Larkin ihn. »Denn ein zweifelnder Geist ist ein schwacher Geist und die Magie wird sich keinem schwachen Geist beugen. Es hängt einzig und allein von Eurem Willen ab, ob der Zauber gelingt oder nicht. Ist der Wille stark, so ist auch der Zauber stark und wirksam, zweifelt Ihr jedoch, so wird Euch die Magie des Steins niemals gehorchen.«

Ein entschlossener Ausdruck trat auf Borens Gesicht und er nickte knapp, den Stein fest in der Hand haltend, das Kinn beinahe trotzig vorgereckt. Rhis regte sich von seinem Platz auf dem Boden und hob neugierig den Kopf und auch Larkin konnte es hören. Eine leise Melodie, wie das Flüstern des Windes in den Wipfeln der Bäume, die das Erwachen des Steins ankündigte. Dann tat Boren einen Schritt und verschwand.

Die silbernen Augen des Drachen begegneten Larkins und im nächsten Augenblick liefen sie Seite an Seite aus der dunklen Kammer.

Boren stand vornübergebeugt auf dem nördlichen Teil des Kreuzganges, nahe der Treppe, die in den Schlosshof führte.

Larkin verlor keine Zeit, sondern eilte zu ihm und verfluchte sich im Stillen dafür, dass er Boren seine erste Reise mit dem Stein hatte allein tun lassen.

»Eure Hoheit, geht es Euch gut?«

Boren hob den Kopf, als Larkin ihm die Hände auf die Schultern legte. Er war aschfahl im Gesicht und starrte Larkin einen Augenblick lang einfach nur an, bevor er in atemloses Gelächter ausbrach. »Schatten und Verdammnis, Larkin!«, rief er und seine Augen leuchteten. Er schien regelrecht in Hochstimmung zu sein. »Habt Ihr das gesehen? Ich habe einfach einen Schritt getan und …« Er lachte wieder. »Bei den Geistern meiner Ahnen, ich habe es tatsächlich geschafft. Habt Ihr es gesehen? Habt Ihr gesehen, wie ich …« Er wedelte wild mit den Armen. »Schatten, Larkin, warum habt Ihr nicht gesagt, dass so etwas möglich ist? Es war einfach unbeschreiblich. Wenn ich das Kian erzähle …«

Larkin unterbrach ihn rasch mit einer Hand auf seinem Arm und fragte sich erneut, ob er nicht einen fatalen Fehler begangen hatte, indem er ausgerechnet Boren in das Geheimnis des Steins eingeweiht hatte. »Nein, Ihr dürft niemandem davon erzählen, nicht einmal Eurem Bruder. Bei der Seele des Waldes, Boren, die Feen haben Eure Schwester in einer Traumfalle gefangen, weil sie den Stein gefunden hat. Niemand sollte davon erfahren, dass Ihr ihn habt und Ihr solltet ihn nur im äußersten Notfall benutzen, habt Ihr mich verstanden?«

Boren senkte beschämt den Blick wie ein geprügelter Hund und sah auf den Stein in seiner Hand. Von dem Blut war nichts mehr zu sehen, die eingeritzten Linien einmal mehr verblasst und gegen das Weiß des Steins kaum auszumachen.

»Verzeiht mir«, sagte Boren, deutlich zerknirscht. »Ich dachte nur, wo Ihr doch Kians Freund seid, dass er sicherlich erfahren dürfte …«

Larkin schloss mit einem Seufzen die Augen und rieb sich die Stirn. Natürlich würde Boren zu diesem Schluss kommen. Er hatte ja keine Ahnung, dass er Larkin dabei behilflich war, sich klammheimlich davonzustehlen, während Kian ahnungslos in seinem Bett lag und schlief.

»Es ist zu gefährlich«, sagte Larkin schließlich und fühlte sich elend und erschöpft. »Ich weiß, es ist eine große Bürde, doch ich würde Euch nicht damit betrauen, wenn ich nicht wüsste, dass Ihr sie zu tragen vermögt.«

Boren sah überrascht auf und nickte dann grimmig. »Ich werde Euch nicht enttäuschen, Larkin.«

Larkin nickte ebenfalls und legte dem jungen Prinzen eine Hand auf die Schulter. »Das weiß ich. Und nun lasst uns aufbrechen.«

~*~

Larkin hatte das Gefühl, als würde ihm eine zentnerschwere Last von den Schultern fallen, als sie endlich in einem Haufen aus Armen und Beinen und einem sehr unzufriedenen Drachen in Larkins bescheidener Hütte landeten. Er war fast ein wenig überrascht, dass sie alle die Reise heil und in einem Stück überstanden hatten, traute er dem Reisestein doch nicht so recht und noch viel weniger, wenn er jemanden bei sich hatte.

Boren sah sich neugierig in der kleinen Hütte um und ließ den Blick über die vollgestopften Regale, die Fläschchen und Tiegel, die Larkin gebraucht hatte, um das Gegenmittel zu dem Gift des Eisheulers zu brauen, und die immer noch auf dem schweren Eichentisch standen, über das ungemachte Bett und den klumpigen Strohsack, der vor dem Kamin lag, gleiten.

Es kam Larkin vor, als wäre es ein ganzes Leben her, dass er zum letzten Mal hier gewesen war, bevor sie Hals über Kopf aufgebrochen waren, um einen Drachen zu töten, und Larkin mit einem Mal Vater eines Drachenjungen geworden war. Rhis brummte leise, als hätte er Larkins Gedanken erraten, und rieb den Kopf an Larkins Hüfte, womit er den Hexer beinahe zu Fall brachte.

»Kaum zu glauben, dass mein Bruder es hier einen ganzen Winter lang ausgehalten hat«, sagte Boren mit deutlichem Erstaunen in der Stimme. »Nicht, dass ich Euch zu nahe treten möchte, Larkin«, setzte er rasch hinzu, als er Larkins fragenden Blick auffing, »es fällt mir nur schwer, mir Kian ohne einen Kammerdiener vorzustellen, der ihm beim Ankleiden hilft. Andererseits überlebt er seine Streitzüge wohl auch ohne eine Schar von Dienern, die ihm jeden Wunsch von den Augen ablesen.« Boren lachte leise.

Larkin spürte, wie ihm die Hitze in die Wangen stieg und er fühlte sich wie vor den Kopf geschlagen. War es das, was auch Kian all die Zeit gesehen hatte, die er hier verbracht hatte? Hatte er nicht mehr als einen Diener in Larkin gesehen, einen Heiler, der seine Pflicht erfüllte? Aber warum war er dann zurückgekehrt?

»Bitte verzeiht mein vorlautes Mundwerk, Larkin«, riss Borens Stimme ihn aus seinen Gedanken. Der junge Mann fuhr sich verlegen mit der Hand durchs Haar und hielt den Blick gesenkt. »Ich habe Euch beleidigt, das lag nicht in meiner Absicht.«

Larkin schüttelte den Kopf. »Nein, ich war nur … überrascht, das ist alles«, sagte er und drückte Boren den Reisestein in die Hand. »Ihr solltet besser aufbrechen, bevor jemand Eure Abwesenheit bemerkt. Und denkt daran, benutzt ihn nur im Notfall. Es wäre besser, Ihr würdet zumindest in dieser Sache Euren Mund halten können.«

Boren zog den Kopf ein und nickte eilig. »Natürlich. Ihr könnt Euch auf mich verlassen. Mein Wort darauf.«

Larkin unterdrückte ein Seufzen und fragte sich zum hundertsten Mal, ob dies ein unverzeihlicher Fehler war. Aber er hatte keine andere Wahl. Er wollte sichergehen, dass Boren ihn zu Hilfe holen konnte, falls es Kian unerwartet schlechter gehen sollte.

»Gut«, sagte er und reichte Boren eine Nadel. »Denkt daran, dass Euer Wille entscheidend ist. Es ist ein weiter Weg zurück zum Schloss, dafür braucht Ihr einen starken Willen.«

Boren nickte eifrig. Ein Tropfen Blut fiel von seinem Finger auf den Stein, der mit einem Wispern erwachte.

Der junge Prinz benötigte drei Versuche, bis er die Magie des Reisesteins endlich seinem Willen unterwerfen konnte und verschwand. Larkin hoffte inständig, dass er sein Ziel erreicht hatte, und konnte nicht umhin daran zu denken, dass Kian mit seiner ruhigen Entschlossenheit und seinem unbeugsamen Willen sicherlich beim ersten Mal die Magie hätte meistern können.

Als er sich daranmachte, den Tisch abzuräumen und nach der leeren Flasche griff, die alles war, was von seinem Vorrat an Blut wahrer Liebe übrig geblieben war, hielt er plötzlich inne, als ihn ein Gedanke wie ein Blitzschlag traf: Was, wenn es lediglich Kians Wille gewesen war, der dem Zauber an jenem Tag seine Wirksamkeit verliehen hatte und nicht das Blut?

Er strich mit dem Daumen über das mit viel Sorgfalt beschriftete Etikett der Flasche. Das Blut wahrer Liebe mochte zwar für gewöhnlich unersetzbar sein, doch wenn die richtigen Umstände aufeinanderträfen, das Blut eines Hexers gemischt mit dem eines Prinzen, gepaart mit einem eisernen Willen …

Larkin hatte nur verschwommene Erinnerungen an jenen Tag, doch Kians wilde Entschlossenheit und seine Weigerung aufzugeben, obwohl Larkin ihm beteuert hatte, dass es keine Alternative gab, standen ihm noch gut im Gedächtnis. Kian hatte Larkins Hand geführt, während Larkin den Zauber gewoben hatte, sie hatten sich berührt, natürlich würde Kians Wille den Zauber beeinflusst haben.

Larkin ließ sich mit einem Stöhnen auf einem der beiden Stühle sinken und vergrub das Gesicht in der Hand, während er wie betäubt auf die leere Flasche starrte. Er war ein solcher Narr gewesen. Wie hatte er auch nur für einen Augenblick annehmen können, er würde jemals die wahre Liebe finden? Noch dazu in einem Prinzen?

Torkher hatte Recht gehabt, Larkin war nichts weiter als ein grüner Junge vom Land mit lächerlich romantischen Vorstellungen von Liebe.

Bei dem Gedanken an den raubeinigen Krieger und seinen sinnlosen Tod fühlte Larkin erneut die ganze Schwere seines eigenen Versagens über sich hereinbrechen. Bevor er jedoch in seinem eigenen Selbstmitleid versinken konnte, erhielt er einen harten Stoß in die Seite, der ihn beinahe vom Stuhl fallen ließ, und blickte im nächsten Moment in ein Paar silbrig glänzender Augen.

Rhis knurrte warnend und Larkin streckte die Hand aus, um ihn beruhigend über den Hals zu streichen. »Schon gut, du hast Recht. Vielleicht sollten wir Klara einen Besuch abstatten, um den Esel zurückzuholen, was meinst du?« Das würde Larkin hoffentlich auf andere Gedanken bringen.

Der Drache hob mit einem Ruck den Kopf in die Höhe, bevor er sich umdrehte und zur Tür marschierte, vor der er dann erwartungsvoll sitzen blieb.

»Nun, ich nehme das als ein Ja«, lachte Larkin leise und erhob sich mit einem Ächzen von seinem Stuhl, um den Drachen hinauszulassen.

26

Der Weg durch den zwielichtigen Wald half Larkin den Kopf wieder klar zu bekommen und alle Gedanken über Prinzen und Gefühlsduseleien in den hintersten Winkel seines Geistes zu verbannen. Dies war sein Zuhause, hier gehörte er hin und die zwar düstere, jedoch vertraute Melodie des Waldes beruhigte sein schmerzendes Herz.

Bald schon konnte er das kleine Bauernhaus in der Ferne ausmachen. Von den Trümmern des Stalls und der Zerstörung, die der Drache angerichtet hatte, war nichts mehr zu sehen. Stattdessen stand zu Larkins Erstaunen bereits ein neuer Stall an der Stelle des alten. Larkin hatte den schweren Verdacht, dass die Familie den neuen Stall Kian zu verdanken hatte und er fragte sich unwillkürlich, was Kian noch alles getan hatte, um Klara und ihrer Familie zu helfen. Es würde ihn kaum verwundern, wenn er Martin bereits eine neue Kuh gekauft hätte.

Es war ein wenig seltsam, dass er nicht schon von weitem den Lärm der Jungs ausmachen konnte, die sonst bei fast jedem Wetter draußen herumtollten. Als er näher kam, erkannte Larkin schließlich Mikkels leuchtend roten Schopf. Der Junge hockte mit seinem jüngeren Bruder Farin zusammen in der Nähe des neuen Stalls und stocherte mit einem Stock im Boden herum. Von den anderen drei Kindern war jedoch nichts zu sehen.

Farin erblickte Larkin als erster und stieß seinen Bruder aufgeregt in die Seite. Mikkel sah überrascht von seinem Tun auf, seine Augen weiteten sich, bevor er aufsprang und Hals über Kopf zum Haus stürzte. Farin blieb noch einen Augenblick unschlüssig stehen, sah kurz von Larkin zu seinem davoneilenden Bruder, ehe er sich entschloss, Mikkel zu folgen.

»Larkin ist zurück!«, hörte Larkin Mikkel rufen, als der Junge durch die Tür verschwand, Farin ihm dicht auf den Fersen.

Larkin verlor keine Zeit, sondern eilte den Jungen hinterher. Irgendetwas war ganz und gar nicht in Ordnung und er betete zu den Geistern, dass er nicht wieder zu spät kam.

Klara kam ihm in der Tür entgegen. Sie sah ungewöhnlich blass und erschöpft aus und in ihren Augen standen Tränen der Erleichterung, als sie Larkin erblickte.

»Larkin! Den Geistern sei Dank, dass du endlich da bist!«, rief sie aus und lehnte ihren Kopf für einen Augenblick an Larkins Schulter.

»Was ist geschehen Klara? Geht es dir nicht gut?« Er schob sie eine Armeslänge von sich weg und sah sie forschend an, doch bis auf eine tiefe Erschöpfung schien es ihr gut zu gehen, ihr Lied ungebrochen und stark.

»Es ist Bart«, flüsterte sie und biss sich auf die Lippen, zweifellos um die Tränen zurückzuhalten, die in ihren Augen schimmerten.

Larkin wurde das Herz schwer. Barthel war das jüngste von Klaras Kindern, ein Junge mit sonnigem Gemüt, der noch keine drei Sommer zählte, jedoch den Schalk im Nacken sitzen hatte und Klara ordentlich auf Trab hielt.

»Was ist geschehen?«, fragte Larkin wieder, während er sich nach dem Jungen umsah. Doch die Stube lag verlassen und still da.

»Er ist vor fast einer Woche krank geworden«, erklärte Klara leise, während sie ihn am Arm zu der kleinen Kammer führte, in der sie mit ihrem Mann schlief. »Nur ein Schnupfen, nichts weiter. Doch es wurde nicht besser. Er bekam Fieber und fing an zu husten …« Ihre Schritte stockten und sie biss sich wieder auf die Lippen. »Wir haben alles versucht. Und ich wusste nicht, wann du zurückkehren würdest …«

Klaras Worte waren wie ein Eimer eiskalten Wassers. Sie hatten sich bereits auf das Unausweichliche vorbereitet, Larkin konnte es deutlich in Klaras Stimme hören, sah es daran, wie sie seinem Blick auswich. Er war nicht da gewesen, hatte sie im Stich gelassen, sie und die Kinder, und für was? Heiße Scham stieg ihm in die Wangen und sein eigenes Versagen lag ihm wie ein Stein im Magen. Er hoffte nur, dass Barthel nicht den Preis für seine Torheit würde zahlen müssen.

Rasch folgte er Klara in die kleine Kammer und schwor sich, dass er kein zweites Mal versagen würde. Klaras Sohn hatte es wahrhaft nicht verdient, für Larkins Fehler zu bezahlen.

Der kleine Junge lag bleich und reglos in dem Bett seiner Eltern, sein Atem ein angestrengtes Rasseln. Rhea saß an seiner Seite, hielt seine kleine Hand in ihrer und flüsterte leise auf ihn ein. Ihr Gesicht hellte sich jedoch auf, als Rhis sich an sie schmiegte.

»Jetzt wird alles gut, Bart. Larkin ist wieder da«, flüsterte sie dem reglosen Jungen ins Ohr, bevor sie von ihrem Hocker rutschte und Larkin umarmte.

»Ich wusste, dass du rechtzeitig kommen würdest«, sagte sie mit einem Lächeln, das Larkin seine Schuld nur noch stärker zu Bewusstsein brachte. Er strich ihr einmal durchs Haar, brachte jedoch kein Wort heraus, seine Kehle mit einem Mal wie zugeschnürt.

Er konnte die Missklänge hören, die sich in das Lied des Jungen gemischt hatten, schwer und dunkel gegen die sonst so lebhafte Melodie. Der Geruch nach Krankheit hing schwer in der Luft und wurde kaum durch das Aroma der Heilkräuter übertüncht.

Er hätte keinen Tag später kommen dürfen.

Ohne noch einen weiteren Augenblick zu verschwenden, kniete Larkin an der Seite des kranken Jungen nieder und begann zu singen.

~*~

Rhis hatte bereits vor einiger Zeit den Versuch aufgegeben, Larkin aus seiner düsteren Stimmung zu reißen, und war mit Rhea zusammen nach draußen verschwunden. Die beiden waren unzertrennlich, seit Larkin mit Rhis zur Tür hereingekommen war, als würden sie sich schon ein Leben lang kennen.

Der Gedanke versetzte Larkin unvermittelt einen Stich und er wünschte sich mit einem Mal, sein Becher würde etwas weitaus Stärkeres als bloßes Brunnenwasser enthalten.

Er hörte, wie sich Martins schwere Schritte näherten und vor dem Tisch, an dem Larkin saß, innehielten. Larkin konnte seinen vorwurfsvollen Blick regelrecht spüren und diesmal musste er dem Mann sogar Recht geben.

»Sag es nur«, sagte Larkin, als Martin beharrlich schwieg, »dies ist alles meine Schuld.«

Larkin hob überrascht den Kopf, als er hörte, wie Martin sich einen Stuhl heranzog und Larkin gegenüber Platz nahm.

Martin verschränkte die massigen Arme vor der Brust und starrte Larkin mit einem unergründlichen Ausdruck in den dunklen Augen an.

»Ist dein feiner Herr deiner so schnell überdrüssig geworden?«, fragte er nach einer Weile.

»Wie kannst du es wagen?«, zischte Larkin erbost.

Martin legte die Hände flach auf den Tisch und beugte sich vor. »Wie ich es wagen kann?«, entgegnete er scharf. »Du bist ihm wie ein gut dressierter Hund hinterhergelaufen, hast uns im Stich gelassen. War es das wenigstens wert, Larkin? Oh, ich weiß genau, was ihr getrieben habt, du brauchst mich gar nicht so anzusehen. Sag mir, war es das wirklich wert?«

Larkin sprang auf, die Hände auf den Tisch gestützt und konnte seine Magie gerade noch zurückhalten. »Du weißt gar nichts, Martin«, sagte er mit bebender Stimme. »Ich habe den neuen Stall gesehen, was hat er noch alles für dich getan, Martin, hm? So wie ich es sehe, hast du die Großzügigkeit dieses ›feinen Herren‹ zu deinem Vorteil nutzen können, nicht wahr?«

Martin senkte für einen Augenblick beschämt den Blick, bevor er sich langsam in seinem Stuhl zurücklehnte und die Arme wieder vor der Brust verschränkte.

»Du bist ein Narr, Larkin«, sagte er langsam. »Hast du auch nur einen Gedanken daran verschwendet, was geschehen wäre, wenn jemand anderes als ich an der Tür gewesen wäre und ihn in deinem Bett erwischt hätte? Was, wenn es Tilda gewesen wäre?«

Larkin ließ sich langsam zurück auf seinen Stuhl sinken und vergrub das Gesicht in den Händen. Als hätte er es nötig, sich von Martin belehren zu lassen, noch dazu wo er gerade seinen Sohn von der Schwelle des Todes zurückgeholt hatte.

Seele des Waldes, er war so müde.

Der Zauber, mit dem er Barthel geheilt hatte, hatte ihm mehr abverlangt als erwartet. Dazu kam, dass er nun, da Kian so weit entfernt war, das Band wieder spüren konnte. Es zupfte und zerrte in seiner Brust, als wollte es ihn wieder zurückziehen, und war wie ein Leck, das er nicht schließen konnte und das ihn beständig seiner Kraft beraubte.

Immerhin ließ es ihn wissen, dass Kians Zustand sich nicht verschlechtert hatte.

Larkin fuhr erschrocken zusammen, als etwas vor ihm auf den Tisch knallte und sah erstaunt von dem zweiten Becher, der nun vor ihm stand, zu Martin, der wieder zurück zu seinem Stuhl ging. Zögernd zog Larkin den Becher zu sich heran und war überrascht, als ihm der herbe Geruch von Bier in die Nase stieg.

»Ich gebe es unumwunden zu, Larkin, ich kann dich nicht leiden«, sagte Martin, nachdem er wieder Platz genommen hatte. »Was du mit Jerrick gemacht hast …«

»Es war ein Unfall!«, rief Larkin entrüstet und hätte dabei um ein Haar den Becher mit Bier umgestoßen. »Außerdem ist ihm nichts geschehen!«

»Und was du meinem Bruder angetan hast? War das auch ein Unfall?«, gab Martin zurück.

»Eugen hatte es verdient und das weißt du genau! Er hätte mich zu Tode geprügelt, wenn ich mich nicht gewehrt hätte!«

Larkin schauderte noch immer, wenn er daran dachte. Eugen hatte ihm nach der Sache mit Jerrick wochenlang aufgelauert, bis er Larkin endlich in die Finger bekommen hatte. Larkin wusste, dass er es nur seiner Magie zu verdanken hatte, dass er mit nicht mehr als einem gebrochenen Arm und ein paar blauen Flecken davongekommen war. Manchmal wünschte er sich, er hätte Eugen mehr als nur ein paar eitrige Beulen verpasst. Es hätte ihm nicht das Geringste ausgemacht, wenn Eugen der Blitz getroffen hätte.

Martin seufzte und rieb sich die Augen. »Was ich eigentlich sagen wollte«, sagte er und wirkte mit einem Mal müde und erschöpft, wie ein Vater, der tagelang um das Leben seines Sohnes gebangt hatte. Er nahm einen tiefen Schluck aus seinem eigenen Becher, bevor er weitersprach. »Ich … danke dir, Larkin, für das Leben meines Sohnes. Ich weiß, dass ich es allein dir verdanke, dass er mir nicht schon bei der Geburt genommen wurde. Und nun hast du ihn ein zweites Mal gerettet. Wir verdanken dir viel, Larkin. Und dafür … danke ich dir.«

Larkin starrte mit gemischten Gefühlen in sein Bier. Das war es doch, worauf er gewartet hatte, ein Wort des Dankes, noch dazu von Martin, der ihn noch nie hatte leiden können. Doch alles, was er fühlte, war die tiefe Erschöpfung, die ihm tief in den Knochen saß und jedes Gefühl zu betäuben schien.

»Ich habe nie vergessen, wie du meinem Bruder das Leben gerettet hast, nachdem ihn der Schattenwolf beinahe in Stücke gerissen hätte«, sagte Martin in die Stille hinein.

Der Becher, den Larkin gerade zum Mund hatte führen wollen, verharrte mitten in der Luft.

»Er hat dir Tag für Tag das Leben schwer gemacht und doch hast du ihm geholfen«, fuhr Martin fort, die Stimme nicht mehr als ein Flüstern.

Larkin lachte bitter. »Ich kann mich vermutlich glücklich schätzen, dass ihr mich nicht nackt im Wald zurückließet, nachdem ich ohnmächtig wurde.« Er leerte den Becher in einem Zug und stellte ihn dann hart zurück auf den Tisch. Er hatte keine Ahnung, warum Martin all die alten Geschichten wieder auf den

Tisch brachte. Bei der Seele des Waldes, er hatte beinahe vergessen gehabt, dass er ausgerechnet Eugen das Leben gerettet hatte.

»Ich habe dich nach Hause getragen.«

Larkins Kopf fuhr in die Höhe und er starrte Martin ungläubig an. »Du hast was?«

»Ich konnte dich nicht wecken und deine Mutter hätte uns einen Kopf kürzer gemacht, wenn sie herausgefunden hätte, dass wir dich einfach so allein im Wald zurückgelassen hätten. Und sie hätte es auf jeden Fall herausgefunden.«

»*Du* hast mich nach Hause getragen?«, wiederholte Larkin und konnte es noch immer nicht so recht fassen.

Martin zuckte die Achseln. »Der Weg war nicht weit und du warst ein schmächtiger, kleiner Junge. Deine Mutter hat mir trotzdem die Ohren lang gezogen, als ich mit dir auf dem Arm auf ihrer Türschwelle erschien.«

»Warum hat sie mir nie etwas gesagt?«, fragte Larkin mehr zu sich selbst.

Martin blickte angestrengt in sein Bier. »Weil ich sie darum bat«, sagte er leise, bevor er einen weiteren Schluck aus seinem Becher nahm.

Larkin wollte schon nach dem Grund für die seltsame Bitte fragen, als er selbst darauf kam. Er sackte in sich zusammen. »Du wolltest nicht, dass jemand herausfindet, dass du dem Hexenkind geholfen hast.«

Der unbehagliche Ausdruck auf Martins Gesicht war Antwort genug.

Larkin seufzte. »Ich kann mir vorstellen, dass das Eugen ganz und gar nicht gefallen hätte.«

Martin sagte nichts, sondern starrte weiterhin beharrlich in sein Bier.

Larkin runzelte die Stirn, als ihm aufging, dass Martin seinen Bruder nicht mehr erwähnt hatte. »Eugen wollte mich zurücklassen, nicht wahr?«, fragte er leise. »Nachdem ich ihm das

Leben gerettet hatte, hätte er mich einfach so zurückgelassen, nicht wahr?«

Martin seufzte tief. »Ist das wirklich wichtig, Larkin?«

Larkin hob seinen Becher an die Lippen, nur um feststellen zu müssen, dass er bereits leer war.

»Wahrscheinlich nicht«, sagte er und prostete Martin mit dem leeren Becher zu. »Aber ich nehme an, ich sollte dir danken, dass du mich nicht als Leckerbissen für die Wölfe zurückgelassen hast.«

Martin zuckte die Achseln. »Du hast meinem Bruder das Leben gerettet, es war das Mindeste, was ich tun konnte.«

Larkin starrte schweigend in seinen Becher, während er über Martins Geständnis nachsann. Nun, vielleicht war er nicht ganz so übel wie sein nichtsnutziger Bruder.

»Ich sollte wohl besser aufbrechen«, murmelte er in seinen Becher hinein.

Martin warf ihm einen zweifelnden Blick zu.

»Vielleicht solltest du heute hierbleiben. Du siehst aus, als könnte dich das leiseste Lüftchen umwerfen. Und ich weiß, Klara und die Kinder würden sich freuen, dich noch ein Weilchen länger hierzuhaben.«

Larkin konnte Martin nur sprachlos anstarren, während er sich zurück auf seinen Stuhl fallen ließ.

Martin nickte nur. »Ich werde Klara Bescheid sagen.«

27

»Was ist geschehen, Larkin?«

Larkin schreckte aus seinen Gedanken hoch und blickte sich für einen Augenblick verwirrt um, bevor er sich daran erinnerte, wo er sich befand.

»Was meinst du?«, fragte er und konzentrierte sich darauf, den Teller in seiner Hand abzutrocknen, um ihn dann zu den anderen auf dem Regalbrett zu stellen. Er wollte schon nach dem nächsten Teller greifen, musste jedoch feststellen, dass Klara bereits das gesamte Geschirr, das vom Frühstück übriggeblieben war, weggeräumt hatte, ohne dass er es bemerkt hatte. Selbst die Schüssel, in der Klara das Geschirr gespült hatte, war bereits verschwunden. Verlegen hängte er das Tuch, das er noch immer in der Hand hielt, über eine Stuhllehne.

Klara seufzte und sah ihn mit einem Stirnrunzeln an. »Es ist dieser Kian, nicht wahr? Was hat er getan, Larkin? Und wage es ja nicht, dich herauszureden. Ich kann sehen, dass dir etwas auf der Seele liegt.«

Larkin seufzte und ließ sich auf dem nächsten Stuhl nieder. Klara setzte sich ihm gegenüber und nahm seine Hände in ihre.

»Was hat er dir angetan, Larkin?«, fragte sie leise, ihre Augen dunkel vor Sorge und Mitgefühl.

Larkin rieb sich abwesend über die Brust und versuchte Klaras Blick auszuweichen. »Er hat nichts getan, Klara. Es ist nicht so, wie du denkst.«

»Wie ist es dann, Larkin? Hat es jemand herausgefunden und er hat Reißaus genommen? Oder war ihm die Gefahr schlicht und ergreifend zu groß?«

Larkin ließ den Kopf hängen. »Nein, nichts dergleichen.« Schließlich war er derjenige gewesen, der sich wie ein Dieb in der Nacht davongestohlen und Kian den Heilern bei Hofe überlassen hatte. »Ich habe ihn zurückgelassen«, murmelte er gedankenverloren.

»Oh Larkin«, sagte Klara und drückte seine Hände. »Warum würdest du so etwas tun?«

»Hast du schon vergessen, dass ich gerade rechtzeitig zurückkehrte, um deinen Sohn von der Schwelle des Todes zurückzuholen?«, rief er und bereute den scharfen Tonfall augenblicklich, als er die Tränen sah, die in Klaras Augen schimmerten.

»Verzeih mir –«, begann er sogleich, doch Klara sprach einfach über ihn hinweg.

»Nein, ich habe es nicht vergessen, Larkin. Und ich kann dir gar nicht sagen, wie dankbar ich bin, dass du da warst. Aber wenn das der einzige Grund ist, weshalb du diesen Mann zurückgelassen hast …«

Larkin schüttelte rasch den Kopf. »Nein, das ist es nicht allein. Es … es ist schwierig, Klara.« Sie hatte ja keine Ahnung, wie verzwickt die ganze Sache war. Fast wünschte Larkin sich, Kian wäre wirklich nur der einfache Krieger, für den Larkin ihn anfangs gehalten hatte. Aber dann könnte er sich gleich wünschen, kein Hexer zu sein. Müßige Gedanken.

»Was kann denn so schwierig sein, dass selbst du keine Lösung findest?«, warf Klara ein. »Es ist ja nicht so, als wäre er der Sohn des Königs. *Das* wäre schwierig, Larkin.«

»Ja, das wäre es wirklich, nicht wahr?«, sagte Larkin und sein Lachen klang selbst in seinen eigenen Ohren hohl.

Klara schwieg und er war dankbar, dass sie ihn nicht weiter bedrängte.

Als sich das Schweigen jedoch in die Länge zog und Klaras Griff um seine Hände unangenehm fest wurde, hob Larkin beunruhigt den Blick.

Klara sah ihn aus weit aufgerissenen Augen an, das Gesicht schreckensbleich, und zu spät dämmerte ihm, dass sie ihm irgendwie angesehen haben musste, dass sie mit ihrem harmlosen Scherz den Nagel auf den Kopf getroffen hatte.

»Willst du mir etwa sagen, dass der Mann, der meine Kinder zu Bett gebracht hat, dem ich damit gedroht habe, ihm sein bestes Stück …« Larkin hätte es nicht für möglich gehalten, doch Klara wurde noch blasser. Dann richtete sie sich mit einem Ruck auf und sah Larkin aus zornig funkelnden Augen an. »Wie konntest du nur, Larkin? Wie konntest du mich in dem Glauben lassen, er wäre nichts weiter als ein dahergelaufener Streuner, den du aus der Güte deines Herzens bei dir aufgenommen hast? Ich fasse es nicht und ich habe ihm gedroht! Ich habe den Prinzen bedroht. Oh ihr Geister, er ist der *Kron*prinz, nicht wahr? Larkin!«

Larkin sah sie entgeistert an. »Du hast ihm damit gedroht, ihn seiner Männlichkeit zu berauben?« Er fing an zu lachen.

»Oh, du!«, rief Klara aus und gab ihm einen Klaps auf den Hinterkopf, dem er nicht schnell genug ausweichen konnte. »Wie hätte ich denn ahnen sollen, dass er der Prinz war? Du hast mich ins offene Messer rennen lassen, du unverschämter Kerl!«

»Ich?«, lachte Larkin und duckte sich vor einem weiteren Schlag. »Ich war nicht derjenige, der den Thronerben bedroht hat.«

»Ha! Nein, *du* hast ihn nur in dein Bett gelockt.«

Das Lachen verging Larkin schlagartig. »Du hast Recht«, sagte er kleinlaut und schlug beschämt die Augen nieder.

»Oh, Larkin, so habe ich das nicht gemeint«, begann Klara, doch Larkin schüttelte den Kopf, den Blick auf den Boden gerichtet.

»Ich hätte nicht so einfältig sein dürfen zu glauben, es könnte irgendetwas Gutes daraus erwachsen«, sagte er niedergeschlagen.

Klara seufzte nur und schloss ihn dann fest in die Arme. »Vielleicht sollte ich meine Drohung wahrmachen, selbst wenn er der Prinz ist«, murmelte sie.

Ein brüchiges Lachen schlüpfte über Larkins Lippen. »Er hat nichts getan, Klara. Ich habe dir doch gesagt, ich bin gegangen.«

Klara schnaubte. »Warum bei allen Geistern würdest du so etwas tun, wenn er doch der Prinz ist?«

Larkin seufzte und löste sich widerstrebend aus Klaras Umarmung. »Genau das ist der Grund, Klara. Er ist ein Prinz und ich nichts weiter als ein Hexer, den alle für die Ausgeburt des Bösen halten.«

»Unsinn, Larkin. Du musst endlich damit aufhören auf das Gerede der Leute zu hören. Tilda kann gut daher schwätzen, doch würde sie niemals auf deine Hilfe verzichten wollen. Die Leute sind dumm, Larkin, dass sie nicht besser zu schätzen wissen, was du alles für sie tust. Und was Besseres könnte ein Prinz sich wünschen als einen mächtigen Hexer wie dich?«

Larkin lehnte sich auf seinem Stuhl zurück und verschränkte die Arme vor der Brust. »Ermutigst du mich jetzt etwa, zu ihm zurückzukehren?«

Klara riss die Augen auf. »Oh, so habe ich das nicht gemeint. Er kann bleiben, wo der Pfeffer wächst, und wenn er noch so königlich ist. Ich glaube noch immer, dass du Besseres verdient hast, als einen dahergelaufenen …«

»Prinzen?«, schlug Larkin vor.

»Bah!«, entfuhr es Klara. »Er ist es nicht wert, wenn er dir solchen Kummer bereitet! Wenn er so edel ist, sollte er um dich kämpfen und dich nicht einfach so gehen lassen.«

Larkin seufzte wieder. Er dachte wieder an Kians bleiches Gesicht, als er den letzten Heilungszauber über ihm gesungen hatte, um ihn dann schweren Herzens in der Obhut des jungen Heilerlehrlings zurückzulassen. Er hatte Kian keine Gelegenheit gegeben, um ihn zu kämpfen.

»Er wollte um meinetwillen abdanken«, murmelte er, mehr zu sich selbst.

Der erstickte Laut, den Klara von sich gab, sagte ihm jedoch, dass sie seine Worte sehr wohl gehört hatte.

»Bei allen … Larkin! Du erlaubst dir einen Scherz mit mir, nicht wahr? Du …« Ihre Augen wurden kreisrund, als Larkin mit einem resignierten Gefühl ihren Blick erwiderte.

»Du meinst es ernst«, flüsterte sie. »Er war tatsächlich bereit, um deinetwillen auf ein ganzes Königreich zu verzichten. Was bei allen Schatten machst du dann noch hier? Was ist nur in dich gefahren?«

Larkin hob abwehrend die Hände. »Was soll ich denn tun, Klara? Ich kann den Wald nicht verlassen und ich kann unmöglich von ihm verlangen, dass er die Krone aufgibt!«

Klara verdrehte die Augen. »Du bist ein Hexer. Finde einen Weg. Bei allen Geistern, manchmal glaube ich wirklich –«

Sie brach abrupt ab, als ein spitzer Schrei von draußen erklang. Ihre Augen begegneten Larkins und er konnte ihr ansehen, dass sie dasselbe dachte wie er.

»Rhea!«, riefen sie beide zur selben Zeit, bevor Klara von ihrem Stuhl aufsprang und zur Tür herausstürzte, Larkin ihr dicht auf den Fersen.

~*~

Der Wald stand in Flammen.

Helle Flammenzungen loderten von den kahlen Zweigen der Bäume nahe des Hauses empor und hüpften wie kleine Kobolde von einem Ast zum nächsten. Funken schlugen und die Stämme der Bäume, die erst vor Kurzem den feurigen Atem eines Drachen überlebt hatten, knarrten und ächzten unter einem neuerlichen Ansturm der Flammen. Dichter, schwarzer Rauch hing wie eine dunkle Wolke über den Baumwipfeln.

Inmitten des Infernos hockte Rhea mit tränenüberströmten Gesicht und klammerte sich an Rhis, der seinen langen Körper wie ein Schild um sie geschlungen hatte und mit glühenden Augen in die Flammen starrte.

Das Lied hatte Larkins Kehle bereits verlassen, noch ehe sein Verstand das Geschehen richtig begriffen hatte, geschweige denn einen Zauber hatte erdenken können, um der Flammen Herr zu werden.

Der Wind antwortete mit einem gewaltigen Rauschen, dichte Wolken zogen wie aus dem Nichts herauf und verdunkelten den blauen Himmel und nur einen Moment später fielen die ersten Regentropfen, aus denen rasch eine regelrechte Flut wurde, die jeden, der nicht rechtzeitig Schutz hatte finden können, augenblicklich bis auf die Knochen durchnässte.

Larkin schenkte dem prasselnden Regen kaum Beachtung, sondern sprang über das verkohlte Buschwerk hinweg, in dem sich noch immer einige Flammenzungen hartnäckig gegen den eisigen Regen zur Wehr setzten, und eilte zu dem schreckensbleichen Kind, das sein Gesicht in den Schuppen des Drachen vergraben hatte. Er konnte sich lebhaft vorstellen, wer an dem Unglück die Schuld trug und verfluchte sich für seine Nachlässigkeit.

»Rhea, ist dir etwas geschehen?«, rief Larkin über das Tosen des Sturms hinweg und zog das verängstigte Mädchen sanft von dem Drachen fort. Sie ließ sich bereitwillig von ihm in den Arm nehmen und klammerte sich mit Armen und Beinen an ihm fest, das Gesicht an seinem Hals vergraben. »Hat Rhis dich verbrannt?«, fragte er, während er zur selben Zeit seine Magie rief, um sich selbst davon zu überzeugen, dass es ihr gut ging.

»Ich werde das verdammte Biest umbringen!«, erklang Martins donnernde Stimme hinter ihnen.

Rhea stieß einen weiteren spitzen Schrei aus, als ihr Vater sie Larkin unsanft aus den Armen riss. Er hatte eine Mistgabel in der Hand, die er drohend auf den Drachen gerichtet hatte. Seine Söhne standen bis auf den jüngsten um ihn herum und beobachteten das Spektakel aus weitaufgerissenen Augen.

»Tu ihm nichts, Papa!«, schluchzte Rhea, als Martin sie an Klara weiterreichte. Ihre dünne Stimme war über das Wüten des Sturms kaum zu hören. »Es war ein Versehen!« Sie streckte eine Hand nach Rhis aus, der mit hängendem Kopf neben Larkin hockte, den langen Schwanz um sich selbst geschlungen, und leise winselte.

»Ich habe dir vertraut, Larkin!«, rief Martin außer sich vor Wut. Er hob drohend die Mistgabel in Richtung des Drachen, nachdem er wieder beide Hände freihatte, und stellte sich schützend vor seine Familie. »Sieh, was diese Bestie angerichtet hat! Was, wenn er Rhea erwischt hätte?«

Larkin blickte auf den Drachen herab, der wie ein Häuflein Elend auf dem nassen Boden kauerte. Sein Gefühl sagte ihm, dass das Tier Rhea niemals absichtlich schaden würde, dennoch hätte das Feuer Rhea ernstlich verletzen können.

»Ich …«

»Nimm das Vieh und scher dich fort, ehe ich mich noch vergesse«, knurrte Martin. »Und wage es ja nicht, das Biest noch einmal in mein Haus zu bringen. Wenn ich es auch nur in der Nähe eines meiner Kinder sehe, werde ich ihm den Hals umdrehen, darauf kannst du dich verlassen!«

»Papa, nein!«, schrie Rhea und versuchte sich aus den Armen ihrer Mutter zu befreien, die beruhigend auf das Kind einzureden versuchte.

»Ich will dich hier nicht mehr sehen, Larkin«, rief Martin, noch immer bebend vor Zorn. »Geh jetzt und denk gar nicht erst daran, dich so bald wieder hier blicken zu lassen.«

»Du kannst ihn nicht so einfach aus meinem Haus verbannen, Martin!«, warf Klara ein, doch ihren Worten fehlte die rechte Überzeugung und Larkin fragte sich niedergeschlagen, ob sie sich auch allmählich wunderte, warum sie sich mit ihm abgab. Sie hatte ihn nicht ein einziges Mal angesehen, seit sie Rhea inmitten der Flammen gefunden hatten. Bei der Seele des Waldes, aber es war seine Schuld.

»Ich kann und ich werde«, donnerte Martin, ohne den Drachen auch nur einen Augenblick aus den Augen zu lassen.

»Gib mir nur meinen Esel heraus, dann bin ich fort, Martin«, sagte Larkin leise. Der Regen begann allmählich nachzulassen. Ein schwacher Trost, wo sie alle ohnehin völlig durchnässt waren.

»Larkin, das ist nicht …«

»Schon gut, Klara«, unterbrach Larkin sie und schenkte ihr ein müdes Lächeln. »Ich wollte mich ohnehin auf den Weg machen.«

»Rhis!«, schluchzte Rhea und warf dem Drachen einen sehnsüchtigen Blick über die Schulter zu.

»Nimm die Kinder und geh ins Haus, Klara«, befahl Martin. »Ich werde Larkin seinen Esel holen.«

28

Larkins Schritte stockten, als er den Rauch bemerkte, der sich aus dem Schornstein seiner Hütte zum Himmel empor kräuselte. Er war sich sicher, dass er das Feuer gelöscht hatte, als er in der Nacht in aller Eile das Haus verlassen hatte, um Serin bei der Geburt ihres ersten Kindes beizustehen.

Rhis stieß ihn mit der Schnauze an, um ihn zum Weitergehen zu bewegen, und Larkin folgte seinem Drängen schließlich widerstrebend. Vielleicht hatte er das Feuer in all der Aufregung doch vergessen.

Seltsam.

Die Tür war verschlossen, so wie Larkin sie zurückgelassen hatte und es gab keinerlei Anzeichen für einen ungebetenen Besucher. Dennoch war Larkin wachsam, als er sein Heim betrat, seine Magie nur einen Atemzug entfernt.

Rhis drängte sich mit einem ungeduldigen Brummen an ihm vorbei und blieb dann wie angewurzelt in der Mitte des Raumes stehen, den Blick wie gebannt auf Larkins Bett gerichtet.

Larkin stockte einen Augenblick der Atem, als er die Gestalt bemerkte, die in seinem Bett lag. Dann stieß er einen tiefen Seufzer aus, schloss leise die Tür hinter sich und blieb einige Herzschläge lang davor stehen, die Hand noch immer am Türgriff, während er sich innerlich für das Kommende wappnete.

Hatte er wirklich geglaubt, Kian würde ihn einfach so gehen lassen?

Er seufzte. Natürlich nicht.

Aber Larkin hatte wahrhaftig geglaubt, er hätte mehr Zeit als eine bloße Woche, bevor er von Kian hörte. Er hatte gewiss nicht erwartet, ihn plötzlich in seinem Haus anzutreffen.

Rhis hatte sich neben dem Bett niedergelassen, den Kopf auf das Bett gelegt, als wollte er über den Schlaf des Mannes wachen, der so selbstverständlich in Larkins Bett lag, als gehöre er dorthin.

Nach einigem Zögern ließ Larkin sich behutsam neben dem Drachen auf der Bettkante nieder und streichelte dem Tier den langen Hals, während er seinen schlafenden Freund betrachtete. Kians rechter Arm lag in einer Schlinge und die zahlreichen Kratzer in seinem Gesicht und an seinen Händen würden noch eine Weile brauchen, bis sie verheilten. Er war noch immer so erschreckend blass.

»Was machen wir nun mit ihm?«, fragte Larkin mit gedämpfter Stimme, um Kian nicht zu wecken.

Rhis hob kurz den Kopf, brummte leise und streckte den Hals, bis er den Kopf in Larkins Schoß legen konnte.

Larkin hätte nicht sagen können, wie lange er so dasaß, den Drachen gedankenverloren streichelnd, die Augen unablässig über Kians so vertraute Züge wandernd. Es hätten Stunden oder auch nur Minuten sein können, bis Kian schließlich träge die Augen öffnete. Er blinzelte einige Male, bevor sich sein Blick klärte und er Larkin direkt in die Augen sah.

»Larkin«, sagte er mit einem matten Lächeln.

»Du solltest nicht hier sein.«

Das Lächeln wich einem Stirnrunzeln.

»Und du hättest nicht einfach so verschwinden sollen«, gab Kian zurück.

Rhis hob den Kopf von Larkins Schoß und stupste Kian mit der Schnauze an, bevor er den Kopf unter Kians linken Arm schob.

»Lass das Rhis, Kian ist verletzt.«

»Schon gut«, sagte Kian rasch. »Dem Arm geht es gut. Du kannst bleiben, wo du bist, Kleiner.«

Rhis brummte zufrieden.

Larkin warf dem Drachen einen bösen Blick zu, den dieser geflissentlich ignorierte.

»Warum bist du so plötzlich verschwunden, Larkin?«, fragte Kian.

»Warum hätte ich bleiben sollen?«

Kian gab einen erstickten Laut von sich. »Warum? Was ist nur in dich gefahren, Larkin?« Seine Augen wurden schmal und er musterte Larkin eindringlich. »Was hat mein Vater zu dir gesagt, Larkin? Hat er dir wieder gedroht?«

Larkin schüttelte den Kopf und rieb sich mit der Hand über das Gesicht. Er war zu müde für diese Unterredung.

»Was ist es dann, Larkin? Schatten und Verdammnis, ich habe mir Sorgen um dich gemacht!«

Larkin sah überrascht auf. »Warum solltest du dir Sorgen machen?«

»Weil du das letzte Mal, als ich dich sah, bleich wie ein Gespenst neben mir lagst und ich von meiner Mutter hören musste, dass du vor Erschöpfung offenbar zusammengebrochen bist. Es war dieser verfluchte Schutzzauber, nicht wahr? Larkin, was hast du dir nur dabei gedacht?«

»Er hat seinen Zweck erfüllt, nicht wahr?«

»Du hättest sterben können!«, donnerte Kian und verzog im nächsten Moment schmerzhaft das Gericht, als ihn ganz offensichtlich seine Wunden plagten.

Larkin verschränkte die Arme vor der Brust. »Nun, dann können wir froh sein, dass ich dich noch rechtzeitig gefunden habe.«

Larkin konnte regelrecht hören, wie Kian wütend mit den Zähnen knirschte.

»Hast du wenigstens daran gedacht, den Zauber zu beenden, bevor du dich wie ein Dieb in der Nacht davongestohlen hast?«, fragte der Prinz.

Larkin starrte schweigend auf das schuppige Haupt des Drachen herab und schwieg.

Kian stöhnte. »Larkin! Bist du von allen guten Geistern verlassen? Das heißt, dieser Schutzzauber, was auch immer er bewirkt, raubt dir noch immer deine Kraft?«

Larkin wandte den Blick zur Decke und betete zu den Geistern um Geduld. Warum hatte Kian ausgerechnet jetzt auftauchen müssen, nachdem Larkin die ganze Nacht an Serins Seite verbracht hatte und ihre nörgelnde Großmutter hatte ertragen müssen, die alles besser zu wissen schien. Als wäre es das erste Kind gewesen, das Larkin auf die Welt gebracht hatte.

»Beende diesen Zauber augenblicklich«, befahl Kian scharf.

Larkin spürte Zorn in sich aufsteigen. »Das werde ich nicht tun.«

Sie starrten sich gegenseitig an, keiner bereit nachzugeben, bis Kian schließlich als Erster den Blick abwandte.

»Ich bin nicht hier, um mit dir zu streiten, Larkin.«

»Warum bist du dann hier? Du solltest noch längst nicht auf den Beinen sein. Die Geister allein wissen, was du mit diesem Ausflug angerichtet hast. Mir scheint, du legst keinen allzu großen Wert darauf, jemals wieder laufen zu können.«

Kians Gesicht verlor alle Farbe und seine Hand krallte sich unwillkürlich in das Laken, auf dem er lag. »Ich …«

»Mach dir keine Sorgen«, unterbrach Larkin ihn hastig, seine harschen Worte bereits bereuend. »Dein Bein wird heilen, dafür werde ich sorgen, ebenso wie die übrigen Wunden.«

Die Erleichterung stand Kian deutlich ins Gesicht geschrieben. »Heißt das, du kommst mit mir zurück?«

Larkin konnte Kian nur mit offenem Mund anstarren, während er sich fragte, was Kian den Eindruck vermittelt haben könnte, Larkin hege den Wunsch nach Fengard zurückzukehren.

»Nein«, sagte er scharf.

Kian wirkte für einen Augenblick wie vor den Kopf gestoßen. »Aber warum?«, fragte er verwirrt. »Das Gesetz steht uns nicht länger im Weg. Dafür hat Vater Sorge getragen.«

Larkin lachte bitter. »Als wenn es so einfach wäre«, murmelte er wie zu sich selbst.

»Aber das ist es!«, begehrte Kian auf. »Du hast selbst gesagt, wir würden einen Weg finden und nun haben wir sogar das Gesetz auf unserer Seite. Was sollte unserer Liebe noch im Wege stehen?«

»Liebe?« Larkin hätte beinahe gelacht und wurde unweigerlich an Torkhers Worte erinnert. »Ich bin ein einfacher Mann, Kian. Was weiß ich schon von Liebe? Ich dachte auch, ich würde Klara lieben und nun hat sie fünf Kinder mit einem anderen Mann.«

»Aber das Blut, Larkin –«

»Ein Zufall, nichts weiter.«

»Das kannst du unmöglich ernst meinen«, sagte Kian und runzelte die Stirn. »Du hast selbst gesagt, dass das Blut wahrer Liebe durch nichts ersetzt werden kann.«

Larkin zuckte mit den Achseln. »Nun, dann habe ich mich offensichtlich geirrt.«

Kian starrte Larkin mit offenem Mund an und Larkin bemühte sich um eine betont gleichgültige Miene, die Augen niedergeschlagen, damit er Kians ungläubigem Blick nicht begegnen musste.

Dafür fing er den silbernen Blick des Drachen auf, der ihn mit vorwurfsvoller Miene betrachtete.

»Das kannst du nicht ernst meinen, Larkin«, flüsterte der Prinz schließlich.

»Ist das der Grund, weshalb du hergekommen bist, Kian?«, fragte Larkin in der Hoffnung, das leidige Thema zu einem raschen Ende zu bringen. »Um mit mir über Liebe zu sprechen?« Bei der Seele des Waldes, er wollte nicht länger an Dinge erinnert werden, die er ohnehin nicht haben konnte. Deshalb war er so überhastet und mithilfe des Reisesteins aufgebrochen, um diese ganze leidige Diskussion zu vermeiden.

Kian wirkte für einen Moment, als wollte er etwas entgegen, doch dann schüttelte er den Kopf mit einem Seufzen.

»Ich kam mit einer Bitte, Larkin«, sagte er mit sichtlichem Widerstreben. »Mein Vater erhielt eine Nachricht vom König der Feen. Der Feenkönig bittet um eine Audienz, um sich förmlich für die Taten seiner Untertanen zu entschuldigen und Wiedergutmachung für den Verlust unserer Männer und den Bruch des Paktes zu leisten. Es wäre mir jedoch lieber, wenn du anwesend wärst. Schließlich kennst du die Feen besser als irgendjemand sonst.«

Larkin stockte das Herz in der Brust. Der Feenkönig. Und er wollte nach Fengard kommen.

»Hat dein Vater bereits auf diese Bitte geantwortet?«, fragte Larkin und machte sich bereits auf das Schlimmste gefasst.

»Ja. Mein Vater hat ihn auf die Burg eingeladen.«

»Er hat den König der Feen eingeladen?«, rief Larkin aus. »Auf die Burg? Hat er den Verstand verloren?«

»Warum? Was ist daran so schlimm?«, fragte Kian sichtlich verwirrt. »Er ist ein König, was hätte Vater denn tun sollen?«

Larkin kochte innerlich. Es sah Kian ähnlich, dass er von solchen Dingen nichts verstand, von dem König jedoch hatte er deutlich mehr erwartet.

»Ablehnen, natürlich!«, gab Larkin ungehalten zurück. »Es sind Feen, Kian! Man lädt keine Feen in sein Haus ein, niemals, nicht einmal diesen verfluchten König! Schatten und Verdammnis, habt ihr denn alles vergessen?«

»Deshalb bin ich hier, Larkin«, sagte Kian, sein Tonfall eine Spur schärfer. »Wir brauchen dein Wissen, deine Erfahrung im Umgang mit den Feen. Ich habe diesen König selbst gesehen. Solange du anwesend bist, wird er es nicht wagen, meinem Vater oder dem Königreich zu schaden.«

Larkin fühlte sich wie vor den Kopf geschlagen, als ihm die Bedeutung von Kians Worten aufging. Das war also der wahre Grund, weshalb Kian ihn aufgesucht hatte und Boren sein Versprechen so rasch gebrochen hatte. Sie brauchten Larkins Hilfe. Weil der König dumm genug gewesen war, sich mit den Feen einzulassen.

Nun, was hatte er anderes erwartet? Schließlich war er derjenige gewesen, der Kians anfängliche Worte über Liebe verspottet hatte.

»Nun, wenn dein Vater ihn eingeladen hat, wird er wohl auch selbst in der Lage sein, sich um seinen Gast zu kümmern, nicht wahr?«, entgegnete Larkin barsch und stand abrupt auf, Kian den Rücken zukehrend.

Er konnte den Blick des Prinzen in seinem Rücken spüren. Rhis gab ein drohendes Knurren von sich, dem Larkin jedoch keine Beachtung schenkte. Glaubten denn alle, sie könnten mit ihm ihre Spielchen treiben? War es das, was Kian geplant hatte? Den blauäugigen Hexer mit süßen Worten einlullen, um dann an sein Pflichtgefühl zu appellieren, damit er wieder zurückkehrte und dem König gegen die Feen beistand? Wie hatte er sich nur so täuschen können? Wie hatte er jemals glauben können, Kian würde mehr in Larkin sehen als einen angenehmen Zeitvertreib? Und da wagte der Prinz es, von Liebe zu sprechen!

Er unterdrückte die Stimme in seinem Inneren, die ihn daran zu erinnern suchte, dass Kian ihn bei Wind und Wetter aufgesucht hatte, um ihn um Verzeihung zu bitten, dass der Prinz bereit war, auf seine Krone zu verzichten, und verbannte die Gedanken in den dunkelsten Winkel seines Geistes.

Das Geschirr klirrte auf den Regalen und das Feuer fauchte im Kamin wie zur Antwort auf den Sturm in seinem Inneren. Auf eine wütende Handbewegung hin flog die Tür mit einem Krachen auf und ohne auf Kians aufgeregte Rufe hinter ihm zu achten, stürmte er in den Wald hinaus, während ihn seine Magie wie eine finstere Wolke umtoste.

~*~

»Wo ist Larkin?«

Kian starrte an die Decke, wie er es schon seit einer geraumen Weile tat. Seit Larkin wie eine Naturgewalt aus dem Haus gestürmt war, um genau zu sein.

»Fort«, sagte er, ohne seinen Bruder eines Blickes zu würdigen. Rhis, der sich neben dem Bett ausgestreckt hatte, als er gemerkt hatte, dass Kian nicht vorhatte, sich mit ihm zu beschäftigen, hob neugierig den Kopf in Borens Richtung und glitt dann lautlos wie ein Schatten zu ihm hin. Wahrscheinlich erhoffte er sich mehr Aufmerksamkeit von dem Neuankömmling.

»Was meinst du damit, ›fort‹? Ist er gekommen und wieder gegangen oder warst du die ganze Zeit allein? Und warum steht die Tür offen? Ich dachte, du kannst mit dem Bein nicht laufen.«

Kian verschwendete einen kurzen Blick in Richtung der offenen Tür, bevor er den Blick wieder nach oben richtete. »Kann ich auch nicht.«

»Wer hat dann ... Oh. Larkin war also hier. Wo ist er hin? Kommt er gleich wieder zurück?«, fragte Boren, ehe er sich vor dem Drachen niederkniete und damit begann, ihn zu streicheln und zu klopfen und ihn mit albernen Schmeicheleien zu überschütten, als wäre der Drache ein Schoßhündchen und nicht groß wie ein Wolf.

Kian seufzte. Die neugierigen Fragen seines Bruders begannen ihm bereits auf den Geist zu gehen, zumal er keine Antworten hatte.

Er glaubte nicht daran, dass Larkin so bald wiederkehren würde und ein Teil von ihm wollte nicht einmal, dass Larkin zurückkehrte. Nicht nach dem, was vorgefallen war. Geister, hatte er sich wirklich so sehr in Larkin getäuscht oder steckte doch mehr dahinter? Seitdem Larkin davongelaufen war, grübelte er schon über diese Frage nach, jedoch ohne zu einem Ergebnis zu kommen.

»Ist das wirklich wichtig, Boren?«, fragte er und gab sich keine Mühe seinen Missmut zu verbergen.

Boren hob den Blick und runzelte die Stirn. »Natürlich ist das wichtig. Wenn er nur kurz unterwegs ist und bald wieder zurück sein wird, können wir ja auf ihn warten.«

Das war das Letzte, was Kian wollte. Vor allem nicht, solange Boren anwesend war und er nicht so recht wusste, was er von Larkins Worten halten sollte.

»Nein«, sagte er bestimmt. »Es lohnt sich nicht zu warten, Bruder. Lass uns aufbrechen.«

Boren musterte ihn eindringlich. »Wenn du meinst.«

»Ja, ich meine. Und nun hilf mir endlich aus diesem verfluchten Bett heraus.«

Boren sah ihn mit erhobenen Brauen an. »Willst du ihm nicht wenigstens eine Nachricht hinterlassen?«

Das Nein lag ihm bereits auf der Zunge, bevor Kian zögerte. Alles in ihm sträubte sich dagegen, auch nur einen weiteren Gedanken an den Hexer zu verschwenden, geschweige denn, ihm eine Nachricht zu hinterlassen. Andererseits hatte ihm Larkins Reaktion auf die Nachricht, dass der Feenkönig an den Hof kommen würde, erst Recht vor Augen geführt, wie denkbar unvorbereitet sie für diesen Besuch waren. Sie konnten auf Larkins Hilfe unmöglich verzichten. Was auch immer zu diesem Bruch zwischen Larkin und ihm geführt haben mochte, sicherlich würde Larkin den König nicht einfach so im Stich lassen?

»Also gut«, erklärte Kian widerstrebend. »Ich werde ihm eine Nachricht schreiben.« Mit einem Blick auf seinen verletzten Arm fügte er jedoch zähneknirschend hinzu: »Du wirst schreiben, ich diktiere. Und jetzt auf.«

~*~

Das schlechte Gewissen trieb Larkin schließlich wieder nach Hause zurück. Nachdem sein brodelnder Zorn sich in einem gewaltigen Gewitter, das über dem Wald niedergegangen war, Bahn gebrochen hatte, war ihm mit Entsetzen klar geworden, dass er Kian verletzt und hilflos in der Hütte zurückgelassen hatte. Er konnte sich nicht einmal mehr daran erinnern, ob er die Tür hinter sich geschlossen hatte.

Die Scham über sein eigenes Verhalten brannte heiß und schmerzhaft in seiner Brust. Ganz gleich, was er von Kian halten mochte, er hätte ihn niemals so mir nichts, dir nichts zurücklassen dürfen.

Er hatte sich fürwahr wie ein trotziges Kind aufgeführt.

Als er sein Heim jedoch betrat, war Kian fort und an seiner Stelle hatte es sich der Drache in Larkins Bett gemütlich gemacht.

Rhis hob bei Larkins Eintreten kurz den Kopf, bedachte Larkin mit einem Blick aus schmalen Augen, der nur als vorwurfsvoll zu bezeichnen war, bevor er Larkin den Rücken zukehrte.

Larkin schnitt eine Grimasse und fuhr sich mit der Hand durchs Haar, das nach seinem Ausbruch noch wilder war als sonst. »Was hätte ich denn tun sollen?«

Rhis warf ihm einen Blick über die Schulter zu, Zähne gefletscht und Augen zu Schlitzen verengt, bevor er sich mit einem unwilligen Brummen vom Bett gleiten ließ, einmal um den Tisch herumschlich, um dann davor sitzen zu bleiben, die langgezogene Schnauze auf die Tischplatte gelegt.

Erst jetzt fiel Larkin das Schriftstück auf, das auf dem Tisch lag und das zuvor ohne Zweifel nicht dort gelegen hatte.

»Was ist das?«, fragte Larkin.

Rhis schnaubte nur und das Papier flatterte ein wenig unter seinem Atem.

Larkin griff rasch danach, bevor es davonwehen konnte, und warf einen überraschten Blick auf die elegante Handschrift.

Es war von Kian.

Die Geister allein wussten, wo Kian Papier und Feder gefunden hatte und wie er überhaupt in der Lage gewesen war, mit seinem Arm einen Brief zu verfassen. Wahrscheinlich hatte ihm Boren geholfen.

Larkin zog sich einen Stuhl heran und ließ sich am Tisch nieder. Rhis schob sogleich seine Nase in Larkins Armbeuge und starrte neugierig auf Kians Nachricht, als würden die Zeichen auf dem Papier einen Sinn für ihn ergeben.

Vielleicht taten sie das ja sogar. Larkin war sich, was den Drachen anbetraf, nicht mehr so sicher. Das Tier hatte mehr als einmal seinen scharfen Verstand bewiesen. Wer konnte schon sagen, ob der Drache nicht auch in der Lage war zu lesen?

»Nun, willst du es mir vielleicht vorlesen?«, fragte Larkin aus einer Laune heraus.

Rhis schnaubte und ließ die Zunge aus dem Maul hängen, wie um Larkin zu verspotten.

»Einen Versuch war es wert«, murmelte Larkin und streckte dem Drachen die Zunge heraus.

Rhis gähnte nur herzhaft und stupste das Papier ungeduldig mit der Nase an.

»Schon gut.«

Mein verehrter Freund,

wie du dir sicher denken kannst, bin ich mit Boren ins Schloss zurückgekehrt.

Ich würde es begrüßen, wenn du deine Meinung hinsichtlich des Besuchs des Feenkönigs überdenken würdest. Deine Hilfe wäre von unschätzbarem Wert.

Die Feen werden in einer Woche erwartet, am siebzehnten dieses Monats.

Boren hat sich bereit erklärt, dich mit dem Stein abzuholen, solltest du seine Hilfe benötigen. Eine Nachricht genügt.

In Freundschaft verbunden
Kian

Kians Name war in wackeligen Buchstaben geschrieben, was Larkins Verdacht bestätigte, dass Boren die Nachricht geschrieben hatte. Boren war offensichtlich der Platz ausgegangen, denn unter Kians ungelenker Unterschrift waren mehrere Zeilen in immer kleiner werdenden Buchstaben hinzugefügt worden:

Larkin, bitte verzeiht mir, dass ich Kian von dem Stein erzählt habe, er war jedoch drauf und dran sich auf das nächste Pferd zu schwingen, um zu Euch zu reiten, ungeachtet seiner Verletzungen. Das konnte ich unmöglich zulassen. Ich schwöre Euch, dass niemand sonst von dem Geheimnis weiß. Luisien fragt jeden Tag nach Euch. Sie würde sich ebenfalls freuen, Euch bald wiederzusehen. Boren

Larkin ließ mit einem Seufzen das Papier sinken und schloss die Augen. Dass Kian ihn noch immer Freund nennen würde. Aber was, wenn es nur eine reine Höflichkeit war? Wenn es lediglich dem Versuch geschuldet war, Larkin doch noch zu überreden? Schließlich war das der Grund für die Nachricht – Kian brauchte Larkins Hilfe.

»Sie haben die Feen schließlich eingeladen, nicht wahr?«, murmelte er übellaunig. »Sollen sie doch sehen, welcher Schlange sie damit die Tür geöffnet haben.«

Rhis bedachte ihn mit einem langen Blick, der Larkin mehr als Worte es je vermocht hätten deutlich machte, was der Drache von ihm hielt.

29

Kian hatte bislang kein einziges Wort mit ihm gewechselt.

Wie schon bei Larkins vorletztem Besuch auf der Burg, als er um Prinzessin Luisiens Willen hergekommen war, schien der Kronprinz Larkins Existenz kaum zur Kenntnis zu nehmen.

Vielleicht war es auch besser so.

Schlimm genug, dass Kian überhaupt anwesend war. Schweigend saß er mit scheinbar unbeteiligter Miene zur Rechten des Königs, einen reich verzierten Gehstock wie ein Zepter in der Linken haltend und eine silberne Krone auf dem Haupt. Die Kratzer in seinem Gesicht waren bereits verblasst, doch es war ihm noch immer anzusehen, was er durchlitten hatte.

Larkin verfluchte die Heiler, dass sie diesem Unsinn zugestimmt hatten. Der Prinz gehörte in ein Bett, nicht auf einen Thron. Doch wie er Kian kannte, hatte dieser keinen Widerspruch geduldet und hatte wieder einmal seinen Kopf durchgesetzt.

Dieser schattenverfluchte Narr. Hatte er seine letzte Begegnung mit den Feen bereits vergessen? Mit Schaudern dachte Larkin an das Glitzern in den Augen des Feenkönigs, als dessen Blick auf den Prinzen gefallen war. Feen hatten ein Verlangen danach, kostbare Dinge zu besitzen, und was war kostbarer als ein Königssohn? Dieses Verlangen des Feenkönigs nach dem Prinzen mochte sogar der wahre Grund dieses rätselhaften Besuchs sein. Umso törichter war es, dass der Prinz überhaupt anwesend war. Noch dazu in seinem Zustand.

Zum hundertsten Male fragte sich Larkin, weshalb er abermals einen Fuß in diese verfluchte Burg gesetzt hatte, die ihm nichts als Ärger zu bringen schien. Bis sein Blick auf den Drachen fiel, der scheinbar faul in der Ecke lag und döste.

Verräterisches Biest, dachte Larkin ungehalten. Rhis hatte keine Worte nötig gehabt, um Larkin ein schlechtes Gewissen zu machen. Seine vorwurfsvollen Blicke waren nach einer Weile kaum noch zu ertragen gewesen. Als hätte Larkin nach Kians Verschwinden das schlechte Gewissen nicht ohnehin schon geplagt.

Nun hieß es, das Beste aus der Situation zu machen und die königliche Familie davor zu bewahren, den Feen in die Falle zu gehen.

Fanfaren erklangen und im nächsten Augenblick schwangen die großen Flügeltüren an der Stirnseite des Thronsaales auf, um den Blick auf einen Herold des Königs freizugeben.

»Seine Majestät, der König der Feen mit seinem Gefolge«, intonierte der dunkelhaarige Mann.

»Denkt daran, Euer Majestät«, sagte Larkin an den König gewandt, »sprecht nicht mit ihm, seht keinem von ihnen in die Augen und bei der Seele des Waldes, steigt auf gar keinen Fall von den Stufen herab, sonst waren alle meine Schutzzauber umsonst.« Er warf Kian bei den letzten Worten einen vielsagenden Blick zu.

»Wir haben Eure Worte bereits beim ersten Mal vernommen, Hexenmeister«, erwiderte der König kühl. Seine Gemahlin, die zu seiner Linken saß, ergriff seine Hand und schenkte Larkin ein warmes Lächeln. Sie hatte sich geweigert, gemeinsam mit ihren Kindern den Saal zu verlassen. Die Sturheit schien in der Familie zu liegen.

Ein Lächeln lag auf den Lippen des Feenkönigs, als er, begleitet von mehr als einem Dutzend seiner Krieger, den Thronsaal betrat. Larkin stellten sich die Nackenhaare auf, als er den Krieger, der den Feenkönig zur Rechten flankierte, erkannte. Es war derselbe Krieger, der sowohl die Attacke auf Kian, als auch den Angriff auf Prinzessin Luisien angeführt hatte.

Dies verhieß nichts Gutes. Wenn der König selbst die Angriffe geduldet oder sogar angeordnet hatte … Larkin mochte gar nicht erst daran denken.

Nun, der Feenkönig würde schnell feststellen, dass Larkin nicht mit sich spaßen ließ. Zu guter Letzt machten sich die vielen endlosen Stunden, die er damit verbracht hatte, alles über den Pakt und die Feen und ihre Magie zu lernen, also doch bezahlt.

Der Hexer stellte sich dem Feenkönig in den Weg, bevor dieser sich den Stufen zum königlichen Thron von Fengard auf weniger als ein Dutzend Schritt hatte nähern können.

Im grauen Licht, das durch die hohen Bogenfenster an der rechten Seite des Thronsaales fiel, schien es, als wären die Feen in wabernde Nebelschleier gehüllt, die ihre Erscheinung vor den Augen verschwimmen ließen.

Larkin blinzelte gegen den Zauber und beschwor rasch einen Wind herauf, der die Nebel davonwehte, bis die Feen wieder klar erkennbar waren.

Die Augen des Feenkriegers, der den Feenkönig zu seiner Rechten flankierte, funkelten boshaft, als er Larkin erkannte, während sein Herrscher Larkin lediglich mit einem abschätzigen Blick bedachte.

»Sieh an, wer hätte gedacht, dass wir uns so bald wiedersehen würden, Hüter«, sagte der Feenkönig mit samtweicher Stimme, die wie ein süßer Duft emporstieg, um die Unschuldigen in ihren Bann zu schlagen und ihnen ihren Willen zu rauben.

Larkin erwiderte furchtlos den Blick der Feen. Sie konnten ihm nicht viel anhaben, wollten sie nicht die Schatten über sich bringen, und gegen das süße Gift ihres Banns wusste er sich wohl zur Wehr zu setzen.

»Wer hätte gedacht, dass ich Euch diesseits der Grenze antreffen würde, Euer Majestät«, entgegnete Larkin kühl.

Etwas im Blick des Feenkönigs flackerte, war jedoch sofort wieder verschwunden, sodass Larkin sich nicht sicher war, ob es überhaupt je da gewesen war. Die unheimlich hellen Augen wanderten kurz zu dem Drachen, der angefangen hatte leise zu schnarchen, bevor sie sich wieder auf Larkin hefteten.

»Ein bedeutsamer Tag, fürwahr«, sagte der Feenkönig. »Umso bedeutsamer, da Ihr diesem Ereignis beiwohnt.« Er neigte das Haupt in Larkins Richtung.

»Ist es das?«, fragte Larkin.

Die hellen Augen weiteten sich in scheinbarer Überraschung. Larkin wusste es jedoch besser, als irgendeiner Regung auf dem Gesicht einer Fee zu trauen, insbesondere wenn es sich um ihren König handelte.

»Zweifelt Ihr etwa an meinen Worten, Hüter?« Der Feenkönig hob eine silberne Braue. »Ich bin auf Geheiß des Königs von Fengard hier, wie er Euch sicherlich bestätigen wird. Nicht wahr, Euer Majestät?«

Larkin spannte sich unwillkürlich an, als der Feenkönig über Larkins Schulter hinweg zur königlichen Familie aufsah. Er hoffte inständig, dass der König seine Warnungen beherzigen würde.

»Ihr seid hier, weil Euer Volk den Pakt gebrochen hat und Ihr Wiedergutmachung leisten wollt«, sagte Larkin rasch, bevor der König Gelegenheit hatte, das Wort zu ergreifen. »Ist es nicht so?«

Der Feenkönig musterte den Hexer mit undurchdringlicher Miene. »Es erfüllt mich und mein Volk in der Tat mit großem Bedauern, dass so viele ihr Leben lassen mussten. Jedoch betrifft diese Angelegenheit den König von Fengard und sein Volk und nicht Euch, Hüter Larkin.«

Larkin erinnerte sich an die toten Feen, die Rhis zum Opfer gefallen waren. Er war sich sicher, dass der Feenkönig von seinen eigenen Männern sprach, denn der Feenkönig würde kaum Bedauern über die gefallenen Soldaten des Königs empfinden. »Ihr vergesst, dass dies auch mein Volk ist. Die Hüter hüten mehr als nur die Schatten.«

»In der Tat«, sagte der Feenkönig. Er warf dem Krieger an seiner Seite einen Blick aus dem Augenwinkel zu und nickte kaum merklich.

Der Mann trat vor, die Mundwinkel in der Andeutung eines Lächelns erhoben und ein unheilvolles Licht in den beinahe farblosen Augen, das Larkin nichts Gutes ahnen ließ. Er wusste, wozu dieser Krieger in der Lage war und es behagte ihm ganz und gar nicht, dass die Fee offenbar das Vertrauen des Feenkönigs genoss.

»Wir haben dem König einen Vorschlag zu unterbreiten«, sagte der Krieger. Seine Stimme war nicht ganz so samtig wie die seines Königs, und doch war sie von derselben Magie durchwoben, süß und verführerisch, wie der Gesang der Sirenen, die jeden ertränkten, der dumm genug war, ihrer Stimme zu lauschen.

»Wer seid Ihr?«, erklang die Stimme des Königs und Larkin sog ärgerlich die Luft ein. Wurden seine Schutzzauber bereits schwächer oder hatte der Mann Larkins Warnungen so schnell vergessen?

»Verzeiht, Euer Majestät«, hob der Feenkönig an und sah über Larkins Kopf hinweg zum König empor, während er eine Hand in Richtung seines Kriegers ausstreckte. »Erlaubt mir, Euch meinen Sohn Cadogan vorzustellen.«

Larkin stockte der Atem in der Brust. Sohn? Dieser Feenkrieger, der um ein Haar den Prinzen getötet hatte, war der *Sohn* des Feenkönigs? Bei der Seele des Waldes, dies hätte sich Larkin in seinen schlimmsten Träumen nicht vorstellen können. Hatte der Feenkönig womöglich von dem Überfall auf Kian gewusst? Ihn gar gutgeheißen? Larkin schwirrte der Kopf.

»Es ist mir eine Ehre, Prinz Cadogan«, erwiderte der König und stolperte ein wenig über den ungewohnten Feennamen.

Der Feenprinz neigte respektvoll das Haupt, verbeugte sich jedoch nicht.

»Im Ausgleich für die sieben Leben Eurer Männer bieten wir an, die Geheimnisse unseres Reiches sieben Auserwählten Eures Hofes zu offenbaren. Sie erhalten die seltene Gelegenheit, ein Jahr und einen Tag an unserem Hof zu verweilen.«

Larkin stellte sich dem Feenprinzen in den Weg. »Das ist Euer Angebot?«, fragte er ungläubig. »Das ist kein Angebot, sondern eine Beleidigung! Sieben Leben habt Ihr bereits genommen und die Geister allein wissen, was Ihr mit dem achten angestellt habt.

Und nun wollt Ihr sieben weitere nehmen und zu Euren Sklaven machen?«

»Wie könnt Ihr es wagen?«, begehrte Cadogan auf, doch Larkin schnitt ihm das Wort ab.

»Wollt Ihr es etwa leugnen?«, fragte der Hexer scharf.

Der Feenprinz bedachte Larkin mit einem überheblichen Blick. »Was wisst Ihr schon, Hexer?«

»Ihr seid ein Narr, wenn Ihr glaubt, Ihr könntet Euch so einfach einschleichen und die Menschen erneut verführen«, erwiderte Larkin. »Noch dazu, nachdem Ihr den Pakt gebrochen habt!«

»Wir erhielten eine förmliche Einladung!«, warf Cadogan ein.

»Die Ihr Euch ebenfalls erschlichen habt«, gab Larkin zurück. »Habt Ihr denn so schnell vergessen? Die Menschen sind nicht die einzigen, die die Magie der Grenze schützt. Gerade Ihr solltet das besser als jeder andere wissen«, setzte er an den Feenkönig gewandt hinzu.

»Wie könnt Ihr es wagen ...«, begann Cadogan ein weiteres Mal, doch eine erhobene Hand seines Vaters ließ ihn abrupt verstummen.

Der Feenkönig machte einen Schritt auf Larkin zu, sodass sie nicht mehr als eine Armeslänge trennte, und sah mit schmalen Augen auf den Hexer herab.

»Ich habe nicht vergessen, Hüter«, sagte er leise. »Genauso wenig wie ich vergessen habe, dass dies einst unser Land war. Wie könnte ich, wo ich doch dabei war, als König Jaren vor mehr als tausend Jahren seinen Pakt mit meinem Vorgänger schloss, der mein Volk aus diesem Land verbannte, der uns unser rechtmäßiges Erbe nahm. Ich war dabei, als Jaren mit seinen Magiern die Grenze errichtete, die uns zu Gefangenen in unserem eigenen Land machte. Könnt Ihr es uns verdenken, dass wir zurückhaben wollen, was rechtmäßig uns gehört?«

Larkin konnte fühlen, wie der Zauber in der Stimme des Feenkönigs an ihm zerrte, ihn davon zu überzeugen suchte, dass die

Feen im Recht waren, dass er sich ihnen beugen sollte, und er konnte an den Gesichtern der anwesenden Menschen ablesen, dass sie bereits dem Feenzauber verfallen waren. Doch er wusste, dass der Feenkönig die Wahrheit verdrehte, so wie es ihm gefiel, und rief sich ins Gedächtnis, was seine Mutter ihm über die Feen und die Geschichte der Grenze erzählt hatte. Denn die Feen waren maßgeblich an der Errichtung der Grenze beteiligt gewesen, um sich von den Menschen abzugrenzen und sie aus ihrem Land herauszuhalten.

»Ihr seid hier nicht länger willkommen, König der Feen«, sagte Larkin kühl.

Der Feenkönig hob eine silberne Braue. »Ihr könnt die Einladung des Königs nicht so einfach widerrufen, Hüter.«

Larkin machte sich nicht die Mühe sein Lächeln zu verbergen. »Ihr unterschätzt mich, König der Feen. Vielleicht habt Ihr bereits vergessen, dass ich nicht nur ein einfacher Magier des Königs bin?«

»Und wenn Ihr der König der Schatten wäret, wir haben ein Recht hier zu sein«, warf Cadogan mit einem überheblichen Grinsen auf den Lippen ein.

Der Feenkönig brachte seinen Sohn mit einer einzigen Geste zum Schweigen und musterte Larkin mit scheinbar unbeteiligter Miene, doch Larkin hatte das Flackern in den hellen Augen bemerkt. Seine Worte hatten den Feenkönig also ein wenig aus der Ruhe gebracht. Gut so. Er würde schnell merken, dass Larkin sehr wohl wusste, was er tat.

»Ich bin die Stimme des Königs und als solche erkläre ich diese Audienz für beendet«, rief er mit lauter Stimme, die durch den gesamten Saal hallte. »Die Feen sind in diesen Hallen nicht länger willkommen. Nehmt Eure Krieger, König der Feen, und kehrt zurück in Euren Wald. Und seid gewarnt – solltet Ihr ein weiteres Mal gegen den Pakt verstoßen, werdet Ihr nicht so glimpflich davonkommen, das schwöre ich Euch.«

Cadogan hatte einen erschrockenen Schritt zurückgetan und selbst der Feenkönig schien für den Bruchteil eines Augenblicks zutiefst erschüttert. Die Magie des Paktes sorgte dafür, dass die Feen für gewöhnlich das Land der Menschen nicht ohne Einladung betreten konnten, wollten sie nicht ihre Magie einbüßen. Nun, da sie nicht länger willkommen waren, würden sie bald die Folgen der alten Magie, die den Pakt besiegelt hatte und noch immer Fengards Mauern durchdrang, zu spüren bekommen, wenn sie nicht schnell genug auf ihre Seite der Grenze zurückkehrten. Einige der Feenkrieger wirkten bereits so, als spürten sie, wie die alte Magie der Burg sie zu vertreiben suchte.

Der Feenkönig jedoch schenkte Larkin ein mildes Lächeln, bevor er den Blick zur Königsfamilie hob.

»Fürchtet Ihr die Feen so sehr, dass Ihr Euch hinter einem Hexer verstecken müsst, König Galvan?«, rief er. Die Magie in seiner Stimme war so stark, dass selbst Larkin sie spüren konnte. Seine eigene Magie begehrte in seinem Inneren gegen das Gift auf und brandete durch seine Adern, als wollte sie sich augenblicklich auf den Feenkönig stürzen. »Ich hätte wahrhaftig mehr von einem König der Menschen erwartet«, fuhr der Feenkönig fort.

Dies war der Moment, vor dem Larkin sich gefürchtet hatte. Fast erwartete er eine zornerfüllte Entgegnung des Königs, doch wie durch ein Wunder blieb der König stumm und ließ sich nicht auf das Spiel des Feenkönigs ein.

»Und Ihr, Prinz Kianéran?«, setzte der Feenkönig hinzu, als Larkin gerade aufatmen wollte. »Der Hof der Feen hat einem jungen Mann wie Euch viel zu bieten. Das Wissen von Jahrtausenden schlummert in unserem Palast in den Tiefen unseres Waldes. Ich könnte Euch einen Vorgeschmack auf das geben, was Euch erwartet. Eine einzige Berührung und Euer Bein wäre geheilt. Nun, mein Prinz, wollt nicht wenigstens Ihr dem König der Feen die Ehre erweisen?« Er streckte einladend die Hand in Kians Richtung, als wollte er ihn zum Tanz auffordern, ein Ausdruck falscher Höflichkeit auf den blassen Zügen.

Das Rascheln von Kleidung ließ Larkin das Herz in der Brust stocken, doch er wagte es nicht, die Feen auch nur für einen Moment aus den Augen zu lassen, um herauszufinden, was hinter ihm vor sich ging. Seine Magie loderte wie ein Feuer in seiner Brust und er konnte sie nur mit Mühe zurückhalten.

Dann hörte er, wie der König Kians Namen rief, das Klacken von Kians Stock auf den Steinstufen und im selben Moment sah er, wie sich der Mund des Feenkönigs zu einem wölfischen Grinsen verzog, das selbst Rhis alle Ehre gemacht hätte.

»Bleibt, wo Ihr seid, Eure Hoheit!«, befahl Larkin, ohne sich umzudrehen.

Der Drache erhob sich mit einem unheilverkündenden Grollen, spreizte die ledernen Schwingen und baute sich drohend neben Larkin auf.

»Seid kein Narr, Larkin«, sagte Kian, während er neben Larkin trat. »Wir sollten dem König der Feen und seinem Gefolge wenigstens die Ehre erweisen, sie hinauszugeleiten, nicht wahr?«

Bevor Kian noch einen weiteren Schritt auf den wartenden Feenkönig zumachen konnte, hatte Larkin bereits die Hand ausgestreckt, packte ihn mit eisernem Griff am rechten Arm.

Der Prinz sog scharf die Luft ein, als die Bewegung an seiner verletzten Schulter zerrte und Larkin hoffte, dass die Schmerzen ausreichten, um ihn wieder zur Besinnung zu bringen.

»Lasst mich los, Hexer«, zischte der Prinz ungehalten.

Alles in Larkin sträubte sich dagegen, Kian noch mehr Schmerzen zu bereiten, doch er wusste sich nicht anders zu helfen. Mit einem Ruck hatte er Kians Arm aus der Schlinge befreit und ihm auf den Rücken gedreht. Kian sank mit einem Aufschrei, der Larkin durch Mark und Bein ging, auf die Knie und hielt sich die verletzte Schulter.

Die Wachen zogen ihre Schwerter und richteten sie auf Larkin, doch Rhis bäumte sich fauchend neben ihm auf und spie eine Feuersäule zur Decke, die die Wachen zurückweichen ließ. Ein einzelner Pfeil zischte heran, verfehlte Larkins Schulter jedoch um Haaresbreite und klapperte harmlos zu Boden.

»Nein«, stöhnte Kian neben ihm, den Kopf gegen Larkins Hüfte gelehnt.

Larkin ignorierte ihn, ebenso wie die aufgebrachte Stimme des Königs hinter sich.

»Genug!« Larkins Stimme hallte wie ein Donnerschlag durch den Thronsaal und brachte alle augenblicklich zum Verstummen. Seine Magie summte um ihn herum, wie eine schwingende Saite und die Luft war aufgeladen, wie vor einem bevorstehenden Gewitter. »Ihr seid zu weit gegangen, König der Feen«, fuhr er mit einer Stimme wie fernes Donnergrollen fort. »Verlasst auf der Stelle die Burg, ehe ich die gesamte Macht Fengards auf Euch herabrufe. Dieses Land wird Euch und Euren Nachkommen für alle Zeiten verwehrt bleiben für den Frevel, den Ihr heute begangen habt. Ihr werdet keinen willenlosen Sklaven aus dem Prinzen machen, weder aus ihm noch aus sonst einem Menschen, dafür werde ich sorgen. Und nun geht mir aus den Augen!«

Ein einzelner Blitz krachte von der Decke herab direkt vor die Füße des Feenprinzen, der mit einem Aufschrei zurücksprang.

Der Feenkönig bedachte Larkin mit einem kühlen Blick. »Wir werden uns wiedersehen, Hüter. Und Ihr solltet Euch fragen, ob dieser jämmerliche Prinz es wirklich wert ist, dass Ihr Euch den König der Feen zum Feind gemacht habt. Denkt an meine Worte, Hüter.« Er lachte dunkel, ehe er sich an den König wandte.

»Habt Acht auf Eure Kinder, Euer Majestät, damit sie nicht von den Feen gestohlen werden.« Mit einem boshaften Lachen, das unheilvoll von den Wänden widerhallte, machte er auf dem Absatz kehrt und verließ hoch erhobenen Hauptes den Thronsaal.

Larkin dachte kurz darüber nach, den Feen nachzueilen, um sicherzugehen, dass sie kein weiteres Unheil anrichteten. Rhis schien einen ähnlichen Gedanken zu haben. Mit einem Knurren blickte er den Feen hinterher, bevor er Larkin einen fragenden Blick zuwarf.

»Sei vorsichtig«, warnte Larkin.

Rhis bedachte ihn mit einem breiten Grinsen, ehe er mit flatternden Flügeln davongaloppierte wie ein übereifriger Welpe. Larkin hoffte nur, dass der Drache mehr Verstand besaß als ein Welpe und die Feen nicht unnötig reizte. Er hatte nur wenig Lust, auch noch den Drachen aus den Klauen der Feen befreien zu müssen.

Sobald die Feen den Thronsaal verlassen hatten, brach der Zauber, den sie auf die anwesenden Menschen ausgeübt hatten. Die Wachen, die Larkin umzingelt hatten, blinzelten verwirrt. Als sie jedoch ihren Prinzen auf den Knien neben Larkin erblickten, hoben sie ihre Waffen wieder und richteten sie auf den Hexer.

Ein besonders mutiger Soldat legte sein Schwert an Larkins Kehle und sah dem Hexer fest in die Augen.

»Gebt den Prinzen frei«, sagte er in befehlsgewohntem Ton.

Larkin wurde erst jetzt bewusst, dass er Kians Arm noch immer mit eisernem Griff umklammert hielt. Der Prinz gab ein Keuchen von sich, als Larkin ihn endlich freigab und sackte schwer gegen Larkin.

Larkin grinste den Mann an, der immer noch das Schwert auf ihn gerichtet hielt. »Und ihr glaubt wirklich, Ihr könntet mit dem Schwert etwas gegen mich ausrichten?«, fragte er und fing an zu lachen über die Absurdität des Ganzen. Da hatte er ihren heiß geliebten Prinzen vor einem Schicksal, das schlimmer war als der Tod, bewahrt und als Dank richteten sie ihre Schwerter auf ihn. Aber was hatte er auch anderes erwartet? »Habt Ihr auch nur die leiseste Ahnung, wer ich bin?«

Er warf den Kopf in den Nacken und lachte schallend, als er die unsicheren Blicke sah, die die Wachen wechselten. Sie hatten keine Ahnung, wozu er in der Lage war. Wenn sie wüssten …

Er lachte, bis ihm die Tränen kamen und seine Wangen schmerzten und schien gar nicht mehr aufhören zu können.

»Nehmt die verfluchten Waffen herunter«, befahl Kian in gepresstem Tonfall.

Die Wachen gehorchten nur widerstrebend.

Larkin geriet beinahe aus dem Gleichgewicht, als Kian unvermittelt seinen Arm griff, um sich auf die Beine zu ziehen. Larkin stützte ihn rasch mit einer Hand, während Kian noch mit seinem Stock kämpfte.

Sobald der Prinz jedoch sein Gleichgewicht gefunden hatte, musterte er Larkin aus schmalen Augen. »Was ist nur in dich gefahren?«

Larkin lachte nur. »Ja, was nur?«, fragte er zurück und verschränkte die Arme vor der Brust. Ein weiteres Lachen stieg in seiner Kehle empor und Kian starrte ihn an, als glaubte er, Larkin hätte den Verstand verloren.

Vielleicht hatte er das auch. Der Gedanke ließ ihn erneut in Gelächter ausbrechen. Nun, er musste den Verstand verloren haben, wenn er jemals geglaubt hatte, der Prinz könne Liebe für einen jämmerlichen Hexer wie Larkin empfinden.

Sein Lachen fand ein jähes Ende, als Kian ihn plötzlich am Arm packte, sein Griff so fest, dass es beinahe schmerzte, und Larkin mit grimmiger Miene betrachtete.

»Folge mir«, sagte der Prinz, bevor er Larkins Arm freigab und sich wieder schwer auf seinen Stock stützte. Ohne auch nur einen Blick über die Schulter zu werfen, um sich zu vergewissern, dass Larkin folgte, humpelte er zu einer schmalen, unscheinbaren Tür am seitlichen Ende des Thronsaales, die Larkin zuvor nicht aufgefallen war.

Es ärgerte ihn, dass Kian einfach von ihm erwartete, dass er folgte wie ein dummer Hund, und für einen Moment spielte er mit dem Gedanken, Kians Aufforderung einfach zu ignorieren.

Doch dann zuckte er die Achseln. Dies versprach eine sehr interessante Unterhaltung zu werden. Seine guten Manieren nicht gänzlich vergessend, verbeugte er sich tief vor dem Königspaar. Die Königin sah ihn mit einer Mischung aus Erschrecken und Sorge an, während ihr Gemahl Larkin mit einem finsteren Blick bedachte, als wäre Larkin nichts weiter als ein lästiger Käfer, den er zu gern unter seinem Absatz zertreten hätte.

Ein Kichern stieg in Larkins Kehle auf, das bald darauf über seine Lippen schlüpfte und so beeilte er sich, Kian zu folgen, der die Tür bereits erreicht hatte und unbeholfen mit seinem Stock hantierte, bis er sie endlich geöffnet hatte.

Die Tür führte in eine runde, fensterlose Kammer, die von einer einsamen Fackel erhellt wurde und von der aus sich eine steinerne Treppe in die Höhe schraubte, die so schmal war, dass sie kaum Platz für einen erwachsenen Mann bot. Zwei Wachen flankierten die Tür auf beiden Seiten, die Hand bereits am Schwert, doch sie entspannten sich, als sie den Prinzen erkannten.

»Eure Hoheit«, murmelte der Rechte. Kian bedachte ihn mit einem knappen Kopfnicken.

Larkin fragte sich, ob Kian wohl bedacht hatte, dass die steile Treppe für sein Bein eine Herausforderung darstellen würde, während er hinter dem Prinzen die Stufen erklomm. Er wollte bereits eine entsprechende Frage stellen, als Kian vor einer schmalen Tür innehielt. Für einen Augenblick verstummte das Klappern des Stockes, während Kian scheinbar reglos auf dem Absatz verweilte, Schultern angespannt und seine harschen Atemzüge selbst für Larkin zu hören. Der Aufstieg musste eine wahre Tortur für ihn gewesen sein und Larkin wollte gar nicht daran denken, welchen Schaden er selbst Kians Schulter zugefügt haben musste.

Doch dann öffnete Kian die Tür und Larkin folgte ihm in ein lichtdurchflutetes Turmzimmer mit hohen Bogenfenstern, die den Blick auf den Schlossgarten freigaben. Die niedrigen Fenstersimse waren ringsherum mit dicken Kissen ausgelegt, die zum Verweilen einluden. Der Boden war mit aufwändig gewebten Teppichen bedeckt, die jedoch nicht viel gegen die Kälte, die in den Wänden steckte, auszurichten vermochten. Ehe Larkin jedoch Gelegenheit erhielt, den Raum noch weiter in Augenschein zu nehmen, hatte Kian bereits auf dem Absatz kehrtgemacht und starrte Larkin mit unergründlicher Miene an.

Larkin wartete darauf, dass Kian etwas sagte, in seiner lächerlichen Tirade fortfuhr, und grinste ihn erwartungsvoll an. Doch Kian schwieg hartnäckig und Larkin spürte, wie sein Grinsen unter dem unnachgiebigen Blick immer mehr schwand.

Als er das Schweigen nicht länger aushielt, verschränkte er die Arme vor der Brust und hob herausfordernd das Kinn. »Auf was wartest du? Erwartest du, dass ich dich um Verzeihung bitte, weil ich dich vor den Fängen des Feenkönigs bewahrt habe? Die wirst du bestimmt nicht bekommen.« Er lachte leise.

Kians Blick verlor etwas von seiner Härte, doch er schwieg weiterhin beharrlich, seine dunklen Augen unverwandt auf Larkin gerichtet. Larkin wurde zunehmend unwohler unter diesem durchdringenden Blick. Worauf wartete der Prinz? Warum hatte er Larkin in dieses bitterkalte Turmzimmer gebracht, wenn er nichts weiter tat, als Larkin anzustarren?

»Ich dachte, das war es, was du wolltest«, entfuhr es Larkin schließlich. »Dass ich komme und Euch vor den verfluchten Feen rette. War es doch nicht genug?« Er lachte bitter. »Wäre ich nicht gewesen, wärest du jetzt bereits ein willenloser Sklave der Feen. Wahrscheinlich wäre dein Vater sogar auf den Vorschlag des Feenkönigs eingegangen und hätte ihm noch weitere Sklaven auf einem silbernen Tablett geliefert. Was also willst du von mir hören? Ist es, weil ich gezwungen war, dir beinahe den Arm zu brechen, um dich daran zu hindern, dich dieser schattenverfluchten Fee an den Hals zu werfen?« Er atmete schwer, als ihm die Worte ausgingen, doch Kian hüllte sich nach wie vor in Schweigen und starrte Larkin mit unbeweglicher Miene an, die nichts davon verriet, was dahinter vor sich ging.

Larkin zwang sich zu einem Grinsen, das sich falsch auf seinen Lippen anfühlte. »Hat es dir etwa die Sprache verschlagen? Ist dir endlich aufgegangen, dass an den Geschichten, die man sich über mich erzählt, doch etwas dran ist? Der Mann, der dem Feenkönig die Stirn bieten kann, der Mann, der über die Schatten gebietet. Larkin Schattenkind.« Er lachte hilflos, ein harsches, bitteres Lachen, das in seinem Hals schmerzte und in seinen Augen brannte und nun, da er einmal begonnen hatte, konnte er nicht mehr aufhören.

Dann stand Kian mit einem Mal direkt vor ihm und Larkin war sich nicht sicher, wer von ihnen den letzten Handbreit, der sie noch trennte, als Erster überwand, doch sein Kopf lag plötzlich auf Kians guter Schulter und Kians Arm legte sich um ihn, drängte sie noch näher zusammen, seine Hand in Larkins Haar vergraben. Larkin krallte die Hände in Kians Überrock, immer noch von Gelächter geschüttelt, obwohl das Lachen längst nicht mehr wie ein Lachen klang, und er war sich nicht ganz sicher, ob er nicht doch dem Wahnsinn verfallen war.

Kians raue Hand strich durch sein Haar, rieb beruhigend seinen Nacken und er fühlte sich warm und fest und sicher an, wie er so dastand, wie ein Fels in der Brandung, und Larkin konnte nicht loslassen, konnte nichts weiter tun, als das Gesicht in Kians Halsbeuge zu verbergen, denn er würde ganz sicher in tausend Scherben zerspringen, wenn er losließe. Harte, gebrochene Laute entstiegen seiner Kehle und sein Hals schmerzte bereits, doch er konnte sie nicht zurückhalten, ebenso wenig wie die heiseren Worte, die ihm über die Lippen kamen über den Wald, den Rhis in Brand gesetzt hatte, und Klaras Blick, als Martin Larkin fortgeschickt hatte und die Leute im Dorf, die ihm mit zunehmendem Argwohn begegneten. Er sprach über die endlosen einsamen Tage im Wald und dass Barthel fast gestorben wäre, weil Larkin nicht da gewesen war, und wie er Torkher nicht hatte retten können, dass er versagt hatte. Wieder und wieder und wieder.

Und Kian war da, beständig wie ein Fels in der Brandung und Larkin nahm nur entfernt wahr, als Kian ihn zu einer Bank führte und warum war Kian noch immer da? Wie konnte er Larkins

Gegenwart nur ertragen, nach allem, was Larkin getan hatte? Nachdem Larkin ihm beinahe die Schulter gebrochen hatte, nachdem er sich vor dem gesamten Hof zum Narren gemacht hatte. Nachdem er versagt hatte.

Er streckte sich bereitwillig auf der schmalen Bank aus, als Kian ihn dazu aufforderte, und spürte eine bleierne Müdigkeit, die bis in die Tiefen seiner Seele zu reichen schien. Er wehrte sich dagegen, klammerte sich an Kian, der leise Worte murmelte, deren Bedeutung Larkin jedoch nicht erreichte, und wünschte sich, es gäbe einen Weg für sie, bevor ihm schließlich die Augen zufielen.

~*~

Kian ließ den Kopf gegen das Fenster in seinem Rücken sinken und musste im nächsten Moment die Zähne zusammenbeißen, als bereits diese kleine Bewegung ausreichte, um den Schmerz in seiner Schulter erneut aufflammen zu lassen. Fast fühlte es sich an, als wäre die Wunde wieder aufgerissen.

Diese schattenverfluchten Feen.

Gedankenverloren strich er Larkin eine widerspenstige Haarsträhne aus der Stirn und ließ seine Finger langsam durch den dichten Haarschopf gleiten. Es verwunderte ihn jedes Mal neu, wie Larkins störrisches Haar, das kein Kamm jemals zu bändigen vermochte, sich unter seinen Händen gleichzeitig so weich anfühlen konnte. Vielleicht hatte es etwas mit Larkins Magie zu tun, er wusste es nicht.

»Was soll ich nur mit dir tun, Larkin?«, sagte er mit gedämpfter Stimme, um Larkin nicht aus seinem Schlaf zu wecken.

Er sah so zerbrechlich aus, wie er zusammengerollt wie eine Katze auf der Bank lag, den Kopf in Kians Schoß gebettet, das Gesicht bleich und ausgezehrt. Kian erinnerte sich schmerzhaft an die letzte Unterhaltung, die er mit Larkin in seiner Hütte geführt hatte und die ihn mit einem blutenden Herzen zurückgelassen hatte. Doch nun, da sein anfänglicher Zorn verraucht war und er Zeuge von Larkins Schmerz geworden war, erschien die ganze Situation in einem völlig anderen Licht. Er war ein solcher Narr gewesen, dass er nicht auf Larkin gewartet hatte, nachdem der Hexer im Zorn davongestürmt war, dass er nicht gesehen hatte, dass Larkin offenbar noch andere Dinge umtrieben. Stattdessen hatte er sich von seinen eigenen Gefühlen blenden lassen und Larkin nur noch mehr Lasten auferlegt. Natürlich hatte Larkin zu dem Schluss kommen müssen, dass Kian ihn nur deshalb aufgesucht hatte, weil er seine Hilfe benötigte.

Er war ein Narr.

Umso beschämender war es, dass Larkin dennoch gekommen war und sie alle vor dem Einfluss der Feen bewahrt hatte. Bei den Geistern seiner Ahnen, manchmal schien es Kian, dass Larkin derjenige war, der die gesamte Last des Königreiches auf den Schultern trug, ohne dass jemals jemand etwas davon erfuhr.

Wahrscheinlich war es sogar so.

Und Kian hatte nichts Besseres zu tun gehabt, als ihn allein und im Stich zu lassen, nur, weil Larkin ihn nicht mit offenen Armen empfangen hatte.

Heiße Scham stieg in ihm auf, als er an sein eigenes Verhalten Larkin gegenüber dachte. Zuerst hatte er ihn belogen und dann im Stich gelassen. Es war ganz offensichtlich, dass Larkin ihm nicht vertraute und wie sollte er auch, wenn Kians Verhalten nur wenig dazu beitrug. Dabei brüstete Kian sich damit, Larkins Gesicht wie ein offenes Buch lesen zu können. Das war ihm ja in der Tat wunderbar gelungen.

Nun, Kian würde denselben Fehler kein zweites Mal begehen, beschloss er grimmig. Diesmal würde er Larkin nicht einfach so verschwinden lassen.

Ein Klopfen an der Tür riss ihn aus seinen Gedanken und er lächelte schwach, als seine Mutter das Turmzimmer betrat.

»Ich wusste doch, dass ich euch hier finden würde«, sagte sie und ein bekümmerter Ausdruck trat auf ihr Gesicht, als ihr Blick auf Larkin fiel.

»Es gab hier jemanden, der sehr erpicht darauf war, seinen Herrn wiederzusehen«, setzte sie mit gedämpfter Stimme hinzu, während sie zur Seite trat und die Tür aufhielt.

Rhis kam lautlos neben ihr hereingetrottet. Seine silbernen Augen begegneten kurz Kians, bevor er schnurstracks auf ihn zukam. Er beugte den Kopf über Larkin, wie um sich davon zu überzeugen, dass mit dem Hexer alles in Ordnung war. Dann gab er ein Schnauben von sich und leckte Kian über die Hand, die noch immer auf Larkins Kopf lag.

»Wo bist du denn gewesen, Kleiner?«, fragte Kian leise und musste über sich selbst lachen. Schließlich war der Drache mittlerweile alles andere als klein. Ein Wunder, dass er überhaupt durch den schmalen Treppenaufgang gepasst hatte.

Rhis schnaubte wieder und rieb den Kopf an Kians unverletztem Bein, bevor er sich zu seinen Füßen zusammenrollte.

»Ich habe das Gefühl, dass wir es ihm zu verdanken haben, dass die Feen ohne Zwischenfall abgezogen sind«, sagte seine Mutter.

Kian hob die Braue und blickte auf den Drachen herab. »Hast du auch sichergestellt, dass keiner von ihnen zurückbleibt?« Er hätte nichts dagegen gehabt, wenn Rhis den Feenkönig und seinen verfluchten Sohn die Schärfe seiner Zähne hätte spüren lassen.

Als hätte Rhis seine Gedanken gelesen, fletschte er die Zähne und bewegte einmal den Kopf auf und ab wie zu einem Nicken.

Er hörte, wie seine Mutter überrascht einatmete. »Kann er dich wirklich verstehen?«, fragte sie.

Kian seufzte. »Ich bin mir noch immer nicht sicher, aber ich kann nicht leugnen, dass er verständiger ist, als jedes Tier, das mir je begegnet ist.«

Rhis brummte unwillig und stieß Kian mit der Schnauze gegen das Knie.

Die Königin lachte leise und beugte sich herab, um Rhis den Kopf zu kraulen. »Du bist wirklich ein schlauer Bursche, nicht wahr?«

Rhis brummte wieder, diesmal klang es jedoch eher wie das zufriedene Schnurren einer übergroßen Katze.

Als die Königin sich wieder aufrichtete, war ihre Miene ernst und sie musterte Larkin mit sorgenvollem Blick.

»Ich wäre früher gekommen, doch ich musste erst deinen Vater davon überzeugen, dass es keine gute Idee wäre, den Mann, der uns eben erst vor den Feen gerettet hat, in den Kerker zu werfen«, sagte sie und zog unwillig die Brauen zusammen.

Kian schloss mit einem Stöhnen die Augen. »Er wollte Larkin in den Kerker werfen? Nach allem, was er für uns – für das gesamte Königreich – getan hat?«

Larkin zuckte im Schlaf und rollte sich noch enger ein, das Gesicht an Kians Bauch vergraben.

Seine Mutter hielt mit einem Mal einen Stapel Decken in der Hand, von denen sie eine behutsam über Larkin ausbreitete und die andere Kian um die Schulter schlang. »Dein Vater kann ein rechter Dickkopf sein und er hat es sich nun einmal in den Kopf gesetzt, deinen Freund nicht leiden zu können. Aber er wird seinen Fehler schon noch einsehen, sei unbesorgt.« Sie zog Larkin die Decke bis zum Kinn, ein weicher Ausdruck in ihren Augen, bevor sie ihre Aufmerksamkeit wieder auf Kian richtete. Sie strich ihm eine Haarsträhne hinters Ohr und legte ihm die Hand an die Wange. »Was ist geschehen? Ich mache mir Sorgen. Dieses Verhalten sah Larkin ganz und gar nicht ähnlich.«

Kian seufzte und blickte auf Larkin herab.

Sein Kopf war voll von den Dingen, die Larkin zwischen harschem Schluchzen hervorgestoßen hatte.

Meine Schuld … Klara hasst mich, sie hassen mich alle … Vielleicht bin ich wirklich ein Kind der Schatten …

Er musste für einen Augenblick die Augen schließen, als ihn seine eigenen Gefühle zu überwältigen drohten. Geister, wie hatte er übersehen können, wie es Larkin wirklich ging?

»Es ist meine Schuld«, sagte er schließlich. »Ich hätte da sein sollen, stattdessen … habe ich ihm nur noch mehr Lasten aufgebürdet, obwohl er schon genug zu tragen hatte mit Torkhers Tod und den Feen und seinen eigenen Pflichten …« Er sah seine Mutter mit einem gequälten Lächeln an. »Ich weiß nicht einmal, ob er meine Freundschaft überhaupt noch will.« Geschweige denn mehr. Es tat weh, darüber nachzudenken, ein scharfer Schmerz, der sich in sein Herz bohrte und ihm die Kehle eng werden ließ. Er strich Larkin durchs Haar.

Seine Mutter seufzte und ließ sich neben ihm auf die Knie sinken. »Er hat eine sehr schwere Bürde zu tragen für einen so jungen Mann«, sagte sie und betrachtete Larkin nachdenklich. »Ich erinnere mich noch gut an den Tag, als er sich uns als der neue Hüter vorstellte. Er war kaum sechzehn und hielt doch unser aller Schicksal in seinen jungen Händen. Ich hatte eigentlich die Absicht, von Zeit zu Zeit nach ihm zu sehen, nachdem seine Mutter gestorben war, doch irgendwie …«

Ein schmerzhafter Ausdruck trat in ihre Augen, doch sie schüttelte rasch den Kopf, wie um den Gedanken zu vertreiben. »Nun, das ist eine Geschichte für ein andermal«, sagte sie und sah dann mit einem Stirnrunzeln zu Kian empor. »Warum denkst du, er würde deine Freundschaft nicht wollen?«

Kian starrte zur Decke empor. »Er hat einige Dinge gesagt und …« Er schämte sich zu sehr, um den Streit vor seiner Mutter zu erwähnen, der ihm nun so lächerlich vorkam. »Nachdem Vater das Gesetz geändert hat, dachte ich, uns stünde nun nichts mehr im Weg. Doch mir scheint, als würden hinter jedem Hindernis zwei weitere lauern. Was wenn er mich gar nicht will?«

Ich dachte auch, ich würde Klara lieben …

Er schluckte und sah auf Larkin herab, der noch immer scheinbar friedlich in seinem Schoß schlummerte. Er zeichnete mit den Fingerspitzen Larkins dunkle Braue nach und vergrub die Hand wieder in Larkins samtweichem Haar.

»Was genau ist vorgefallen, Kianéran?«

Kian schüttelte langsam den Kopf. »Nichts, wirklich. Ich dachte, er wäre erleichtert, doch es scheint, als hätte er es sich anders überlegt«, sagte er, die Stimme nicht mehr als ein heiseres Flüstern.

»Und doch liegt er hier in deinen Armen«, sagte die Königin mit einem sanften Lächeln.

Kian strich Larkin übers Haar und Larkin seufzte leise.

»Ja, das tut er.« Ein Umstand, der Kian noch immer erstaunte und mit Demut erfüllte.

Die Königin lächelte nur. »Sei nicht zu hart zu dir selbst oder zu ihm. Er ist nicht wie die verwöhnten Mädchen, die dir den ganzen Tag schöne Augen machen und jedes Mal in Ohnmacht fallen, wenn du sie auch nur ansiehst.«

Kian verdrehte die Augen. »Mir ist noch nie ein Mädchen aufgefallen, das bei meinem Anblick in Ohnmacht gefallen wäre.«

Seine Mutter lachte leise hinter vorgehaltener Hand. »Das liegt vielleicht daran, dass du für gewöhnlich keinen Blick an ein *Mädchen* verschwendest.«

»Mutter!«

Sie tätschelte ihm immer noch lachend das Knie, bevor ihre Miene wieder ernst wurde.

»Die wirklich wichtigen Dinge im Leben sind für gewöhnlich auch die schwierigsten zu erlangen«, sagte sie leise, wie zu sich selbst. Dann schenkte sie Kian ein Lächeln, legte ihm die Hand auf den Oberschenkel und erhob sich mit einer Grazie, um die Kian sie manchmal beneidete.

»Ich sollte wieder nach deinem Vater sehen, bevor er noch auf irgendwelche dummen Ideen kommt«, sagte sie. Ihre Augen funkelten schelmisch. »Soll ich dir den Heiler heraufschicken? Die Schulter wird sicherlich schmerzen.«

Kian schüttelte den Kopf. »Nein, es ist nicht der Rede wert.«

Seine Mutter verdrehte die Augen. »Männer!«, rief sie aus. »Warum frage ich überhaupt. Andererseits hast du ja auch deinen eigenen Heiler, der noch dazu keine besonders hohe Meinung von unseren Heilern hat.«

Sie küsste Kian auf die Stirn und beugte sich dann herab und küsste Larkins Schläfe.

»Bleib nicht zu lange hier sitzen. Es ist kalt und du brauchst noch immer Ruhe, vor allem nach all der Aufregung heute.«

Er lächelte. »Danke, Mutter.«

Doch sie lächelte nur zurück und verschwand ohne ein weiteres Wort.

30

»Der Stein!«

Kian erwachte mit einem Ruck, augenblicklich hellwach. Weißglühender Schmerz flammte in seiner Schulter auf, der ihm für einen Moment den Atem raubte und ihn schwindeln ließ und er verfluchte sich dafür, dass er eingenickt war.

Es war ein Wunder, dass seine Mutter noch nicht nach ihm geschickt hatte.

Er biss die Zähne zusammen, atmete gegen den Schmerz – bei allen Geistern, er hatte schon Schlimmeres überlebt – und warf Larkin einen Blick aus dem Augenwinkel zu.

Der Hexer hatte sich abrupt aufgesetzt und sah sich verwirrt um, als könne er sich nicht Recht erinnern, wo er sich befand. Sein brauner Schopf war vom Schlaf noch wilder als gewöhnlich und die goldenen Augen schienen im Licht des schwindenden Tages mit einem inneren Licht zu leuchten.

»Larkin?«, fragte Kian, um einen behutsamen Tonfall bemüht.

Die goldenen Augen hefteten sich auf Kian und Larkins Blick klärte sich, als die letzten Schleier des Schlafes von ihm abfielen.

»Wie fühlst du dich?«, fragte Kian leise.

Larkin riss die Augen auf. Sein Blick zuckte zu Kians Schulter und Kian konnte ihm regelrecht ansehen, wie ihn die Schuldgefühle überwältigten.

»Wie *ich* mich fühle?«, fragte Larkin. Er setzte sich ein wenig ungelenk auf und rieb sich mit den Händen über das Gesicht. Dann atmete er langsam aus und warf Kian einen Seitenblick zu. »Du bist derjenige, dem ich beinahe die Schulter gebrochen habe«, sagte er leise und mit hängenden Schultern. »Ich hätte mich sofort darum kümmern sollen. Du hättest mich wecken sollen.« Er senkte den Kopf und fuhr sich mehrmals mit den Händen durchs Haar und Kian musste dem Drang widerstehen,

Larkin wieder in seinen Arm zu ziehen, um die Schatten von seinem Gesicht zu vertreiben.

»Übertreib nicht«, sagte Kian und ließ seine Hand wie zufällig Larkins Hand berühren, die zwischen ihnen lag. »Du hättest nicht genügend Kraft, um mir die Schulter zu brechen. Und es ist ohnehin kaum der Rede wert.« Er ließ seine Finger zögernd zwischen Larkins gleiten und war erleichtert, als Larkin seine Hand nicht sofort wegzog. Stattdessen starrte der Hexer eine Weile stumm auf ihre ineinander verschränkten Hände, die Stirn in Falten gelegt, als könnte er nicht verstehen, was er sah, als hätte er es nicht *verdient*.

Kian stutzte. War das der Grund, weshalb Larkin so abweisend war? Weil er glaubte, er wäre Kians nicht würdig? Der Gedanke war völlig absurd und dennoch würde es eine Menge erklären.

Larkin schüttelte den Kopf und erhob sich abrupt, wobei seine Hand sich aus Kians löste.

»Ich muss mich augenblicklich auf den Weg machen, um den Grenzstein zu überprüfen. Nach dem was heute geschehen ist, traue ich den Feen alles zu.« Er raufte sich die Haare. »Ich hätte mich gleich darum kümmern sollen, Schatten und Verdammnis.«

Kian beugte sich vor, um Larkin mit einer Hand zurückzuhalten, und erstarrte mit der Hand in der Luft, als seine ganze rechte Seite plötzlich in Flammen zu stehen schien.

Larkin wirbelte auf dem Absatz herum und Kian spürte im nächsten Moment Larkins warme Hände auf seiner brennenden Schulter.

»Ganz ruhig, es wird gleich besser«, murmelte Larkin und begann leise zu summen.

Kian ließ die Stirn gegen Larkins Brust fallen, als der Schmerz ein wenig nachließ. Larkins Gesang floss wie ein sanfter Balsam über ihn hinweg und er konnte spüren, wie die Anspannung von ihm abließ. Er liebte Larkins kraftvolle Stimme, hätte ihr stundenlang lauschen können.

Während er nach der Greifenattacke zwischen Tod und Leben gehangen hatte, war Larkins Stimme das Erste gewesen, das ihn in seiner Dunkelheit erreicht hatte.

Das Lied brach unvermittelt ab und Larkin gab einen derben Fluch von sich, der ihm so gar nicht ähnlichsah.

Kian öffnete blinzelnd die Augen und hob den Blick.

»Wie lange läufst du schon auf diesem Bein herum, hm?«, fragte Larkin scharf. Seine Augen blitzten zornig. »Ich sagte doch, du bräuchtest Ruhe und ich glaube kaum, dass selbst die stümperhaften Heiler hier dir etwas anderes gesagt haben werden. Hast du auch nur einen Gedanken daran verschwendet, dass du es nur noch schlimmer machen könntest, indem du dein Bein so früh wieder belastest?«

Kian konnte spüren, wie ihm sämtliches Blut aus dem Gesicht wich und er hielt sich an Larkins Arm fest, als ihn ein kurzer Schwindel erfasste. Der Heiler hatte ihn gewarnt. Larkin hatte ihn gewarnt, nachdem er in dessen Hütte aufgetaucht war. Aber er hatte es im Bett nicht mehr ausgehalten. Die Schmerzen waren erträglich, so schlimm konnte es doch nicht sein, oder?

Larkin seufzte tief und legte seine Hand über Kians. »Ich verspreche dir, ich werde mich darum kümmern, wenn ich wieder zurück bin.«

Die Worte trugen jedoch nicht viel dazu bei, um Kian zu beruhigen. Ganz im Gegenteil. Er hatte es also tatsächlich schlimmer gemacht, hatte aus Ungeduld sein Bein riskiert – Schatten und Verdammnis, er war ein solcher Narr.

»Ich werde Boren zu dir schicken, sobald ich ihn gefunden habe und …« Larkin sah herab auf Kians Bein und fluchte wieder. »Ich habe keine Zeit für diesen Unsinn. Bei der Seele des Waldes, ich sollte schon längst auf dem Weg sein«, murmelte er ärgerlich, bevor er den Kopf hob und Kian das Gefühl hatte von Larkins durchdringendem Blick regelrecht durchbohrt zu werden. »Ich muss ein Narr sein, dass ich mich mit dir abgebe, Kian«, presste er durch zusammengebissene Zähne hindurch und trotz der ungebändigten Magie, die Kian in seinen Augen flackern sah, tat sein Herz einen Sprung. Die Worte klangen nicht, als wollte Larkin nichts mehr mit ihm zu tun haben. »Nun gut«, knurrte Larkin und bohrte Kian einen Finger in die Brust. »Du bleibst hier und *rührst dich nicht vom Fleck,* während ich deinen Bruder suchen gehe, um den Reisestein zu holen. Hast du mich verstanden?«

Kian konnte nur benommen nicken.

»Komm, Rhis, wir müssen Prinz Boren finden«, sagte Larkin an den Drachen gewandt. »Auf, mein Junge, die Zeit drängt.«

Er zögerte kurz, dann beugte er sich plötzlich herab, legte Kian eine Hand an die Wange und berührte mit den Lippen Kians Stirn. »Bleib, wo du bist. Ich bin gleich zurück«, murmelte er und war im nächsten Augenblick bereits hinter dem Drachen her durch die schmale Tür verschwunden.

Kian sah ihm mit offenem Mund hinterher und hob die Hand an die Stirn. Hatte Larkin ihn gerade wirklich geküsst? Zugegeben, ein keuscher Kuss auf die Stirn, aber nichtsdestotrotz. Ein Kuss.

Vielleicht bestand doch noch Hoffnung.

Eine weiche Hand auf seinem Gesicht schreckte ihn einen Moment später aus dem Schlaf.

»Schh, ich bin es nur.«

Er blinzelte verwirrt und war sich sicher, dass er träumte, als er Larkins zuneigungsvollen Blick bemerkte.

Larkin lächelte still, die Hand noch immer an Kians Wange.

»Komm, mein Freund«, sagte er leise. »Gleich wirst du es bequemer haben. Nur noch ein kleiner Schritt.«

Kian kam mit einem Ächzen auf die Beine und im nächsten Moment löste sich das zwielichtige Turmzimmer um ihn herum auf. Es war ein Gefühl, als würde er durch einen Tunnel gefüllt mit Wasser gezogen und er spürte bereits, wie die Angst ihre Klauen in ihn schlug, bevor seine Füße wieder festen Halt fanden und er sich keuchend nach Luft schnappend in einer festen Umarmung wiederfand.

»Ganz ruhig. Es ist vorbei«, murmelte Larkins vertraute Stimme an seinem Ohr. »Hier. Leg dich hin. Das Gefühl geht vorüber.«

Kian konnte sich daran erinnern, dass er sich nach dem ersten Mal, als er mit Boren zusammen in Larkins Hütte gesprungen war, beinahe übergeben hätte, während Boren scheinbar völlig unberührt blieb.

»Wie kannst du das nur ertragen? Wie kann Boren es ertragen?«, fragte er und ließ den Kopf mit einem Stöhnen in die Kissen sinken.

»Nun, manche sind empfindlicher als andere«, erwiderte Larkin spitz.

»Ich bin nicht empfindlich!«

Larkin lachte leise. »Hm, deshalb bist du noch immer ganz grün im Gesicht, ja?«

»Ich bin nicht –« Er brach ab, als ihm das schelmische Funkeln in Larkins hellen Augen auffiel und musste unwillkürlich lächeln, während die Hoffnung in ihm wuchs. Bei allen Geistern, wie sehr er diese Seite von Larkin vermisst hatte.

Doch zu schnell war das Lachen verklungen und Larkin blickte ihn mit ernstem Blick an.

»Du wirst dieses Bett nicht verlassen, solange ich fort bin, hast du mich verstanden?«

Kian runzelte die Stirn. »Der königliche Magier war bereits an der Grenze und hat persönlich den Grenzstein überprüft. Es gibt also keinen Grund, weshalb du überhaupt aufbrechen müsstest.«

Larkin machte ein abfälliges Geräusch und schüttelte den Kopf. »Nach dem, was ich von eurem Heiler gesehen habe, will ich gar nicht wissen, wie unfähig der Hofmagier ist. Kian, diese Magie stammt aus einer Zeit, da der Schattenwald noch als der Grüne Wald bekannt war und den wundersamsten Geschöpfen

Heimat bot. Glaubst du ernsthaft, euer Magier könnte feststellen, wenn etwas mit dem Grenzzauber nicht in Ordnung wäre? Er war nicht einmal in der Lage, die Feenmagie, die Luisien gefangen hielt, als solche zu erkennen. Er würde es wahrscheinlich nicht einmal merken, wenn die Feen den Grenzstein vor seiner Nase verschwinden lassen würden.«

Kian blinzelte. Er hatte sich nie sonderlich viele Gedanken über magische Dinge gemacht, war er doch ohne einen Funken Magie geboren worden. Doch Larkins Worte weckten Unbehagen in ihm, schließlich hatte er mehr als einmal erlebt, dass die Zauber des königlichen Magiers kaum mehr als Taschenspielertricks waren im Vergleich zu dem, was Larkin mit seiner Macht zu tun vermochte. Zudem wusste der Hexer Dinge, die längst in Vergessenheit geraten waren. Bei allen Geistern, Larkin hatte ihn zurecht einen Tor genannt, wenn er nicht einmal die einfachsten Dinge über die Feen wusste.

»Du wirst auf dich achtgeben?«, sagte Kian leise.

Larkin lachte nur. »Die Feen können mir nichts anhaben. Sie fürchten die Schatten wie niemand sonst.«

Doch Kian war nicht annähernd beruhigt, zu deutlich stand ihm noch vor Augen, wie die Feen seine Männer einen nach dem anderen niedergemetzelt hatten. »Nimm wenigstens einige Soldaten mit dir, damit du nicht völlig ohne Schutz bist.«

Larkins Miene verschloss sich vor Kians Augen und ein Schatten zog über sein Gesicht.

»Nein«, sagte er, jede Wärme plötzlich aus seiner Stimme verschwunden. »Ich werde nicht noch mehr Unschuldige in Gefahr bringen.«

Kian schalt sich im Stillen für seine unbedachten Worte. Natürlich würde Larkin sofort an Torkher denken, der Larkin auf seiner letzten Reise zur Grenze begleitet hatte. Kian war dabei gewesen, als die verfluchten Feen dem Mann einen Pfeil in den Rücken gejagt hatten.

»Es war nicht deine Schuld«, sagte er mit Nachdruck. »Wenn du jemandem die Schuld für seinen Tod geben willst, dann den Feen. Du hast getan, was du konntest. Ich war dabei!«

Larkin sah ihn mit gequälter Miene an, die Hände zu Fäusten geballt. Kian legte ihm die Hand auf den Arm und erwiderte seinen Blick, bis Larkin einen tiefen Atemzug tat.

»Ich muss aufbrechen, bevor die Feen noch mehr Unheil anrichten«, sagte er und Kian nickte. Er hasste es, untätig sein zu müssen, und er hätte nichts lieber getan, als Larkin zu begleiten. Es entbehrte nicht einer gewissen Ironie, dass er nun derjenige war, der zurückbleiben musste, während Larkin zur Grenze aufbrach. Geister, wie hatte Larkin es nur ertragen?

»Ich komme zurück, das verspreche ich«, sagte Larkin, als ahne er etwas von dem Aufruhr in Kian. »Und Rhis wird bei mir sein. Mir wird nichts geschehen.«

Kian nickte wieder.

Rhis' Kopf erschien über dem Rand des Bettes, als er seinen Namen hörte und er grinste Kian mit gebleckten Zähnen an. Kian hatte den Drachen zuvor nicht einmal bemerkt, doch seine Gegenwart löste seine Anspannung ein wenig. Er streichelte dem Tier über den Kopf.

»Pass gut auf ihn auf, hörst du?«, sagte er.

Rhis brummte zustimmend und leckte Kian über die Hand.

»Komm, Rhis, es wird Zeit aufzubrechen«, sagte Larkin und zog einen flachen, weißen Stein aus der Tasche, bevor er Kian einen langen Blick zuwarf.

»Ich weiß, wie sehr du es hasst, untätig zu sein«, begann er mit einem Lächeln auf den Lippen. »Aber wenn du schon nicht um deinetwillen ruhen willst, so tu es doch um meinetwillen. Es …« Er schlug die Augen nieder und mied ganz offensichtlich Kians Blick. Als er weitersprach, war seine Stimme nicht mehr als ein unsicheres Flüstern. »Deine Verletzungen kosten mich Kraft und mein Gefühl sagt mir, dass ich all meine Kraft benötigen werde.«

Kian erstarrte. Er hatte Larkin die Kraft geraubt? Aber … Er schluckte schwer. Der Zauber. Das Band, das Larkin gewoben hatte, um Kian zu schützen. Bei allen Geistern, kein Wunder, dass Larkin so erschöpft wirkte, wenn seine Kraft unaufhörlich damit beschäftigt war, Kians Wunden zu heilen.

»Bei den Geistern, Larkin, dann beende diesen Zauber!«, sagte Kian mit heiserer Stimme.

Doch Larkin war bereits auf und davon.

~*~

Larkin atmete tief die kalte Luft ein, nachdem er den Sprung an die Grenze hinter sich gebracht hatte. Was hatte er sich nur dabei gedacht, Kian solche Hoffnungen zu machen?

Aber das war das Problem. Er hatte nicht gedacht, sondern einfach dem Sehnen in ihm nachgegeben. Seele des Waldes, warum hatte er den Prinzen nicht gleich geküsst? Es würde Kian das Herz brechen, wenn Larkin ihn wieder verließ und das würde unweigerlich geschehen. Larkin konnte nicht am Hof bleiben, es war völlig absurd.

Er war ein solcher Narr.

Rhis leckte ihm über die Hand und riss ihn aus seinen Gedanken.

»Du hast Recht, mein Freund«, sagte er und kraulte dem Drachen geistesabwesend die Schnauze, den Blick zum Feenwald gerichtet. »Wir haben eine Aufgabe zu erledigen. Komm.«

Der Grenzstein stand deutlich sichtbar an seinem angestammten Platz neben der Esche, die Illusionen, die die Feen um ihn herum gewoben hatten, verschwunden.

Es beunruhigte ihn noch immer, dass die Feen so einfach ihre Zauber hatten weben können, wenngleich sie auch die Magie der Grenze selbst nicht berührt zu haben schienen.

Larkin konnte das Summen der uralten Magie spüren, die von dem Stein ausging und diesen mit all den anderen verband, die entlang der Grenze standen. Darüber konnte er den fernen Nachhall der Magie des Hofmagiers ausmachen, der – wie Kian gesagt hatte – vor Kurzem hier gewesen sein musste. Larkin schnaubte, als er den mickrigen Schutzzauber entdeckte, den der Magier um den Stein gesponnen hatte.

»Hat denn niemand an diesem Hof Ahnung von dem, was er tut?«, murmelte Larkin ärgerlich, während er sich neben den Stein in den Schnee kniete.

Rhis legte den Kopf auf seine Schulter und betrachtete neugierig den Stein.

»Du, mein Lieber, solltest besser Wache halten, damit uns hier niemand überrascht«, sagte Larkin lachend und schob Rhis zur Seite. »Ich will nur sicherstellen, dass die Feen sich nicht an der Grenzmagie zu schaffen gemacht haben. Unterbrich mich also nur, wenn Gefahr droht. Verstanden?«

Rhis stieß ihm den Kopf gegen die Brust, womit er Larkin beinahe umwarf, und grummelte vor sich hin.

Larkin lachte wieder und klopfte ihm die Flanke. »Dann lass mich meine Arbeit machen. Umso schneller können wir wieder von hier verschwinden.«

Er sah mit Unbehagen in Richtung des Feenwaldes, der sich jenseits der Grenze erstreckte. Rhis knurrte leise, als spüre er Larkins Unbehagen, und hockte sich auf die Hinterläufe, den Blick auf die turmhohen Bäume gerichtet.

»Ich versuche, mich zu beeilen«, sagte Larkin und kehrte ihm den Rücken zu.

Er war gerade dabei, den letzten Strang des Grenzzaubers zu überprüfen, als der Schwanz des Drachen sich um sein Fußgelenk wickelte.

Etwas war nicht in Ordnung, doch wenn Larkin jetzt aufhörte, würde er wieder ganz von vorn anfangen müssen.

Widerstrebend wandte er seine Aufmerksamkeit wieder den Melodien des Grenzzaubers zu, bis er sicher war, dass dieser intakt und unbeschädigt war. Ein wenig schwächer, als Larkin erwartet hatte, aber dennoch ungebrochen.

»Rhis, was hast du?«, setzte er an, als er endlich fertig war, und drehte sich zu dem knurrenden Drachen herum. Die Worte erstarben ihm jedoch auf den Lippen, als er sich dem Prinzen der Feen gegenübersah.

»Ihr«, sagte er, während er sich rasch erhob. Seine Beine waren steif vom langen Knien in der Kälte, doch achtete er nicht darauf, sondern beobachtete mit wachsamen Blick den silberhaarigen Feenprinzen, der kaum drei Schritte weit entfernt auf der anderen Seite der Grenze stand und Larkin seinerseits beobachtete.

»Ganz recht. Ich«, sagte Cadogan. Seine Lippen kräuselten sich zu etwas, das vielleicht ein Lächeln hätte sein können, wenn sein Blick nicht so kalt gewesen wäre.

Larkin verschränkte die Arme vor der Brust. Er sollte den Drachen nehmen und verschwinden, doch etwas hielt ihn zurück.

»Was wollt Ihr?«, fragte er.

»Was ich will?« Cadogan lachte. »Vieles. Die Kinder des Königs, um die Ihr mich betrogen habt. Fengard, das einst uns gehörte. Euch als mein Schoßhündchen. Wollt Ihr noch mehr hören, Hüter?«, sagte er mit deutlichem Spott.

Sein Lachen bereitete Larkin eine Gänsehaut und er versicherte sich unauffällig davon, dass er keine Misstöne überhört hatte. Schoßhündchen, pah.

»Nichts von dem, werdet Ihr jemals erleben, dafür werde ich sorgen.«

»Ist dem so?«, sagte der Feenprinz und schnipste mit den Fingern. »Komm her, Sklave und zeig unserem geschätzten Hüter, welches Schicksal ihn und die Seinen erwartet.«

Ein bleicher Jüngling kroch hinter Cadogan hervor und blieb mit unterwürfig gesenktem Kopf vor ihm knien. Er war ohne jeden Zweifel menschlich, gestohlen von einem der Höfe nahe der Grenze. Larkin ballte die Hände in ohnmächtiger Wut zu Fäusten.

Der Junge trug nicht mehr als ein weißes Lendentuch um die Hüften. Ein ledernes Band lag eng um seinen Hals, an dem eine feingliedrige silberne Kette befestigt war, deren anderes Ende der Feenprinz wie eine Leine in der Hand hielt. Das Gesicht des Jünglings lag im Schatten, doch die Ebenmäßigkeit seiner Züge war selbst im Dunkel erkennbar. Dunkle Locken fielen ihm in sanften Wellen über die Schultern. Seine Schönheit war es ohne jeden Zweifel gewesen, die das Begehren der Feen geweckt hatte, obwohl er eher die Statur eines Kriegers hatte mit breiten Schultern und muskulösen Armen und damit nicht so ganz in das übliche Schema der Feen fiel.

Vielleicht war er ein Schmied gewesen, bevor ihn die Feen verschleppt hatten, oder ein …

Larkin erstarrte und besah sich den vermeintlichen Jüngling genauer. Er hatte keine Ahnung, wer Kians verschwundener Krieger war, hatte ihn nie gesehen. Doch er wollte verdammt sein, wenn dies nicht Belaren war. Kein Jüngling also, sondern ein Krieger. Der achte Soldat des Königs, der bei Kians Patrouille verschwunden war.

Schatten und Verdammnis.

»Gebt ihn frei«, presste Larkin durch zusammengebissene Zähne hindurch. Rhis stieß ein drohendes Grollen aus.

Doch Cadogan lachte nur.

»Oh, ich denke nicht.« Er ergriff das Kinn des vor ihm knienden Mannes und bog ihm den Kopf in den Nacken. »Oder was meinst du, mein kleines Schoßtier?«

Er lachte, als der Mann ein angstvolles Wimmern von sich gab, ließ sein Kinn los und packte ihn stattdessen grob bei den Haaren.

Larkin legte Rhis eine beruhigende Hand auf den Kopf, als er spürte, wie sich der Drache neben ihm anspannte. Er hätte nichts lieber getan, als dem Drachen freien Lauf zu lassen, brodelte doch in ihm selbst der Zorn, und seine Magie brannte in seinen Adern. Doch er würde nicht den Fehler machen, eine Fee zu unterschätzen. Noch dazu wenn es sich um den Sohn des Feenkönigs handelte. Es war sicherlich kein Zufall, dass der Feenprinz hier mit Kians Soldaten aufgetaucht war.

»Seht ihn Euch an, Hüter, wie er vor mir auf den Knien kriecht und wie ein jämmerlicher Köter winselt«, höhnte Cadogan.

Larkin zuckte zusammen, als Cadogan den Kopf des Mannes so weit zurückriss, dass Larkin meinte, die Knochen knacken zu hören. Die dunklen Augen des Mannes waren in stummem Entsetzen weit aufgerissen und zuckten wild hin und her wie bei einem Tier, das in der Falle saß und nicht verstand, was mit ihm geschah.

Die Feen hatten ihn also nicht nur versklavt, sondern den armen Mann auch noch seines Verstandes beraubt, wie es schien.

Der Schwanz des Drachen peitschte durch die Luft und schlug mit einem Schnalzen auf den schneebedeckten Grund. Wieder und wieder, während er das Geschehen beobachtete.

»Was glaubt Ihr, wie anmutig sich Euer Prinzlein an meiner Seite machen wird, wenn wir endlich wieder in Fengard einziehen werden, wie es uns zusteht«, sagte Cadogan mit einem unheiligen Glitzern in den hellen Augen. »Ihr werdet uns nicht ewig aufhalten können. Ihr seid nur ein einzelner Mann, doch wir sind ein ganzes Volk. Was könnt Ihr schon tun?«

»Mehr als Ihr denkt, Fee«, sagte Larkin mit einem grimmigen Lächeln und Rhis grollte zustimmend.

»Oh, es war amüsant zu beobachten, wie Ihr verzweifelt gegen uns anzukämpfen versuchtet.« Cadogan gab ein helles Lachen von sich, das wie das Splittern von Eis klang. »Wie ein Mann, der versucht, mit bloßen Händen die Flut aufzuhalten, und nicht merkt, was hinter seinem Rücken vor sich geht.«

Ein kalter Schauer lief Larkin über den Rücken und er wurde unweigerlich an Luisien erinnert und den Besuch des Feenkönigs in Fengard und fragte sich, ob sie nicht alle Narren gewesen waren, dass sie das Feenvolk so lange ignoriert hatten und sich nur auf den Schutz der Grenze verlassen hatten.

Rhis stieß ein drohendes Knurren aus.

Cadogan lächelte kalt. »Seht nur, wie einfach es war, nach Fengard eingeladen zu werden. Wie viel leichter wird es sein, Euer Prinzlein zu stehlen. Oder das hübsche kleine Ding, das unseren Reisestein gefunden hat.«

Rhis schnellte wie von der Sehne geschossen los. Larkin versuchte noch, ihn zurückzuhalten, doch die glatten Schuppen des Drachen boten seinen Händen keinen Halt und alles, was er damit erreichte, waren zwei aufgescheuerte Handflächen. Rhis stürzte sich mit einem ohrenbetäubenden Brüllen auf Cadogan, der von dem Angriff ebenfalls völlig überrascht schien.

Mit einem erschrockenen Schrei riss der Feenprinz die Arme in die Höhe, als die gewaltigen Kiefer des Drachen nach seinem Gesicht schnappten. In einem Gewirr aus Armen und Beinen gingen sie zu Boden und rollten durch den Schnee.

Larkin war für einen Moment vor Schreck wie gelähmt. Dann löste er sich mit einem deftigen Fluch aus seiner Erstarrung und nutzte die Gelegenheit, um zu dem verängstigten Mann zu eilen, der zitternd im Schnee kauerte, die Arme schützend um den Kopf gelegt. Larkin hoffte inständig, dass nicht noch mehr Feen in den Schatten lauerten, die nur auf eine Gelegenheit warteten, ihm einen Pfeil zwischen die Rippen zu jagen.

»Kommt, Belaren«, sagte Larkin und ergriff den Mann am Arm.

Doch der Krieger zuckte bei der Berührung zusammen, als hätte Larkin ihn geschlagen, und fing an zu schluchzen.

»Ich verspreche Euch, ich will Euch nichts tun«, murmelte Larkin, um einen ruhigen Tonfall bemüht, der ihm jedoch nur mäßig glückte. Bei der Seele des Waldes, aber sie hatten keine Zeit. Rhis würde Cadogan nicht ewig aufhalten können.

Ungeduldig zog er am Arm des Mannes. »Kommt, mein Freund, wir müssen uns beeilen. Ich schwöre Euch, ich will Euch helfen. Kommt!«

»Oh nein, das werdet Ihr nicht tun, Hexer!«, kreischte Cadogan.

Larkin hatte gerade genug Zeit, herumzuwirbeln und sich schützend vor den verängstigten Mann zu stellen, bevor ihn ein scharfer Windstoß hart in die Brust traf, dass ihm die Rippen knackten und er nach hinten über den am Boden kauernden Mann geschleudert wurde.

Belaren starrte Larkin mit schreckgeweiteten Augen hinterher, warf einen Blick über die Schulter zurück zu dem Feenprinzen, der sich erneut mit einem Armvoll Drachen wiederfand, bevor er Larkin wieder ansah.

»Helft mir«, flüsterte er mit brüchiger Stimme, rührte sich jedoch nicht vom Fleck.

Larkin kam mühsam wieder auf die Beine und schüttelte den Kopf gegen die Benommenheit, die ihn kurz überkommen hatte.

Er sah, wie Rhis ein ähnliches Schicksal erlitt wie Larkin und in hohem Bogen durch die Luft flog, doch der Drache breitete einfach die riesigen Schwingen aus und schoss dann wie ein Adler im Sturzflug auf den Feenprinzen herab.

Larkin verlor keine Zeit. »Ich kann Euch helfen«, sagte er und half dem Mann auf die Beine. »Ich kann Euch von hier fortbringen. Fort von den Feen, an einen sicheren Ort. Doch wir müssen uns beeilen.«

Als der Mann noch immer zögerte, sang Larkin eine scharfe Kadenz. Das Leder um den Hals des Mannes riss in der Mitte und fiel zu Boden.

Der Mann sog scharf die Luft ein, betastete mit zitternden Fingern seinen bloßen Hals und starrte auf das zerrissene Halsband herab, das vor seinen Füßen im Schnee lag.

»Kommt, Belaren«, drängte Larkin abermals.

Der Mann hob den Blick und sah Larkin mit einer Mischung aus Erstaunen und Ehrfurcht an. Dann endlich tat er einen zögerlichen Schritt.

»Nein, Hexer!«, kreischte Cadogan. »Diesmal nicht. *Diesmal nicht!*«

Larkin sah den Dolch gerade noch rechtzeitig, um Kians Soldaten mit sich zu Boden zu reißen. Der Mann schrie in Entsetzen oder Schmerz auf – Larkin konnte es nicht sagen –, als Larkin schwer auf ihm landete. Er kam sofort wieder auf die Beine, packte den jungen Soldaten unsanft beim Arm und wollte ihn schon hinter sich her zur Grenze ziehen, als er erstarrte.

Der Wind hatte sich zu einem tosenden Sturm entwickelt, der den Schnee vom Boden aufwirbelte, bis man die Hand nicht mehr vor Augen sah. Es war unmöglich zu sagen, in welcher Richtung die Grenze lag.

Larkin hielt den Arm des Soldaten mit eisernem Griff umklammert, um ihn in dem dichten Schneetreiben nicht aus den Augen zu verlieren. Die Magie brannte wie flüssiges Feuer in seinen Adern, wand sich und lechzte danach, freigelassen zu werden, um sich mit der Macht des Feenprinzen zu messen.

Larkin schrie auf, als der Drang übermächtig wurde. Blitze schlugen nur wenige Schritte mit einem markerschütternden Donnern in den Boden ein, als seine Magie sich Bahn brach, und der Boden bebte unter ihren Füßen. Larkin klingelten die Ohren von den gewaltigen Donnerschlägen und er blinzelte gegen den beißenden Wind, als sich das Schneetreiben für einen winzigen Augenblick lichtete und den Blick auf den Grenzstein freigab.

»Weiter!«, brüllte Larkin über das Heulen des Windes und zerrte den jungen Soldaten unsanft hinter sich her. Er wusste, er hatte nicht viel Zeit, bis sämtliche Feen im Umkreis durch die gleißenden Blitze alarmiert werden würden, doch musste er Cadogan nur lange genug beschäftigen, um sich mit Belaren auf die andere Seite der Grenze zu flüchten, wo sie sicher vor den Feen waren und den Sprung zurück zur Burg wagen konnten.

Es war ohnehin ein Wunder, dass sie noch nicht einem Hagel von Feenpfeilen zum Opfer gefallen waren.

»Ihr werdet mir nicht entkommen!« Die Stimme des Feenprinzen übertönte selbst den Donner und brandete wie eine Meereswelle über sie hinweg, während der Sturm neue Kraft gewann. Hagel prasselte unbarmherzig auf sie herab, der scharf genug war, um die Haut zu durchdringen. Larkin wollte gar nicht wissen, wie es dem Soldaten erging, der kaum einen Fetzen Kleidung am Leib trug und sich an Larkins Seite verbissen gegen den Sturm vorankämpfte.

Larkin frage sich einen Moment später, ob es dem Feenprinzen möglich war, über das Land zu gebieten, denn er hätte schwören können, dass der Grenzstein nur ein paar Schritte entfernt gewesen war. Sie hätten schon längst die Grenze überschreiten müssen!

Larkin hob die Stimme gegen den Sturm und legte seine gesamte Kraft in den Gesang. Es verschaffte ihnen eine kurze Atempause. Doch sie waren kaum drei Schritte vorangekommen, als sich der Hagel vor ihren Augen zu eisigen Pfeilspitzen formte, die direkt auf sie zuflogen.

Larkin stieß den Mann zu Boden und riss mit einem schrillen, langgezogenen Schrei die Hände in die Höhe, getrieben von reinem Instinkt, sich und den jungen Soldaten zu schützen.

Eine Armeslänge von Larkin entfernt prallten die eisigen Pfeile wie auf ein unsichtbares Hindernis, wirbelten durcheinander und flogen zu allein Seiten davon. Larkin duckte sich vor einem verirrten Geschoss und sog im nächsten Augenblick scharf die Luft ein, als es doch noch seinen Arm streifte.

Ein Schrei ertönte neben ihm, der in einem erstickten Gurgeln abbrach und als Larkin sich zu dem Soldaten umwandte, sah er, wie dieser sich die Hände gegen die Brust presste und verzweifelt nach Atem rang. Blut quoll unter seinen Fingern hervor.

»Bei der Seele des Waldes!«, entfuhr es Larkin. Er ließ sich neben dem Mann auf die Knie fallen, der ihn aus flehenden Augen ansah.

Einer der Pfeile hatte ihn offenbar direkt in die Brust getroffen. Der Mann hustete und keuchte, seine Atemzüge ein feuchtes Rasseln. Blut lief ihm aus dem Mundwinkel.

Larkin war für einen schrecklichen Augenblick wie gelähmt und sah wieder Torkhers lebloses Gesicht vor sich, während die Worte des Königs durch seinen Kopf hallten – *er ist tot, Junge.*

»Nein!«, keuchte er und schüttelte den Kopf, um die Erinnerungen zu verscheuchen. »Nicht noch einmal.«

Der Sturm fiel um sie herum in sich zusammen und während Larkin bereits einen Heilzauber über dem verletzten Soldaten sang, erkannte er, dass sie der Grenze zum Greifen nahe waren.

Ein Schritt noch. Einen verfluchten Schritt mehr und sie hätten die rettende Magie des Grenzsteins erreicht.

Höhnisches Gelächter hallte durch die plötzliche Stille und aus dem Augenwinkel sah Larkin, wie der Feenprinz ihn aus brennenden Augen anstarrte.

»Wenn ich ihn nicht haben kann, werdet Ihr ihn ebenso wenig bekommen!«, rief Cadogan und fiel lachend auf die Knie. Er blutete aus zahlreichen Wunden und hielt sich den linken Arm. Rhis lag mit gespreizten Flügeln einige Schritte von ihm entfernt im Schnee und regte sich nicht. Die Haut seines linken Flügels war zerrissen und hing in Fetzen.

Larkins Herz sank. »Rhis«, flüsterte er benommen und blinzelte gegen das plötzliche Brennen in seinen Augen.

Dann öffnete der Drache das linke Auge einen Spaltbreit und schien Larkin direkt anzustarren.

Die Erleichterung machte ihn beinahe schwindeln. Rhis lebte. Bei der Seele des Waldes, der Drache lebte.

Ohne einen weiteren Augenblick zu verlieren, sprang Larkin auf, packte den Soldaten unter den Armen und zerrte ihn in Richtung des Grenzsteins. Rhis sprang im selben Moment auf, als hätte er nur auf diesen Augenblick gewartet, und stürzte sich mit einem drohenden Knurren auf den Feenprinzen.

Larkin konnte hören, wie sie miteinander kämpften, und spürte Cadogans Magie, während er den Soldaten über die rettende Grenze zog und sicherheitshalber noch ein paar Schritte weiter lief, bis er im Schatten der Esche auf die Knie fiel und den Mann in seine Arme zog. Seine Brust hob sich nur noch unregelmäßig unter angestrengten Atemzügen und er würde sterben, wenn Larkin sich nicht bald um ihn kümmerte.

»Rhis, komm! Wir müssen verschwinden!«, brüllte er über die Schulter, bevor er seinen Gesang wieder aufnahm und seine Kraft in den Verletzten fließen ließ. Diesen hier würde er nicht verlieren, schwor er sich im Stillen, diesen nicht.

Als er sich ungeduldig zu dem Drachen umsah, sah er gerade noch, wie Rhis ein weiteres Mal in hohem Bogen durch die Luft flog und mit einem dumpfen Schlag zu Boden fiel. Cadogan stürzte ihm mit gezücktem Dolch hinterher, die Hand bereits zum Schlag erhoben.

»Rhis!«, schrie Larkin.

Doch der Drache hatte seine Warnung gar nicht nötig. Mit einem wütenden Knurren fuhr er herum und fletschte die Zähne.

»Verfluchtes Biest!«, spuckte Cadogan und spreizte die Arme. Wind wirbelte um ihn herum und peitschte den Schnee erneut auf. In einer einzigen fließenden Bewegung schleuderte er die Arme nach vorn und warf den Dolch. Der Schnee folgte seiner Bewegung und stürmte auf den Drachen zu, der den Kopf in den Nacken warf und dem Feenprinzen eine gleißende Feuersäule entgegenblies.

Larkin musste den Blick gegen die plötzliche Helligkeit abwenden und hörte nur, wie Cadogan einen qualvollen Schrei ausstieß.

Larkin hatte den Stein bereits in der Hand, als Rhis endlich zu ihnen aufschloss, heftete sich den jungen Soldaten über die Schulter, packte den Drachen bei den Hörnern und beschwor die Macht des Reisesteins herauf.

31

Larkin starrte gedankenverloren auf die kristallenen Blüten der Glockenfimbeln, die sich sanft im Wind wiegten und dabei ihre verschlungenen Melodien woben. Sie wirkten so zart und zerbrechlich und doch trotzten sie den eisigen Winterwinden und begannen erst nach dem ersten Frost zu knospen. Tatsächlich gediehen sie besonders gut, je harscher der Winter war. Ihre glockenförmigen Blütenkelche, die ihnen ihren Namen verliehen, waren durchscheinend, wie aus Eis geformt, und gaben einen hellen, klaren Ton von sich, wenn sie gegeneinander schlugen.

Sie waren so ganz anders als ihre Vettern, die Nachtfimbeln, die im Schattenwald wuchsen und Larkin jedes Jahr das Leben schwer machten, wenn er ihre Wurzeln zu ernten versuchte.

Er streckte die Hand nach dem niedrigen Busch aus, der neben der Bank wuchs, auf der er saß, und tippte eine der zarten Blüten mit dem Finger an, die sogleich ein helles Klingeln von sich gab.

Es kam ihm vor, als wäre es bereits ein halbes Leben her, dass er zum Fimbelernten ausgezogen war und stattdessen einen Königssohn im Wald gefunden hatte. Sein Leben wäre um einiges ruhiger verlaufen, wenn er nicht in jener Nacht die Fimbeln geerntet hätte.

Ein Schauder lief ihm unwillkürlich über den Rücken, als hätten ihn die unsichtbaren Finger eines der Geister gestreift.

Kians Leben wäre verwirkt gewesen, hätte Larkin in jener Nacht seiner Erschöpfung nachgegeben.

Er schüttelte den Kopf und fuhr sich mit beiden Händen durchs Haar.

Seele des Waldes, er sollte nicht hier sitzen und über Fimbeln sinnieren. Aber er konnte sich einfach nicht dazu überwinden, Kian aufzusuchen, wie er es ihm versprochen hatte und es widerstrebte ihm, sich ein zweites Mal heimlich davonzustehlen.

Er war ein solcher Feigling.

Larkin unterdrückte ein Stöhnen, als das Knirschen des feinen Kieses, der die Wege bedeckte, das Herankommen einer weiteren Person ankündigte. Vielleicht würde sie ja vorbeigehen. Larkin hatte nur wenig Lust darauf, sich mit irgendwem auseinanderzusetzen.

»Habt Ihr etwas dagegen, wenn ich mich zu Euch setze?«

Larkin hob widerwillig den Kopf, verärgert über die unliebsame Störung, und sprang im nächsten Moment hastig von der Bank auf, als er sich niemand anderem als der Königin gegenübersah. Bevor er jedoch vor ihr das Knie beugen konnte, hatte sie ihn bereits bei den Armen ergriffen und sah ihn mit gerunzelter Stirn an. »Nicht doch, Larkin«, sagte sie mit mildem Tadel. »Ich wünschte, Ihr würdet mit dieser Unsitte aufhören.«

Larkin verschlug es die Sprache und er konnte spüren, wie ihm die Hitze in die Wangen stieg. »Verzeiht, Euer Majestät, ich …«

Die Königin seufzte. »Und nun habe ich Euch in Verlegenheit gebracht. Ich muss um Verzeihung bitten, Larkin. Ich wünschte nur …« Sie seufzte wieder. »Ich wünschte, Ihr würdet weniger förmlich in meiner Gegenwart sein.«

Larkin schluckte schwer und senkte den Blick. »Aber Euer Majestät, wie könnte ich? Ihr seid meine Königin.«

Sie umfasste seine Hände mit ihren. »Das ist das Problem, nicht wahr?«, sagte sie mit einem betrübten Lächeln und zog sanft an seinen Händen, bis er sich widerstrebend neben ihr auf der Bank niederließ.

Ihre Hände waren wärmer als Larkins und ihm wurde unbehaglich zumute, als sie keine Anstalten machte, seine Hände wieder freizugeben.

»Wie geht es Euch, Larkin?«, fragte sie, ihre blauen Augen voller Sorge, die Larkin nur noch mehr Unbehagen bereitete.

»Ihr meint, nachdem ich mich vor dem ganzen Hof zum Narren gemacht habe?«, erwiderte Larkin mit einem Anflug von

Bitterkeit. Bei der Seele des Waldes, er war nur froh, dass er dem König seit seinem beschämenden Auftritt im Thronsaal nach dem Abzug der Feen nicht mehr begegnet war.

Die warmen Hände der Königin schlossen sich enger um Larkins und sie lächelte. »Nein, Larkin. Nachdem Ihr Euch den Feen entgegengestellt habt, um uns vor ihnen zu schützen. Nachdem Ihr Euch danach um den Grenzzauber gekümmert und noch dazu einer Familie ihren Sohn wiedergebracht habt.«

Larkin senkte den Blick. »Belaren kann sich nicht einmal an sie erinnern und die Geister allein wissen, ob er es jemals tun wird.«

»Ihr habt ihn gerettet, Larkin«, erwiderte die Königin mit Nachdruck. »Und was sein Gedächtnis angeht … Belarens Familie ist zuversichtlich, dass er sich mit der Zeit erholen wird. Sie richten Euch ihre Grüße und Dankbarkeit aus, ebenso wie Belarens Verlobte. Larkin, seht Ihr nicht, was Ihr getan habt?«

»Belarens Verstand ist noch immer nicht zurückgekehrt. Rhis ist verletzt. Kian habe ich um ein Haar den Arm gebrochen.« Larkin schüttelte den Kopf und wünschte sich, die Königin würde endlich seine Hände loslassen.

»Ihr seid ein tapferer Mann, Larkin«, sagte die Königin leise. »Und Ihr habt ein großes Herz. Jedoch vermögt nicht einmal Ihr jeden zu retten. Es ist der Lauf der Dinge, dass Menschen sterben. Torkher fürchtete den Tod nicht. Manchmal glaube ich, er hat den Tod regelrecht hofiert.« Ein Schatten glitt über das Gesicht der Königin und verschwand ebenso schnell, wie er gekommen war.

Larkin schloss die Augen, als die Schuldgefühle ihn zu überwältigen drohten. »Ich hätte es kommen sehen müssen, ich hätte –«

»Nein, Larkin«, unterbrach ihn die Königin scharf. »Es gibt nichts, was Ihr hättet tun können.«

»Woher wollt Ihr das wissen?«, rief Larkin aus. »Ich gebiete über Kräfte, die weit über das hinausgehen, was Euer Magier zu tun vermag. Ich hätte ihn retten können.«

Die Königin bedachte ihn mit einem traurigen Lächeln. »Ich zweifle nicht daran, dass Ihr Euch nicht einmal davor gescheut hättet Euer Leben für Torkhers oder eines der anderen Männer zu geben. Aber sagt mir, Larkin, was wäre geschehen, wenn die Geister Euch Euren Wunsch gewährt hätten und Euer Leben für das der anderen genommen hätten?«

Ein Schauer lief Larkin den Rücken herab und er musste den Blick senken. Er hätte das gesamte Königreich dem Untergang geweiht, hätte der König ihn nicht von Torkhers Leichnam zurückgezerrt.

»Es sollte nicht so sein«, flüsterte er nach einer Weile mit brüchiger Stimme. »Mein Leben sollte nicht wichtiger sein als das eines anderen.«

Die Königin seufzte. »Nein, das sollte es nicht«, sagte sie leise. »Und ich glaube nicht daran, dass der Wert eines Lebens gegen das eines anderen gemessen werden kann. Jedes ist kostbar. Eures genauso wie Torkhers oder Belarens.

Es gibt Männer, die mit meinem Schutz beauftragt sind. Männer, die bereitwillig für mich in den Tod gehen würden. Ich habe lange gebraucht, um mich mit diesem Umstand auszusöhnen, und vielleicht werde ich es nie gänzlich tun, doch ... Es gibt Menschen, die die Macht haben, den Lauf des Schicksals zu beeinflussen, die eine größere Verantwortung als andere tragen, nicht, weil ihr Leben mehr wert wäre, sondern schlicht und ergreifend, weil es der Lauf der Dinge ist.

Ihr seid ein solcher Mensch, Larkin, genauso wie ich oder Kianéran. Und so bin ich gezwungen, den Umstand zu akzeptieren, dass es Männer gibt, die bereit sind, an meiner Stelle zu sterben. Weil ich nicht nur für mich selber oder meine Familie lebe, sondern für das Wohl meines Volkes.«

»Was nützen meine Kräfte, wenn ich doch nicht helfen kann?«, wandte Larkin ein.

»Aber das tut Ihr, Larkin«, erwiderte die Königin. »Mein Sohn lebt und das ist ganz allein Euer Verdienst. Meine Tochter,

Belaren … und vergesst nicht, dass Ihr es seid, der uns tagtäglich vor den Schatten bewahrt, der die Gefahr nicht scheut in unmittelbarer Nähe zu ihnen zu leben, damit der Rest des Königreiches in Frieden leben kann.«

Larkin hob den Blick und starrte in den grauen Himmel, während er versuchte, gegen die Bitterkeit anzukämpfen, die sich bei den Worten der Königin in ihm regte. Im letzten Jahr war ihm sein Leben, seine Pflicht zunehmend wie eine Last vorgekommen, wie eine unerträgliche Bürde. Er kannte seine Aufgabe und wusste, dass es niemanden gab, der seinen Platz einnehmen könnte und dennoch … Es war, als hätte er einen Blick auf ein Leben erhascht, was ihm doch verwehrt bleiben würde. Ein Leben, das er hätte haben können, wären da nicht die Pflicht eines zukünftigen Königs und die Pflicht des Hüters, die sich so ähnlich waren und doch gegensätzlicher nicht hätten sein können.

»Ich muss Euch um Verzeihung bitten, Larkin, dass ich es all die Jahre versäumt habe, Euch im Wald aufzusuchen, obwohl ich wusste, welche Last Ihr in so jungen Jahren bereits zu tragen hattet.«

Larkins Kopf fuhr herum und er sah die Königin ungläubig an. »Ihr wollt …« Er schüttelte den Kopf. »Ihr seid die Königin. Warum solltet Ihr Euch um jemanden wie mich scheren?« Er zuckte zusammen, als ihm aufging, wie jämmerlich seine Worte klangen. »Ich meine …«

Doch die Königin hob eine Hand und bedeutete ihm zu schweigen.

»Ich erinnere mich noch gut an den Tag, da Ihr zu uns kamt. Ihr wart so jung und dennoch habt Ihr Euch furchtlos der Aufgabe gestellt, die Euch Eure Mutter hinterlassen hatte. Ich war schon damals beeindruckt von Eurer Stärke und ich bin es nun umso mehr. Es hat einen Grund, weshalb mein Sohn sich zu Euch hingezogen fühlt und deshalb wünschte ich umso mehr, ich hätte mich mehr um Euer Wohlergehen gesorgt.«

Larkin wandte den Blick ab. »Ich war alt genug, um die Pflichten des Hüters zu übernehmen. Es gibt nichts, für das Ihr um Verzeihung bitten müsstet.«

Die Königin seufzte wieder. Larkin konnte nicht verstehen, was in ihr vorging. Er war schließlich kein Kind mehr gewesen, als seine Mutter starb, und hatte sein Leben lang gewusst, dass es einst ihm zufallen würde, die Welt vor den Schatten zu bewahren.

»Ich wünschte, Ihr könntet mehr in mir sehen, als nur Eure Königin«, sagte die Königin leise. »Ich weiß nicht, wie die Dinge um Kianéran und Euch bestellt sind, jedoch seid gewiss, dass es mich mit Stolz erfüllen würde, Euch meinen Sohn nennen zu dürfen.«

Larkin starrte sie mit offenem Mund an. Es dauerte einen Augenblick, ehe er begriff, worauf sie hinauswollte. Er stieß ein raues Lachen aus und schüttelte den Kopf.

»Ich fürchte, ich muss Euch enttäuschen, Euer Majestät. Doch ich werde so bald wie möglich in den Schattenwald zurückkehren. Ich bin nicht für das Leben bei Hofe gemacht.«

Sie bedachte ihn mit einem wissenden Lächeln, das ihn unangenehm an Kian erinnerte. »Ihr unterschätzt Eure Fähigkeiten, Larkin. Ich wage sogar zu behaupten, dass Ihr ein Naturtalent seid, bedenkt man, wie Ihr den Feenkönig in seine Schranken gewiesen habt.«

Larkin lachte nur. Was wusste die Königin schon davon, wie der Hof auf jemanden wie Larkin wirkte? Wahrscheinlich war sie wie alle Adeligen in den Spitzfindigkeiten geschult worden, die nötig waren, um die Untiefen des täglichen Lebens am königlichen Hof zu umschiffen. Die Begegnung mit dem Feenkönig war ein regelrechter Spaziergang gewesen im Vergleich zu den Unterredungen, die er mit dem König geführt hatte. Bei den Feen wusste er wenigstens, dass sie nichts Gutes im Schilde führten.

»Glaubt mir, ich kann Eure Abneigung gegen den Hof gut verstehen«, fuhr die Königin fort. »Ich weiß noch zu gut, wie sich meine ersten Tage hier angefühlt haben und ich habe nicht annähernd so viel Geschick an den Tag gelegt, wie Ihr es tut.«

Die Königin lachte nur, als Larkin ihr einen zweifelnden Blick aus dem Augenwinkel zuwarf. Was konnte sie schon davon wissen, wie er sich fühlte?

»Lasst mich Euch ein Geheimnis verraten, Larkin.« Sie beugte sich näher zu ihm hin. »Ich wurde als Tochter eines einfachen Schneiders in einem kleinen Dorf an der Nebelküste geboren. Ich wusste noch weniger als Ihr von höfischer Etikette und derlei Dingen, als ich hierherkam.«

Larkin wusste, dass ihm seine Verblüffung deutlich anzusehen war, doch bei der Seele des Waldes, die Königin war in einem Dorf an der Küste geboren worden? »Dann seid Ihr als Kind an den Hof gekommen?«

Die Königin lachte wieder und zwinkerte Larkin zu. »Oh nein. Mein Gemahl war es, der mich meinem alten Leben raubte und mich an den Hof brachte.« Ihre Augen funkelten und sie hielt sich eine Hand vor den Mund, um das glockenhelle Lachen zu verbergen, das ihr über die Lippen perlte und sich mit dem Klang der Glockenfimbeln mischte. »Was für ein Skandal! Der Kronprinz, der um die Hand einer einfachen Schneiderstochter anhält. Ich weiß bis heute nicht genau, wie Galvan seinen Vater dazu gebracht hat, unserer Verbindung zuzustimmen.« Ihr Lachen verstummte und sie legte Larkin eine Hand auf den Arm. »Ihr seht, ich kann Euch gut verstehen. Dennoch sollte dies nicht der Grund sein, weshalb Ihr meinen Sohn zurückweist.«

Larkin senkte den Kopf und starrte auf die Spitzen seiner Stiefel herab. Das Leder war alt und abgewetzt und bedurfte dringend einer Politur.

»Das ist es nicht allein. Ich …« Er starrte gedankenverloren auf die Blüten der Glockenfimbeln, die sich klirrend im Wind wiegten. »Es kann einfach nicht sein. Mein Leben ist an den Wald gebunden, so wie das des Prinzen an Fengard. Es kann nicht sein.«

»Ihr wisst, dass mein Sohn keinen Eurer Einwände gelten lassen wird?«

Larkin hob den Blick und sah die Königin mit gerunzelter Stirn an. »Was soll er schon tun? Es kann einfach nicht sein.«

Die Königin lachte wieder. »Oh, da kennt Ihr Kianéran schlecht. Wenn er sich etwas in den Kopf gesetzt hat, dann kann ihn so schnell nichts mehr davon abbringen. In dieser Hinsicht ist er wie sein Vater.«

Larkin schüttelte den Kopf. »Er wird seinen Fehler früher oder später einsehen.«

»Sagt mir eines, Larkin, liebt Ihr ihn?«

Larkin erstarrte. Die Hitze kroch ihm erneut in die Wangen und er konnte den eindringlichen Blick der König fühlen. Liebte er Kian? Das hatte er dem König gesagt, nicht wahr? Aber war es so? Er konnte es nicht mehr mit Gewissheit sagen, spürte nur eine tief sitzende Unsicherheit, wenn es um Kian ging.

Ihre Hand drückte leicht seinen Arm und sie nickte, als hätte sie eine Antwort erhalten, als wüsste sie etwas, das Larkin ganz offensichtlich entgangen war. »Dann wird er nicht aufgeben, ehe er nicht bekommen hat, wonach ihn begehrt«, sagte sie leise und Larkin fragte sich mit wachsendem Unbehagen, was sie aus seinem Schweigen herausgelesen hatte. »Glaubt mir, ich kenne meinen Sohn.«

Larkin schüttelte den Kopf. »Ich bin nicht der Richtige«, erwiderte er. »Es kann einfach nicht sein. Alles spricht dagegen.« Und er wusste nicht einmal, ob er es überhaupt wollte.

»Wahre Liebe schert sich jedoch nicht darum, was wir als richtig oder falsch erachten.«

Larkin sprang unvermittelt von der Bank auf und entfernte sich einige Schritte. Er rieb sich über das Gesicht. »Wahre Liebe«, ächzte er und blieb mit dem Rücken zur Königin stehen. »Es war nur ein Zufall!«, rief er aus und wirbelte auf dem Absatz herum. »Was auch immer er Euch erzählt hat, es war nur ein Zufall, nichts weiter! Das beweist gar nichts.«

Die Königin hob eine schmale Braue. »Tut einfach so, als hätte mein Sohn mir nichts erzählt. Was genau war nichts als ein Zufall?«

»Das Blut!«, rief Larkin und fragte sich im selben Moment, ob es die Mühe wert war, der Königin die ganze Angelegenheit zu erklären. Dann zuckte er die Achseln. Vielleicht konnte sie ihren Sohn zur Vernunft bringen. »Er glaubt, es wäre unser Blut gewesen, das mich vor dem Gift eines Eisheulers bewahrt hat. Uns fehlte die entscheidende Zutat, das Blut wahrer Liebe nämlich, und Kian hatte die Idee unser beider Blut zu verwenden und nun glaubt er an die wahre Liebe.«

Die Königin musterte ihn eine Weile schweigend.

»Und was glaubt Ihr?«, fragte sie schließlich.

Larkin kehrte zur Bank zurück und ließ sich schwerfällig darauf nieder. »Es kann nichts weiter als ein Zufall gewesen sein. Vielleicht war es die Magie in meinem Blut, vielleicht hat das Biest mich nicht richtig erwischt, ich weiß es nicht.«

»Gäbe es eine Möglichkeit, Euch Gewissheit zu verschaffen?«

Larkin blinzelte. »Die gibt es, ja«, sagte er langsam.

»Nun, dann wäre es doch ein Leichtes für Euch, meinem Sohn zu beweisen, dass er falsch liegt, nicht wahr?«

Larkin warf ihr einen Blick aus dem Augenwinkel zu. Das Lächeln der Königin beunruhigte ihn ein wenig.

»Und was sollte das bringen?«

»Was habt Ihr zu verlieren?«, fragte sie zurück.

Larkin starrte wieder auf seine Stiefelspitzen. Ein Teil von ihm fürchtete sich davor, Gewissheit zu erlangen. Was sollte er tun, wenn es wirklich wahre Liebe war? Was würde er tun, wenn es sich alles als falsch herausstellen sollte? Wollte er wirklich Gewissheit haben?

»Was würde es ändern?«, fragte er gedankenverloren.

»Vielleicht nichts«, sagte die Königin sanft. »Aber vielleicht wird es Euch helfen, Euren Frieden zu finden.«

Larkin warf ihr einen Blick aus dem Augenwinkel zu. »Ihr redet, als wüsstet Ihr bereits, was geschehen würde.«

Die Königin klopfte Larkin leicht auf den Arm, bevor sie sich mit raschelnden Röcken erhob.

»Ich bin eine Mutter«, sagte sie mit einem leisen Lächeln. »Es liegt in meiner Natur, Dinge zu wissen.«

~*~

Kian warf Larkin einen argwöhnischen Blick zu, als dieser mit einem entschlossenen Ausdruck in den goldenen Augen das Schlafgemach betrat. Der Hexer hielt eine kleine, silberne Schale in der Handfläche und sah Kian nicht ein einziges Mal an, als er die Schale mit großer Sorgfalt auf dem Nachttisch abstellte.

Seitdem Larkin einen Tag zuvor überstürzt zur Grenze aufgebrochen war, hatte Kian ihn nicht mehr zu Gesicht bekommen. Er hatte bereits zu zweifeln begonnen, ob Larkin sein Versprechen zurückzukommen wirklich einhalten würde, wenngleich Boren und Kathris ihm versichert hatten, dass Larkin noch immer auf der Burg war.

Rhis konnte gar nicht schnell genug vom Bett springen, als er Larkins Anwesenheit bemerkte, fegte wie ein aufgeregter Welpe um das Bett herum und stieß Larkin die Schnauze in die Seite.

»Verschwinde, Rhis«, sagte Larkin barsch und schob den Drachen unsanft zur Seite. Er schien nicht einmal zu bemerken, wie der Drache sich auf die Hinterläufe niederließ und die Flügel hängen ließ. Er stieß ein klägliches Winseln aus, doch als Larkin ihn noch immer nicht beachtete, senkte er den Kopf, schlich lautlos und mit eingezogenem Schwanz um das Bett herum und rollte sich auf Kians Seite wie eine Schlange auf dem Boden zusammen, den Kopf unter dem langen Schwanz verborgen.

Irgendetwas stimmte ganz und gar nicht.

»Larkin, was hat das zu bedeuten?«, fragte Kian. Es sah Larkin gar nicht ähnlich Rhis so lieblos zu behandeln, noch dazu wenn Rhis verletzt war.

Larkin starrte einen Augenblick in die Schale, dann nahm er einen tiefen Atemzug und schien sich innerlich auf das Unausweichliche vorzubereiten, doch auf was, vermochte Kian nicht zu sagen.

»Gib mir deine Hand«, sagte Larkin und streckte Kian auffordernd die Hand hin. Seine Stimme klang rau und er mied noch immer Kians Blick, was dem Prinzen zunehmend Sorge bereitete.

»Larkin, ist irgendetwas geschehen? Ist etwas mit Belaren? Ich habe dich nicht mehr gesehen und –«

»Deine Hand, Kian«, unterbrach Larkin ihn.

Kian lagen hundert Fragen auf der Zunge, doch Larkins Handeln hatte beinahe etwas Verzweifeltes, sodass er schließlich die linke Hand hob und in Larkins legte.

Larkins Hand war eiskalt und zitterte leicht. Rote Flecken erschienen auf seinen bleichen Wangen, als er Kians Hand mit der Handfläche nach oben drehte und darauf starrte, als stünde dort sein Todesurteil geschrieben.

Eine leise Vorahnung machte sich in ihm breit, als Larkin sich selbst und Kian mit einer Nadel in den Finger stach und dann rasch die silberne Schale zur Hand nahm, um das Blut aufzufangen.

Ein pechschwarzes Blatt mit gezackten Rändern und blutroten Adern lag am Grunde der Schale und Kian fragte sich unwillkürlich, wo Larkin es herbekommen hatte. Die schwarzen Blätter des Schleichenden Todes bargen ein tödliches Gift, das sich bei Berührung mit der Haut über einen längeren Zeitraum entfaltete. Die Pflanzen waren äußerst selten, wuchsen sie doch nur weit oben an den Hängen der Drachenberge. Kian konnte sich vage daran erinnern, vor langer Zeit etwas in einem Buch über das Gift gelesen zu haben, und er war sich sicher, dass außer versierten Meuchelmördern kaum jemand etwas von dessen Existenz wusste.

Vier rote Tropfen fielen auf das trockene Blatt herab, ehe Larkin Kians Hand zur Seite nahm. Leise summend strich er über die Wunde an Kians Finger, ohne jedoch den Blick von der Schale zu nehmen.

Kian hatte keine Ahnung, was er zu erwarten hatte, doch als nach einer Weile noch immer nichts geschah, begann er unruhig zu werden.

Larkin starrte auf das blutgetränkte Blatt, ohne auch nur ein einziges Mal zu blinzeln. Sein Gesicht schien zunehmend an Farbe zu verlieren, je länger nichts geschah, bis Kian Sorge hatte, Larkin würde ohnmächtig werden.

Dann schloss der Hexer die Augen. Eine einzelne Träne rann ihm aus dem Augenwinkel und Kian erkannte mit ohnmächtigem Entsetzen, was Larkins Reaktion bedeuten musste. Es war tatsächlich nicht ihr gemeinsames Blut gewesen, das Larkin gerettet hatte. Larkin hatte also Recht gehabt, es war nichts weiter als ein Zufall gewesen.

Kian hatte das Gefühl, das Herz müsse ihm in der Brust zerspringen, während er stumm auf die zitternde Schale in Larkins Hand herabsah, in der das mit Blut benetzte Blatt lag, als könne es kein Wässerchen trüben.

»Es macht keinen Unterschied, Larkin«, sagte Kian schließlich. »Und es ist mir gleich, was irgendein Zauber sagt. Ich …« Er schluckte. »Ich weiß, was ich fühle, Larkin. Selbst wenn dein Zauber behauptet, es wäre nicht die wahre Liebe, ich …«

»Warum ich?«, flüsterte Larkin, als hätte er Kians Geständnis nicht einmal gehört. Und wahrscheinlich hatte er das auch nicht, so verloren wie er auf das verhängnisvolle Blatt herabblickte. »Warum ich?«, wiederholte er und legte sich eine Hand über die Augen. »Du könntest jeden haben.«

»Larkin, es ist mir gleich, was …« Kian brach ab und runzelte die Stirn, als er sich Larkins Worte noch einmal ins Gedächtnis rief. Er starrte Larkin mit offenem Mund an, sah herab auf die Schale in Larkins Hand und wieder zurück zu Larkins

Gesicht, das der Hexer hinter einer zitternden Hand verborgen hielt.

War es möglich, dass gar nichts hätte geschehen sollen? Dass dies das Zeichen war, dass es tatsächlich wahre Liebe war?

Aber weshalb schien Larkin dann am Boden zerstört?

In Kians Kopf drehte sich alles. »Larkin, bitte sprich mit mir. Was hat das zu bedeuten?«

Larkin schüttelte den Kopf. »Es kann nicht sein, es kann nicht sein«, flüsterte er wieder und wieder mit brüchiger Stimme.

Er zuckte zusammen, als Kian ihm die Hand auf den Oberschenkel legte und sprang so hastig von seinem Stuhl auf, dass er um ein Haar das Gleichgewicht verloren hätte. Er wich einige Schritte vor Kian zurück und starrte ihn aus weit aufgerissenen Augen an.

»Du könntest jeden haben«, rief er und schüttelte wieder den Kopf. »Jeden! Was habe ich dir schon zu bieten außer einem Leben hin- und hergerissen zwischen meinen und deinen Pflichten. Die Leute werden dir nie verzeihen, wenn du mich erwähltest. Du brauchst einen Erben, eine Frau, die dir Kinder geben kann, nicht einen ärmlichen Hexer, den die Welt hasst.« Larkin schlug die Augen nieder und schlang die Arme um sich selbst.

Kian empfand für einen Moment nichts weiter als grenzenlose Erleichterung. Er hatte sich also nicht getäuscht, dies war der richtige Weg, so steinig und schwer er auch sein mochte.

»Ich sagte es meinem Vater bereits und ich stehe noch immer dazu. Wenn die Leute mich nicht so haben wollen, wie ich bin, bin ich nicht der richtige König für Fengard«, sagte er mit neuer Entschlossenheit, nun da ihm der Weg wieder klar vor Augen stand.

Larkin hob kurz den Blick, seine Augen riesig in seinem blassen Gesicht, und er machte einen unwillkürlichen Schritt zurück. »Das kannst du unmöglich ernst meinen, deine Pflichten, dein Volk …«

»Larkin, kannst du es nicht sehen? Ich glaube nicht, dass es ein Zufall war, dass ausgerechnet du mich fandst, als ich bereits mit dem Leben abgeschlossen hatte. Und es war unser Blut, das dich an Mittwinter gerettet hat. Die Geister haben unsere Schritte gelenkt.«

Larkin lachte bitter. »Die Geister deiner Ahnen würden uns lieber tot sehen, als uns zusammen zu führen.«

Kian seufzte. »Nicht alle meine Ahnen waren mordlüsterne Thronräuber. Sieh nur, was mein Vater für uns getan hat, von dem ich immer dachte, er würde mich umbringen, wenn er von meinem Geheimnis erführe.«

»Dein Vater hat es für dich getan. Wahrscheinlich hatte er irgendeinen der Grafen im Sinn, als er dieses Gesetz änderte, nicht einen dahergelaufenen Hexer. Wenn ich nicht so wichtig für das Königreich wäre, säße ich bereits im Kerker, um den Rest meines Daseins dort zu fristen.«

»Und was ist mit meiner Mutter?«

Larkin öffnete den Mund und schloss ihn sofort wieder, ohne ein Wort zu sagen. Er wandte den Blick zur Seite und schlang die Arme noch enger um die Brust.

Kian atmete langsam aus. Sein Bein protestierte, als er sich in eine aufrechtere Position schob, doch er ignorierte es.

»Larkin, glaubst du nicht, dass es … dass *wir* wenigstens einen Versuch wert sind?«, fragte er langsam.

Larkin warf Kian einen kurzen Blick aus dem Augenwinkel zu, bevor er wieder zur Seite starrte. »Wozu?«, fragte er bitter. »Es kann nicht sein, Kian. Warum verstehst du es nicht?«

Kian biss die Zähne zusammen. Warum musste Larkin ausgerechnet jetzt seinen Dickschädel einsetzen? Es war zum Aus-der-Haut-Fahren.

»Was ist aus dem Mann geworden, der mir im Wald sagte, wir würden einen Weg finden? Larkin, du bist ein Hexer!«

»Den Mann gibt es nicht mehr!«, rief Larkin aus und starrte Kian mit schmerzerfülltem Blick an. »Ich war dumm und unwissend. Ich bin nicht für das Leben bei Hofe gemacht und ich kann den Wald nicht verlassen. Sieh nur, was geschehen ist, als ich es das erste Mal tat. Um ein Haar wären die Schatten entkommen und Klaras Sohn wäre beinahe gestorben, *weil ich nicht da war!*«

»Menschen sterben, Larkin, jeden Tag, ohne dass du dich deshalb schuldig fühlst. Du kannst nicht die ganze Welt retten!«

Larkin senkte den Kopf und verbarg erneut die Augen hinter einer Hand. »Wie kann ich …« Er nahm einen tiefen Atemzug und sah Kian direkt an. »Du lebst hier, während mein Platz im Wald ist. Erkläre mir, wie eine Liebe Bestand haben kann, wenn jeder von uns in einer anderen Welt lebt.«

Kian seufzte und streckte die Hand nach Larkin aus. Er hasste es, ans Bett gefesselt zu sein und wäre schon längst wieder auf den Beinen, hätte er Larkin nicht sein Wort gegeben, es nicht zu tun. »Komm her zu mir. Schließlich hat mir mein Heiler verboten, das Bett zu verlassen.«

Larkin zögerte einen Augenblick und Kian konnte die widerstreitenden Gefühle auf seinem Gesicht sehen, ehe er mit einem Kopfschütteln nachgab. »Es hat keinen Sinn, Kian«, sagte Larkin niedergeschlagen, als er sich auf der Bettkante niederließ.

Kian nahm Larkins Hand in seine. »Glaubst du nicht, dass es Dinge gibt, für die es sich lohnt zu kämpfen?«

Larkin hob eine Augenbraue und sah Kian aus dem Augenwinkel an, sagte jedoch nichts.

»Ich bin nicht bereit aufzugeben, ohne es wenigstens versucht zu haben«, fuhr Kian fort. »Vor allem nun, da Vater das größte Hindernis aus dem Weg geräumt hat. Ich werde dich nicht so einfach ziehen lassen.«

Larkin lachte leise und starrte auf Kians Hand, die Larkins fest umschlossen hielt. »Deine Mutter hat etwas Ähnliches gesagt.«

Kian runzelte die Stirn. »Dass sie dich nicht aufgeben will?«

Larkin lachte. »Nein, dass *du* nicht so leicht aufgeben wirst.«

»Nun, sie hat Recht.«

Larkin seufzte. »Aber wie stellst du dir das vor? Was, wenn mich jemand braucht? Ich bin schon jetzt zu lange fort.«

Kian konnte sich gerade noch zurückhalten, die Augen zu verdrehen. »Du bist ein Hexer! Finde einen Weg! Es muss doch einen Zauber geben, der dich wissen lässt, wenn jemand deine Hilfe sucht.«

Larkin sah ihn an, als sähe er Kian zum ersten Mal. »Oh«, machte er und fuhr sich mit der Hand durchs Haar. »Daran habe ich gar nicht gedacht.« Dann schüttelte er wieder den Kopf und ein störrischer Ausdruck trat in seine Augen. »Es kann nicht sein, Kian. Die Leute werden dich hassen. Meinetwegen. Ich kann nicht … Ich …«

»Larkin«, sagte Kian und legte ihm eine Hand ans Gesicht, bis Larkin ihn endlich ansah.

»Vielleicht werden sie mich hassen. Vielleicht werden wir scheitern. Vielleicht fallen auch morgen die Feen hier ein oder der Himmel fällt auf uns herab. Niemand weiß, was die Zukunft bringen wird.« Er strich mit dem Daumen über Larkins Wangenknochen und gestattete sich ein Lächeln. »Was ich jedoch weiß«, fuhr er fort und sah Larkin eindringlich an, »ist, dass ich es wenigstens versuchen will, dass ich mich nicht mein Leben lang fragen will, was hätte sein können.«

Ein leiser Hoffnungsschimmer stand in Larkins Augen, als er Kian ansah. Kian konnte förmlich sehen, wie er innerlich mit sich rang.

»Ich …«

Kian lehnte den Kopf gegen Larkins Schulter und musste lächeln, als er einen Augenblick später Larkins Hand in seinem Nacken spürte.

»Es wird schwer werden«, sagte Larkin leise.

Kian triumphierte innerlich. »Das wird es«, erwiderte er und versuchte sich das breite Grinsen zu verbeißen.

Larkins Finger lösten das Band, das Kians Haar im Nacken zusammenhielt und fuhren dann langsam durch die langen Strähnen.

Kian konnte verstehen, weshalb Larkin Kians Finger in seinem Haar so genoss. Er schloss die Augen.

»Ich habe Angst«, gestand Larkin unvermittelt.

Kian hob den Kopf und begegnete Larkins Blick. »Wovor?«

»Dass es nicht gelingt? Dass wir scheitern werden?« Es klang wie eine Frage.

Kian hob die Augenbraue. »Du hast dir gerade erst den König der Feen zum Feind gemacht und du hast Angst, dass wir scheitern könnten?«

Larkin stieg die Röte in die Wangen und er senkte verlegen den Blick.

»Larkin«, sagte Kian leise und wartete, bis Larkin ihn endlich ansah. Er hatte das Gefühl, sich mit seinen Argumenten im Kreis zu drehen, doch er wollte verdammt sein, wenn er jetzt aufgab. »Selbst wenn es nicht gelingen sollte, glaubst du nicht, dass es besser ist, es wenigstens versucht zu haben? Niemand weiß, was der nächste Tag bringen wird.« Er legte Larkin die Hand an die Wange. »Doch dieser Augenblick gehört uns und es ist unsere Entscheidung, was wir daraus machen.«

Larkin ließ seinen Kopf gegen Kians sinken und Kian seufzte zufrieden, als Larkins Finger wieder ihren Weg in seinen Nacken fanden.

»Du wirst nicht so leicht aufgeben, nicht wahr?«

Kian brummte. »Ich glaube, das sagte ich bereits.«

Larkin seufzte. »Setzt du immer deinen Kopf durch?«

»Ich bin ein Prinz, Larkin«, sagte Kian mit einem Gähnen.

Er lächelte, als Larkin nicht mehr als ein Grunzen von sich gab.

Sie verfielen in Schweigen und Kian beschloss, Larkins Nähe zu genießen, solange er Gelegenheit dazu hatte.

»Vielleicht hast du Recht«, sagte Larkin schließlich in die Stille hinein. »Ein Versuch kann nicht schaden.«

EPILOG

»Nein, du kannst nicht mit hinein. Du weißt genau, dass du zu groß bist!«

Kian lachte leise, als ein unzufriedenes Grummeln von draußen erklang und er im nächsten Moment Larkins resigniertes Seufzen hörte.

»Also gut. Lass mich wenigstens Kian begrüßen. Dann verspreche ich dir, dass wir beide herauskommen werden, um dir Gesellschaft zu leisten. Bist du nun zufrieden?«

Ein weiteres Grummeln war zu hören, gefolgt von einem ungeduldigen Schnauben.

Kian zog den Lederriemen langsam über die Messerklinge und machte sich nicht die Mühe, sein Grinsen zu verbergen, als Larkin schließlich die Hütte betrat.

»Ich schwöre dir, dieser Drache bringt mich noch um den Verstand«, brummte der Hexer, während er sich seiner Stiefel entledigte und den Mantel aufhängte.

»Du würdest ihn für nichts auf der Welt hergeben«, erwiderte Kian, den Blick unverwandt auf seine Arbeit gerichtet.

Larkin gab einen unverbindlichen Laut von sich, ehe er sich zu Kian gesellte und ihm einen flüchtigen Kuss auf die Schläfe gab. »Trotzdem«, sagte er und ließ sich auf den wackeligen Stuhl auf der anderen Seite des Tisches fallen.

»Wie ist es gelaufen?«, fragte Kian und hob kurz den Blick von dem Messer in seiner Hand. Er war ohnehin beinahe fertig.

Larkins Mund verzog sich zu einem trägen Grinsen, das Kian ein wenig an Rhis erinnerte, wenn er wieder seinen Kopf durchgesetzt hatte.

»Oh, erstaunlich gut. Martin war wie immer unausstehlich und Klara war ausgesprochen ungehalten, dass ich nicht früher gekommen bin.«

Kian lächelte und zog den Lederriemen ein letztes Mal über die Messerschneide. »Hast du etwas anderes erwartet?«

Drei Monate lang hatte Larkin sich nun davor gedrückt, Klara einen Besuch abzustatten. Bis Kian ihm bei seiner Ankunft am Morgen schließlich gedroht hatte, ihn auf den Rücken seines Pferdes zu binden und persönlich bei Klara abzuliefern. Manchmal konnte der Mann ein rechter Dickkopf sein.

Larkin beugte sich vor und gab Kian einen Kuss. »Ihr hattet wie immer Recht, Eure Hoheit«, sagte er. »Allerdings weigern sie sich nach wie vor, Rhis auch nur in die Nähe ihres Heims zu lassen.« Er lehnte sich in seinem Stuhl zurück und fing leise an zu lachen. »Dafür haben sie jetzt eine kleine Hexe zur Tochter.«

Kian runzelte die Stirn und warf Larkin einen fragenden Blick zu, der daraufhin in schallendes Gelächter ausbrach.

»Du hättest es sehen müssen!«, rief Larkin. Seine Augen leuchteten und er wirkte so lebendig, dass Kian das Messer in seiner Hand für einen Moment vergaß und sich einmal mehr darüber wunderte, wie er so viel Glück gehabt haben konnte.

»Es war als würde ein Sturm durch die Stube fegen«, fuhr Larkin fort und unterstrich seine Worte mit einer ausladenden Handbewegung. »Rhea erschien wie aus dem Nichts in der Stube, während Martin sich noch über ‚diese verfluchte Bestie' ausließ, und hat Martin angeschrien, dass Rhis ihr Freund sei. Ich bin nur froh, dass sie kein Feuer herbeigerufen hat, sonst hätte sie vermutlich das ganze Haus in Schutt und Asche gelegt.«

Kian lehnte sich in seinem Stuhl zurück und legte das Messer beiseite. »Das klingt, als hättest du darin Erfahrung.«

Larkins Augen weiteten sich und seine Ohren liefen rot an. »Ich habe niemals die Hütte in Brand gesetzt!«, rief er empört, doch er sah Kian nicht an. »Wie dem auch sei«, setzte er rasch hinzu, bevor Kian Gelegenheit hatte, eine weitere Frage zu stellen, »nach Rheas kleinem Spektakel war sogar Martin gezwungen sich endlich einzugestehen, dass seine Tochter über magische Kräfte verfügt. Sie haben mir also endlich erlaubt, Rhea auszubilden. Wurde auch allmählich Zeit.«

Kian fragte sich einen Moment lang unbehaglich, wie diese zusätzliche Bürde ihr ohnehin schon schwieriges Leben zwischen Fengard und Schattenwald beeinflussen würde. Sie hatten beide fürwahr genug Verpflichtungen.

»Was geht dir durch den Kopf?«

Eine Hand legte sich über seine und machte ihm bewusst, dass seine Finger einen unruhigen Takt auf den Tisch trommelten.

Er warf Larkin ein entschuldigendes Lächeln zu. »Nichts.«

»Lügner«, sagte Larkin und musterte Kian kritisch. »Macht der Kronrat immer noch Probleme?«

Kian zuckte die Achseln und verschränkte seine Finger mit Larkins. »Mach dir keine Sorgen. Der Kronrat hat sich bisher gegen jede von Vaters Gesetzesänderungen gesträubt, dies ist keine Ausnahme.«

»Es ist sicherlich nicht hilfreich, dass ich ständig in deiner Gegenwart gesehen werde«, sagte Larkin leise.

Kian spürte Ärger in sich aufsteigen und verstärkte seinen Griff um Larkins Hand. »Es ist mir gleich, was die Leute reden, Larkin«, sagte er mit Nachdruck in der Stimme. »Und wenn du glaubst, es wäre besser, dich hier in deinem Wald zu verkriechen, so kannst du dir das gleich wieder aus dem Kopf schlagen.«

Larkin schlug verlegen die Augen nieder und biss sich auf die Unterlippe. »Ich dachte nur … Wir könnten es …«, er schien regelrecht in sich zusammenzusinken, während sein Gesicht sich leuchtend rot färbte und seine Stimme immer leiser wurde, sodass Kian sich anstrengen musste, um seine nächsten Worte zu verstehen, »offiziell machen.«

Kians Herz setzte einen Schlag aus und er glaubte, sich verhört zu haben. Ungläubig starrte er Larkin an, sein Kopf wie leergefegt.

Larkins Blick huschte kurz zu Kian, bevor er auf seine freie Hand starrte, die flach auf dem Tisch lag. »Ich … ich meine, vielleicht …«, stammelte er und seufzte dann. »Wahrscheinlich ist es eine dumme Idee und würde die Sache nur schlimmer machen, nicht wahr?« Seine Finger versuchten sich aus Kians Griff zu lösen, doch Kian dachte gar nicht daran, Larkins Hand freizugeben.

»Du willst es offiziell machen?«, wiederholte Kian und er war selbst ein wenig überrascht, dass seine Stimme so ruhig und gefasst klang.

Larkin machte einen weiteren halbherzigen Versuch, seine Hand zurückzuziehen. »Wenn ein …«, er schluckte schwer, »ein Verlöbnis dir helfen würde? Es ist ein geringer Preis, wenn es dir dafür das Leben leichter macht.«

Kian schloss die Augen und nahm einen tiefen Atemzug. Es sollte nicht so sein, Larkin sollte sich nicht gedrängt fühlen. Geister, aus genau diesem Grund hatte er ein mögliches Verlöbnis zwischen ihnen nicht angesprochen.

»Ich versprach dir Zeit, Larkin«, sagte er schließlich.

Larkin lächelte schief. »Die habe ich bekommen. Und ein Verlöbnis ist noch kein Ehegelübde.« Er wandte den Blick zur Seite. »Vielleicht macht es alles nur noch schlimmer.«

Kian hielt es nicht mehr auf seinem Stuhl aus. Mit zwei Schritten war er um den Tisch herum und kniete vor Larkin nieder, der ihn aus weit aufgerissenen Augen ansah.

Kian lachte und fühlte sich fast ein wenig berauscht. »Nun, wenn der Kronrat meine Abdankung fordert, kann ich noch immer zu dir in den Wald ziehen, nicht wahr?«

Larkin hob die Augenbrauen. »Zumindest müsste ich dann meine Messer nie wieder selbst schärfen«, sagte er mit einem vielsagenden Blick in Richtung des Messers, das vergessen auf dem Tisch lag.

Kian lachte wieder und lehnte seinen Kopf für einen Augenblick gegen Larkins Oberschenkel.

Er hob den Blick, als Larkins Hand ihren Weg in seinen Nacken fand. »Bist du dir wirklich sicher?«, fragte er. »Ich will nicht, dass du einem Verlöbnis aus reinem Pflichtgefühl zustimmst.«

Larkin zuckte die Achseln, doch um seine Lippen spielte die Andeutung eines Lächelns. »Vor drei Monaten war ich fest davon überzeugt, dass ich dich aufgeben müsste, dass es keinen anderen Weg gäbe. Wenn ein Verlöbnis dir in irgendeiner Weise helfen könnte, will ich es gerne eingehen. Seele des Waldes, ich muss wirklich verrückt sein, dass –«

Kian schnitt ihm das Wort mit einem überschwänglichen Kuss ab. »Und da war ich fest davon überzeugt, dass ich derjenige sein würde, der um deine Hand anhält«, murmelte er gegen Larkins Lippen.

Larkin lachte leise, während seine Hände über Kians Rücken strichen. »Du vergisst, ich habe mehr Erfahrung darin, um jemandes Hand anzuhalten.«

Kian schnaubte und ließ den Kopf in den Nacken fallen, als Larkins Lippen seinen Hals hinabwanderten.

»Heißt das, du willigst ein?«, drängte sich Larkins Stimme durch das Rauschen in seinem Blut.

Kian runzelte unwillig die Stirn, als die Lippen verschwanden und öffnete die Augen. »Ob ich …« Seine Gedanken klärten sich mit einem Schlag. »Bei allen Geistern, Larkin, ja! Es gibt nichts, was ich lieber täte.«

Larkin bedachte ihn mit einem nachdenklichen Blick. »Und was wird dein Vater dazu sagen?«

Es sah Larkin ähnlich, ausgerechnet jetzt Kians Vater zu erwähnen. Kian stöhnte. »Er hat es selbst vorgeschlagen.«

»Oh?«, machte Larkin und beugte sich vor, bis seine Lippen wieder auf Kians lagen.

Ein ungehaltenes Grollen, das von draußen erklang, ließ sie beide erstarren.

»Mir scheint, unser Drachenjunges verlangt nach Aufmerksamkeit«, murmelte Larkin, sein Atem warm auf Kians Gesicht.

Kian gab ein unzufriedenes Grunzen von sich und wünschte sich, Larkin würde in seinen Bemühungen fortfahren.

»Später«, versprach Larkin mit einem unverschämten Grinsen im Gesicht.

Kian bedachte ihn mit einem finsteren Blick und beschloss, bei nächster Gelegenheit ein ernstes Wort mit Rhis zu reden.

Larkin lachte nur und zog Kian auf die Beine. »Komm schon. Ehe Rhis wieder versucht, durch die Tür zu kommen.«

»Man sollte meinen, dass ihm nach dem letzten Mal aufgegangen sein sollte, dass er nicht länger hindurch passt«, murmelte Kian und beäugte den Türrahmen, den sie vor kaum einer Woche hatten austauschen müssen, weil ein ungeduldiger Drache darin steckengeblieben war.

Larkin seufzte. »Er glaubt noch immer, er wäre nicht größer als ein Hund.«

Ein empörtes Brummen antwortete ihnen von draußen.

Sie tauschten einen belustigten Blick, bevor sie gemeinsam zur Tür eilten, Larkins Hand warm und vertraut in Kians wie ein stilles Versprechen.

Kian war sich sicher, dass ihm so bald nichts die Laune verderben würde.

»Rhis!«

Nicht einmal ein zentnerschweres Drachenjunges, das sich wie ein übereifriger Welpe auf ihn stürzte.

DANKSAGUNG

Es gibt so viele Menschen, die während des Entstehungsprozesses dieses Buches dabei waren oder meinen Weg kreuzten, dass der Platz gar nicht ausreicht, um jeden Einzelnen persönlich zu erwähnen. Dennoch möchte ich zumindest einige hervorheben, ohne die es dieses Buch wahrscheinlich gar nicht geben würde.

Zunächst möchte ich meinem Kollegen Bernd Renz danken, der mich vom ersten Tag an angestachelt hat, mehr aus mir zu machen (auch wenn ich es nicht immer hören wollte), und nicht lockergelassen hat, bis ich endlich mit einer brauchbaren Idee aufwarten konnte. Ohne ihn hätte ich wahrscheinlich nicht so bald den Weg zurück zum Schreiben gefunden.

Ferner danke ich auch meiner Kollegin Biggi Hayes. Sie las die allererste Fassung, als die Geschichte von Larkin und Kian nicht mehr als ein kurzes Märchen war. Ihre Begeisterung hat dafür gesorgt, dass Kian und Larkin nicht in der Schublade verschwanden, sondern dass aus der anfänglichen Kurzgeschichte ein ganzer Roman wurde. Sie war es auch, die mich unablässig motivierte weiterzuschreiben, dranzubleiben, fungierte als Testleserin, sah sich meine Coverentwürfe an und ermutigte mich, wenn ich mal wieder mit Selbstzweifeln zu kämpfen hatte.

Ebenso danke ich meiner Schwester Julia Buda, die ebenfalls die erste Kurzgeschichte las und für gut befand und mir immer mal wieder einen Tritt in den Allerwertesten gab, um endlich fertigzuwerden.

Besonderer Dank gilt auch meiner Freundin Sandra, die das fertige Manuskript las, obwohl sie normalerweise keine Fantasy liest, die sich meine Entwürfe für Klappentexte, Cover und sonstige Dinge ansah und immer ein offenes Ohr für mich hatte.

Ich möchte mich auch bei all meinen Arbeitskollegen bedanken, die mir so viel Mut zugesprochen haben, insbesondere meinen Testleserinnen Virginia Jensen, die mit ihrem Scharfsinn noch so manchen Fehler entdeckte, und Woula Bourdouki, die mir mit ihren Fragen deutlich aufzeigte, wo noch Verbesserungsbedarf bestand.

Der größte Dank gilt jedoch meinem Ehemann Ulrich, der sich geduldig zusammenhanglose Szenenfetzen anhörte, obwohl er keine Ahnung hatte, worum es ging, und mir wertvolles Feedback zum fertigen Manuskript gab. Dafür, dass er mich vor allem in der heißen Phase kurz vor der Veröffentlichung ertrug und nicht gleich flüchten ging, wenn seine Frau sich mal wieder in einen kleinen, feuerspeienden Drachen verwandelt hatte, verdient er in der Tat einen Orden.

ISBN 978-3-7450-6134-5
9 783745 061345
www.epubli.com

Printed in Poland
by Amazon Fulfillment
Poland Sp. z o.o., Wrocław

39205465R00226